我们不会分开
谁也分不开
我说过很多遍
会死缠着你，一辈子

君不弃

狗兔恋爱bot

9999 粉丝　52 关注　1314万 转评赞

精选　微博　视频　超话　相册

赞赏　留言　已关注　相关推荐

KUWEI
酷威文化

别踮脚，我低头

君不弃 著

天津出版传媒集团
百花文艺出版社

图书在版编目（CIP）数据

别踮脚，我低头 / 君不弃著 . -- 天津 : 百花文艺出版社，2025. 10. -- ISBN 978-7-5306-9163-2
Ⅰ . I247.5
中国国家版本馆 CIP 数据核字第 202528UH50 号

别踮脚，我低头
BIE DIANJIAO, WO DITOU
君不弃 著

出 版 人：薛印胜
选题策划：胡晓童
责任编辑：胡晓童
封面设计：光学单位
出版发行：百花文艺出版社
地址：天津市和平区西康路35号　　邮编：300051
电话传真：+86-22-23332651（发行部）
+86-22-23332656（总编室）
+86-22-23332478（邮购部）
主页：http://www.baihuawenyi.com
印刷：天津鑫旭阳印刷有限公司
开本：880mm × 1230mm　1/32
印张：12.375
字数：301千字
版次：2025年10月第1版
印次：2025年10月第1次印刷
定价：42.80元

如有印装质量问题，请与天津鑫旭阳印刷有限公司联系调换
地址：天津宝坻经济开发区宝中道北侧5号1号楼106室
电话：（022）22458633 邮编：301800

目录 CONTENTS

BIE DIAN JIAO
WO DI TOU

你是猝不及防的心动，
始料未及，
陷得彻底。

第一章·冤家

Chapter 1

临近九月，帝京天气依旧炎热。

夜幕降临，车水马龙，“迷醉”作为帝京唯一一家需要刷脸、刷身份卡才能进入的娱乐场所，此刻正霓虹闪耀，热闹非凡。

二楼靠近栏杆且视野最好的开放性卡座内，坐着一群朝气蓬勃、青春靓丽的少男少女，他们似乎在玩卡牌游戏，笑声不断。

“哈哈……书怡你输了！快快快，选择真心话还是大冒险？”身穿黑色连衣短裙的漂亮女孩兴奋地扯过季书怡手中的卡牌，询问处罚结果。

“总算是抓到书怡一次了，赶紧选真心话，窥探内心才有趣啊。”没等季书怡开口，旁边一个男生打趣道。

“那可要让你失望了。”季书怡输得大方，毫不在意地笑道，“我选大冒险。”

季书怡才不要选真心话，她刚才可是见识到了，这群人问的问题一个比一个“丧心病狂”，她还是选大冒险吧，总不会让她做出违法乱纪的事来。

“那就选大冒险！嘿嘿……”陆知夏激动得立马倾身把季书怡的脑袋朝右前方转过去，迫不及待地开口道，“看到那边的帅哥没？就是留寸头那个？”

季书怡顺着陆知夏示意的方向看过去，在人群中一眼就锁定了背对着他们，坐在高椅上的寸头男生——男生身穿无袖黑色 T 恤和黑色运动裤，一只手正肆意慵懒地抚在自己脖子上。单单一道背影就显示出一股难以掩饰的冷傲气质，看起来似乎不像个善茬儿。

无袖 T 恤是很难驾驭的单品，可眼前的男生倒穿出了几分洒脱的野性美。此刻，那男生正举杯与旁边的友人说些什么，季书怡多看两眼后，竟还觉得那男生莫名地很熟悉。

“看到了吧。”陆知夏在季书怡愣神之际笑着开口道，“大冒险的任务就是去要到那个男生的联系方式。”

“你确定？他看着可不太靠谱，”季书怡恍然回神，有些抵触地皱皱眉，圆亮的杏眸眨了眨，对陆知夏笑道，“要不我们换个目标？”

“这你就不懂了吧。”陆知夏意味深长地笑了笑，然后凑到季书怡的耳边说了句，“这样才有挑战性！”

“哦……懂了！”季书怡立马换上一副看破不说破的样子，接着递给正处兴奋中的陆知夏一个眼神，“那我努力！但是要不到，不能怪我。”

“保证不怪你。”

“行！”季书怡站起身并随手整理了一下裙摆，然后径直朝着那个男生走了过去。

今天是季书怡和几个同学组的派对，也是为了庆祝他们即将到来的美好大学生活。

她穿了件红色的吊带短裙，肩带在两边肩膀上分别系了个蝴蝶结，一头娇俏的蛋卷短发上别了个用钻石和珍珠做成的蝴蝶发卡，妆容是有些偏甜辣风的小烟熏妆，肌肤莹润白皙，踩着高跟鞋的腿白嫩修长，仅仅只是起身走过来的这几步，就吸引了不少目光。

“嗨！帅哥。”走到目标人物身边的季书怡笑着轻唤了声。

许是搭讪的人多，寸头男生丝毫不为所动。

季书怡想着，反正只是场大冒险，她按照指定任务做了就行，成不成功的，不在考虑范围。且刚好走过去的路上寸头男生旁边的友人离开了座位，她索性直接走上前，站到空出的位置，将手中的杯子举过去，直奔主题："可以给个联系方——"

寸头男生慢悠悠地转过头，而看清对方长相的季书怡瞬间僵在原地，十分尴尬。

寸头男生，也就是江丞此刻眼含戏谑，散漫打趣道："没听清，再说一遍。"

砰——

"江……江丞！"霎时间，季书怡恍如看到瘟神般，猝不及防地手一抖，手中杯子摔落在地。

怪不得刚才会有种熟悉的感觉，原来是这冤家。

"没什么，认错人了。"

季书怡表情窘迫，转身就要跑，却被江丞揽住肩，粗鲁地拖了回来。

"江丞！你干什么！"季书怡有些生气，伸手想要推开对方，"都说是认错人了！"

"哦？认错人了。"

江丞冷情傲慢地重复着她的话，他看着眼前这个像气红眼的兔子的女孩，勾了勾嘴角，一时心情大好。

"你、你……你想干什么呢？"季书怡见他半晌不出声，就一双眼直勾勾地盯着她，尤其是刚才还冷不丁地笑了一下，她赶忙将双手护在胸前，警惕地怒斥道，"你别在那里琢磨什么肮脏心思！"

话落，直接抬脚朝江丞的腿狠狠踢过去："下流！"

江丞轻松躲开季书怡的袭击，嘴里不屑地"啧"了一声："小爷我对你没兴趣！你就别瞎想了。"

江丞不以为意地掀了掀眼皮，正准备听季书怡还能说出什么话来时，忽然手机响了。

一接通他就听到对面的男生喊道："丞哥，你在哪儿呢？赶紧来啊，我的车能不能赎回来就靠你了。"

江丞转过身，轻声问："场地选好了？"

季书怡见江丞转过身背对着她接电话，便准备趁机溜走。

“唉？！”

可季书怡刚迈开一步，江丞再一次只用一只胳膊就挡住了季书怡的路，且全程没看她一眼。

季书怡气急败坏，推着面前的人：“江丞！你让我走，烦死了！”

江丞身高一米八八，定期健身的他身材健硕，二人站在一起，衬得季书怡十分娇小。

季书怡推了半天，江丞丝毫不为所动，她完全影响不到他跟朋友打电话。最后不知对面说了句什么，只听江丞回了句：“哪有女孩？我现在过去，先挂了。”

挂断电话，江丞不屑地“哼”了声，然后居高临下地低头，看着季书怡继续道：“帮我完成一件事，晚上有场车赛，全程副驾要有人。”

他下巴微挑，嚣张至极：“就你了。”

“我不去！”季书怡急忙拒绝道，“我害怕！”

“你！你敢命令我，烟烟一定不会原谅你！”季书怡扬着下巴警告道，“你再欺负我，我就天天给烟烟吹耳边风！让江叔叔关你禁闭！”

季书怡正想再次找机会溜走，忽然原本坐在卡座那边的小伙伴们心急万分地冲了过来。

“书怡！受伤没？”

季书怡的堂哥季承宇急忙站在季书怡的面前，左右看了一遍，担心地询问着。

一旁的陆知夏也一脸担心地凑到季书怡耳边小声道：“这到底怎么回事？”

一群人也满是敌意地看向江丞，准备讨个说法，然而等看清长相后，季承宇错愕道：“江少！”

季书怡也赶忙对陆知夏说：“知夏，他就是江丞！”

陆知夏闻言，朝江丞看了过去，没想到那个总是被季书怡吐槽的江丞竟然长得这么帅。

而江丞看着面前突然窜出来的一群人，懒得跟他们多说，直接越过人群对季书怡说道："门口等你，快点。"

接着便直接转身离开。

"怎么回事？"季承宇一脸迷惑地看着季书怡，"江丞不是你那好朋友的弟弟吗？"

季书怡一时也不知该怎么跟季承宇解释，以江丞的性格，日后还指不定要怎么捉弄她呢，再加上她现在回国上大学，江家也定居国内，她生怕对方闲来无事追到大学里捉弄她，让她在报到第一天就火遍全校。

"没事，刚才就是闹着玩呢。"季书怡跟小伙伴们解释着，又转头凑近陆知夏悄声道，"我晚点再跟你详细说。"

接着，她又安抚了几句让朋友们安心离开 。

季书怡刚出大门，就看到了江丞停在门口的跑车。

江丞正和友人倚在车头聊天，但他却在季书怡走出酒吧的瞬间，精准地捕捉到她，偏头朝她喊道："上车。"

季书怡撇撇嘴，踩着高跟鞋，穿着吊带裙慢吞吞地走过去。

见季书怡一直磨蹭，江丞的眉头顿时紧皱起来，毫不留情地开口道："这裙子麻烦，我先带你去换套衣服。"

说着还嫌弃她走得慢，直接大步流星地迎上去，一把抓住季书怡的胳膊，强行拉着她快步走。

江丞手劲儿很大，季书怡皱巴着脸呵斥道："你这人懂不懂男女授受不亲！"

江丞不耐烦，垂眸冷睨着她："我只懂时间宝贵。蜗牛都比你快！"

被拽着往前走的季书怡气恼地要用高跟鞋的细跟狠狠地踩江丞

的脚，奈何对方十分敏捷，她没得逞，下一秒还直接被江丞粗鲁地推进了副驾。

“哼！这就是赤裸裸的报复！”

“第一，你要保证我的人身安全，一点伤都不能有；第二，我只负责坐在副驾给你凑人数，其他与我无关。”季书怡率先约法三章，“第三，结束后你还得把我安全送回家。”

江丞一只手搭在车门上，微弯着腰看着坐在副驾的季书怡，嘴角噙着意味不明的笑：“行。”

季书怡看着他那抹意味不明的笑，立马捂住胸口羞愤道：“我车在旁边，里面有套棒球服，我……我先去换衣服。”

说话间，她迅速推开江丞，慌忙下车朝自己的车走去。

看着迅速逃走的季书怡，江丞倒也没追上去，好似料定了她不敢溜走一般。又或者，他倒是希望她溜走，这样下次再遇见时，他就有更好的理由“调侃”她。

一直在旁边看戏的宋玉，见只剩江丞一个人才嬉皮笑脸地走过来问：“哟，你把我这搭档突然踢走，不会就是因为这女孩吧。”

江丞倚在车门上，目光一直锁定季书怡停车的方向，听到宋玉的话，也只偏头给了个眼神，没有搭话，可宋玉却直接把这份沉默当成了默认。

“哦……”宋玉没再多说，只略显担心地笑道，“不过你让她坐副驾，今天这比赛全程不得给小姑娘吓哭啊？”

听到这儿，江丞原本淡漠的脸上才勾起一丝玩味：“就是要哭才好。”

宋玉见江丞一脸狡黠，便抬手在他肩上拍了一下笑着说：“悠着点，既然没我什么事，就进去接着玩了。”然后，不等江丞回应就起身往回走了。

江丞余光瞄到换好棒球服走来的季书怡，立马快语打发着宋玉说：“赶紧走。”

换上棒服球和运动鞋的季书怡把披散的头发随意地扎了个马尾，模样相比刚才倒是青春活力了许多。

“我要给烟烟发条消息，报备一下我和你在一块儿。”

上了车，季书怡就拿出手机一边发消息，一边警告江丞。

江丞不以为意地睨了季书怡一眼：“我姐现在才没空搭理你。”接着便一脚油门，耳边只剩下季书怡猝不及防的惊叫声和猎猎风声。

“啊啊啊……

“江丞你疯了吧！

“浑蛋！”

…………

季书怡这时才明白自己是上了对方的贼船，惊恐中，她气恼地把手机砸到江丞的身上，然后紧紧抓着安全带，总算是有惊无险地安全到达了比赛场地。

比赛场地是在郊外的环山公路，路边设了路障，封了路段，确保安全完赛。

在一阵轮胎与地面摩擦的尖锐声中，江丞的跑车一停，立刻围满了今晚来此观赛的人群，全是一些热情高涨的青春男女。

“长见识了！竟然是限量版跑车！”

“太炫酷了！”

“做梦都不敢想啊。”

…………

江丞打开车门就听到了络绎不绝的议论声，坐在副驾的季书怡有些晕车，一动不动地靠在副驾上缓神，心里更是把江丞埋怨了九九八十一遍！

“丞哥，你可算来了！”一直等待的陈星熠心急如焚地挤进人群，对江丞说，“急死我了，我这车如果赎不回来的话，我丢不起这人啊。”

江丞抬眼看向对方：“我也丢不起这人，以后别说是我车队的。”

“别，这不是大意了嘛，”陈星熠乐呵呵地赔笑，“下不为例。”

江丞用余光瞄了眼坐在副驾缓神的季书怡，然后对陈星熠说：“行了，我赶时间，赢你的人呢？直接开始比赛吧。”

陈星熠看江丞的表情，估计这哥是连车都懒得下了，便直接指着马路对面的红色超跑对江丞说：“就那个叫凯尔的。”

江丞顺着陈星熠指的方向看过去，只见红色敞篷超跑内的男子正和副驾上的女子亲热，江丞十分嫌恶，向陈星熠催促道：“过去告诉他比赛开始，同时警告他，别用那些肮脏奸诈的手段，比赛过程中，但凡让我发现他有任何违规操作，我不仅要收回你输掉的车，还要让他好看。”

陈星熠听完，瞬间振奋起来，凑近江丞耳边低语：“你还别说，上回我就觉得他违规操作了，但我没证据，你可得小心点。”

两人又聊了两句，在陈星熠转身离开前，江丞最后提醒道：“说话时记得录视频，当证据。”

陈星熠一边走一边朝他做了个“OK”的手势。

比赛规则交代清楚，双方参赛选手准备就绪，一黑一红两辆跑车在起点处并排待令。

赛道两边围满了激情澎湃的年轻男女伙伴，助威声此起彼伏。

“每次碰到你准没好事！这件事过后，我再也不要碰到你！”终于缓过神的季书怡脸色泛白，幽怨地瞪着江丞，“还有，你的车技太烂了！”

江丞漫不经心地偏头看向坐在副驾上气鼓鼓的季书怡，眼底忽而闪过一抹笑意，接着语调傲慢地喊了声：“季书怡。”

季书怡闻言一愣：“啊？”

“我突然发现，你这小姑娘还挺漂亮。”江丞漫不经心地说道。

季书怡顿时仰着下巴，傲娇地回了句：“你现在才发现啊，之前是瞎了吧。”

江丞闻言，低笑出声，目光幽深狡黠："嗯……那等会儿哭起来应该会更漂亮。"

说着，江丞忽然靠近季书怡，替对方系好了安全带。

江丞气场冷冽，突然拉近的距离让季书怡一瞬间心跳漏了半拍，惊怔中，一道清冽含笑的声音传来："一会儿哭得漂亮点。"

扑通……

季书怡觉得自己的心跳声在这一瞬间蔓延开来，无边无际……

"啊！"

可还没等季书怡回神，伴随着比赛开始的枪响，江丞一脚油门，季书怡只觉眼前一漆黑，整个身子被极速转弯的惯性甩得紧贴在车门上，差点撞到脑袋。

"江丞，你慢点！"

"慢不了。"

江丞车速极快，一连几个漂移和急转弯实在让人难以招架，季书怡真是要哭了。

一圈结束，季书怡被吓得嗓子都快喊哑了，眩晕得想吐。

还没等季书怡反应，江丞反手又是一个急转弯，季书怡顿时红着眼圈喊道："江丞！你快停下，我受不了了，我想吐……"

然而，踩着油门的江丞却丝毫不为所动，毫不怜惜地说道："忍着。"

季书怡气急攻心，完全顾不上此刻正处在极速危险的赛道上，直接挥着拳头就朝江丞捶打过去。

"季书怡！你老实点！"江丞语调微冷，还带着一丝不耐烦。

下一秒，正要反驳的季书怡忽然感觉到车子如脱轨般猛地向右冲击了一下，接着一声清脆的碰撞声传来后，车子又迅速回到了正轨。

这一波冲击让季书怡想吐的感觉更强烈了，甚至已经忍不住干呕了几声。

江丞怒然偏头看向窗外，只见凯尔超过他时，降下车窗，露出得意嚣张的表情。

这个动作直接让江丞怒了，对方果然不遵守比赛规则，想在最后半圈耍阴招，好在他早有准备，迅速调整状态，在下一个转弯处，再次将对手远远甩在了身后。

赛程进入倒计时，江丞也不再跟对方浪费时间，准备冲刺。可就在他即将冲破终点线的瞬间，凯尔再次违规操作，可江丞动作迅速灵敏，成功避开对方的阴招，率先冲破终点线。

车子刚停稳，守在终点线的青春男女伙伴便激动地喊了起来。

“我就说他会赢吧！太酷了！”

“真是帅惨了，这车技神了。”

“我一个男的都快爱上了，大写的服气！”

…………

江丞停好车，下车就朝着凯尔的车辆走去。他怒火中烧，虽一句话没说，眼底凌厉的锋芒却令人忍不住畏惧。

江丞的长相偏欧式，眉眼深邃，面无表情的时候有种让人不敢直视的气场。

眼下，气势汹汹地在夜幕中行走的他，仿若索命修罗一般让人忍不住发颤，前一秒还喧嚣热闹的现场，转瞬间便因为他的气场瞬间寂静下来，所有人都不约而同地屏住呼吸，紧张地望着这个冷冽的少年。就在所有人都紧张地把心提到嗓子眼，以为要发生“冲突”时，一道轻软的女声突然传来：“江丞。”

难受到极致的季书怡踉跄着下车时，刚好看到从面前走过的江丞，她立马抓着江丞的胳膊，整个人头晕目眩，嘴里还支吾着：“我头好晕。”

现场紧张诡异的氛围在这一刻终于得到了一丝缓解，可面对忽然抓住他的季书怡，他没有一点怜惜之情地说道：“让开。”

可季书怡管不了那么多，她实在太难受了，站都站不稳，而且她也只认识他。

江丞冷着一张脸，眼看着凯尔下车，着急过去教训对方，便又对着季书怡强调了一遍："季书怡，我让你让开，没听到吗？"

可季书怡好似没了听觉，不仅没松开，还越抓越紧。

"你可真麻烦！"江丞见状，一时无奈，但看到季书怡的脸色着实有些虚弱，也不想再浪费时间，便直接拽着季书怡，继续朝凯尔大步而去。

"这是什么画面？"紧跟在后面的陈星熠简直惊掉了下巴。

围观群众更是被这一幕惊到了，纷纷开启了八卦模式。

"你想做什么？"凯尔走到车前，看着气场强大的江丞，有些不安地用蹩脚的中文道，"我愿赌服输，车会还给你们，现在就带你们去取车。"

江丞冷笑一声，见凯尔只字不提违规操作的事，便冷声反问道："还有呢？"

凯尔想着，反正对方也没证据，便若无其事道："没有了啊，不就扣了你们一辆车嘛。"

江丞闻言，深沉的眸子盯着凯尔静默了好几秒，他松开季书怡，忽而嘴角轻扬着哼笑一声，下一秒，凯尔还来不及防备，江丞抡起胳膊就给了凯尔一拳，动作快准狠。

凯尔先是被江丞突如其来的一拳给打蒙了，回过神后，他情绪十分激动，冲上去就准备反击，但却被身边的同行女子和友人急忙拦住，提醒他不要冲动。

被拖住的凯尔听着友人的提醒，看到眼前的状况，发现自己确实处于弱势，最后只能指着江丞怒道："你凭什么打我？"

"你违规操作不打你打谁？"没等江丞开口，早已气到不行的陈星熠出声道，"比赛规则被你吃了，还有脸在这儿喊！"

"你们有证据吗？"凯尔无赖地反问。

他想着，这儿没有监控，底气便又多了几分。

陈星熠简直对凯尔这副无赖模样无语了，正要开口骂回去，忽然身边的江丞哧笑一声，以其人之道还治其人之身：“哦，证据啊……那你说我打了你，证据呢？”

陈星熠闻言错愕了一瞬，忍住想笑的冲动，朝江丞竖了个大拇指。

凯尔瞬间愣住了，他没想到江丞会在众目睽睽之下如此胡说八道，正要开口反击，又听到江丞嘲讽着开口：“对了，你有行车记录仪是吧，巧了，我也有行车记录仪，你的所有违规操作，我早已拍得一清二楚。”

凯尔闻言，脸色瞬间变得难看起来，而一旁的陈星熠彻底憋不住笑意，大笑出声道：“你说巧不巧，我这儿还有赛前规则的视频记录。”

说着，他迅速拿出手机点开视频，然后将声音调到最大开始播放。

凯尔听完，有些无地自容，但更多的是恼羞成怒后滋生出的阴暗恨意，他默默捏紧拳头，虽不甘心却又无计可施。

作为赛车迷，凯尔早就听说过江丞这号人物，他个人比他的车队在赛车圈更火。只是凯尔一直十分不屑，他认为江丞能夺冠是依靠优越的车辆，而非赛车技术。尤其是当凯尔赢了江丞车队排名第二的陈星熠后，整个人便更加自信起来，认为江丞车队和他的个人成绩都是虚假的，这才故意让陈星熠约了江丞，本意是想先摸摸江丞的赛车习惯，趁机赢了江丞，就此一战成名，却没想到会输得这般狼狈。

“走着瞧，你最好祈祷永远别落在我手里。”凯尔自知理亏，只得撂下狠话，狼狈离开。

而离开前，他还意味深长地瞄了眼因为难受而坐在路边休息的季书怡一眼。

“慢走不送。”江丞向来不屑这些无关痛痒的警告，双手插兜，一脸无畏。

而陈星熠看着落荒而逃的凯尔，开心极了，扭头冲着他的背影欢快地高喊了句："记得把我的车还回来。"

话落，还故意声音激昂地冲剩下的人喊道："今天是个好日子，我开心，请你们去玩，全场消费我买单。"

此话一出，现场再度欢腾起来。

而喧嚣中，江丞退出人群，走向蹲在路边的季书怡。

"喂。"双手插兜的江丞站在季书怡身后冷漠出声，"你什么情况？"

已经连吐了两次的季书怡还在晕沉沉地干呕，她在心里早已经把江丞骂了成百上千遍，听到了身后传来那熟悉的声音后，她握紧拳头，幽怨地转过身，问道："有没有纸巾？"

江丞低头看着蹲在地上的季书怡，眉头轻皱，反问道："你觉得呢？"

他哪里像身上带纸巾的人！

季书怡见他一脸冷漠无情的样子，撇了撇嘴，腹诽道：就不能回车里或者找别人帮她借一下吗？这人就是见一次讨厌一次。

夜幕下，季书怡望着双手插兜的江丞，眼含幽怨。下一秒，她忽而站起身就直扑向对方，接着就吐了江丞一身。

江丞瞬间瞳孔猛缩，脸色铁青，近乎石化。

那一瞬间，季书怡似乎感受到对方的呼吸都紧促了，甚至还听到了拳头捏得咯吱响的声音，吓得她迅速掏出手机给某人的姐姐打了个求救电话。

没办法，江丞虽然总是一副天不怕地不怕的样子，但他唯独敬畏自己的父亲和姐姐。

而幸运的是，他姐姐是她好朋友。

江丞最后已经忘记自己是怎么憋着一肚子火把人安全送回家的，在季书怡开门下车的瞬间，他威逼警告道："别再招惹我，否则，下次谁也救不了你。”

季书怡闻言回眸，猝不及防地对上那道阴冷的视线，心惊肉跳地攥紧手心，但又不想输了气势，便冲江丞做了个鬼脸，气鼓鼓道：“讨厌鬼，我也不想再遇见你，哼！”

说完，她便迅速溜之大吉。

而开学前一天，季书怡才知道江丞竟然和她在同一所大学，还是法学系的，那家伙哪里像被法律知识熏陶过的样子！

明明比她大了三岁，竟然只比她高一届，一定是小时候成绩差留了很多级。

一定是，季书怡心想。

“丞哥，你今年还是大二啊。”

新生报到这天，陈星熠看着身旁刚踢完足球正仰头喝水的江丞，快要笑疯了：“大学留级我还是头一回见，该不会是特意等我吧？”

江丞把喝完的矿泉水瓶精准投进路边的垃圾桶里，然后睨着身边笑成一团的人，冷声道：“是啊，怕你追不上。”

他才不是因为成绩差留级，不过是因为去年家中有事，他落下的课程太多，才主动重修。

二人休整过后，并肩走在校园主干道上。

江丞身穿黑白球服，胳膊与腰间夹着一个足球，而陈星熠身穿白色T恤和灰色卫裤，二人一路上吸引了不少人驻足观看，但大多数人也只是偷偷看一眼。

整个京大都知道法学系有个叫江丞的冷傲帅哥，五官英气立体，混血感十足，瞳仁是深灰色，通身有种拒人千里之外的冷傲气场，让人不敢靠近，却又凭着长相让人忍不住多加关注。

季书怡刚领完军训服，就听见班级同学似乎在讨论一个人：

“你们知道咱们学校法学系的江丞学长吗？”

“我知道，好想见一见真人，听说是个帅哥。”

“我也看到学校论坛上有好多人提起过，虽然超帅，但也很冷漠，好像很难靠近。”

“是吧，所以他们说江丞是京大唯一一个从没收到过情书的校草，因为没有人敢靠近，以前学校里也不是没出现过这种冷酷型的帅哥，但没有一个像他气场这么强大……”

…………

季书怡听着大家对某人满怀期待的讨论，甚至还听到了很多夸赞的议论声，一脸难以赞同地皱起眉，模样有些许不屑地开始破坏某人的形象：“我认识江丞，真人长得很一般，也就脾气跟传说中差不多，又臭又硬又没风度，一点男子气概都没有，特别小气，简直就是最让人讨——”

季书怡正激情地说着，忽然眼前一暗，面前出现一个人完全挡住她的去路，季书怡恍然间仰头，正对上一双极度熟悉的眸子。

说别人坏话被抓个正着的季书怡望着不知从哪儿蹦出来的江丞，紧张地咽了咽口水。

江丞双臂环在胸前，高大的身形挡住阳光，将季书怡笼罩在阴影之下，他垂眸睨着季书怡，嗓音清冽：“继续。”

季书怡的心跳近乎漏了半拍，睫毛无意识地抖了抖，此时有人认出了江丞，激动地喊道：“啊啊啊……是江丞！！”

话音刚落，江丞眼风一扫，吓得女孩立马闭上嘴，默默躲到了季书怡身后。

忽然就被当成避风港的季书怡，立马重整旗鼓，她仰着下巴，眼睛一眨不眨地迎着江丞冷冽的视线，继续说道：“简直就是我这十八年来遇到过的最让人讨厌的人！”

虽然这几位同学只是刚认识不久，可看到她们下意识躲到自己身后，季书怡无形中就生出了一份责任感。

江丞双臂环在胸前，他盯着面前仰着下巴的女孩看了好几秒后，陡然倾身朝季书怡靠近，突然拉近的距离，让季书怡本能地向后退了半步，杏眸圆瞪。

江丞看到季书怡下意识的反应，哧笑出声：“害怕了？当初追着我要联系方式时，胆子不是挺大的？”

季书怡闻言顿感情况不妙，张嘴立马要打断对方，却被江丞抢先一步道：“所以，这位同学是表白被拒后恼羞成怒，存心在诋毁我吗？”

江丞慢慢直起腰，不断向季书怡逼近，季书怡杏眸圆瞪，反过来朝江丞逼近，她矜娇傲气地扬着下巴，愤然反驳道：“谁跟你表白了？你是不是有妄想症！就算世界只剩你一个男人，我也不会看上你！”

江丞眼眸微眯，接着突然哼笑一声，下一秒，便在季书怡耳边轻声回了句：“真巧，我也不喜欢你这种矫揉造作的姑娘。”

“你……好狗不挡道！”季书怡迅速推开江丞后，便赶忙准备逃离这个是非之地。

但江丞似乎没打算放过季书怡，伸手就要揪住季书怡的后领，这时，正好有人喊了声季书怡的名字：“季书怡同学。”

季书怡急忙闻声望去，发现是学校经管系的张教授。

“张教授，我在这儿。”

看到救兵，季书怡眼睛一亮，立马加快步子朝张教授跑过去。

其他几个女生见状也迅速从江丞面前跑开，四周围观的同学也纷纷离开。

陈星熠看着一脸意犹未尽的江丞，八卦地凑上去把胳膊搭在江丞的肩膀上说：“我怎么没发现江小爷还有这么幼稚无聊的一面，竟然和一个女孩子在大庭广众下斗嘴，得亏是亲眼所见，不然打死我都不信你能干出这事。”

毕竟在陈星熠的印象里，江丞成熟冷静，喜怒不形于色，让人无法捉摸到他的心思。

正所谓没有对比就没有伤害，而他就是被伤害的那个，虽然老是被自家老头儿念叨，但陈星熠倒也不会嫉妒或生气，因为他对江丞是真的服气！

如此想着，陈星熠又继续补充道："不是我说，我还是第一次见你这么有耐心，通常姑娘们都靠近不了你，你该不会是对人家有意思吧。"

"我品味有这么差吗？"江丞冷笑道。

"呦，"陈星熠笑着戳穿江丞的嘴硬，"这要是其他人说你'好狗不挡道'，你早就重拳出击了，还能让对方就这么走了？"

江丞听得心烦，他面无表情地偏头冷睨着陈星熠："你今天太啰唆。"

完全没有嗅出危险气息的陈星熠，一心扑在八卦上，继续笑道："是你今天先不对劲的，你倒是——"

"你要不把嘴捐了吧。"江丞扬声打断，眉眼间的森冷之气让人无法忽视。

陈星熠见状乖乖闭了嘴。

阳光刺眼，江丞微低下头，他才不会喜欢上季书怡，逗她不过是校园生活的消遣罢了，而且他姐特意嘱咐过，不让他欺负她，所以他才会适当放任。

仅此而已。

"季总特意交代，让我们多照顾你。"

张教授扶了扶鼻梁上的眼镜，笑容满面地看着季书怡道："季总说你之前都在国外念书，最近刚回来读大学，如果生活或学习上有什么为难的地方，都可以来找老师帮忙。"

"好的，谢谢张教授。"季书怡谦和礼貌地冲老师笑道。

前些年，因为哥哥发生意外，父亲为了保护她才将她送到了国外。现在哥哥苏醒了，家里也一切平稳，她便主动要求回到家人身边读书。

张教授笑着点了点头，最后又叮嘱了句：“回去替老师给季总问个好啊。”

“好！”季书怡笑得烂漫，“一定替老师带到。”

季书怡是帝京季氏的掌上明珠，甚至父亲因她回国读书而在京大捐赠了一栋实验大楼，只愿女儿能够快乐随性且得到更多照顾地完成整个大学生涯。

帝京原本有三大家族，除了季家还有唐家和苏家，如今又增添了一个从英国回来的江家，也就是江丞的家族。

江家百年前在英国起家，陈星熠的父亲便是江父的好兄弟。

季书怡和张教授分开后正打算去找陆知夏，没想到身后竟直接传来了陆知夏的声音。

“书怡。”

陆知夏抱着刚领到的军训服朝季书怡跑来，季书怡立马迎过去：“知夏，我正要去找你呢。”

“我刚才看到江丞了。”陆知夏迎上来后抱着季书怡的胳膊，“还真是跟我们一个学校。”

说着，忽而又无奈地耸了耸肩：“不过也真的跟你形容的一样，跩得很，我想着那天在酒吧大家都见过了，就打了个招呼，好家伙，理都没理我，眼神都没给一个，直接大步流星地走过去了。”

季书怡瞬间像找到同盟军似的，急忙道：“是吧，之前和你说时你还半信半疑，现在信了吧。”

“信了信了，不过……”陆知夏忽然笑起来，“江丞的确帅。”

季书怡翻了个白眼，很不愿意苟同。

陆知夏见季书怡一脸生无可恋的样子，笑着轻拍了她一下，接着转移话题问道：“来的路上，我听到好多人在议论，说今天有个新生跟江丞起冲突了，还说差点被揍，该不会是你吧？”

“传得这么离谱？”季书怡无奈扶额道，“还增添了我要被揍的剧情？大家倒也不必脑补这么多。”

“还真是你啊？！幸好我早就知道你俩的事，不然我也要被带跑偏了，”陆知夏笑得逐渐大声，然后又一脸同情地拍了拍季书怡的肩膀，“大家都很同情你。”

“呵呵……那我谢谢大家啊！”季书怡皮笑肉不笑地打趣道。

陆知夏迎着季书怡的尬笑，继续逗她道：“看来，这江帅哥你得慢慢消受了……”

季书怡知道陆知夏爱开玩笑，也没当回事，只假装生气地道：“臭知知，你对我可真好！是不是咒我呢？”

跟那家伙慢慢消受？那她得多命苦！

而忙着和陆知夏打闹的季书怡还不知道，才开学第一天，她就因为江丞在学校火了。

校友们基本分成两拨——一拨等着看大魔王江丞日后要怎么整治季书怡；另一拨则觉得江丞舍不得对季书怡怎样。

季书怡被大家关注，除了因为和江丞斗嘴之外，还因为她有一张清纯灵动的脸。

季书怡不是那种明艳的长相，而是如江南女子一般清丽甜柔，浅棕色的瞳仁，一双杏眼灵动得如浸了一汪春泉明亮水润，唇形微微上翘，唇瓣莹润娇艳。她身着白色的连衣裙，柔顺长发披在脑后，一侧头发别在耳朵后，身姿袅袅婷婷，举手投足间又有着娇宠出的媚感。

而她的美貌也迅速霸占了论坛首页，被校友冠上了一个“国民初恋脸”的头衔。

但即便再貌美，终究是逃不过军训的摧残。

军训大概是很多学生的噩梦，起码对季书怡来说是这样，训练才第二天，季书怡就已经感觉人生无望了。

她总感觉太阳在独宠她，防晒霜是涂了一遍又一遍，但依旧难熬。

偏偏站军姿晒得汗水直流的时候，江丞还吃着雪糕故意从她面前慢悠悠地走过，甚至在正路过她的时候，嘴角微不可察地扬起一抹戏谑的笑，嘚瑟极了。

这人怎么就那么讨厌！她真的是恨死江丞了。

看到这一幕的陈星熠低头憋着笑，他就觉着今天江丞不对劲，竟故意买根雪糕绕到季书怡训练的场地，还特意引起人家姑娘的注意。

等二人走远后，陈星熠咬了口雪糕，冷不丁地来了句："丞哥，等以后你跟季书怡结婚了，我……"

还没等说完，陈星熠忽然觉得有一道森冷的视线落在了他身上。

"说错了说错了，你肯定不会跟季书怡结婚的。"

陈星熠尬笑着找补，江丞抬手，用力拍了一下陈星熠的脑袋："我是不是最近脾气太好了？"

"没有没有……"

傍晚，一天的军训结束。

还穿着军训服的季书怡累得不想动，在一棵树下准备歇会儿再走。

"书怡。"

正发呆时，季书怡远远听到了陆知夏的声音。

季书怡疲惫地掀起眼皮望去，就看见穿着自己衣服的陆知夏拿着两根雪糕兴奋地跑来。

"给，你爱吃的雪糕。"陆知夏给季书怡递过去一根雪糕。

"你今天没军训吗？"季书怡接过雪糕吃了一口，冰冰凉凉的，燥意瞬间减轻许多。

"没有。"陆知夏在季书怡旁边坐了下来，神神秘秘地凑过去说，"干大事去了。"

季书怡有气无力地偏过头："什么大事啊？"

陆知夏嘚瑟地挑了挑眉，不答反问："军训舒服吗？好玩不？"

"你说呢？"季书怡有气无力地回道。

陆知夏毫不在意地笑着用胳膊肘搙了搙季书怡，继续说道："有个办法可以不军训，还不用家长请假，感不感兴趣？"

季书怡的眼神瞬间亮了几个度："什么办法？"

陆知夏也不拐弯抹角，直接道："从一个学长那儿得知，下周京大和隔壁医学院有场足球联赛，两校都很重视，还安排了啦啦队，我也给你报了名，到时候训练加上彩排，自然就可以成功躲过军训，反正你也会跳舞，关键还能看帅哥……"

陆知夏一边说着，一边已经开始憧憬起来了："想想那场面，绿茵草地，帅哥奔跑……"

"好！我去！"季书怡一听到不用军训，觉得世界瞬间明亮起来，也顾不得问其他的，感动地抱着陆知夏的胳膊蹭了蹭，"还是知知好，好事都想着我。"

"你知道不，本来比赛都不打算让我们正在军训的大一新生参加的。"陆知夏骄傲地笑道，"这可都是我刷颜值刷来的，你得请我吃饭。"

季书怡："那必须请，随便吃。"

…………

这场足球赛宣传得很盛大，男生们大多自荐参赛，女孩们则大部分报名了啦啦队。

负责啦啦队训练的是舞蹈系大三的宋凝，宋凝从大一就喜欢江丞，甚至还曾在一次元旦晚会上，跳了一曲自创舞蹈想要引起江丞的注意，可惜江丞一次元旦晚会都没参加过，连观众都懒得当。

宋凝长得明艳漂亮，大家还曾八卦过，说宋凝这个难得一见的美女，最后一定能一举拿下江丞。却未料，三年过去了，宋凝连江丞的联系方式都还没有。宋凝也就只有在负责学校啦啦队时，才能接触到江丞，幸运的时候还能说上几句话。

可是江丞的冷漠并未让她想要放弃，甚至更加想要探索，所以她从不会放过任何一个可以和江丞接触的机会。

此时，室内球场。

看到江丞的宋凝满脸欢喜又期待地快步迎上去问："江丞，你看这啦啦队这么多人要怎么办才好啊。"

"喊我来就为这事？"江丞没有看向宋凝，而是略显不耐地看向一旁的陈星熠。

"也不全为这事。"陈星熠意味深长地凑近，小声提醒了句，"没看到你的小冤家也在吗？估计是为了逃军训来的。"

小冤家？

一瞬间，江丞自己都没想到会直接想到季书怡，且下一秒竟好似期待般地往女孩堆里看了过去，目光刚好对上季书怡怨愤的眼神，这让他感到一丝有趣，唇角也随之勾起了一抹笑意。

这一笑让在场众人傻了眼，纷纷怀疑是不是自己的幻觉，极度不真实。

宋凝小心翼翼地顺着江丞的目光看向人群中的季书怡，她认得这个女孩，是大一新生，报到第一天就因为美貌在学校论坛里火了。而现在亲眼看到后，也着实让她惊艳。季书怡的美不具有攻击性，但却犹如出水芙蓉般清丽娇俏，给人一种如沐清风的感觉。

见江丞连个眼神都没给自己，宋凝一时间有些尴尬，略显局促地笑了笑，接过陈星熠的话，故作幽默地解释道："就是报名啦啦队的人太多了，我就想着找你们来一起商量一下人选，毕竟大家都是来看你的嘛。"

可下一秒，她话音刚落，忽而人群中有人厉声反驳道："我才不是来看他的。"

众人寻声望去，目光纷纷落在一脸不服气的季书怡身上，江丞见状，嘴角扬起一抹戏谑的浅笑，反问道："是吗？"

江丞目光狡黠，他定定地看着对方，然后慢条斯理地穿过人群朝站在最后的季书怡走去。

而季书怡看着越来越近的江丞，仰着下巴，丝毫没有害怕的意思。

江丞刚踢完球，额角还隐隐残留些许汗珠，他靠近时，季书怡甚至可以感受到他身上未散尽的热气。

“你该不会是来躲军训的吧？”江丞在季书怡面前站定，弯下腰，靠近对方戏谑道，“那就糟糕了，我看你不太适合——”

“谁稀罕！”

季书怡似乎早就猜到了江丞的目的，众目睽睽下直接怒然打断对方的话，嫌恶道：“自以为是的笨蛋！”

说完她便转身跑开，仿佛在这里多待一秒都是对她的折磨。

“我也不稀罕！”

陆知夏见状，也立马力挺好友，然后迅速追了出去，只留下众人目瞪口呆地站在原地。

笨……笨蛋！？

众人和江丞相处这么长时间，从来没见过有人敢这么跟江丞说话，大家本以为江丞会好好“教育”一下这个不知天高地厚的小丫头，可谁知江丞竟只毫不在意地轻哧一声，接着又变回先前那副兴致缺缺的模样，就好像如果不是为了逗弄一下季书怡，他早就离开了这个无聊之地。

“我还有事，先走了。”江丞朝陈星熠微扬着下巴说道。

陈星熠见状郁闷地皱了下眉，他发现江丞的行为愈加诡异反常，可他又说不出个所以然，只好点点头，继续帮宋凝处理啦啦队的事宜去了。

“好啦，别生气了。”追出来的陆知夏安慰着季书怡道，“实在气不过，找人教训江丞一顿。”

季书怡脱口回了句：“教训他我嫌累。”

见她还能接上玩笑话，陆知夏便放下心来，认真说道：“要不你给舅舅打电话，让他帮你请假吧，只要你说舅舅肯定会答应的。或者跟你哥说也行，他们那么宠你，肯定会答应的，军训太累了，我想请假。”

季书怡有些犹豫，她本来不想搞特殊的，可是军训太难熬了，身体的确扛不住。再三思量下，她还是决定放弃挣扎，让家里人帮忙请假吧。

如此想着，她偏过头对陆知夏说：“那我也请……”

可好巧不巧，季书怡一偏头竟刚好看到从室内球场走出来的江丞，在她无意识看过去的瞬间江丞刚好也抬眼迎上她的视线。

这家伙一定是听到了她们的对话。

想到这儿，季书怡顿时怨愤地瞪了对方一眼，头脑一热，赌气似的瞪着他说道：“不就是军训吗？有什么克服不了的，我才不会让某些道貌岸然的人看笑话。”

本还散漫闲适的江丞闻言顿时朝季书怡逼近，气势森寒。

季书怡不得不承认，这家伙冷着脸时，让人没来由地有些害怕。

好女不吃眼前亏，季书怡转身就要跑，可下一秒她的后衣领忽然被人扯住。

“你干吗？！”

季书怡踉跄着向后倒去，还未来得及挣扎，江丞直接开口道：“刚才说谁呢？上次的教训还不够记忆深刻是吧！”

季书怡吃软不吃硬，见江丞开始耀武扬威，她立刻扬着下巴回“怼”道：“当然是说你啊！”

正怒着的季书怡忽然被江丞像拎小鸡似的往草坪上的单杠边大步拽去。

“死江丞！”季书怡手脚胡乱地扑棱着，怒道，“你这人怎么那么讨厌！我这次一定会告诉江叔叔！呜……”

季书怡正叫骂着，忽然感觉腾空而起，反应过来时，发现自己已被江丞举起坐在了单杠上，急忙用双手紧紧抓着单杠以防自己摔下去。

单杠没法完全坐稳，穿着黑色球服的江丞一手插兜，一手虚扶着女孩的脚腕不让她摔下去。他微仰着下巴，嘴角勾起了一抹戏谑的浅笑，他凝视着季书怡，开口道：“再说一遍刚才说谁呢？”

季书怡看着他那嘚瑟的模样，恼羞成怒道：“你怎么这么烦人啊！”

说完，她抬脚就要去踢他，江丞见状，向后闪身一躲，而没了支撑的季书怡忽然整个人从单杠上向后摔了下去。

电光石火间，后退一步的江丞神色一紧，迅速冲上来，将人一把接住，见季书怡没什么大碍，紧皱着的眉头才舒展开来，他无奈道：“你是不是傻？”

平稳着地的季书怡简直气恼到了极点，失控般地冲着江丞怒道：“你才傻！你怎么这么讨厌，烦死了！”

季书怡控诉了半天，似乎还没完全撒气，她忽然蹲下身捡了颗小石子，然后不管不顾地朝江丞狠狠砸去。

江丞只能赶紧偏头闪躲，但还是被石子划破了脸，左边脸颊瞬间出现一条细细的血痕。

这一举动可把在一旁拍视频的陆知夏吓了一跳，原本她看到江丞把季书怡带走时，还想喊人帮忙，可她又感觉这两人的相处模式完全就是欢喜冤家。且根据季书怡跟她提起的那些事来看，季书怡每次也没吃亏。

所以，以陆知夏多年观看偶像剧的经验，这两人肯定能擦出火花，到时候这些视频可都是以后某人求婚时理所当然让他承受九九八十一难的证据啊。

陆知夏正沉浸在自己的内心世界时，另一边，陈星熠也找了过来，还刚好看到了季书怡拿石子砸向江丞的画面。

可他却一点儿也不担心，看到两个女孩跑开后，他走到江丞身边，幸灾乐祸地笑道：“让我看看江大帅哥这脸怎么了？破相了？”

“闭嘴！”江丞郁闷地厉声喝止，然后幽幽地转头看向了已经跑远的季书怡，眼眸微微眯起，不知在想些什么。

陈星熠实在忍不住，又开口说道：“你怎么老欺负季书怡，刚才我走过来看到她眼圈都被气红了，不会是被你气哭了吧？还有，刚才你当着那么多人的面把她从啦啦队拖走，多伤人心啊。”

江丞不耐烦道：“到底谁气谁？”

陈星熠：“……”

这天夜里，鲜少做梦的江丞竟做了一个梦。

梦里，季书怡委屈巴巴的，哭红了眼，在他怀里撒泼，哭唧唧地问他：“你干吗总欺负我？还当着那么多人的面让我难堪，你好讨厌……”

江丞陡然惊醒，一瞬间，脑海被季书怡哭唧唧的模样占据，足足过了好一会儿，才缓过神来。

江丞十分烦闷，觉得这个梦很是莫名其妙。

然后，他便失眠了。

翌日清晨，正在刷牙的江丞无意间抬眸看到了镜中的自己，脸颊上的划痕还清晰可见，他穿着宽松的黑色衬衫睡衣，没有扣扣子只松松垮垮地搭在身上，整个人透着一种冷妄的魅惑感……

这时的江丞还未意识到，向来让人难以靠近的他，不知不觉间竟容许季书怡一而再再而三地近身，还一次又一次地在他身上留下痕迹……

之后的两天，江丞课业忙，忙着军训的季书怡也没再看到他。

尽管如此，军训的强度依然让从小被娇惯着长大的季书怡吃不消，军训还不到一周，她都瘦五斤了，脸上的婴儿肥都消了点。

又是一个艳阳天，教官让季书怡所在的方队围着操场跑圈，学生们一边跑一边嘀咕着教官太严格了。

季书怡已经热得说不出话，只跟着队伍闷头跑着，额头的汗水直往下流，脸却愈加没有血色。

“快看快看，季书怡他们在外围跑步。”正在足球训练中的男生们有人喊了一声，“这教官也太严厉了吧，这么热的天还让他们跑步。”

“还别说，这个方阵美女好多啊，尤其是季书怡……”

这个男生话说到一半，忽然感觉一道冷飕飕的目光朝他扫来，一抬头刚好撞进江丞阴恻恻的视线里，导致男生莫名心怯，连同其他男生的议论声也都戛然而止了。

原本吵闹的环境一下寂静下来，江丞不自在地蹙了蹙眉，这气氛怎么搞得好像他在因为季书怡与人争风吃醋似的，他不过是听到她的名字，下意识地看过去而已。

“有人昏倒了！”

一片寂静中，忽然有人喊了一嗓子。

一直看新生跑圈的陈星熠眼睁睁地看着季书怡因体力不支昏倒在地，赶忙对江丞喊道：“季书怡昏倒了！”

嘎吱——

就在陈星熠喊出声的一刹那，江丞手中的矿泉水瓶被他无意识地捏出响声。

只见席地而坐的江丞陡然间睁大眼睛，原来是教官冲过去把昏倒在地的季书怡抱了起来，然后快步朝医务室的方向走去。

江丞迅速将自己的情绪克制住，摆出一副事不关己的模样，语调散漫冷冽：“关我什么事。”

陈星熠看着江丞怪异的神色，讪讪地摸了摸鼻子，笑着重复他的话：“哦，也是，关你什么事。”

江丞瞄了眼笑容怪异的陈星熠，他莫名觉得心里更烦躁了，直到新的一场足球比赛开始，那份道不明的烦躁才缓缓消散。

足球是一项考验运动员爆发力和体能的运动，江丞身穿黑色 7 号球衣，他的动作快如闪电般，在巧妙避开对方队友的阻拦后，一脚射门，让对方守门员措手不及，这一波操作也赢得了队友和围观学生的欢呼声。

比赛临近尾声时，双方队伍还差一分打平，对手看到所剩时间不多，开始反击，但在比拼中不知是谁忽然伸脚绊倒了江丞，若是往日，江丞一定会有所察觉并及时避开，可今日他却不知被什么事分了心，竟躲闪不及，直接摔倒在地。

见江丞摔倒，一群人赶忙围上来扶起江丞，七嘴八舌地担心道——

“丞哥，你怎么样？”

“对不起丞哥，我不是有意的。”

“丞哥，伤到哪里了？”

…………

绊倒江丞的男生满脸歉意，而陈星熠也被吓到了，他倒不是担心江丞的伤，而是担心江丞这暴脾气会与人发生争执，正忙着开口打圆场，抬头一看，江丞的表情里竟没有一点怒意，然后轻飘飘地说了句:“没事，你们继续，我去医务室处理一下。”

江丞的反应让陈星熠着实有些惊讶，这位祖宗今天竟然脾气这么好？

但现在他也管不了那么多，见江丞的心情没受影响，而且也没受什么伤，只是胳膊肘擦破了皮，便直接开口道:“这点小伤去什么医务室，等我拿碘伏给你处理一下，贴个创可贴就行了。”

“不行！”江丞脱口拒绝，“我要去医务室。”

陈星熠闻言，十分不解，这家伙是吃错药了？还是变矫情了？

他清楚地记得上次江丞受伤时都流血了，也不过是自己随意包扎了两下，这回擦破点皮就要去医务室了？

还没等他想明白，江丞已经大步流星地朝医务室的方向走去了。

陈星熠快步跟上，走了几步后突然灵光一现，像是想起什么似的，恍然大悟般地笑着说：“他不会是想去医务室看季书怡吧？”

“谁要去看她了？”江丞急忙掩饰道，“不及时清理好伤口，万一感染了，我用你胳膊吗？”

“那你可快点吧，我怕再慢一点，伤口就要痊愈了。”陈星熠一副懒得听他狡辩的样子，着急忙慌地拉上他加快步伐，故意打趣道。

江丞没说话，抬起一脚就踹在了陈星熠的屁股上。

京大医务室。

病房里，输完液的季书怡早已醒来，此刻她手中抱着个布玩偶，脸色还很苍白，胳膊肘和膝盖处都缠着白纱布，眼圈湿漉漉的，像是刚哭过。

“还疼吗？”季书怡的哥哥季景航心疼地叹了口气。

季景航在接到季书怡辅导员电话后就急忙赶了过来，他赶到的时候自家妹妹还昏睡着，他焦灼不安地守着她，好在没过多久，季书怡慢慢醒了。

只是醒来后，身上伤口的疼痛感开始被不断放大，季书怡从小娇生惯养，皮肤娇嫩，清理伤口时实在忍不住哭了出来，一脸委屈巴巴的样子，看得季景航心疼不已。

而此刻，季书怡见自家哥哥担心得眉头紧锁，便吸了吸鼻子道：“不疼了。”

“那哥哥现在带你回家休养。”季景航看出妹妹是不想让他担心，便没再多问什么，只抬手摸了摸她的头说，“给你请了假，等军训结束再回来上课。”

“好。”季书怡点头道。

江丞一踏进医务室，刚好看到季景航抱着季书怡出来的画面，只见女孩的手肘和膝盖上都绑着白纱布，脸色苍白，眼圈却红得彻底，湿漉漉的像是刚哭过，整个人乖巧地靠在哥哥怀里，安静的样子与往日在他面前的模样截然相反，倒是与那日梦中的她一样，委屈的模样让人心里不舒服。

她的手里还抱着个布玩偶，倒不是一些可爱的小动物之类的，而是一个齐天大圣的玩偶，倒也新鲜。

室外阳光刺眼，有一位黑衣保镖及时撑起一把黑伞为他们遮阳。

直到季书怡被季景航抱上门口那辆黑色轿车，车子渐行渐远后，江丞才缓缓收回视线。

“怎么回事？不看医生啦？”陈星熠看着准备转身离开的江丞问道。

江丞看到季书怡委屈的模样十分郁闷，但表面上却只云淡风轻地说道：“痊愈了。”

陈星熠：“……”

虽然江丞表面装作若无其事，可他的脑海里却一遍遍浮现着季书怡昏倒和从医务室被抱出来的画面。

好像不欺负她，他的心情就不够舒爽，但见到她可怜巴巴的模样，他的心情更不爽。

他想，或许是现在的生活太悠闲了，毕竟以前他要一边兼顾学业，一边和父亲走南闯北寻找姐姐，有时候忙到连觉都来不及睡，而季书怡恰好在他生活归于平静时出现，便成了他打发时间的乐趣。

一定是这样，她只是他打发时间的乐趣罢了。

一旁的陈星熠看着一反常态的江丞，露出一脸看破不说破的表情。

他真以为自己没看到他看到季书怡晕倒时的情绪波动吗？

真是死鸭子嘴硬！

翌日清晨，江丞接到了父亲江聿怀的来电。

“阿丞，爸刚盘下城南的一家店面，你学业不忙的时候去转转，让店员认识认识，以后这些都是你来管理，我最近要带你姐姐回一趟英国，大概得一个月。另外你一直观望的那辆摩托车，今天发售，爸已经给你买了，这些年你跟着爸到处奔波也辛苦了，现在爸终于稳定了，以后爸会好好护着你们姐弟俩，让你们好好享受人生……”

“那爸你跟姐路上注意安全，若有事，阿丞随时待命。”江丞认真听完，紧接着关心地说。

江丞知道自己性格桀骜难驯、嚣张冷妄，但要说他在这个世界上最尊敬的人那一定是父亲。因为是江聿怀赋予了他新生，给了他一切，让他从一无所有站到了人生之巅。

他会守护好江家，守护好父亲和姐姐。

而季书怡，不过是他人生中一个插曲罢了。

之后的一段时间，江丞没再看到过季书怡。

这也让江丞更加坚信，季书怡只是他无趣生活中的一个小插曲。

人声喧嚣，灯光闪烁，舞池中央有各色男女在热舞。

“老宋，你知道不？咱丞少最近可不正常了。”坐在吧台的陈星熠嬉皮笑脸地朝旁边的宋玉扬了扬下巴，“这家伙对一个姑娘挺上心的，但就是不承认！”

“谁家姑娘？”宋玉惊讶又好奇地追问，“发展到哪步啦？”

陈星熠笑着耸耸肩：“哪有进展，江丞一见面就欺负人家，都把人家小姑娘欺负哭了。”

“哭了？”宋玉顿时不以为然地摇摇头说，“那或许只是看人不爽。毕竟你也知道江丞对讨厌的人可是不分男女，更不会怜香惜玉的。”

陈星熠立刻反驳道：“他对人不爽的表现才不是那样！”

两人正说着，就看到江丞双手插兜，朝二人这边走过来。

今晚的江丞穿了件黑色衬衫，几颗纽扣随性解开，隐约露出锁骨，独特的气质吸引了众多目光。

此时已经有大胆的女孩试图搭讪，然而江丞在女孩距离一步之遥时直接无视避开。

陈星熠见状认真道：“看，这才是江丞看人不爽的表现！一般人根本近不了身，但那个女孩可是手脚并用地打他泄愤！还有刚开学那会儿……”

“你俩在聊什么？”已经走过来的江丞对说得正欢的陈星熠问道。

陈星熠立马做贼心虚般急忙掩饰道：“没聊什么，是吧老宋？”

一旁的宋玉忽然贼兮兮地笑起来，故意调侃道：“没聊什么，就是陈星熠跟我说你对一个小姑娘特别上心，还说你最近脾气很暴躁……”

“老宋，你坑我！”陈星熠见情况不妙，立马起身捂住宋玉的嘴，一脸委屈，“江丞，你别听老宋胡说八道。”

说着，松开宋玉后，十分有眼色地立马端起一杯酒敬给江丞：“来，丞哥喝酒。”

江丞漫不经心地接过酒杯，看向陈星熠时眉峰微扬：“怎么着，上次还没被练够？”

“够了够了。”陈星熠想起上次被蹂躏的画面还很肉疼。

一旁看热闹不嫌事大的宋玉抿了口酒，看着二人懒洋洋地开口：“话说你们俩怎么还在上学呀，就单独把我留在社会遭受‘毒打’啊。”

他们仨从小一同长大，宋玉年纪最长，陈星熠最小，原本按年龄来算，江丞也该毕业了，但因为家里有事，很多课程落下，只好继续重修。

“那没办法。”陈星熠吊儿郎当地接话道，“谁让我俩都比你年轻呢，正值大好年华，不在学校念书，还能去哪儿？”

陈星熠说着，突然话锋一转，调侃道：“但丞哥之前一直在国外读书，忽然跑回国内念大学，而且还学了法学！”

陈星熠嬉皮笑脸地上下打量着江丞啧啧出声：“你看丞哥长得哪里有法学那般严谨公正的样子，这不土匪头子进京赶考吗，唉……”

还没等陈星熠说完，江丞一把拽着他往门口走去："看来还是练得少，今天让你练个够！"

陈星熠看向宋玉，宋玉一摊手，表示无奈。

"丞哥！我再也不敢有下次啦……"

两校足球联赛因为隔壁医学院忽然有个稀有病例需要研究学习而选择顺延，而这一顺延，直接延到了大一新生军训结束。

能和大家一起观看足球赛，大一新生们都欢快得很，早早地便围在了足球场边。

绿茵场上，两校队员已到齐，两校的领队老师正在交代球员赛前准备和细节。

京大球服为黑色系，医学院则是白色系，赛场上一黑一白，可谓泾渭分明。

球员准备之时，外场围观的人群也十分热闹——

"快告诉我哪个是江丞，迫不及待想看！"

"哪个是？看不出来啊。"

"没看到啦啦队长宋凝也在东张西望吗？说明江丞还没来。"

"天哪！快看！江丞出现了，他来了！"

只见绿茵场上两个男生缓缓走来，一位身穿黑色七号球服，一位身穿白色六号球服。二人一出现，瞬间引起现场一片哗然——

"黑色七号是江丞吧，这简直比传说中的更帅啊。"

"我的妈呀，第一次看到有人留寸头这么帅。"

"他脖子上的文身是蝴蝶吗？荆棘蝴蝶？荆棘穿透蝴蝶的翅膀？这黑红配色，好暗黑血性的文身啊。"

"但旁边白色六号也很帅气，是隔壁医学院的吗？"

"白衣服的叫唐御，隔壁医大的，唐家的公子哥。"

…………

一时间场外简直比场内更加热闹，直到啦啦队舞蹈结束，随着裁判的一声哨响，比赛正式开始，鼎沸的人声才小了些。

“不是不去看球赛吗？你讨厌的江丞也在啊。”

另一边，被季书怡拉着往足球场跑的陆知夏郁闷着说道。

“我又不去看他。”季书怡一边拉着陆知夏，一边说道，“医学院的参赛球员里有我朋友，叫唐御，他刚才给我发消息，让我们去给他加油。”

说着，季书怡忽然回头对陆知夏挑眉一笑。

陆知夏闻言眸光一亮，瞬间激动道：“你早说啊，这我可就有精神了。”

陆知夏瞬间反超季书怡跑到了前面，等她们赶到足球场的时候，现场已经被围得水泄不通，两人费了九牛二虎之力才挤到最前面。

“哪个是你朋友啊？”

陆知夏正四处搜索着帅哥的踪迹，却一眼看到了带球奔跑的江丞，情不自禁地感叹道：“江丞是真帅。”

季书怡闻言，立即指着医学院的白色六号说：“唐御哥不比他帅？就是医学院的六号，这才是真帅哥好吧，而且人超级阳光又有礼貌。”

闻言看过去的陆知夏顿时眸光一亮，露出一脸被惊艳到的表情道：“果然很帅，那江丞归你，唐御哥归我。”

季书怡有些郁闷：“你能给我分个好的不？”

陆知夏调侃道：“江丞不好吗？还抱你举高高呢。”

“陆知夏！”季书怡气急败坏用胳膊肘捽了下自己这个损友，故作生气道，“一会儿我就告诉唐御哥，你好友列表里全是男生！哼！”

“别！”陆知夏急忙抱着季书怡的胳膊，讨饶道，“好啦，我不开玩笑了，认真看球，医学院目前好像处在下风。”

季书怡也看到了记分牌上的比分，目前的确是京大领先一分，她有些苦恼地认真看着赛场的情况。

随着双方球员的不断走位，没过一会儿，唐御便巧妙地从京大球员的脚下抢走了球的控制权，紧接着一个转身，带着球飞速奔跑，动作干净利落，眼看就要进球。

刹那间，季书怡和陆知夏同时激动地为唐御加油打气。

明明现场人声嘈杂，可奔跑中江丞竟听到了季书怡的加油声，他下意识地寻声望去，只见女孩在人群前为他人欢呼的兴奋模样。

时隔多日未见，她气色恢复了不少，也是这一瞬，唐御进球，整个医学院都为其欢呼庆祝，而京大这边只有季书怡和陆知夏跟着兴奋，倒显得二人格格不入。

“这两人不是我们京大的吗？怎么给别人欢呼，这不是胳膊肘往外拐吗？”

正欢呼中的季书怡脸色直接沉了下来，盯着说话的人：“你再说一遍！”

陆知夏见状也立马毫不客气地回击道：“那是我们朋友，怎么不能加油助威了！”

“算了算了，和气生财，别吵架。”

这时，一旁有人出声劝慰，这个小插曲也就不了了之。

“嘟！”

紧张的氛围被一声哨响打散，赛场上迎来了中场休息。

人潮涌动，有送水的，还有送毛巾的，什么都没准备的季书怡和陆知夏被挤得差点摔倒。

“小心点。”

混乱中，唐御及时走过来扶住季书怡的肩膀避免她摔倒。

“唐御哥！我跟朋友正要去找你呢，没挤进去。”看到唐御的季书怡开心地笑道。

说着，她又急忙把陆知夏拉到唐御面前介绍道：“这是我朋友陆知夏，也是我表姐。”

接着，又对陆知夏介绍道：“这是唐御。”

“你好，陆同学。”唐御绅士地向陆知夏打了个招呼。

“你好，你刚才很帅，球技超棒。”陆知夏开门见山，直接夸道。

“谢谢。”唐御礼貌地轻笑，然后看向季书怡，“我还担心你会有事来不了呢，一会儿比赛结束一起吃个饭？”

“好呀！”季书怡大方答应，“我请客，给你庆祝。”

唐御浅笑，开玩笑道：“输了就不请了吗？”

“输赢都请，再说唐御哥肯定会赢的，是吧，知知？”季书怡笑着说。

“对。”陆知夏应和着，认真点头。

三人这边聊得悠闲，而另一边的江丞坐在长椅上喝水，明明是低着头，但却总不经意朝唐御和季书怡那边看去。

又是一声哨响，他看到那边季书怡不知道对唐御说了什么，只见唐御笑着抬手轻揉了下季书怡的头顶，然后转身回到了赛场。

这一幕让江丞没来由地觉得异常刺眼，直接把瓶中水一口喝尽，接着丢进了垃圾桶。

下半场，陈星熠明显感觉到江丞比上半场打得更认真，开场没几分钟就进了一球，临近尾声又助攻一球，带领京大以三比二的成绩赢了医学院。

候场更衣室，唐御虽然输了，但输得很有风度，他主动走到江丞面前，大方祝贺道：“早就听闻京大的江丞球技了得，今天有幸切磋，我输得心服口服，有机会再约一场啊。”

相比唐御的大方，江丞则显得没那么有风度，甚至对唐御有种自己也说不清的敌意，只漫不经心地回了一个字：“好。”

唐御收拾好东西，刚走出更衣室便看到了在外等候的季书怡。

季书怡看到他们走出来，欢喜地迎过去喊了声：“唐御哥。”

听到熟悉声音的江丞迅速掀起眼皮看过去，只见拿着一瓶矿泉水的季书怡眉开眼笑地直奔唐御的方向而去，这样的场景，让他不由得无意识地攥紧拳头。

“等久了吧？”唐御快步迎上去，有些抱歉地开口道。

“没有没有。”季书怡直接将水递给对方笑道。

接着，季书怡把矿泉水递到唐御手里，却瞥见后面距离二人一步之遥的江丞，便故意扬声道：“一开始没来得及给你准备喝的，这是刚才我特意跑出去买的。为了给你庆祝，我餐厅都订好了！唐御哥你太厉害了，听到大家对你的欢呼声了吗？你可是收获了不少小迷妹呢，好多同学都来问我……”

“季书怡！”

一旁的江丞实在听不下去，陡然冷声喝止道。

“干吗？”季书怡不耐烦地回“怼”道。

“是我赢了！”江丞忽然失控般地脱口而出。

“你赢了怎么了，多大点事，”季书怡嫌弃地撇撇嘴，开始快嘴输出，“瞧你嘚瑟的，知道的是你赢了两校联赛，不知道的还以为你走向国际了呢！”

“季书怡！你……”江丞这还是第一次被人气到脸红。

一旁的唐御见形势不好，立马把季书怡拉到身后，安抚性地抬手摸了摸小姑娘的头说：“好啦，少说两句，确实是人家赢了，再这么说话就没礼貌了啊。”

但二人间如此亲昵的动作，让江丞的怒气更旺了，他也不知道自己究竟怎么了，常年内心稳定的他，对人对事从不会让自己失控，让人有机可乘，让自己漏洞百出。

可眼下他觉得自己这副模样糟糕透了，他很厌恶这种感觉，他也不能被任何人牵动情绪。

江丞努力让自己平复下来，待脸上恢复冷漠后，他看着季书怡淡淡地回了句“是没多大点事”，便转身离开了。

季书怡看着江丞远去的背影，小声地嘟囔了句：“真奇怪。”

但她倒也懒得琢磨那家伙的情绪，只偏头笑着对唐御说：“唐御哥，你不可以总是摸我的头，会让人误会的，关键是还会挡你的桃花。”

唐御看着眼前已经长大的女孩，也意识到自己的举动过于唐突了，便温和笑道：“行，是哥哥大意了，我们小书怡已经长大了，哥哥跟你道歉。”

“不至于道歉，我就是提醒一下，总不能因为我挡住哥哥你的桃花不是，”季书怡笑道，“走吧，我们去吃饭。”

第二章·Chapter 2

情愫

是夜，城南酒吧。

比完赛后，江丞心里一直发堵，便准备小酌一杯。

可他刚坐在卡座上，就看到陈星熠嬉皮笑脸地问道："怎么了？让我猜猜是谁惹我丞哥心情不爽了。"

江丞本就心中烦闷，听到陈星熠的调侃后更是烦躁，便哧声道："再练你一会儿，心情就顺畅了。"

陈星熠闻言立刻奓毛道："你怎么就是不承认是因为季书怡生气的，江丞，我倒要看你能憋到什么时候！"

眼见二人之间的火药味儿一触即发，宋玉在一旁无奈摇头道："你们俩这幼稚劲儿，赶紧回幼儿园回炉重造吧。"

之后的日子，江丞没再与季书怡产生交集，哪怕是在校园里遇见，他也没再像以前那样有意去逗她，好像生怕与她有交集会让自己失控。

他厌恶那种失控感，更厌恶自己的情绪被他人左右，也不能允许自己处在失控中。

那段时间，江丞总会听到身边男生悄悄说起季书怡，但那段时间他总是在自动屏蔽关于她的一切。

今年的迎新晚会是在国庆假期前举办，京大的迎新晚会总是筹办得很盛大，晚会当天，从早上开始相关社团和学生会成员们就开始紧锣密鼓地准备。

夜幕初降，各个系的学生有序地出现在京大体育场。

观众席热闹非凡，甚至还有人举灯牌和荧光棒来制造气氛。

随着主持人的开场白结束，晚会开始，表演的节目种类繁多，各个精彩，一时间欢呼声不绝于耳。

坐在后排的陈星熠正观赏着节目，突然手机收到了一条来自江丞的语音——

“我先走了。”

学校里的活动江丞大多不参与，而今天留下来是要准备一场学术讨论，所以才到现在都没走。

陈星熠见状回了条语音：“我也打算回去了，你来体育场接我一下呗，我的车被老宋开走了，刚好坐一下你的新摩托车。”

江丞回道：“自己跑回去吧。”

陈星熠听完语音，完全不在意地笑了笑，他知道江丞肯定会来接他的。

江丞把车骑进校园，来到体育场附近后，正要给陈星熠发消息，让他赶紧出来时，正赶上听到台上主持人播报下一个节目。

“下面有请大一的季书怡同学，给大家带来舞蹈《相思引》。”

听到熟悉的名字，江丞的目光穿越人海，眺望舞台之上，霎时间舞台上灯光全灭，在一片黑暗中音乐缓缓响起，接着灯光骤然亮起，聚光灯下的季书怡身穿红色古风服饰，手拿一把折扇翩然起舞，脚腕上还系着一条红绳铃铛，长发与衣角在舞动中摇曳，惊艳众人。

那是江丞第一次见到这样的季书怡——柔美、娇艳、勾人心弦，甚至在音乐的意境中散发着惹人怜惜的破碎感。

那个夜晚，灯光唯美耀眼，人群激情喧闹，平日里如同冰山的冷妄少年隔着人群无意识地轻扬嘴角。

“被迷住了？”不知何时已经走过来的陈星熠贼兮兮地笑道，“美吧。”

江丞扫了眼陈星熠，顺着他的话说道:“对，美惨了。”

陈星熠见他一脸无所谓的敷衍模样，只好无奈地耸耸肩：“你可真无趣！”

晚上，江丞回到别墅洗完澡准备睡觉，手机一连响了好几声，拿起来一看又是陈星熠发来的语音——

“你的小冤家今晚霸屏论坛了，我截图给你看看。”

然后一连发了好几张照片。

“你怎么不说话？是不是在欣赏？我再给你发几张高清照，祝你做个美梦。”

见对方一直不回复，陈星熠试探着又发了一个表情包，这时手机屏幕出现一条提示——

你还不是他（她）的朋友，请先发送朋友验证请求。

“竟然把我拉黑了！”陈星熠瞬间从被窝中惊坐而起，气愤地准备给对方打个电话“理论”一番，但发现自己的手机号也被对方拖进了黑名单。

“算你狠！”陈星熠咬牙切齿地道。

这天夜里，江丞又一次梦到了季书怡。

他当时看到陈星熠发来的校园论坛的相关截图和照片后，不知出于什么心理，慌不迭地拉黑了对方，生怕自己继续看到有关季书怡的消息，虽然他也不知道自己究竟在逃避什么。

眼不见，心便不会动。

可未承想，他却又一次梦见了她。

江丞靠在床头，没有开灯，他微垂着眼眸在黑夜中沉思了许久，终于还是没忍住，拿起手机，打开了学校论坛，刚一点开他就看到了关于季书怡的帖子——

京大国民初恋季书怡的男朋友疑是隔壁医科大的唐御，有图有真相！

江丞看到帖子标题，眸光倏然一暗，随即点开帖子，赫然看到了一张季书怡和唐御的合照——照片中，在灯光下还未来得及换演出服的季书怡正仰头看着身穿白衬衫的唐御，笑得恬静娇俏，而男生手中拿着一瓶拧开的酸奶正要递给女孩。

江丞只看了一眼就烦躁得将手机扔到了一边，闭上眼想要再次入睡，却一直难以入眠。

最后，他不得已起身到拳击室锻炼到天亮。

国庆假期很快结束，开学第一天，季书怡所在的经管系早上八点就有一节大课。

陆知夏昨晚住在她家，所以二人一同被司机送来了学校。

“唉对了，论坛上关于你和唐御的帖子是你让人删的不？”走进校门，陆知夏就好奇地八卦着，“照片里，你俩看着还挺配。”

“不是我删的，我都不怎么关注论坛，是我哥让人删的，而且唐御哥对我也不是喜欢，我也不喜欢他这种斯文儒雅的类型，昨天就是他知道我们学校办迎新晚会，随口问我有没有节目，过来玩玩的。”季书怡认真地向陆知夏申明道。

“嗯？不喜欢斯文儒雅型的，”陆知夏听得顿时来了兴趣，笑着追问，“那你喜欢什么类型的呀？快说说。”

季书怡倒也不藏着，记忆一下子回到了曾经暗恋过的那个男孩子身上，脸上不自觉地盈满了笑：“我喜欢那种不拘小节、有个性、讲情义，说话可能有些粗糙不那么温柔，甚至有时听起来有些气人……”

“啊？”陆知夏听得陡然停下脚步，惊愕地瞪大眼睛，“这不江丞吗？”

还沉浸在回忆中的季书怡好似忽然被人泼了盆冷水，整个人都僵住了，反应过来后立马反驳道：“陆知夏，你胡说什么！我怎么可能会喜欢江丞那家伙。”

“可你形容的就是他呀。”陆知夏笑道，“江丞好久没来惹你了，是不是被你偷偷驯服了？”

“谁要驯服他啊！”季书怡气鼓鼓地说，“这段时间没有他的骚扰，我过得多快乐……啊！”

正经过一个路口时，突然一个神色匆匆的男生直接冲撞而来，把季书怡撞得失声惊叫，踉跄中朝旁边跌撞而去。

好巧不巧，正和陈星熠聊着天的江丞从路口经过，一抬眼就看到了一个熟悉的身影，接着那身影一头扎进了他怀里，这一幕像极了他们初次见面时，也是在一个转角，她冒冒失失地拿着杯奶茶，小跑着撞到了他。

那也是第一次，有人撞到了他还敢当面“怼”他。

季书怡鼻子被撞得生疼，眼眶都沁出了泪，但还是忍着疼准备跟对方道歉：“呜……对不起……怎么是你？”

站稳后，她一抬眼却看到被她撞到的竟然是江丞，心底那份歉意顿时化为乌有，幽怨道：“怪不得大清早就这么倒霉！”

然后就像遇到瘟神似的转身就走。

她不知道为什么，明明自己平时很礼貌，遇事也会负责，可每次见到江丞就想“胡闹”，惹他生气，好像她所有的不礼貌和蛮横都只对他一个人似的。

季书怡想，这一定是对他总欺负自己的报复！

“啊！”

可惜，刚转身没走两步的季书怡下一秒整个人就被扯了回去。

“呜……”

季书怡忍不住低呼出声，还未来得及抬头，就听到江丞轻狂傲慢的声音：“道歉。”

“我就不！”季书怡声音闷闷的，不管不顾地挣扎着，可无论如何都挣脱不开，气得季书怡迅速摸出手机想要打电话，可刚要拨通，手机就被江丞抢走，对方甚至高高举起，让她根本够不到。

“你还我手机！”

江丞眼神戏谑地低头看着“张牙舞爪”的女孩，轻挑眉峰，不屑反问道：“怎么？要打电话给那个叫唐御的？要不要我帮你打？”

唐御？！

季书怡的动作陡然僵住，她不明白江丞怎么会提到唐御，但眼下她没心情多想，只气鼓鼓地喊道：“你真是莫名其妙！快把手机还给我！”

季书怡努力向上蹦了一下，想要去够被江丞握在手里的手机，等尝试过一阵，发现自己完全够不到后，她气得用尽全力地在江丞的腰上狠狠掐了一下。

这时，她的手机突然响了起来，熟悉的铃声让季书怡顿时两眼放光，急声道：“是你姐的来电。”

她手机里的联系人不多，但每一个都有专属铃声，一听就知道是谁的。瞬间，季书怡像抓住了救命稻草一般，得意道：“烟烟找我肯定是有很紧急的事情，快把手机还给我！”

听到这儿，江丞下意识地看了眼来电备注，倒还真是他姐，便将手机主动递给了季书怡。

这边，季书怡刚拿到手机便立刻滑动了接听键，下一秒，江丞便眼睁睁地看到季书怡瞬间变脸，然后委屈巴巴地假装哭起来：“呜……烟烟，江丞好过分，他总是欺负我！”

说着，季书怡还故意装作委屈地啜泣了一下。

江丞简直被季书怡变脸的速度给惊到了，他立马反驳道：“你这胡说八道的本事倒是张口就来。”

季书怡无声地瞪了江丞一眼，然后继续向沈烟告状："烟烟，你快管管你弟弟，他天天欺负我，从来没把我当成你朋友！"

电话那头的沈烟见状急忙安抚道："好，我一定说他，不让他再欺负你，他现在还在你旁边吗？"

季书怡立马换了副嘴脸，得意地看向江丞，但一开口还是委屈的语调："在我旁边，刚才手机被他抢走了，才没有及时接你电话。"

"那你把手机给他。"

"好。"季书怡立马把手机递给江丞。

没过多久，季书怡就看见老实接过手机的江丞，低垂着眼眸，不知自家姐姐对他说了什么，一脸兴致缺缺地回了句："哦，知道了。"

季书怡见某人没了刚才的气焰，便笑盈盈地拿回手机，故意对着手机说："这大清早的，吓死我了，我需要喝杯奶茶压压惊。"

江丞猜到她的小心思，立马驳斥道："这大清早的喝什么奶茶！"

季书怡立马佯装委屈，啜泣一声："烟烟，你看看你弟弟！"

江丞拳头瞬间捏得咯吱作响，咬牙切齿道："行！我去给你买！"

达到目的的季书怡立马冲江丞仰着下巴骄傲地展颜一笑，像是一只打了胜仗的花孔雀一般，只是说话的声音还装得十分委屈。

"扑哧！"

在一旁看完全程的陈星熠看着吃瘪的江丞彻底忍不住笑出声来。

江丞烦躁地冷睨了眼陈星熠，便直接朝校外走去买奶茶，陈星熠见状，也立刻跟了上去。

江丞和陈星熠离开后，陆知夏笑着偷偷朝季书怡竖了个大拇指："那你继续打电话，我先走了。"

陆知夏学的是播音主持，和季书怡不在同一处上课，便先离开了。

而季书怡也没有在原地等江丞，而是一边煲电话粥，一边朝教室走去。

电话那头，沈烟无奈地笑着问："我这弟弟真欺负你了？"

季书怡这时才恢复正常语调，笑着说：“欺负我可是真的。”

“江丞不坏的，我就猜到你是故意的，你们俩呀，怎么就像冤家似的。”

“怪他老欺负我。”季书怡不想再提江丞，便转移话题问，“对了，给我打电话干吗呀？有什么事吗？”

“前段时间跟爸爸去了趟英国，在一座古堡里吃了顿特色餐食，想着口味是你爱吃的，但成品带回来也就不好吃了，所以我把厨师请回来了，就想问问你周末有空没？来品尝美食？”

“有空有空。”听到有美食的季书怡双眼发亮，欢欣道，“那我周末去找你。”

沈烟：“好。”

到了大教室，季书怡刚找到位置坐下，就收到了一个陌生来电。

她犹豫了一下，接通后发现竟是江丞打来的。

“奶茶买好了，你人呢？”

“呀！”季书怡故意道，“我已经到教室了，你送到教室来吧。”

听出对方是想故意刁难他的江丞咬牙切齿道：“季！书！怡！”

季书怡一想到电话那头江丞气急败坏的样子，就心情大好，难得对他礼貌温柔地说：“那我在育德楼三楼教室等你哟。”说完就挂断了电话。

这节课是几个班一起上的大课，临近开课时间，偌大的阶梯教室里已经陆陆续续要坐满了，季书怡心情颇好地拿出书本，她都已经想到一会儿江丞进来给她送奶茶的憋屈模样。

哼！谁让他开学第一天瞎说，编派她主动表白没成功，导致现在学校多了好多关于她的八卦。

上课铃打响，教授还没到，季书怡低头翻看着自己的书，五分钟后，姗姗来迟的老教授走到讲台，因为自己的迟到跟大家真诚道歉后，正式开始教学。

可刚打开课件，忽然台下传来一片哗然。

“我的天，江丞来了，他还拎了杯奶茶！”

“给季书怡的吧，刚才还有人撞见他们俩在一起，若不是为爱低头，谁又能让江丞买奶茶！”

…………

台上的教授认识江丞，因为他除了成绩好，其他各方面也都十分优秀，让人不得不注意。所以认为江丞似乎是想来蹭课，教授也没多说什么，只道：“迟到的尽快找位置坐下，别影响其他人。”

就这样，众目睽睽之下，江丞拎着奶茶便走向了季书怡。

季书怡坐在中间偏后一些的位置，她是在江丞走到附近时才在大家窃窃私语的议论声中好奇地抬头看去，而当她看到拎着奶茶、脸色十分不好的江丞时，心里有种奸计得逞的窃喜。

江丞走到季书怡后面一排落座，然后把奶茶递了过去。

季书怡接过奶茶，便不再搭理他，好好听了一会儿课后，突然有些不自在地偏头看着江丞问：“你自己没课吗？”

江丞：“没课。”

季书怡无奈道：“没课你大清早来学校干吗？”

江丞贱兮兮地道：“踩点过来欺负你啊……嘶！”

季书怡气恼地一脚踢在他的小腿上，用力大到她能清楚看到江丞疼得皱眉的样子。

晚上，不怎么上晚自习的江丞，留下来上了晚自习。

放学时，陆知夏已经先走了，季书怡背上书包往外走，心里想着周末去找烟烟时给她带什么礼物。

季书怡上晚自习的教室在五楼，等她慢慢悠悠从楼梯走到二楼时，楼道上已经没什么人了，待靠近一楼楼梯口，昏暗中忽然伸出一只手直接捂上她的嘴，把她拽走。

季书怡拼命想要喊出声求救，却只能发出低弱的呜咽声。

一阵旋转后，入目的竟然是江丞那张噙着坏笑的欠揍脸。

“江丞！”季书怡这次真的生气了，“你开这种玩笑！吓死我了！”

“知道害怕就好，从明天开始记得带保镖来上学，别再让我看到你落单……”

季书怡奋力推开他，从他臂弯下迅速逃走，急切中丢给他一句：“我明天就带一群好汉来！”

看着逃之夭夭的受惊小白兔，江丞的心才算安定下来。

白天陪季书怡上课时，他竟然在教室里看见了自己的“老熟人”凯尔。

江丞可不觉得这是什么巧合，他必须要保护好季书怡。

翌日。

季书怡上午第二节有课，而上午没课的江丞，鬼使神差地又来到了学校。

校门口，刚从车上下来的季书怡就看到了双手插兜、模样目中无人的江丞从校园里走出来。再看一眼，竟发现他是盯着自己走过来的，吓得季书怡慌忙躲在了哥哥安排来护送她的女孩身后。

江丞看到了季书怡身旁的陌生女子，那女子穿着一身黑衣黑裤，表情谨慎威严，可以看出来是个练家子。

这次季书怡倒是乖乖听话了一次。

既如此，江丞便若无其事地从她身侧直接走了过去。

就这样走出校门一段距离后，江丞突然听到有人在喊他。

“江丞。”

他顺着声音看过去，只见宋凝正抱着书本朝他浅笑。今天的她相较于以往不太一样，深棕色的头发变回了黑色，曾经一头妩媚的卷发也被拉直，头上还别了个清新的小发卡，之前较为成熟的服饰也换成了浅色系的连衣裙，高跟鞋也换成了平底小皮鞋。

宋凝这次是鼓了很大的勇气才敢喊出江丞的名字，而这也是对方第一次为她驻足。

看到他停下脚步，宋凝欣喜地抱紧了怀中的书本，以为是自己的改变才让他停留。

他果然喜欢这样装扮的女孩子。

谁知下一秒，江丞却面无表情地说道："宋凝，你不适合这种装扮。"

这是季书怡喜欢的穿衣风格，明明就是暴脾气，却偏偏喜欢穿乖巧文艺风的穿搭。

宋凝闻言，内心有些挫败，正要再开口解释，却发现江丞已经径直离开了。

宋凝在原地愣怔了半晌，然后低头微微笑了起来，她这是第一次得到江丞的侧目，哪怕只是因为和季书怡相似，但这种装扮或许真的能吸引他的目光。

"你带这个小姐姐一起上课是为了防江丞？"

中午放学时，陆知夏一脸八卦地向季书怡求证道。

"算了，别提他了。"季书怡摆烂似的说了，"反正最近不想和他有任何接触。"

时间飞快，眨眼间便到了周六。

下午，季书怡把自己收拾得漂漂亮亮，带上给沈烟准备的礼物便出了门。

"烟花"别墅里。

江聿怀和唐世卿正在客厅里下棋，而沈烟刚从酒库里挑完一瓶红酒，出来时就看到江丞已经到了。

"姐。"江丞率先打了个招呼。

"到啦，"沈烟亲切地对他说，"爸和阿九在下棋，你先去坐一会儿，饭菜一会儿就好了。"

“好。”

“对了，还有个事，”沈烟急忙喊住江丞交代说，“一会儿书怡来，你别总欺负她，人家都怕你了。”

江丞抿了抿唇，心想明明每次都是她给我留伤，还要被恶人先告状。

然而心里的那些想法到了嘴边，又讪讪地变成了一个字：“好。”

过了一会儿，眼看着时间临近，季书怡还没到，沈烟不放心，正要打电话问一下，可刚拿起手机就接到了季书怡的来电，她急忙接通，紧接着就听到季书怡郁闷幽怨的声音。

“烟烟，不好意思，你们得等我一会儿，我车坏在半路了，正让人过来处理。”

沈烟听完，急忙问道：“你自己开车来的吗？你人有事吗？”

“周末想自己开着玩的，我人没事，就是车忽然熄火了，启动不了。”季书怡如实说道。

“那我让人去接你吧，周六路上车多，你自己开车太不安全了，你把位置发给我。”

季书怡看着自己启动不了的车子，便没有拒绝沈烟的好意：“那我把地址发给你，你代我跟江叔叔和九哥说声抱歉，让他们久等了。”

沈烟笑道：“哎呀，没事的。”

挂完电话，沈烟就收到了季书怡的定位，她本想直接让家里司机去接的，可一转身看到了正坐在沙发上玩手机的江丞，忽然就想借机缓和一下他们的关系，于是便走过去说道：“有空吗？去接一下书怡吧，她的车坏在路上了。”

江丞闻言失笑道：“车坏在路上了？就她那车技也敢上路。”

说着，便已经站起身继续道：“行，我去接她。”

他是骑摩托车来的，虽然姐姐叮嘱说车库里的车随便开，但江丞还是选择了骑车过去，骑上车前他又收到了姐姐的一则消息：“记得对人家温柔点。”

江丞闻言有点郁闷，明明他对她已经很破例，很纵容了。

另一边，季书怡拎着礼物站在路边等着，正左顾右盼，忽然一辆黑色的重型摩托车在她面前停下。

车上的人单脚撑地，并未直接摘下头盔，并没有认出江丞的季书怡下意识地后退一步。

江丞看着一脸警惕的小姑娘，藏在头盔下的嘴角轻轻扬了扬，接着抬手取下头盔，拎在手里，偏头看过去："上车。"

"怎么是你？"看到是江丞的季书怡顿时一张小脸都皱巴了起来，"我不要坐你车。"

江丞见状轻哧了声，故意催促道："要不是我姐让我来，你以为我愿意来接你吗？快点，我姐等着你呢。"

听到沈烟在等她，季书怡才不情不愿地看了眼江丞的摩托车，幽怨道："你怎么骑车来的，我的礼品放哪儿？"

而且她今天穿的是裙子，这个人怎么一点都不体谅女孩子！

江丞看了眼她手里礼品盒的尺寸，又看向她背上的书包，提示道："直接放你书包里不就行了。"

书包倒是能放下，但她主要还是不想离他太近，便没有搭话，只气鼓鼓地站在一旁。

江丞见季书怡不情愿的样子，便故意调侃道："怎么？还想让我抱你上来啊。"

季书怡闻言，立刻炸了，脱口说道："你是暗恋我吧，是不是想挡我桃花！"

"我暗恋你？还挡你桃花？你有桃花吗？"江丞轻笑出声，直接把头盔扣到季书怡头上，笑着唤了声，"小炸毛兔。"

"你才炸毛兔！"季书怡愤愤说道。

最后，还是因为沈烟打来电话，季书怡不想让大家一直等着自己，才扭扭捏捏地上了江丞的车。

江丞用余光瞥了眼季书怡的裙摆，然后将外套脱下直接塞到季书怡怀里，冷声道："热了，衣服拿着。"

一开始，季书怡还当江丞良心发现，毕竟他的外套还挺有用的，搭在腿上可以压住她的裙摆。可还没过五分钟，下坡时江丞竟坏心眼地加了速，季书怡因惯性整个人撞到江丞的后背上，鼻子被撞得生疼，缓了好几秒才好一些。

"死江丞，下坡还加速！你肯定是暗恋我，沉迷本小姐的美色故意占我便宜吧。"

恰遇红灯，在季书怡的羞恼声中，江丞将车子停稳，忽然回头隔着头盔的护目镜看着季书怡的眼睛，眸光深邃道："对，小爷我就是暗恋你，沉迷你的美色。"

这句话让季书怡瞬间噤声，有些局促地眨了眨眼。

他怎么感觉江丞的眼神有几分认真？

然而下一秒，江丞却忽然勾起一抹戏谑的笑容。

"浑蛋！"

发现被骗的季书怡抬手羞愤地在对方背上打了一拳。

别墅客厅里，沈烟不知听到自家老公唐世卿说了句什么，正一脸羞嗔地拿葡萄去堵他的嘴。

刚一进门就看到这一幕的季书怡笑着打趣道："烟烟，我们好像来得不是时候呀。"

"书怡！"沈烟看到季书怡高兴地起身迎接，"你可算到了。"

说着，她牵住季书怡的手："我们上楼，我给你做了件旗袍，试试好不好看。"

被沈烟拉到楼上的季书怡贼兮兮地笑着说："美烟，我也给你带了礼物，先给你看我的。"

"怎么还带礼物来啊，下次不许带了，不然就不喊你来玩了。"沈烟故作严肃道。

"好好好，下次再说。"季书怡赶忙笑着从书包里拿出礼物递给沈烟。

沈烟接过礼物，然后拿出旗袍对季书怡道："给你做了两件，一件是跟你平时风格很像的甜美清新风，另外一件是妩媚娇艳风，你先试哪件？"

"我想试试妩媚娇艳的。"季书怡有些好奇，她没穿过这种风格的衣服，不知道自己穿起来好不好看。

沈烟点点头："行，我拿过来。"

可当季书怡看到实物后，她其实有些抵触，因为这件旗袍和她平常的风格大相径庭，复古红的丝绸布料配上大片的花朵刺绣，感觉穿上会立马变成民国时期风情万种的姨太太。

"这我能驾驭得了吗？"季书怡瞬间没了自信，这种款式也就沈烟这种魅惑美人才能穿出效果。

"可以的。"沈烟立马安抚道，"衣服要上身试才能看出效果，再说了，哪有你这小仙女驾驭不了的衣服，我可都是按照你的身材特点精心设计出来的。"

"烟烟，你也太好了吧。"季书怡听完瞬间信心满满。

换好后，季书怡站在镜子前，简直要被自己惊艳了。

沈烟设计的旗袍十分贴合她的曲线，将季书怡的身材修饰得十分完美，衬得她本就玲珑有致的身材更加迷人，妩媚感油然而生。

"真是太美了，我就说衣服得上身试才有效果。"沈烟越看越满意，她激动地走到季书怡身后，抬手为她把披散的长发绾起，并插上了一根和这身旗袍相配的簪子。

"我也觉得这身旗袍太好看了，没想到我竟然能驾驭这种风格。"说着季书怡便转过身，亲昵地抱着沈烟撒娇，"谢谢烟烟让我发现了自己新的美。"

"就你嘴甜。"沈烟也跟着笑起来，"快走，我们去前院的花园里拍几张美照。"

"啊？"季书怡瞬间有些犹豫，"下去不就被江丞那家伙看到了？”

沈烟闻言愣了一瞬，楼下那么多人为什么季书怡只想到了江丞？但毕竟这俩人是见面就掐的冤家，估计是来的路上又闹了什么不愉快，如此便开口替江丞打圆场：“看就看呗！就是要迷死我那臭弟弟，然后再不搭理他，急死他！”

“有你这么当姐的吗？”季书怡被逗得笑出了声。

季书怡第一次穿紧身旗袍，她一只手被沈烟搀扶着，另一只手则轻抚着白色旋转楼梯的扶手，就这样一步步朝下走，大概是旗袍太过修身，她的步子不太自由，有些扭捏的步伐中竟生出一种别样的娇媚感。

客厅沙发上，唐世卿循声望去，立马捧场：“书怡穿这款旗袍很漂亮。”

而坐在唐世卿旁边，一直低头看手机的江丞在听到自己姐夫出声夸赞后，便下意识地抬头看去，可仅一眼，就让江丞失了神……

眼前的季书怡和他以往见过的她的风格完全不同，娇艳、妩媚，却又有着少女的纯洁。

直到走下楼梯的季书怡忽然抬眼朝他看过来，视线相交，他落荒而逃般移开视线，低下头装作若无其事地继续看手机。

而此时旁边的姐夫唐世卿不知是有意还是无意，忽然朝他问道：“阿丞你觉得呢？”

他别扭地回道：“我姐设计的旗袍，大街上随便拉个人穿都好看。”

唐世卿无奈地摇头，江丞这嘴，孤独终老吧！

而季书怡完全不羞恼，只仰着下巴道：“九哥，我们不和品味差的人说话，狗嘴吐不出象牙！”

接着便不屑地朝江丞做了个鬼脸，哼了一声，便径直朝花园走去。

江丞看着凶巴巴的季书怡，情不自禁地低头笑了。

季书怡和沈烟在花园拍了一会儿照片，等拍得差不多了，二人需要有人给她们俩拍张合照，沈烟本想喊唐世卿帮忙，却发现他正在一旁处理工作电话，便在得到季书怡的同意后叫了江丞过来。

…………

“江丞！我动作还没摆好，你就拍了。”

花丛中的季书怡看着拿着相机一脸漫不经心的江丞埋怨道：“你行不行啊？不行换人。”

说着就快步走过来夺走江丞手里的相机检查照片，可一连翻看了几张，她脸上的表情却逐渐缓和——竟然拍得还行。

“还凑合。”季书怡讪讪地扬着下巴，把相机还给了江丞。

“这叫效率。”江丞睨了季书怡一眼，“以为都像你那样磨蹭。”

季书怡不服气地“怼”回去：“主要还是本小姐貌美如花，三百六十度无死角！所以才……”

忽然一阵手机铃声响起，打断了她的话，季书怡拿起手机一看，发现是唐御打来的。

“烟烟，唐御哥打来了电话，我接一下。”季书怡转头朝一旁的沈烟说道。

沈烟点点头，示意她快去接。

季书怡走到一旁，接通电话后先礼貌地唤了声：“唐御哥。”

这明明是很正常的语气，可到江丞耳朵里就好似有种在娇嗔的感觉，让他格外糟心。

“找我什么事呀？”季书怡接着问道。

“就想问问你下午有空吗？我这里有两张音乐剧的票。”电话那头，唐御温柔回道。

“今天不行。我现在在烟烟这儿，得吃过晚饭才能回去。”

“在九哥和嫂子家啊。那下次有机会一起。”唐御道。

季书怡有些感到抱歉，忙说：“我明天有空，可以一起玩……”

听到这儿，一旁的江丞忽然开口打断道：“季书怡，你拍不拍照了？我姐还等着你呢。”

沈烟一听，急忙道：“我不着急。”

手机对面的唐御似乎也听到了江丞的话，便礼貌地说：“那你先忙，等你有空再说。”

挂了电话的季书怡，闷闷地看了眼言行奇怪的某人嘀咕了句：“催什么催啊，又不要你给我交话费！”

看着转身又走回花园的季书怡，江丞也觉得自己好奇怪，好像……就是不想让唐御找她。

甚至在接下来的拍照中总是情不自禁地把镜头聚焦在她一个人身上。

镜头里，她巧笑嫣然，好似在跟整个花丛争艳，美得过分耀眼。

一瞬间，江丞的内心第一次萌生出一种怪异的念头——一种不愿让别人靠近她的念头。

拍照结束后，季书怡坐在沙发上翻看相机里的照片，越往后翻她眉头皱得越紧，鼓着小脸嘟囔道：“你后面拍的一点儿都不好看。”

可生闷气的她并没有发现，江丞是从唐御给她打来那一通电话后，拍摄才逐渐不专心的。

“那得怪你美貌过于短暂。”敞着腿坐在沙发上的江丞一手搭在后面的靠背上，散漫出声，“所以后面就不好看了。”

“你！”季书怡气结，“你这张嘴真是多余！”

夜幕初降，餐桌上摆满了各种美食。

“江叔叔，我给您倒酒。”季书怡主动开口问，“您喝白酒还是红酒？”

“不用不用。”江聿怀急忙摆摆手说道。

“没关系啦！”季书怡盘算着自己的小心思，但面上依旧浅笑道，“不知道您也在，书怡都没有给您带礼物，现在就想亲自给您倒杯酒喝。”

季书怡如此主动，除了因为江聿怀是她的长辈，另一方面，是她要好好捉弄一下江丞，出了下午这口恶气。

晚餐前，季书怡看到桌子上摆的红酒和白酒后忽然灵光一动，偷偷准备了一份特殊餐具和酒杯。根据季书怡的判断，江叔叔应该会坐主位，然后左右两边分别是沈烟和姐夫唐世卿，然后才是作为弟弟的江丞。

摆放好餐具，江聿怀和唐世卿也来到餐桌前坐下，之后几人陆续落座，坐的位置果然和她预想的一样。而接下来，好戏就要开场了。

她现在已经换回了自己穿来的那条白色连衣裙，再加上她本就是讨长辈喜欢的长相，江聿怀便也不再推托，顺了她的意。

季书怡笑盈盈地过去给江聿怀倒酒，然后顺口又对唐世卿说："九哥，我也给你倒一杯。"

给两个人倒了后，剩下的不倒也不太合适，季书怡趁机又说："我给大家都倒上吧。"

江丞看着给自己倒酒的季书怡，总感觉她乖巧的笑容里似乎在酝酿什么阴谋，可一时他也没多想。

酒倒好后，江聿怀先开口闲聊了几句。

江聿怀虽是长辈，但是性格并不严肃，反而透着一股爽朗，说起话来更是不拘小节，一时间餐桌上的氛围很轻松。

"江叔叔，我敬您一杯。祝您笑口常开，长命百岁。"季书怡笑意盈盈，主动端起酒杯站起来敬向江聿怀。

"好，谢谢我们小书怡。"江聿怀也开心地举起杯。

敬完江聿怀，季书怡笑眯眯地看向江丞，装出一副无辜小白花的样子，乖巧开口："江丞哥哥，我也敬你一杯，我们在一个学校，多谢你这些日子在学校对我……"

她笑得谄媚："照顾有加。"

江丞哥哥？

如此谄媚造作，季书怡是在盘算什么？

江丞没有立马举杯，只用深沉的眸光紧盯着她，然后轻轻偏了偏头。

季书怡看得懂，那眼神是在无声地对她进行威胁，但她完全不带怕的。

“江丞哥哥是不想跟我喝一杯？”季书怡唇角下压，突然有点委屈，像个做错事的孩子般小声问道，“还是……不想喝我倒的酒？”

说着，她一脸无辜地抿了抿唇，佯装委屈地看向主位的江聿怀：“江叔叔，江丞哥哥可能是不喜欢我倒的酒。”

江聿怀急忙开口说：“我江聿怀的儿子，没那么小气！”

接着他立马看向江丞说：“阿丞，快和你书怡妹妹喝一杯，男子汉大丈夫，哪有让女孩子举杯等着的道理。”

“行，我喝。”江丞举起酒杯正要喝，然而酒杯刚触及唇边，敏锐机警的他便闻出这酒不对劲。

呵……原来是在这儿等着他呢。

季书怡察觉到江丞的反应，笑得满脸无辜，又道：“江丞哥哥你喝呀，难不成还怕我单独给你下毒吗？”

她这话说得很有门道，好像他不喝就是在怀疑她一样。

江丞眼底藏笑，想玩是吧，那我好好陪你玩。

江丞举起酒杯喝了一口，苦、咸，加上酒本身的烈性，让他差点没忍住咳出声来，这小姑娘是给他加了多少“料”？

江丞握着酒杯的手突然攥紧，幸好他从小被父亲各种训练，只要不是危及性命之事，他都可以面不改色地忍受。

满眼期待的季书怡并没有如愿看到江丞难受的样子，顿时失望下来，但转瞬又盈着笑继续怂恿道：“江丞哥哥脸色看着不大好呀，手边的杯子里有温水，要不要喝一口？”

江丞偏头看了眼旁边装有温水的玉瓷杯，他没猜错的话，那杯温水也不正常。

“只喝了一口而已，犯不着。”江丞盯着坐在对面的季书怡，似笑非笑，然后故意反向抛出个借口，“等这杯酒喝完再说。”

喝完？

季书怡眨了眨眼，被忽悠而不自知地继续道：“那我再敬哥哥一杯吧。”接着还自作聪明地故意说了句，“我们一口喝完呀。”

反正她是红酒，喝完也比不上他的白酒。

看着落入陷阱的小白兔，江丞眼底笑意更盛，朝她举杯道：“我们干杯。”

季书怡低头捧着酒杯喝酒，但眼神却一直悄悄看向对面的江丞。

感受到她的视线，江丞故意将杯中酒一口饮尽，甚至还把见底的空杯给季书怡看了眼。

喝完一杯红酒的季书怡闷闷地鼓了鼓脸，不对呀，他怎么一点反应都没有！

真是不爽。

将她所有小表情尽收眼底的江丞，得意地眯了眯眼，甚至还故意咳嗽了两声给她点甜头。

“咳咳……”

果然，听到他咳嗽后，小姑娘原本幽怨的眼神像是重新点燃了光芒。

这时，沈烟开口关心道：“怎么了？是不是这酒喝不惯？”

“没事，大概是喝得有点急了，”江丞开口说，“喝点水就好了。”

“那赶紧喝点水缓缓。”季书怡惊喜地看着江丞伸手去拿那杯她“精心准备”过的温水，眼看着对方端起水杯举向唇边……

可下一秒，快要喝到水的江丞忽然又放下了水杯：“算了，我还是吃点菜吧。姐特意从英国带回来的厨师做的菜，该好好尝尝才对。”然后十分自然地拿起筷子去搛面前的美食。

啊？这究竟是怎么一回事儿？

那种差临门一脚就能得逞的感觉让季书怡的心情更不爽了，偏偏这个时候江丞还意味深长地朝她挑了挑眉，似笑非笑，眼底全是腹黑和狡黠。

她怎么就看出了浓浓的挑衅感？

那轻狂的、惹人厌的模样，又一次把季书怡快要浇灭的小火苗点燃了。

她就不信了！今天这个仇必须报！

接下来，越挫越勇的小白兔绞尽脑汁地开始对付大狼狗。然而一来二去，季书怡认识到，某人简直阴险奸诈得不得了。

江丞看着自己手边一口未动的温水，然后又看向对面已经喝醉的季书怡，情不自禁地笑了。

“怎么喝不到了？”季书怡双眼迷离，脸颊绯红，甚至开始抱着空酒杯胡乱地晃了晃，嘟囔道。

江聿怀在就餐中途就提前先走了，说是怕他老人家在，让他们几个年轻人吃得不随性。而此时沈烟也喝醉了，被唐世卿抱回了房间。于是，现在餐桌上便只剩下了江丞和季书怡。

江丞双臂环胸，他靠在椅子上，如愿以偿地看着对面被自己一点点套路进来的小姑娘，不禁浅笑着摇了摇头。

怎么会有人傻成这样，想套路别人，结果自己先醉得不省人事了。

“还想喝吗？”江丞笑着调侃道，“江丞哥哥这里还有。”

季书怡听到声音，无力地掀了掀眼皮看过去，大眼睛看着江丞呆呆地眨巴几下，然后十分豪爽地举起酒杯，铿锵有力地喊了声：“喝！”

江丞实在没忍住低笑出声，但那笑容里不再是戏谑，而是肆意荡漾的开怀。

“江丞，你不可以……再让书怡喝酒了。”

此时，沈烟忽然从楼上被唐世卿扶着走下来，一副醉迷糊了还要下来管教弟弟的模样。

一旁的唐世卿急忙柔声安抚道：“他们已经不喝酒了，快上去睡觉。”

然后他又无奈地对江丞嘱咐道：“我先把烟烟带上楼，厨房煮了醒酒汤，一会儿好了你看着书怡喝一点，季家一会儿来人接她。”

不多时，客厅再次只剩下他们两人，江丞眼看着喝醉的季书怡差点支撑不住从凳子上滑下去，急忙起身走过去在她旁边坐下，避免她受伤。

“季书怡你都喝醉了，能不能乖点？”

季书怡闻言一脸傲娇：“我不要。”说着就起身踉踉跄跄地往外走。

“你去哪儿？”江丞担心地问道。

季书怡迷迷糊糊的，嘟囔着回道：“头晕，我要去外面吹吹风。”

“你站都站不稳了，还要出去吹风？”江丞无奈，起身欲扶。

季书怡扒拉开他要扶她的手，声音因为醉酒有些娇嗔：“我能行。”

被扒拉开的江丞郁闷地深吸了口气想要直接转身不管她，可看着踉踉跄跄的女孩，还是大步走上前扶着她。

江丞郁闷地轻哧出声：“几杯酒就喝成这样，心里真是没一点数。”

走了两步的季书怡感觉脑袋更加昏沉了，完全没力气开口回“怼”人。

二人一路走到前院，院子里的树下有个秋千，季书怡玩心大起，走过去坐了下来。

“你别傻站着，推一下呀。”坐在秋千上的季书怡埋怨地看向站在旁边的江丞。

此时双臂环胸、面无表情、像个无情保镖的江丞郁闷道：“我凭什么推？”

被拒绝的季书怡幽怨地仰头瞪着居高临下站着的人，此刻被夜风吹过的脑袋感觉更加飘忽了，甚至有些认不清眼前的人，只觉得他臭着一张脸好讨厌，不想理他，自己晃秋千玩。

过了一会儿，江丞突然伸手把汤碗递到季书怡面前，声音不冷不热:“自己把醒酒汤喝了。”

季书怡仰头看着他，也不知道对方究竟什么时候去拿的醒酒汤，眼神里满是幽怨，然后再次别过头，一个字也没回应，继续自顾自地玩着秋千。

江丞无奈地皱眉道:“怎么，还想让我喂你？”

夜幕下，手中端着汤碗站着的江丞看着不想搭理他的季书怡，静默中忽然一阵风吹来，醉酒的季书怡瞬间感觉头晕晕的，轻皱着眉，抬手拍了拍自己的脑袋。

看出她难受的江丞无奈妥协道:“真是服了你了。”然后开始拿着勺子笨拙地喂她喝。

“你站那么高我怎么喝，你蹲下喂。”季书怡娇嗔道。

“你！”江丞看着醉醺醺的小姑娘，再次无奈地叹了口气说，“行，看你醉酒懒得跟你计较。”

见江丞单膝在自己面前蹲下来，季书怡的心情瞬间好些了，配合地喝了几口汤，看着他一勺一勺喂她的模样，季书怡突然觉得对方好像也没那么讨厌了，甚至发现江丞长得真好看，于是便冲着男孩展颜一笑。

这一笑，看得江丞失了神，忽然僵住了。

季书怡巧笑嫣然，眼眸中像是藏匿着无数星光，惹人心动。这是他第一次见到她对自己笑得这般纯真，像朵只为他而绽放的花。

再回神，季书怡的手忽然轻轻触了下他的脖子，笑盈盈地歪着小脑袋盯着他脖子上的文身看得入迷:“你的文身好特别，是一只蝴蝶，可是……”

季书怡忽然又收起了笑，撇了撇嘴:“可是它的翅膀被荆棘穿透了，它会疼吗？”

她歪着脑袋提出疑问的模样，让江丞再次失神，竟不自知地轻声回了句："不疼。"声音轻柔得像是怕说"疼"，会吓到她似的。

迷迷糊糊的季书怡笑了："不疼就好。"

那是她第一次仔细端详他的文身——是一只黑红配色，被荆棘穿透的蝴蝶。寓意经历万难也要破茧重生，好似象征着重生的代价是从血淋淋的深渊中努力攀爬而出……

这个文身好压抑，却也充满希望。

江丞看着眼神迷离的女孩，忽然唤道："季书怡。"

"嗯？"还迷糊着的小姑娘眨了眨眼轻声回应。

夜幕下，江丞盯着她的眼睛，彼此静默了好几秒，他才再次出声："你喜欢唐御吗？"

"唐御？"季书怡想了想，嘟囔着摇摇头，"不喜欢，我们是从小一起长大的朋友。"

江丞眸光微闪，又问了句："那江丞呢？"

"江、江丞？"季书怡条件反射般地皱起了眉，甚至"哼"了声，"也不喜欢，我跟他不可能在一起。"

"为什么？"江丞有些着急，急忙追问道。

"因为……"季书怡低着头思考了好一会儿，忽然仰头笑着回答，"因为他是小狗，我们人狗殊途。"

"哼！"江丞郁闷地捏紧了拳，凶巴巴地质问，"你说谁是狗？"

"你干吗凶我！"被凶的季书怡气呼呼地伸手就要去推他，可忽然的动作使得秋千不稳，整个人猝不及防地朝前扑了过去。

"啊！"

千钧一发间，江丞迅速扔下汤碗扶住女孩的双肩，成了她的人肉垫背，而季书怡也因为重力跌在了江丞的胸膛上。

那一瞬间，江丞仿佛听到了自己逐渐加快的心跳声，扶在女孩肩膀上的手也情不自禁地在缓缓收紧。

"你抓疼我了。"季书怡痛呼着想要从他身上爬起来。

然而刚直起身又被江丞霸道地握住手腕，他嗓音低沉，眸光微怔，紧盯着她的眼睛："季书怡，你有喜欢的人吗？"

"当然有呀，"季书怡忽然笑得纯真美好，"我有喜欢的人，但我一直都藏在心里。"

江丞神情一滞，不知是因为她的笑容还是她说的话。

在他愣神的时间里，季书怡从他身上爬起来坐回秋千上轻轻晃着，满眼盈着少女纯真的笑意，是那种提到喜欢的人满心冒着粉红泡泡的美好憧憬，更是情窦初开时最甜美的反应。

女孩轻轻晃着秋千，笑着自言自语："那个男孩子很特别，不会因为我的家世而对我阿谀奉承，很开朗很阳光，长得也超好看……"

这一刻，江丞听着季书怡亲口描述着她喜欢的人，竟难以自控地感到心慌，一种他从未有过的情绪让他近乎失控。

他起身，站到她面前，嗓音低沉："他叫什么？"

还没醒酒的季书怡根本没有发觉江丞的情绪变化，整个人还洋溢在情窦初开的甜蜜中，忍不住傻笑一声回答他："他叫程——"

可话未说完，她的声音却戛然而止，脸上笑容尽散，像个犯错的孩子慌忙摇着头："不可以说……不能说，说了他和他的朋友都会不开心，也会有负担的。"

女孩低着头，沉默片刻，再仰起头时脸上已经重新挂上了笑，只是那笑容酸涩隐忍："因为他已经有女朋友啦，他很爱很爱那个女孩子……"

季书怡鼻头发酸，却还是笑着说："还是我撮合的呢，他和喜欢的女孩产生了误会，是我主动解除了他们的误会。"

她强撑着笑仰头看着面前的人："我是不是超酷的？"

许是酒精作祟，使得心底深处埋藏已久的情绪被无限放大，季书怡的眼角已经湿润，再次低下头时声音有些哽咽地不断重复着："我超酷的……"

她紧抿了抿唇，声音很低："我还对他说，你要幸福……"

黑夜中，江丞清楚地看到一滴泪从季书怡眼角滑落，可这滴泪好似滴到了他的心上，灼伤一片。

他站在夜风中，盯着季书怡看了许久，好似在努力克制自己的内心。

一直以来，他习惯了她的情绪只因他而波动，惹她不爽，惹她生气，让她因自己而情绪失控。可如今他突然发现，她的内心深处藏了一个人，而她甚至可以为那个人隐藏情绪，不知是不服、不甘还是怎样，他只觉心慌得快要跳出来。

他最引以为傲的自持冷静在她落泪的一刻崩塌殆尽，这种从未有过的情愫让他引以为傲的克制力被完全击垮。

“季书怡。”

她闻声仰头，忽然一片阴影从头顶覆下来，唇瓣传来温软的热度。

江丞弯着腰双手撑在她坐着的秋千靠背上，将女孩禁锢在双臂之间，微风轻轻吹起女孩的裙摆，长发随风飘逸，季书怡只感觉快要失了心跳……

不知是潜意识里的警惕还是醒酒汤起了作用，醉意逐渐削弱的季书怡清醒了许多，待她彻底看清近在咫尺的人后彻底慌了神，用力推开了江丞，落荒而逃。

被季家人接回家后，季书怡还未从那个突如其来的吻中缓过神来。

天啊，简直疯了！

她拼命地回想二人间发生了什么，但脑海里全是他弯腰吻她的样子。

“呜呜……江丞你乘人之危……”季书怡气恼地在被子里拱来拱去，可她越想越气，忽然一把掀开被子，拿起手机就拨通了江丞的电话。

刚洗完澡的江丞忽然听到手机响了，他拿起来看，发现是季书怡打来的。

江丞有些意外，刚才还恨不得躲他躲得远远的，现在怎么还主动打电话来了？他立马按下接听，刚要开口，就听到季书怡开始疯狂喊出："死江丞！禽兽！你乘人之危，我诅咒你睡觉做噩梦！"

嘟嘟……

伴随着一阵忙音，电话被对方挂断，江丞完全没有插嘴的机会，但察觉到小姑娘的状态，江丞还是不放心地立马拨了回去。

"您所拨打的电话暂时无法接通……"

江丞听到手机里的提示音陷入了沉默，看来他被拉黑了，于是他又急忙打开微信，点开晚餐前才刚加上的微信，在对话框编辑了几个字发送过去，可刚点击发送，就发现消息旁的红色感叹号！

江丞再次陷入了沉默，微信也被拉黑了，干得漂亮！

江丞将手机随意地丢在一旁，随手拿了条干毛巾坐在沙发上擦了擦头发，今天他一定是吓到她了，原本他只是想蜻蜓点水般吻她一下，可直到覆上小姑娘温软的唇，他便再难自控……

想了想，他终究还是不放心地起身随意套了件外套出了门。

…………

此刻已是深夜一点多，丝毫没有睡意的季书怡突然听到了一声敲门声。

她走下床，开门后发现竟是多喜："小姐，楼下有个叫江丞的男孩子说要找你，他现在在你窗户下。"

多喜是家里新来帮忙的小姑娘，所以并不认识江丞。

一听到"江丞"二字，季书怡顿时怨气滔天，直接道："跟他说我不想见他，你也不要搭理他，谁都不许搭理他，你们都去休息吧。"

"好的小姐，我这就去传达。"

楼下，被拒绝见面的江丞并没有转身就走，他随性地倚靠在一处假山上，抬眼眺望她卧室的窗户。

他其实也不知道自己守在这里做什么，大概是想让她知道他会对自己的所作所为负责。

但他的心乱得很，乱到都理不清自己的思绪。

而房间里的季书怡依旧翻来覆去的，睡不着觉，她想不通江丞那家伙为什么会吻她，他们不是相互讨厌吗？

不知过了多久，季书怡烦闷至极，耳边还回荡着多喜的那句“他现在在你窗户下”，便立马就愤愤不平地下了床，走到窗户边用力扯开窗帘，一低头竟还真看到了那抹讨厌的身影，甚至还对视了。

视线相交，她又迅速拉上了窗帘，气势汹汹地回到床上再次用被子把自己蒙起来，开始自我催眠。

江丞看着季书怡拉开窗帘又迅速拉上的举动，知道她一定还在生气，一瞬间，他似乎对她有了一丝不一样的情愫。

清晨，出差回来的季景航一眼便看到了靠在假山旁的江丞，管家见状及时上前说明了情况，季景航有些吃惊，江丞竟是在这儿等了一夜。

作为哥哥的季景航好似猜到了什么，他朝江丞走去，在对方面前站定，态度平静道：“在这儿等我妹妹吗？那我劝你还是先回去吧，她这一觉会睡很久。而且今天是周日，醒了我会带她回老宅吃晚饭。”

江丞知道面前的人是季书怡的哥哥，点点头，回道：“等她醒了，我会跟你们一起离开。”

他想，如果她醒来看到他还在这里，应该会明白他是认真的。

季景航见状，也没多说什么，只淡淡地笑了一下说：“那江少自便。”

日上三竿，季书怡睡到中午才悠悠转醒，洗漱好下楼正好看到正在吃午饭的季景航。

“哥，你什么时候回来的？”美美睡了一觉的季书怡心情好多了，脚步轻快地走到自家哥哥旁边坐下来。

“早上回来的。”季景航给她递了双筷子，随口说道，“我回来的时候看到江丞站在假山旁边。”

他顿了一下，抬眼看向季书怡：“他是在等你吧？你们俩什么情况？”

“在谈恋爱？”季景航直白地问道。

“没有！”季书怡慌忙否认道，“我才不喜欢他。”

季景航紧盯着妹妹的眼睛，试图分辨她这句话的可信度，忽而他微叹口气说：“你长大了，谈恋爱也很正常，哥不反对，但是……”

季景航停顿了一下，才继续道：“你和江丞没有结果，你知道爸的性格，他看不上江家……”

“江叔叔很好，也很豁达，你们凭什么对人家有成见？”纵使季书怡不喜欢江丞，但她从未觉得江家有哪里不好，而且在她心里江叔叔是个没有长辈架子、豪爽豁达的人。

季景航微微皱眉，解释道：“我知道江家实力雄厚，可是在爸心里，他江家不过一朝龙在天，你觉得爸那种自视清高的人会愿意跟他们做亲家吗？而你又肯定不愿意惹爸生气的……”

“哥你别说了，我知道了。”

季书怡内心深处是不太认可自己爸爸的某些行为，可再怎么说，那毕竟是亲爸，她也不想故意和他作对惹他生气。而且她也不喜欢江丞，便不想刚睡醒就讨论些完全不会发生还影响心情的事，只小声嘟囔道：“人家一朝崛起，我们这些老家族也没有多高贵啊，指不定人家还看不上我们，说我们道貌岸然假名门呢。”

季景航察觉出自家妹妹的情绪，抬手摸了摸季书怡的脑袋安慰着：“但这并不影响你们日常相处，毕竟季家和江家还是有很多生意往来的。”

只要不做亲，其他都无妨。

收拾完，等季书怡和季景航一起出门时，发现江丞竟然还在，她只远远地望过去一眼，没有说话，毕竟她还未消气，只无声地赏给江丞一个大白眼，然后傲娇地挽着自家哥哥的胳膊上了车，一副不管他死活的样子。

看到这一幕的江丞仿佛可以从她的表情读出她的心思——哼！竟然等了一夜，怎么没冻死你！

想到这儿，江丞无奈地摇头失笑，他本来就是怕她受欺负，一时想不开做什么极端的傻事才选择留下的。

不过，看着她现在和季景航一起离开的傲娇模样，他倒也安心了。

之后的几天，季书怡在学校里有意躲着江丞，即便偶尔在学校巧遇也是看到后便拔腿就跑。

而且季书怡除了上课时间，其他时候都有个女孩保护着。

江丞对此有些哭笑不得，没想到那时候他让她安排的保镖，最后竟真成防他的了。

周五，季书怡下午只有一节课。

"刚下课，现在就过去。"季书怡背着书包一边朝外小跑着一边跟陆知夏打着电话，"你们都到了吗？"

陆知夏："就差你和唐御了。"

季书怡闻言有些着急："我正在马不停蹄地飞过去。"

挂了电话她又立马给唐御发了条语音："我下课了，正往校门口跑，让你久等了。"

消息刚发送过去，她就收到了唐御的回复："不着急，我也刚到，在你们学校门口对面等你。"

季书怡关上手机，加快了往外跑的步伐，可快到校门口时，忽然一个人影挡住了她的去路。

"江少，请不要让我为难。"季书怡的保镖率先挡在她面前伸手拦住江丞，面色严肃。

江丞没有理会保镖的话，目光直勾勾地落在季书怡身上，目光深沉："过来。"

“我就不！”

季书怡下意识地朝保镖身后躲了躲，一脸警惕地看着江丞。

江丞眯了眯眸子：“那我们就在这儿耗着吧。”

季书怡气急：“你这是耍流氓！”

“又不是第一次耍了。”江丞有些无赖地轻哧出声。

“你！”

季书怡一时无语凝噎，而江丞眉心微皱着，直截了当：“这么着急？去找唐御？”

他这几天本不想惹她，可当他在学校门口看到正在等人的唐御时，一瞬间心里堵得不行，这才折回来找她。

“对啊。”季书怡点点头，还郁闷地反问一句，“碍着你了？在这儿拦我。”

这不冷不热的嘲讽语气惹得江丞十分郁闷，他深吸口气，捏了捏拳，直接毫不掩饰情绪地冷声质问道：“你不是说不喜欢他吗？”

“啊？”

季书怡先是愣了一下，转而忽然笑了：“江大少爷，你这是什么逻辑？难道人与人之间只有爱情？还是说……你觉得我被你亲一口就是你江丞的人了？

“如果你是想道歉，我接受。如果要负责，那没必要，我只当是倒了大霉。

“再者说，你和唐御我都不喜欢。但在做人这方面，唐御甩了你不知几条街，作为朋友，他温柔绅士、礼貌有风度，反观你……”

“季书怡！”江丞脸色冰沉如墨，咬肌微动，凶神恶煞的表情吓得季书怡立马噤声，见情况不妙，她急忙拔腿就跑。

看着转身就跑的女孩，江丞耳边还回荡着她的话。

他本可以将她拉回来，却在她跑开的瞬间陷入了沉思——

自己……真的有那么差吗？

季书怡和陆知夏还有好几个同学相约外出游玩，因为第二天没课，几个同学在一起玩到了很晚。

因为之前的两校足球赛，江丞有唐御的微信好友，当时唐御说有时间可以再约一场，但加上之后二人从未说过话。

而江丞也没有想到他会主动点开唐御的微信朋友圈，查看他的动态。

一切也在他的意料之内，他果然在唐御最新的朋友圈动态里看到了季书怡的身影——是季书怡一行人游玩的合照。

人在情绪失落时，无论看什么都容易瞎想。

就像此刻正查看唐御朋友圈里的合照的江丞，那合照明明有许多人，可江丞的目光却不偏不倚只看得到唐御和季书怡。

江丞看得心烦，刚要退出微信，发现唐御竟又新发了一条动态，配图仍然是一张人物合照，依旧是常规的集体照，但明显是转场到了酒吧，而且照片里的季书怡偏头看着唐御的方向巧笑嫣然。

一瞬间，江丞感觉自己的心仿佛被什么东西压得喘不过气。

再仔细一看，这家酒吧竟是他父亲前些日子刚盘下的那家，一瞬间，他几乎是没有片刻犹豫，拿上外套就出了门。

酒吧门口，一群人相互搀扶着走了出来。

陆知夏笑盈盈地说："今天真是谢谢唐学长啦，请我们吃喝玩乐，完美的一天。"

唐御谦和地说："大家不用这么客气，今天我也很开心，有机会再聚啊。"

众人齐声："好的，有时间再聚。"

彼此道别后，季书怡坐上自己的车，正要关上车门，唐御忽然拿着一大束玫瑰花递上去："你的花忘了，这可是你今天努力赢来的。"

"呀，我的战利品差点忘了。"季书怡笑着接过对唐御说，"谢谢啦，你路上小心。”

而她笑着收下唐御的玫瑰花这一幕刚好被刚赶到的江丞看见，江丞猛地一脚踩下刹车，他单手搭在方向盘上，透过车前窗眺望着季书怡的方向，看着她抱着玫瑰花关上车门，渐行渐远。

直到再也看不见季书怡的车，他才回过神来。

他感觉自己最近好像生病了，总会莫名地心悸发慌，一直以来他都以为自己本性冷漠无情，不会被任何事和人触动内心，可最近他频繁地发现自己的情绪异常容易波动，且全是因为季书怡。

夜幕下城市绚丽的灯光散落在他的脸上，都难以掩盖他黯淡的眸光。

好像不知从何时起，他早已在内心认定她。

江丞也明白自己根本没有一个合理的身份或理由去找唐御的麻烦，可他却忽然不受控制般一脚油门，停在了即将要走的唐御面前，然后下了车。

“江丞？”看清对面的人，唐御诧异了一瞬，转而问，“怎么是你？”

“挺懂浪漫啊，送了那么大一束玫瑰花。”江丞神情散漫地睨着唐御，并没打算听他答疑解惑，他哧笑一声眉毛微挑，“怎么，喜欢季书怡啊？”

“书怡？”唐御诧异，但转眼就谦和地笑了一下回答说，“书怡那种女孩子，活泼可爱，有趣又漂亮，我想没有男孩子会不喜欢吧？”

他语调淡然，可说出的话却让江丞感觉像是有千军万马朝自己呼啸而来。

毕竟，季书怡说过唐御哪儿都比他好，如果唐御也喜欢她，那他要怎么把她抢过来？

江丞心情不爽地确认道：“所以，你也喜欢季书怡？”

唐御笑笑，没有否认：“是挺喜欢。”

“那真糟糕，”江丞冷笑一声，神情冷了好几个度，抽出插在裤兜里的手朝他逼近一步，气场冷冽到震慑人心，“季书怡明确跟我说过，她不喜欢你。”

“丞哥！”

正在气氛剑拔弩张之时，江丞突然听到了陈星熠的声音。

看着小跑到自己面前的陈星熠，只见对方一把搂住他的脖子说道：“赶紧的，有紧急事件要你处理，快走！”

接着，他又对唐御催促道：“唐大少爷，你也快回去吧。”

就这样，陈星熠使尽浑身解数把江丞带回了酒吧。

江丞察觉出了陈星熠的不对劲，开门见山地问道：“你这又是忽悠又是硬拽的，让我过来干什么？”

陈星熠闻言立马贼兮兮地笑着说：“我这是救你呢，以后你准得感谢我。”

“你刚才要是跟唐御有什么纠纷，你跟季书怡就再没可能了。作为你的好兄弟，我得保持理智及时拉你啊。”陈星熠一本正经地说道。

江丞：“……”

他这还是第一次被陈星熠说得无话可说。

陈星熠难得见一次江丞沉默的样子，调侃道：“你竟然不嘴硬否认你吃醋了？真稀奇。”

江丞不屑地睨视他一眼：“我敢作敢当，有什么好否认的。”

虽然他的性格傲娇冷漠，可只要是他认定的事，他便可以为之付出一切。

“那之前是谁说只有品味差的人才会喜欢季书怡的？还说——”陈星熠剩下的话直接在江丞紧盯的视线中戛然而止，赶忙改口道，“你看看你，行，我不提了。”

江丞叹了口气，这才问道：“你怎么知道我过来的？”

“我今天也在，早就看到季书怡和唐御几个人在玩，你这几天本来就因为季书怡闷闷不乐的，尤其是对唐御，那是越看越不爽，我就想，这场面要是被你看到，你岂不是得被气死。”

“刚才喝酒的时候，有人说看到你的车停在门口，我就猜到你多半是知道了他们在酒吧的事，就急忙出来看看。”

陈星熠难得看到江丞脾气好，一下子像打开了话匣子，侃侃而谈：“你追求女孩子不能太心急，臭脾气收敛起来，否则会把人吓跑的……”

江丞也是难得一次想要听陈星熠的鬼话，微微蹙眉，反问道：“那要怎么追？”

陈星熠坐正身子，认真道：“女孩子都喜欢那种温柔体贴，有内涵，有风度，礼貌又阳光，说话斯文……”

江丞越听越觉得不对劲，温柔体贴，礼貌有风度，说话还斯文……

这不说的唐御吗？

“行了，你闭嘴吧，没一句我爱听的！”

本来他就郁闷，听完陈星熠的话一下子更烦躁了，酒吧也不想待了，直接起身就走，只留陈星熠不解地坐在原地。

陈星熠：“……”

他说得有问题吗？

周末总是过得很快。

江丞知道季书怡周一上午第一节有课，所以他到了校门口后特意走得很慢，想着能不能遇到她，正走着忽然听到有人喊。

“书怡！”

不知从什么时候起，他只要听到有人喊她的名字，内心就会无比在意。

江丞忽而驻足寻声望去，看到是背着书包跑过去的陆知夏。

“哎呀，抱歉抱歉，我认错人了。”

只见陆知夏快步追上一个人，以为是季书怡上去就拍了下对方的肩膀，谁料那人一扭头，陆知夏才发觉是自己认错人了。

被认错的宋凝远远地就看到了前面的江丞，面带笑容地回应着陆知夏："没事没事。"

陆知夏尴尬地笑了笑，然后迅速溜走，而以为会见到季书怡的江丞看到是宋凝后便立马收回了视线。

远远站着的宋凝心中酸涩，她终究还是走不进他的心吗？

中午放学时，陆知夏很是郁闷地跟季书怡吐槽道："你知道吗？最近那个舞蹈系的宋凝跟你的穿衣风格特别像，我都差点认错，我还追着她喊你的名字，还想着你竟然不理我，谁知对方一回头竟是宋凝。"

陆知夏尴尬地撇撇嘴："太尴尬了，她不会是在模仿你吧？"

"模仿我？"季书怡一脸蒙，"模仿我干吗？"

"那谁知道呢？"陆知夏讪讪地道，"可能是因为你抢了她的风头吧，毕竟她以前是京大学生公认的代表美人，可你一来，直接抢走了她的风头。她难道是想靠模仿你，恢复'京大美人'的头衔？"

"不至于吧，"季书怡不以为然地扯了扯嘴角，"她长得那么漂亮。"

季书怡懒得想这些无关紧要的人，立马转移话题说："我们中午吃什么？"

"去吃烤肉吧。"陆知夏嘴馋道，"时间来得及。"

宋凝听学校的人经常说在一家新开的酒吧多次看到过江丞，于是她便每个周五放学时都假意约着三五好友一起去玩。

可她一连去了几次都从未看到过江丞，不知是时间不对，还是他不想让她看见。

又是一个周五，宋凝再次失落地走出酒吧，漂亮的眼睛里黯淡无光。

十一月，帝京已经渐渐入冬，夜风有些沁凉。

宋凝出了酒吧，没有直接打车离开，她心里闷闷的，想要散步吹吹风。

酒吧门口有很多喝醉酒的人，酒气扑鼻，宋凝轻皱着眉走过，她记得这附近有一处音乐喷泉，想着方向，便拐进了一个巷子。

“美女，一个人？”

忽然一个金发碧眼的外国男人走上前来搭讪。

宋凝吓了一跳，本能地朝旁边躲了躲，没有搭理对方，径直快步离开，然而那金发男人却拦住了去路。

宋凝慌了神：“你想干什么？我不认识你，请你让开。”

说着就迅速转身想跑，可刚转过身就被扯住头发拽了回来，下一秒整个人直接被对方按在墙上。

宋凝嫌恶地用力推搡对方，奈何她力道太小，根本无法抵抗，只能大声呼救起来。

“救命啊！”

可金发男人直接捂上她的嘴，一手搂过她的脖子，粗鲁地就要把她带走。

宋凝挣扎无效，现在连求救声都喊不出来，瞬间陷入了无边无际的绝望中。

就在她以为自己会死在今晚时，下一秒，忽然有人从身后一脚踹在了金发男人的背上，金发男被猛然袭击，整个人猝不及防地向前扑去，在千钧一发间，她被身后的人从金发男手中救出。

紧接着，宋凝清楚地看到来人直接冲过去将刚要爬起身的金发男人一脚踢飞，金发男人狠狠地撞到了巷子的墙壁上，下一秒巷子里则回荡起男人的哀号声。

宋凝在惊恐中心也乱了，正当她想要抬起头时，忽然一件外套披下来，头顶则传来江丞的声音：“没事了，赶紧走吧。”

话落，对方转身就走了。

还蹲在原地的宋凝好像经历了一场噩梦，看着转身走开的江丞，她委屈又后怕地哭了起来。

…………

“江丞？”

刚解决完醉酒流氓的江丞本想着回酒吧，没想到竟听到了季书怡的声音。

他慌忙抬头，发现季书怡就站在离他几步远的前方，歪着脑袋好奇地看着他。

季书怡原本是在附近逛街，可无意间她听到有人议论，说这边的巷子里有女孩的求救声。

面对这种事情，大多数人可能会选择自保，但因为曾经有个女孩子在她遇到危险时挺身而出帮助过她，那个女孩子对她说过“希望这个世界可以少一则女孩遇害的新闻”。

所以，那句话她一直记在心里，便想着前去帮助女孩。

庆幸的是，当她赶到的时候女孩已经被救下，只是没想到见义勇为的人竟是江丞。

季书怡无奈地皱巴着脸，她本想直接离开，可当她看到江丞眼底的愠怒之色，这还是她第一次见到这样的江丞，好像随时会进入疯魔中，她明白有些事是需要说清的。

“安诺，你到旁边去等我，”季书怡对保护她的女孩说，“他不会伤我。”

季书怡的保镖安诺立马应道：“好的大小姐。”

安诺刚离开，江丞便迅速上前一把握住季书怡的手腕，毫不温柔地将人往前一带，嗓音低沉：“是不是以后看到我都要跑？”

季书怡被他拉着，差点一头撞在对方的胸膛上，两个人的距离近得似乎可以清楚地听到对方有力的心跳声，“扑通扑通”的好像快要跳出来一样。

她愣了一瞬，才闷闷地哀怨出声：“你发什么疯？”

“我是发疯了，”江丞呼吸沉重克制，紧盯着女孩的视线问，“所以，你刚才看到什么了？”

他不知道她是从什么时候出现的，更不知道她有没有看到他出手，如果她看到会不会觉得他暴力，更没有唐御温柔……

挣扎着向后退、要跟对方拉开距离的季书怡忽然整个人贴上身后的墙壁，退无可退的情况下，她只好幽怨地仰头瞪着他："我都看到了，看到你冲冠一怒为红颜，还是说你需要我让人过来给你善后？"

江丞心里"咯噔"一下，急忙解释说："我本来可以让保安解决这件事的，但我以为是你才亲自出手的，宋凝的穿着和你十分相似……"

"季书怡，我这人没有见义勇为的大义精神，却也无法做到对这种恶行置之不理，但我能肯定的是，我冲冠一怒，只是为了你。"他努力调整呼吸，一字一句地对季书怡说。

季书怡看着江丞的眼睛，刚才的愠怒渐渐消散，取而代之的是满满的期待和认真，这还是她第一次在他的眼睛里看到这种情绪——那是迫切地想要得到信任的模样。

她忽然就想起前些日子，陆知夏跟她说把宋凝误认成了她的事。

所以他做的一切……真的是因为她？

可是她想不通，他明明是讨厌自己的。

江丞见她出神地看着他，月光下，女孩卷翘的睫毛轻轻扇动着，姣好的脸庞恬静柔美，仿佛只消一眼便让人可以扫除所有阴霾。

偏偏此时，她微抿着的红唇无意识地微张，像是故意诱人采撷。

"你干吗？"

正出神的季书怡看到面前的江丞正紧盯着她，吓得她慌忙用手捂住嘴。

看着慌乱的女孩，江丞忍不住勾了勾唇角。

而这时才彻底反应过来的季书怡羞愤地开口道："你神经病！"

她恼羞成怒地伸脚踢他："松开我，我要回家了。"

"我话还没说完，你不是说不喜欢唐御吗？为什么还收他玫瑰花？"江丞怕她狡辩，还替她精确到时间，"就是上次你们出去玩，晚上从酒吧回家那天。”

“玫瑰花？”季书怡错愕了一瞬，想起来后，瞬间无语道，“谁收他玫瑰花了，那是我做游戏赢的，你别造谣！”

“游戏赢的？”江丞眸光微闪，压抑许久的内心豁然开朗，却又强调性地说了句，“所以你不喜欢他？”

“对！”季书怡没好气地回他，“我不喜欢你，也不喜欢他，再说我想要什么会自己买！”

季书怡小脸气鼓鼓的，她没有发现自己说这句话的时候，江丞的嘴角微不可察地弯了弯。

过了一会儿，她像才想到了什么似的，瞬间严肃反问道：“不对，你怎么会知道得那么清楚……你派人跟踪我！”

“跟踪？”江丞看着面前气鼓鼓的姑娘，轻哧出声，“我亲眼看到的，还看到你笑得可开心了。”

季书怡抬起拳头就要去打他：“你真是莫名其妙！”

被打了一拳的江丞毫不在意，只忽然神色认真地低唤了声：“季书怡。”

季书怡没好气地应道：“嗯？”

江丞看着小姑娘的眼睛忽而静默了好几秒，才缓缓开口：“我以后都不欺负你了，我追求你好不好？”

“不好！”季书怡慌不迭地连声抗拒，“你肯定是为了恶心我！”

她铆足了劲要去推他，江丞却趁机在她额头上轻轻落下一吻，然后道：“行了，现在可以走了。”

“你不要脸！”

终于被松开的季书怡慌张地捂着被偷亲的额头，像只受惊的小白兔一般慌不择路地逃窜。

第三章 Chapter 3

心动

江丞刚到家，就接到了父亲江聿怀的来电。

“跟人打架了？”

接通后，江聿怀直接问道。

江丞并不意外消息这么快就传到父亲耳朵里这件事，便如实回道：“是。”

江聿怀急忙又问：“受伤没？”

江丞恭敬回道：“没有。”

“那就好。”江聿怀护短地说，“剩下的爸处理，你安心上学。”

末了，江聿怀又特别叮嘱一句：“以后遇事尽量不要自己亲自动手，你这次太冲动了，你懂爸的意思吧？但那种人渣也的确应该得到教训。”

“明白，让爸费心了。”

他怎么会不理解父亲的意思，他很清楚一件事用不同的解决方法，处理起来结果会天差地别。

而他今天确实太冲动了，甚至还认错了人。

他从未犯过这般低级的错误，可当他面对季书怡时，他便无法控制自己的情绪，那一刻他只怕她多受一秒的欺辱。

另一边，宋凝没有回学校宿舍，而是自己在宾馆开了间房闷在被子里哭了很久很久，好像自己谈了一场最真挚的恋爱，却忽然失恋了。

不对，准确地说是还没有开始的恋爱，这一切只是她单方面的暗恋罢了。

当时被救后，她看到了巷子里发生的一切，也明白了江丞失控只是为了那个叫季书怡的女孩子，包括后来他和季书怡的所有互动她也都看在眼里。

这是她第一次知道，原来江丞不是完全的冷漠，更不是完全的寡情，他也会想要逗趣喜欢的人，也会甘愿为喜欢的人卸下一身防备和冷傲。

原来他遇见喜欢的人，是如此直白且坦荡的，而她纵使甘愿成为替代品，也终究无法站在他的身边。

看来，青春里这场没有归途的暗恋，终究是要彻底落下帷幕。

回到家洗漱好的季书怡，开始拿着手机跟陆知夏打起了电话。

在电话里，她把今晚发生的事一股脑儿地讲给陆知夏听。

陆知夏听着听着忽然笑起来，神神秘秘地问："季书怡，你有没有发现一个问题？"

"什么问题啊？"已经说得口干舌燥的季书怡端起水杯喝了口水。

陆知夏一本正经道："其实你内心深处或许是喜欢江丞的……"

"噗！咳……"

季书怡闻言，嘴里的水猝不及防地全喷了出来，呛得她直咳嗽，缓了一会儿，急忙否认道："我怎么可能喜欢他！"

"你别急着否认，且听我给你分析一下，"陆知夏调侃地笑着说道，"你看啊，江丞亲了你两回，这要是换成其他男人，你不得让你哥好好教训一下对方？而你现在的愤怒完全是因为不敢确定江丞对你是真心喜欢还是换一种方法欺负你罢了。"

"但你放心，我今晚已经加到了江丞朋友陈星熠的微信，成功为你打入了敌人内部，待我给你探探虚实，再来跟你汇报。"

挂了电话，抱着玩偶的季书怡叹了口气，闷闷自语道："我才不喜欢他那么讨厌的人。”

可是一整夜，陆知夏的话都不断地在她的耳边回响，甚至夜里她还梦到自己被江丞牵着手，走入了婚姻殿堂。

但画面一转，夜黑风高，完成结婚仪式的江丞却野蛮地将她推进一个肮脏杂乱的小黑屋，把她锁了起来，而门外充斥着他奸计得逞的坏笑声，阴森又恐怖……

“啊！”

季书怡被瞬间吓醒，一个人呆呆地望着天花板许久都没有缓过神来，她也彻底失眠了。

…………

天气渐冷，学校门口的奶茶店生意火爆，排队的人都排到了店外。

但这一天，有人却震惊地看到排队的人群中竟然有江丞。

“不是吧，我好像看到江丞了，他竟然来排队买奶茶。”

“还真是，这什么情况？他绝对不是给自己买的。”

“你们为什么只关注奶茶？重点难道不是他在耐心地乖乖排队买奶茶吗？要知道这位知名帅哥可是出了名的脾气差、没耐心。”

“该不会又是给那个季书怡买的吧？”

…………

听到有人提到“季书怡”三个字，人群中的江丞忽然回头精准地看了眼刚才说话的人，那些人讨论了他半天都没反应，但一提到季书怡，对方便跟装了雷达似的，莫名让这些八卦的人闭了嘴。

江丞有季书怡的课表，拿到奶茶后，他就赶忙去往她的教室。

“季书怡同学。”

另一边，教学楼下，刚准备要去上课的季书怡就听到了有人喊她，她闻声回头，却发现是宋凝。

今天的宋凝换回了自己风格的衣服，很明艳漂亮，季书怡见状礼貌应声：“宋凝学姐喊我是有事吗？”

宋凝微笑道：“嗯，方便跟你聊两句吗？几分钟就好，不耽误你上课。”

季书怡看了看时间还早，便也笑着答应：“好啊。”

宋凝主动走上前先是有些难为情地开口说：“那晚在酒吧巷子里的事，可以请你帮我保守秘密吗？”

季书怡知道宋凝的顾虑，立马保证道：“学姐放心，我保证不说，更不会让任何人知道。”

宋凝看着面前模样纯真、满眼真诚的女孩子，突然感到一丝羞愧：“你真的很特别。”

“很抱歉，这段时间我的一些行为给你增添了很多烦恼，真的很抱歉，”她嗓音微顿，抿了抿唇继续真诚地说道，“你放心，我以后再也不会给你增添那些烦恼了，也不会再执着错误的感情，伤害了别人也看轻了自己。而且江丞他只喜欢你，其他任何人都替代不了。”

她释怀地笑笑，最后调皮地说：“今天找你就是想跟你道歉以及想让你帮忙保密的，现在说完啦，你快去上课吧，以后在学校有需要帮忙的可以随时来找我。”

听完宋凝的话，季书怡微怔在原地，她没想到宋凝来找她是要跟她说这些的，再结合那晚发生的事以及江丞说的话，和这些日子总会听到有人议论她们的穿衣风格问题，她终于明白，宋凝的模仿是以为江丞喜欢她，从而想要变成自己的样子来吸引江丞的注意。

宁愿让自己陷入众人的议论声中，也想要吸引喜欢的人，一个女孩子能做到这样，想必也是暗恋得小心翼翼的吧。

季书怡是个见不得女孩子在爱情里单方面付出的人，因为她会觉得很心疼。

“宋凝学姐。”季书怡忽然真心地冲着对方一笑。

“你知道吗？开学第一次见到你的时候，我都看呆了，我当时就觉得你好漂亮呀，是那种让人无法忽视的漂亮。而且你也超级优秀，我们班好多人都争着看你之前在学校晚会上的舞蹈视频呢！

“你本身就是最好的，也是最优秀的，所以你永远不需要去成为其他的人。而那些无法在一起的人，并不是因为我们不好，只是大家磁场不同罢了。”

宋凝听得眸光微怔，她一直以为季书怡是那种被家里惯坏的骄纵大小姐，偶尔她也会听到有人议论起说她脾气不好，可如今这番话却让她对眼前的女孩有了彻底的改观。

季书怡是那种内心富足、三观正的女孩子，也难怪江丞那种眼高于顶的人会对这个女孩子情根深种。

“谢谢你。”宋凝的心境瞬间明朗，她开心地笑了，摆摆手，“再不走你就要迟到了，我也要上课了，拜拜。”

季书怡也随即冲对方摆摆手道了别，就转身朝教学楼里跑。

然而刚转过身要跑，忽然书包被人从后面拉住，拉得她整个人直接向后倒去，猝不及防地惊呼出声。

一把将人拉过去的江丞眉头紧皱，低头不悦道：“你这姑娘，什么时候能改掉见我就跑的习惯？”

“那你什么时候能改掉这种一出场就粗暴地拽人的习惯？”

她刚才根本就没有看到他，如果看到了，她指定跑得更快！

江丞没空在意季书怡的话，急忙问道：“宋凝找你干什么？”

刚才他远远地看到她在和宋凝说话，可当他快步赶过来时，人已经走了。

季书怡不高兴地转过身看着他：“你这人是不是自己坏，就觉得别人都不安好心？”

“我……”被一连“怼”了几句的江丞被气到语塞，立马证明来意，把手中排了许久的队才买到的奶茶举到她眼前，“我可是好心来给你送奶茶的。”

季书怡诧异了一瞬，忽然想起那晚的噩梦，顿时警惕地后退一步，惊慌质问道：“你……你是不是在里面下药了？”

江丞被季书怡气得紧咬着后槽牙，近乎咬牙切齿地盯着她道：

“对！老子下了迷魂药！你敢喝吗？”

季书怡惊愕地眨着大眼睛，脊背发凉，急忙说：“当然不敢，我…我可还没活够。”

话落，她便马不停蹄地转身就跑了。

刚才宋凝还说这家伙喜欢她，这哪里是喜欢，明明就是想变着法地欺负她，如此想着，她便越跑越快。

临近上课，踩点来上课的学生急忙落座，拥挤的人群直接阻断了江丞想要追上去的步伐，只能闷闷不乐地站在冷风中透过人群的缝隙看着逃走的季书怡。

傻吗？难道听不出他说的假话？

还是……自己就这么让她不信任？

…………

刚从校园超市走出来的陈星熠忽然被人迎面塞过来一杯奶茶。

“请你喝奶茶。”江丞兴致缺缺地道。

“你怎么爱喝奶茶了？”陈星熠见状很是诧异。

江丞微微叹气，倒也没隐瞒：“买给季书怡的，她不要，怕我毒死她。”

说着随手从陈星熠的购物袋中拿出一瓶水，拧开喝了一口解解闷气。

陈星熠憋着想笑的冲动，忍不住问道：“难不成你跟她说里面下毒啦？”

“嗯。”江丞面无表情地点点头。

“哈哈……”陈星熠没忍住笑出声，一脸同情地拍了拍江丞的肩，调侃道，“别难过，一辈子很快就过去了，谈恋爱这件事，你不适合……”

“那你一直单身吧！”江丞没好气地拍掉陈星熠搭在肩上的手，“就没有我不适合的事！”

两人边走边说，忽然感受到路过同学小心翼翼地朝他们这边看过来，还窃窃私语地说着什么，一个个的表情像是看到了什么震惊世界的大新闻一般。

江丞倒是完全不在意地继续走着，而陈星熠却像是发现了什么新大陆般贼兮兮地问道：“丞哥，你在哪儿送奶茶被拒的？”

“季书怡教室楼下。”

“有好戏看了。”陈星熠忽然激动地一边掏手机一边说，“哥你今天肯定霸占论坛了，我赶紧看看大家给你们编了什么故事。”

向来不关注校园论坛的江丞，今天忽然也对其产生了好奇，想看看大家是怎样谈论他和季书怡的。

所以在陈星熠打开论坛的时候，他便假装若无其事，实际上却在盯着对方的屏幕看，可没想到他看到的第一个帖子就是——惊！京大法学系大魔王求爱被拒！

陈星熠顺手点进去，看到楼主的第一条配文——有图不敢放，但是消息属实！

该帖子一经发酵，热度之高直接成为爆帖——

“我也看到了，若不是亲眼所见，真是不敢相信。”

“可大魔王跟小白兔不是死对头吗？怎么突然示好了？”

“别说，放眼整个校园大概也只有小白兔敢‘怼’大魔王了。”

“我有个大胆的猜测，小白兔拒绝大魔王是不是因为隔壁医大的温柔学长？”

“楼上跟我想的一样，感觉小白兔和隔壁医大的温柔学长更配。”

“不，我觉得还是跟大魔王更般配，大魔王配小白兔多性感，要不咱投票？”

而这一句话，让帖子瞬间开始了投票比拼。

两个小时后，唐御和季书怡的拥护者大比分碾压，战胜了江丞和季书怡的拥护者。

只是比分一出，帖子瞬间被封了。

正在上课的江丞低头看着论坛界面，哀怨道：“真是一群没眼光的人！我会不如那个唐御？笑话谁呢！”

同一时刻，江丞突然收到陈星熠发来的一则消息，是一张刚才论坛比分结果的截图。

江丞见状，拳头捏得咯吱作响，咬牙切齿地回了条语音：“滚。”

陈星熠：“……”

周五下午放学后，季书怡和唐御在路边等陆知夏和其他小伙伴继续去玩上次还没玩完的项目。

等待中，季书怡拿了瓶酸奶正要拧瓶盖，旁边的唐御见状就要伸手接过来替她拧开，然而刚伸手，陡然一道摩托车的轰鸣声呼啸而来，吓得季书怡猝不及防地惊呼着，本能地向后躲避了一步。

而躲避过程中，她手中的酸奶被抢，缓过心神后，一辆黑色的炫酷摩托车在她面前停下，她这才看清突然出现的人竟是江丞，而被抢走的酸奶已经被他拧开了瓶盖递了过来。

路过的学生纷纷惊诧驻足看着这一幕，少年坐在摩托车上单脚撑地，还未来得及摘下头盔，却先为女孩拧开了瓶盖。

只可惜季书怡并不领情，反而一脸怨愤地开口：“你吓死我了！还差点撞到我！”

“开什么玩笑。”江丞睨了眼她旁边的唐御，直白地说道，“我撞他也不能撞你啊。”

一旁的唐御：“……”

他的命是不值钱吗？

“你也不许撞他。”季书怡脱口就问，“你突然出现要干什么？”

江丞闻言，眼神闪烁了一瞬，然后一本正经地看着季书怡说道：“我姐生病了，我现在要赶过去。”

“烟烟生病啦？”不等他说完，季书怡就一脸担心地打断问道，“严重吗？”

见她一脸着急的样子，江丞立马拿出一个头盔递过去说：“还不太清楚情况，我带你一起去看看。”

说着，他偏头看了眼后座催促道：“快上车。”

季书怡完全没多想，急忙对一旁的唐御说：“对不起啊，你们先去玩吧，我去看看烟烟。”

说着就快速接过头盔，满心焦急地上了江丞的车，还忐忑不安地催促了句：“你骑快点。”

江丞嘴角微不可察地轻扬道：“好，我快点。”

深秋，临近傍晚时整个街景被暖黄的夕阳笼罩，女孩的长发从头盔下飞舞而出，随风摇曳，前面的男生身形高大英挺，摩托车速度很快，尽管戴着头盔，耳边也有呼啸的狂风声。

坐在后面的季书怡不想贴他太近，可他骑得太快，她有些怕，也有些冷，今天的剧本杀是室内的剧情，她穿得有些单薄。

骑行中的江丞察觉到女孩轻轻靠上来的身子有些微微发抖，不知是害怕还是风吹得冷，他放慢了速度，找地方忽然停了下来。

季书怡从后面探出脑袋问他：“停下干吗？”

江丞迅速脱下外套递给她，语气霸道：“穿上。”

冷飕飕的季书怡其实是想穿的，但一出口就是习惯性的拒绝：“我不要穿你衣服。”

江丞回头看着她，戏谑地笑着说：“不穿冻生病了，以后可就气不到我了。”

这熟悉的模样让季书怡顿时幽怨地鼓着小脸，她一把拽过外套，看着脱了外套只穿了件单薄黑色长袖衫的江丞没好气地说：“那就先冻死你吧！”

不知是外套温暖还是外套上有他的体温，季书怡刚穿上就感觉身上暖暖的。

他的外套很大，袖子很长，可以让她的手完全藏在里面。

只是车子越行越远，季书怡察觉到方向不对，急忙扬声问道：“江丞，烟烟真的生病了？”

已经把人带走的江丞，此刻才如实说："没有，刚才骗你的。"

"江丞！"发现被骗的季书怡比以往任何一次都要生气，只冷着声音说，"停车，我要下去。"

在她心里，江丞之前怎么惹她不高兴都好，可她受不了欺骗。

听出季书怡是真的生气了，江丞急忙靠边停车。而车子刚一停稳季书怡就跳下了车，江丞动作迅速，拉住她的手腕解释道："我也不想骗你，可是我不骗你你会跟我来吗？你哪次不是看到我就跑，好像我是瘟神似的。"

季书怡气到不想理他，只用力甩开被他抓住的手腕，可她越挣扎，江丞抓得越紧，最后只能回头看着他，气急败坏地道："那我为什么看到别人不跑，偏偏看到你就跑，难道不是你的问题吗？你松开我！"

气恼万分的季书怡开始用另一只手去掰江丞抓着自己手腕的手，可他力气太大，她怎么都掰不动，一下子惹得小姑娘更加生气了，气红了眼，瞪着江丞道："你再不松开我咬你了！"

江丞眉头都没皱一下："你咬吧。"

"你！"季书怡这次是真的生气了，看着江丞僵持了好一会儿后才忍不住吸了吸鼻子说，"你干吗骗人，你真是讨厌死了！"

小时候，妈妈就骗她说："宝贝乖乖睡觉，睡醒了妈妈带你去游乐场玩。"

可她一觉醒来，就再也没见过妈妈，她都快要忘记妈妈长什么样了……

而这份模糊的记忆里有让她记忆深刻的欺骗，从那以后，她厌恶所有欺骗，哪怕是有苦衷，或是善意的谎言……

江丞见她好像快要哭了，心里也十分难受。他发誓他真的不是恶意欺骗她，只是对她无从下手，情急中用了最糟糕的方式。

而她的样子也让他慌了神，心悸如窒息，下一秒他嗓音克制低沉，轻柔开口道："对不起，别哭了，不生气了……"

这么多年来，江丞从来没有哄过人，也不知道怎么哄。

自从他被父亲带回家，他的一举一动都会有很多人盯着，于是他不能畏缩，不能逃避，更不能让人看出他的任何破绽，不能让任何人读懂他的情绪，从而窥探他的内心。

甚至出门在外，他代表的也是父亲，是江家，却从来不是他自己。

所以，他不能向任何人低头，不能向任何人妥协……

他让自己成了一个冷妄轻狂到不可一世的人，可就在这一刻，他多年来精心打造的所有防备、所有面具在此刻都无法控制地土崩瓦解，他嗓音低沉，又开口道："不生气了好不好？"

"不好！"已经自我调节好情绪的季书怡气汹汹地道，"我以后都会躲你躲得更远！"

突然，江丞低沉且急切的声音再度响起："我错了……"

这简单的三个字，瓦解他这二十一年来所有的狂傲，心甘情愿地为爱俯首称臣。

而这三个字也让季书怡停下所有动作，身子恍如被定住一般，甚至以为是自己出现了幻觉。

毕竟她宁愿相信太阳会从西边升起，都不敢相信冷情嚣张的江丞会道歉。

静默了两秒后，季书怡难以置信地缓缓仰起头，用还有些微红的眼睛望着他眨了眨，然后轻声反问了句："你刚才说什么？"

江丞低头看她，此刻，她身上还穿着他宽大的外套，显得整个人更娇小了，她漂亮的眼眸红红的，沁着泪珠，就这么仰头看着他小声问话的样子，简直让人疯狂心动。

只是到底是嚣张傲娇惯了的大少爷，要重复刚才那三个字内心还是有些许抗拒的，可看到她满眼期待的样子，他又一次打碎了原则。

只见江丞目光沉沉地低头看着季书怡的眼睛："我错了，以后不骗你了，你别生气了。"

季书怡瞬间惊呆了，瞳孔肉眼可见地扩大，她内心惶恐，害怕是对方的障眼法，便忍不住再次反问：“你今天到底想干吗呀？”

江丞见状，有些挫败地微叹口气：“我只是想带你去看萤火虫。”

“萤火虫？”

季书怡再次惊愕，立马就想起周二那天追剧的时候看到里面的男女主角在满是萤火虫飞舞的草地上拥吻，画面十分浪漫唯美，她就随手发了条朋友圈，说自己想看萤火虫。

可是她早就把他拉黑了，他怎么会知道？

一直盯着她看的江丞，见她一脸疑惑的表情，不知这小姑娘又在乱猜什么，便无奈地主动说道：“我让陈星熠问陆知夏，你平时都喜欢做什么。她就把你的朋友圈动态截图发给了陈星熠，然后我就知道了。”

原来是这样，可现在不是萤火虫出没的季节啊？

难道只是因为她的一则动态，他就去想办法实现她随口说的一句话吗？

今天的突发事件太多，季书怡怔怔地仰头看着江丞的眼睛，那双深邃的眼里没有任何伪装和掩饰。

这个时候江丞突然满脸挫败地无奈出声：“想什么呢？我又不会把你吃了，就只是想带你去看萤火虫，你试着信我一次行不行？”

这份突如其来的坦诚和主动让她有些手足无措，不知如何应对。也或许是她依然不敢信任江丞，怕其中有诈。

可即便如此，季书怡却发现自己的内心深处似乎有些跃跃欲试的冲动，甚至那片平静了许久的心湖，又再度泛起涟漪，一圈，一圈，让她无法平静……

“行。”季书怡仰着下巴，习惯性地骄纵道，“那你不许对我动手动脚，也不许欺负我，我就试着信你一次。”

见状，江丞终于笑了：“好，我保证。”

车子重新启动，江丞把车速放慢了许多，紧接着他就听到身后的女孩扬声冲他说：“你最好能带我看到很多萤火虫，否则你的信用度直接降到负数！”

江丞急忙应着：“可不敢再减分了。”

一句“不敢”，让后座的季书怡没来由地笑了一下，也让她的心再难平静。

越到深秋，天色黑得越早，赶到郊外的树林时，天色已经全黑了。

郊外的树林有很多野生绿植，高耸入云，枝繁叶茂，仰起头望去甚至夜幕都被树木遮挡，倒像是一处与繁华街市隔绝的世外之地。

车子停稳后，江丞偷偷给陈星熠发了条消息，余光看到刚下车的季书怡下意识地裹紧他的外套，看来野外的夜风好像是更冷些。

接着又给陈星熠发了条信息：车留下，你骑我车走，钥匙放车上了。

而刚发完消息，江丞就听到身边女孩激动地道：“真的有萤火虫！”

江丞还没来得及搭话，就看着季书怡直接朝着萤火虫的方向跑了过去，他一脸无奈的浅笑，正要主动跟过去，又看到已经跑远的小姑娘忽然又跑了回来。

跑回来的季书怡直接拽着江丞的袖口拉着他，一边往前跑一边说：“前面有点黑，我害怕。”

江丞：“……”

虽然被当成了壮胆工具，但起码小姑娘还知道害怕时需要依靠他。

越往前走，萤火虫也越来越多，它们落在树梢枝头、落在草地绿植，曼舞的光点像是触手可及的星空。

这是季书怡第一次看到这么多萤火虫，忍不住惊叹道：“好漂亮，这还是我第一次看到这么多萤火虫！”

早已松开江丞独自在萤光中穿梭的季书怡此时欢喜得像个孩子一样，幸福地追着一只萤火虫，要藏进手心里。

江丞看着在如星星闪耀的萤火虫中追逐笑闹的女孩，看到她眉眼皆是笑意，甚至还自言自语想要诱哄着萤火虫乖乖到她手里去时的可爱模样，忍不住失笑，悬着的一颗心也终于落下。

今天终于是做了一件让她开心的事。

见她追了半天，结果一只萤火虫也没抓到，江丞撩起眼皮看了看附近飞舞着的萤火虫，然后迅速且精准地伸手就虚握了两只藏在手心里。

季书怡正弯着腰，小心翼翼地凑近想要扑住落在植物上的萤火虫，可还是差了一点点，当萤火虫再度从她手里溜走时，她顿时挫败地“哼”了一声。

“手给我。”

就在此时，她忽然听到身旁传来一个声音。

季书怡偏头看到已经站到身边的江丞，而他攥着拳的指缝中隐隐透出光亮，立马心领神会的季书怡激动地凑上去把手举到他面前，小声地说：“你小心点，别让它飞跑了。”

江丞的声音也跟着放低：“放心，不会让它跑。”

江丞将萤火虫小心翼翼地放进季书怡手中，途中他防止萤火虫飞跑几乎是无意识地就握住了季书怡的手，只是小姑娘一心扑在萤火虫上完全没在意，而他见状也顺势假装只是不经意。

终于将萤火虫放到自己掌心的季书怡开心极了，她双手合在一起放在眼前，然后闭上一只眼睛，只用另一只眼睛从手缝里看进去，兴奋道：“它的尾巴好亮呀，一闪一闪的好漂亮，给你也看看……”

季书怡说着忽然用胳膊肘轻轻碰了碰江丞，然后把捧着萤火虫的双手举向他说：“你弯腰。”

江丞有些受宠若惊地惊诧了一瞬，然后慌忙弯下腰，从她的手缝中去看萤火虫，耳边传来女孩欢喜的声音：“是不是很漂亮？”

江丞余光看向她，笑着回道：“很漂亮。”

季书怡笑着又自己看了会儿，然后对着萤火虫说：“好啦，我的好奇心满足了，近距离看过你们了，再见吧！”

说着，她便张开掌心，萤火虫也从她手心中飞舞着离去。

最后季书怡用手机录了一小段视频，然后很是满足地对江丞说：“谢谢你呀。”

第一次听到她说“谢谢”的江丞还有些不自在的感觉，接着又听到女孩说：“要不我们现在回去吧，我得回家了。”

“好，那我送你回家。”江丞立马回应道。

说着，他正准备走在她身后护着她，然而一不小心好像踩到了一根树枝，下一秒季书怡陡然惊叫出声，甚至惊恐地直接拽着他的手臂喊着：“啊！有蛇！”

江丞：“……”

知道真相的江丞正要开口解释，但看着抱着他手臂，依靠着他的小姑娘，忽然就不想解释了，而是一本正经地改口说：“树林确实蛇虫蚊蚁很多，有我在你别怕，要不我背你出去？”

从小就怕蛇的季书怡毫不犹豫，立马答应道：“好。”

江丞眼底微不可察地闪过一丝笑意，这小姑娘怎么这么傻。

就这样，江丞背着季书怡慢慢往外走。

过了一会儿，季书怡从惊恐中缓过神后，小声问道：“江丞，我重吗？”

“不重。”江丞冷不丁地继续说了句，“千斤重我都背得动。”

季书怡简直无语：“回答前两个字就行了，后面不需要。”

说完又觉得不解气地补充一句：“算了，你别说话了，当个哑巴还挺讨喜的。”

江丞：“……”

之后两个人就陷入了沉默，季书怡原本是双手撑在江丞肩上，让两人保持着一点距离，可是走了一会儿胳膊支撑得有些僵硬发酸，索性就不管不顾地直接趴在了他的肩上。

趴下的一瞬间，她再次被江丞脖子上的文身吸引，盯着看了会儿，忽然歪过头开口问道：“江丞。”

“怎么了？”江丞下意识偏过头看她。

“你脖子上的文身，文的时候疼吗？”

江丞微愣了一瞬，没想到小姑娘倒是对他的文身很感兴趣，上次喝醉时就问过了一次，只是那时他鬼迷心窍般地回了句“不疼”。

但此刻，他只想改变答案：“疼啊。”

季书怡闻言好奇出声：“那你为什么还要文？”

江丞如实道：“遮伤口用的。”

“啊？我看看。”

季书怡震惊地把脑袋凑近，去仔细看那文身，果然看到大约有她小手指长的一条伤疤，而伤疤刚好修饰成了一条荆棘，与整个图案完美融合。

她凑得很近，温热的呼吸尽数倾洒在江丞的颈间，如热浪层层递进他的内心深处，她甚至好奇地用指腹轻轻在他文身上蹭了蹭，柔软撩人。

被不自觉撩拨的江丞隐隐克制着自己的情愫，他本以为她会心疼地关心他几句，却没想到她突然来了句：“你脖子上挨了一刀都没死，你还真是命大。”

江丞：“……”

他是拿这个小姑娘一点办法都没有，只好没脾气地回道：“对，命大。”

等终于走到来时下车的地方，季书怡却发现他的摩托车不见了，慌声问道：“你的车呢？”

这里这么偏僻，她可不想走回去。

好在下一秒，季书怡就听到江丞说：“怕你冷，车让人骑走了，前面有辆越野车留给我们。”

趴在他肩上的季书怡忽而偏头看了他一眼，江丞这个大魔王什么时候变得这么体贴了？甚至连说话都不是那么讨人厌了。变化之大，让她感觉自己都快不认识眼前的人了。

这里离市区有些距离，江丞的车没有开得很快，这让坐在副驾的季书怡有些昏昏欲睡。

车子在她家门前停下，季书怡还沉沉睡着，几缕碎发散落在睡得红扑扑的脸颊上，还有些婴儿肥的巴掌脸看起来软乎乎的，粉嫩诱人。

江丞单手搭在方向盘上，偏头看了好一会儿，最后目光落到她莹润娇艳的唇瓣上。

江丞瞬间有些情不自禁，可理智却告诉他，不能逾矩。

所以，忍着吧，但逗逗眼前的小姑娘，还是可以的。

刚巧此时，季书怡悠悠转醒，睁开眼睛就看到了近在咫尺的江丞，瞬间清醒，惊声道："你……你离我这么近干吗？"

江丞看着一惊一乍的女孩，眸光狡黠地笑道："怎么醒了，正准备偷亲你呢。"

"死变态！"季书怡怨愤地瞪了他一眼就慌不迭地要拉开车门溜下车。

然而手刚碰到车门，忽然眼前一暗，是江丞迅速倾身过来伸手握住了车把手，阻止她拉开车门。

只见他盯着她的眼睛说："把我微信加回来。"

行动被阻的季书怡看着近在咫尺的一张脸，呼吸停滞了一瞬，慌得缩了缩下巴，眨巴着眼睛拒绝道："我就不。"

江丞无奈，只好退而求其次："那把我号码拉出黑名单。"

季书怡再次拒绝道："也不要！"

江丞目光沉沉地盯着眼前傲娇的女孩，无奈地叹了口气，似乎怕她又拒绝，直接凑近她缓了缓又说："那下次看到我能不能不跑了？"

忽然的贴近让季书怡的心乱了起来，她眼睫颤颤，小声说道："好……我不跑了。"

说完，便迅速扒拉开他的手就开门跑了。

她是一路跑进了别墅大门才放慢脚步，可脚步是放慢了，心却跳得越来越快。

明明只是一天，却好像很多感触都不一样了。

明明是山间野风，她也能感受到其中夹杂着丝丝暖流，它恣意地呼啸而来，让她闪躲不及，直扑向心脏，扰乱了一片心湖。

晚上，季书怡没有像往日那样给陆知夏打电话吐槽江丞，她并不是因为陆知夏给陈星熠发了她的动态截图而不高兴，而是因为她发现不知道该怎么和对方描述今晚的事。

就好像，你越是不在意的人和事，就越可以随意地与人侃侃而谈地吐槽，可一旦发现自己的内心有些变动，便不敢轻易诉说，而是偷偷藏在心里成为自己的小秘密，成为少女青春的小心事。

这一夜，季书怡失眠了。

她满脑子都是他递给她萤火虫的画面，想到她追逐萤火虫时无意瞥见他站在万千闪烁的萤光中，温柔望着自己的模样……

还有他那低低沉沉的一句："我错了……"

周一，陆知夏追着季书怡跑进校园，不依不饶。

"季书怡！你周五放我们鸽子跟江丞到底干吗去了？"

季书怡有些心虚，掩饰着回道："没干吗呀。"

"我不信！他没带你去看萤火虫？"陆知夏继续问道。

听到这儿，季书怡顿时停下了脚步，皱着小脸看向陆知夏："你还好意思说呢。"

"我有什么不好意思的啊，我这不是帮你测试测试吗？"陆知夏笑着说道。

说完，她就一脸八卦地抱着季书怡的胳膊，直接发问："是不是带你去看啦？"

季书怡没说话，但看表情陆知夏就知道了答案，顿然激动得又问：“那你俩牵小手了吗？”

季书怡：“没有。”

陆知夏顿时摇摇头，一脸惋惜道：“这么好的气氛又没牵手，这大魔王行不行啊。”

陆知夏说着，忽然像发现什么不可告人的秘密一般凑近季书怡，八卦道：“你说这江丞该不会是不行吧？”

季书怡：“……”

她真是佩服陆知夏的脑洞，她可不想在校园里继续跟她讨论一个男生的私密话题，敷衍性地回了句：“对。”

谁料，此话一出，忽然身后传来笑声。

两个女孩惊诧着回头，不知何时江丞和陈星熠已经站到了他们身后。

背后说别人坏话被当事人听到，季书怡十分尴尬，局促中她看到江丞忽而朝她微抬着下巴，轻挑眉峰，一副要她解释刚才那话什么意思的样子。

一时间不知是心虚，还是有些微妙的心境未平复，抑或是习惯了见他就跑，明明昨天才答应过他不跑了，但季书怡还是慌不迭地拉上陆知夏转身从旁边小路跑了。

可刚跑开，季书怡忽然后知后觉——

她跑什么呀，听到就听到呗，又不是没当面说过他。

但转念一想，好像不知从什么时候起，只要一对上他的眼睛，她就容易心乱，所以她只能用逃跑的方式躲避，但这个方式似乎很糟糕。

江丞看着再次跑开的人，一脸没辙，只无奈叹气，心里空落落的。

不是说好不跑了吗……

本来他就郁闷，偏偏这个时候旁边的陈星熠还火上浇油：“这实在太好笑了，丞哥，你不会真的……”

江丞满脸不爽地偏头睨了眼陈星熠，陈星熠立马闭上嘴巴。

江丞这一整天上课时都心不在焉，他不明白季书怡为何又躲着自己，他明明已经很克制自己的情感，哪怕是听到她在跟朋友讨论自己那方面的事都没有厉声喝止，可她还是见到自己就跑，自己有那么吓人吗？

晚自习放学，走出教学楼的季书怡又遇见了江丞。

江丞有点忐忑，但还是小心翼翼地开口问道："一起走吗？"

他怕她拒绝，正要再开口说些什么时，竟听到季书怡说："好啊。"

两人一路走着，江丞见她不说话，也没有开口，怕说错了什么又惹她跑了。

两人就这样各怀心思地走了一会儿，路过一处凉亭时，见四下无人，季书怡便主动开口道："江丞。"

"嗯？"江丞偏头看向身旁的小姑娘。

季书怡难得冲他展颜一笑，娇艳动人："昨天的萤火虫，谢谢你啊。"

江丞忽然停下脚步，盯着她看，笑道："打算怎么谢？"

季书怡试探性地回道："请你吃饭？"

江丞："不要。"

季书怡："送你一件礼物？"

江丞："不要。"

季书怡叹了口气，无奈地反问："那你说怎么谢？"

月光下，江丞看着皱巴着小脸的女孩，忽而就想逗逗她，便弯下腰，直视着她的眼睛，笑道："要不给我亲一下？"

季书怡闻言，一时间没有任何反应，只低着头，没有说话。

江丞有点不明白小姑娘这是怎么了，刚才还好好的，怎么一下子沉默了下来？

但下一秒，"啪"的一声脆响响起，江丞瞬间愣在原地——是季书怡一巴掌狠狠地扇在了他的脸上。

紧接着他看到季书怡极力地忍着眼泪瞪着他，然后用染着哭腔的声音冲他喊道：“江丞你太过分了！你凭什么要我亲你？你是我什么人！你太不尊重我了！”说完，便委屈着转身跑了。

跑开的一瞬，季书怡憋了许久的眼泪倾盆而下，她才刚感觉他没有那么坏，可他凭什么要她亲他？他从没有说过喜欢她，也从没有正式表白，好像只是心血来潮换了种方式欺负她罢了。

这种轻浮的方式让她感觉不到一丁点的心动，只觉得自己在被羞辱，让她湿了眼眶，委屈得快要死掉了。

见她哭了，江丞顿时愣在原地，像个做错了事的孩子一样。

他怎么又把她弄哭了，而她那委屈的样子像是有把带刺的刀插在他的心脏上。

“我没有想欺负你……”江丞眸光微颤，垂下眼，嗓音低沉。

对不起，季书怡，我怎么好像做什么错什么。

这种无力的挫败感翻江倒海般侵蚀着每个细胞，让他快要疯了，这还是他第一次深切地体会到六神无主且无计可施是怎样的崩溃。

那晚，他喝了很多酒，一杯接着一杯。

一旁的陈星熠和宋玉都没有劝他，只是无声地看着他。

江丞情绪低落无神地晃着手中的酒杯，酒水在酒吧绚烂的灯光下波光粼粼地荡漾着一圈圈波纹，耳边喧嚣热闹，映衬得他更加孤寂飘零，满脑子都是季书怡哭着跑开的样子。

季书怡，如果可以预见未来，当初一定不欺负你……

那天是江丞第一次让自己醉得不省人事，而在此之前，他从不会也不敢让自己失去清醒和理智。

之后的两天江丞没有去学校。

季书怡再次在学校看到他的时候，发现他肉眼可见地憔悴了许多，她不想理他，但也没再像先前那样转身就跑，只把他当成一个无关紧要的陌生人，平静地擦肩而过。

但这份平静，于江丞而言无疑是致命的。

这天，季书怡参加了学校的棒球社，棒球也是她唯一喜欢的运动。

这天棒球社日常训练时刚巧赶上江丞上体育课，隔着一道拦网，坐在长椅上的江丞，望着正在训练中的季书怡，思绪万千。没想到她看起来娇软，竟然会喜欢棒球这种需要强臂力的运动，并且打得很好。

察觉到江丞的目光，训练中的季书怡忽然走神，动作慢了一拍，飞来的球直朝她的脸急速飞来。

千钧一发间，江丞迅速起身就要冲过去，却看到有人比他快一步及时接住了球。

只见棒球社社长赵羽立刻关心道："季书怡同学，你没事吧？"

季书怡礼貌地笑了一下，回道："没事，谢谢社长。"

"没事就好，去休息会儿吧。"赵羽松了口气。

季书怡状态不佳，便道："要不，我先走了。"

赵羽点点头："也行，有时间再练也来得及。"

怔在半路的江丞，看着她被别人护着，看着她对别人展颜轻笑，看着她拿上外套一个眼神都没留给他便转身就走。一时间，他感觉竟生出了一种心痛的感觉。

元旦前夕，京大有一场一年一度的新生野外体能集训。

集训内容类似于野外模拟战，而集训活动赞助商，是江家。江家这些年做了很多公益活动，给京大也捐赠了不少项目。

集训当天，除了大一新生，其他人都开启了元旦假期。

这边，刚领完集训服的陆知夏对季书怡说道："听说胜利者可以加学分，还有奖金和一个齐天大圣的模型。"

对平时就喜欢玩各种游戏的季书怡来说，此次活动正合她心，便自信道："为了我的大圣，我一定要赢。"

而在一旁偷听墙角的江丞，不自觉地浅笑一声。

这小姑娘是真的很喜欢齐天大圣啊。

到了集合时间，参与集训的学生全都换好迷彩服，手持模拟机枪，乘坐校车到达训练场地。集训场地是在野外，有山有水有树林，各班辅导员在交代完注意事项后，便正式进入集训。

只是季书怡没想到，刚才还信誓旦旦说要拔得头筹的她，刚开场半小时就用掉了两张生命卡。

这场游戏中，每个人有三张生命卡，用完即淘汰，而仅剩最后一张生命卡的季书怡发现好多人在追着她打。

躲在树下草丛里的季书怡调整好心态，想要冲出去反杀，然而刚露出小脑袋，忽然一股力道将她拽了回去，她还没来得及看清来人是谁，只见数枚彩弹袭来，刚才若是跑出去，准被打成一只五颜六色的花兔子。

吓死了，差点直接被淘汰了。

季书怡正后怕中，身后突然传来了声音："有人一直在盯着你，不能从这边出去。"

这声音……是江丞？

季书怡迅速回头，定睛一看，果然是江丞，可他此时竟穿着跟他们一样的迷彩服。

"你怎么在这儿？"季书怡立马变脸，脸色不悦地推开他，"我不需要你帮。"

江丞见她满脸抵触，眉心微蹙，低声道："我带你赢了集训就走，好不好？"

季书怡直接冷声拒绝道："不好！"

江丞眼底划过一丝落寞，克制着音量，急声道："我这回不惹你生气了，帮你赢了我就走，好不好？"

季书怡这人最是吃软不吃硬，见江丞这么小心翼翼，她的心没来由地难受，心里还有些不是滋味。

见她又陷入了沉思，江丞继续道：“那些人打掉你两条命，不想反击回去？”

这句话一下子击中季书怡的心，她脱口就答：“想！”

季书怡慌忙甩掉脑袋里乱七八糟的想法，直接把手里的模拟机枪扔给他，或许是为了掩饰有些暧昧的气氛，她忽然骄纵出声：“如果你赢不了，我会更讨厌你！”

江丞松了口气：“一定带你赢。”

“那这样会不会对其他人不太公平？”季书怡认真问道。

“不会，”江丞如实道，“京大的新生集训不是很严谨，你们参与的人不也是自愿报名？很多人都会找帮手。”

季书怡点点头，没再多问。

“我观察过整个地形，前面山上有个最佳狙击点，那里没人，我带你过去。”江丞轻声说道。

季书怡闻言神色微怔，已经观察过整个地形？所以他是早就来了吗？

“你是不是早就来了？”季书怡忽然问他，“那你怎么才出现？”

江丞轻拉着她的衣袖，带她往狙击点走，他一边机警地观察着四周所有动静，一边平静地回道：“如果你应付得来，我就不出现了，怕惹你烦，可你刚才差点中枪，我有些担心，就出现了。”

怕惹你烦……

简单的四个字，从他嘴里说出来莫名觉得好沉重，直落在她心上，激起层层涟漪。

季书怡突然发现，不知何时起，她总会情不自禁地去发现他的优点，情不自禁地从他的话语里捕捉些她爱听的字眼，还会情不自禁因为他的一句话而心跳悸动。

或许是从那晚在巷子里看到他把宋凝误认成她的失控样子，又或许是从第一次见到他，就在心里生出了丝丝萌动的嫩芽。

季书怡至今还清楚记得，那个初次见面的转角，她不小心撞到了他。

抬眼的瞬间，她便被惊艳到，那时的她觉得眼前这个男生长得好帅，是那种让人无法忽视的帅气，冷妄嚣张、不可一世。

可他一张嘴就撑了她，让她瞬间低下头，对他的态度也从欢喜变成了讨厌，更点燃了她内心的倔强，以至于后来，二人只要一见面她就不痛快。

就这样，二人成了见面就吵的冤家，但如今，他们之间好像有些暧昧。

江丞这家伙，吻了她两次，却没对她说过一句喜欢……

“小心！”

失神之际，季书怡忽然被江丞拽到一边，二人躲避子弹的同时，江丞一连开了几枪，枪枪击中，然后动作干净利落地拉着季书怡躲在一棵树下。

安全后，季书怡看到江丞迅速松开她的手，解释说：“刚才有子弹过来，我喊你，你没听到。”

那眼神，是真的怕她会误会。

“哦。”

季书怡面无表情地应了一声，然后别过头，在对方看不到的地方偷偷笑了。

赛程到后半段，每一步都要眼观八方，小心谨慎。

也是这时，季书怡发现认真起来的江丞有种别样的魅力，他不再像往日那样轻狂桀骜，而是有种和他年纪不符的沉稳内敛，让人很有安全感。

最后半小时，进入决赛圈。

江丞带着季书怡从半山腰往下跑，季书怡有些体力不支，忽然她脚下一滑，整个人就要摔下去。

“啊！”

“书怡！”江丞近乎本能般迅速伸手拉住季书怡，不料却没稳住，双双倒地滚了下去，千钧一发间，江丞把人护在怀里及时用手护住她的后脑勺，不让她伤及分毫。

一阵天旋地转中，季书怡隐隐听到一声闷哼，翻滚中的两人陡然停下。而后背撞在一块石头上的江丞极力隐忍着，不让自己看出一点异样，急声问道：“伤到你没？”

“没有，”还趴在江丞胸口的季书怡慌张地问，“你是不是受伤了？”

“没伤。”

江丞云淡风轻地笑着掩盖伤情，忍着痛迅速带着她站起身，朝旁边隐秘的地方跑去。

而跑开的瞬间，季书怡回头看到了那块石头，所以刚才他那声闷哼并不是她幻听了。

“江丞……”季书怡忽然喊住他，想要结束游戏带他去看医生。

可刚开口，就被江丞打断：“马上就结束了。”见她脸色有些慌张，他又抬手摸了摸她的头安抚道，“别紧张，说了带你赢，就一定会赢。”

见他满怀期待的样子，季书怡到嘴的话，不知怎的就变成了一个字：“好。”

此时，决赛圈除了他们还有三个人。

江丞虽然已经知道其中两个人的位置，但他现在还不能轻易动手，毕竟第三个人还在暗处，如果轻易暴露位置，会让他和季书怡陷入被动。

僵持了一段时间过后，最终，江丞在一棵树下发现了第三个人的位置。

掌握了主动权的江丞偏头对季书怡轻挑眉峰道：“季书怡，准备好领奖吧。”

话音刚落，季书怡便看到江丞一枪就击中了树下的人，接着迅速一个翻身，朝反方向连开两枪，接着快速把枪放在了季书怡手中。

比赛结束的哨声响起，集训结束。

学分和奖金是回到学校再分发，而奖品则是现场发放。

抱着齐天大圣模型的季书怡，紧张地在人群中寻找江丞的身影，可直到所有人都回到了校车上准备回校，她还是没有看到江丞的身影，好像刚才的一切都只是她的一场幻觉。

季书怡无奈，只得给陆知夏发语音问道："看到江丞没？"

陆知夏回道："他走了呀，你拿奖的时候他就走了，我刚好看到。"

季书怡看着消息，心蓦然沉了一瞬，然后无意识地抿了抿唇，脑海中忽然就想起他说的那句"帮你赢了我就走……"

这个笨蛋是怕她再生气，所以会履行对她说过的每一句话吗？

可是……他受伤了呀。

他会去看医生吗？伤得会不会很严重？

季书怡也不知道自己究竟是怎么了，这是她第一次感受到一颗心压抑得有些喘不过气来，悸动得厉害。

夜幕初降。

洗完澡的季书怡呆呆地坐在沙发上拿着一条干毛巾心不在焉地擦着头发，满脑子都是江丞护着自己的焦急模样，还有被撞时那一声忍着痛的闷哼。明明受了伤却为了不让她看出来，走的时候硬是强装出一副没事人的模样，让人看不出一丁点儿受伤的痕迹。

白天的一幕幕在她脑海里挥之不去，季书怡实在忍不住，拿出手机想要给对方打个电话问问情况，可拿出手机才想起，她早已把江丞的号码删除了。

季书怡犹豫了片刻，最后拨通了沈烟的电话。

…………

另一边，江丞正让宋玉给他处理后背上的伤。

"你这伤来得可真是时候，"宋玉边给伤处搽药边郁闷地反问，"你是忘了自己下周还有赛车比赛了吗？为了不耽误学业，你已经一学期没参赛了，这次职业赛这么重要，竟然还让自己受伤。”

宋玉无奈地看了眼一旁的陈星熠，吐槽道：“真不知道你俩天天在学校都干些什么。”

被“怼”了的陈星熠立马真诚地说道：“我在好好学习，他在追求幸福……”

还没说完，江丞抓起手边一个抱枕就朝陈星熠砸了过去。

陈星熠赶忙躲开，笑着对自己做了个噤声的手势。

这时，宋玉及时开口对江丞苦口婆心地说道：“你最近老实点养伤吧，你应该清楚这场比赛对你多重要，你想打破赛车历史上最年轻的总冠军纪录，但你只有今年最后一次机会了，明年你都二十二岁了。其实就算是再过两年夺冠，也不稀奇，但你偏要突破自己的极限，一旦错过这次，恐怕你会遗憾一辈子。”

“放心，”江丞轻狂桀骜地笑了笑，随即目光坚定，斩钉截铁地回道，“我会赢。”

陈星熠也认同地附和了句：“你干什么都是行，就是哄女孩不行，哈哈……”

“陈！星！熠！”

江丞死死盯着陈星熠，咬牙切齿地喊道，陈星熠吓得拿起外套就要溜，忽然这时江丞的手机响了起来，瞟到来电显示的瞬间，他眼睛忽地睁大，仔细看了好几遍，才急忙拿起手机，接通来电，而接通的瞬间就听到季书怡的声音传了过来。

“江丞，我是季书怡。”

季书怡的声音很低，像是遇到了什么伤心事一样。

一瞬间，江丞忘却了接到她来电的喜悦，而是着急地问了句：“怎么了？心情不好吗？”

“没有心情不好，”季书怡怀里抱着个毛茸茸的大玩偶，下巴抵在玩偶上，停顿了好一会儿才又开口道，“就是有点担心你的伤，你看医生没？”

听她这么问，江丞故意云淡风轻地说："看了，医生说没事，涂了点药睡一觉就好了。"

季书怡听不出江丞的话是真是假，只好似神游般"哦"了一声，整个人像丢了魂似的。

忽然，两个人都陷入了沉默，静得即便隔着手机，都似乎能听到对方的呼吸声。

片刻后，江丞打破沉默，笑道："能接到你电话，什么伤都好了。"

听到他含笑的低沉嗓音，季书怡攥了攥手心，忽然喊道："江丞……"

"嗯？怎么了？"

"你……"季书怡停顿了几秒，才又继续道，"你今天干吗这么护着我？"

季书怡说完掌心攥得更紧了，心脏怦怦直跳，可下一秒，却听到他开口道："我一个大男人，总不能让女孩受伤。"

季书怡闻言，神色黯然，又"哦"了一声，失落地回应着。

江丞察觉到小姑娘的语气似乎有点不对劲，可一时也想不通究竟是怎么了，只好赶忙补充道："有我在，就不会让你受伤的。"

不然，我会心疼死，责怪自己的无能，江丞心想。

季书怡咬了咬唇，一时间有些摇摆不定。

他这句话是在表达喜欢吗？他是在关心她吗？

可她无从确定。

就这样，二人又陷入了沉默，不知怎的，明明还有很多话想问的季书怡，忽而暗自微叹了口气，轻轻笑了一下，说了句："你早点休息吧，好好养伤，我也要睡了，今天好累。"

"你也好好休息。"江丞柔声叮嘱道。

随即，二人说了再见后，便挂断了电话。

十分钟过去，通话已经结束许久，江丞还怔怔地盯着手机。

他在心底低喃了句"晚安"，然后嘴角抑制不住地勾起一抹微不可察的浅笑。

第一次看到自家兄弟那一脸娇羞表情的宋玉，错愕得一时不知该说些什么，见江丞收起手机，才问了句：“季书怡知道你要比赛的事吗？”

江丞如实道：“不知道。”

宋玉又问：“你没打算告诉她？你为她受的伤可能会影响你这次比赛。”

江丞皱眉，轻哧道：“这点小伤有什么好说的，说了也只会让她有心理负担罢了。”

…………

挂断电话后，季书怡翻来覆去，根本睡不着觉，此时，正巧传来一阵敲门声。

季景航敲了两下，见没开门，以为自家妹妹已经睡了，刚准备离开，房门就被打开了。

“哥哥。”踩着毛绒拖鞋的季书怡小跑着走出来，看着自家哥哥问道，“找我干吗？”

“也没什么事，”季景航浅笑，“就是跟你说一声，新一季的衣服和饰品都送到衣帽间了。”

可听到有漂亮衣服穿的季书怡并没有像往日那样开心，只淡淡地说了声：“谢谢哥哥。”

季景航看出季书怡的不对劲，柔声询问道：“怎么回事？漂亮衣服都勾不起你的兴趣了？说说吧，遇到什么事了？”

季书怡仰着小脸看着自家哥哥，大眼睛眨了眨，犹豫了一下才问道：“哥哥你有女朋友吗？”

季景航闻言有些诧异，却如实回答：“没有，还没遇到喜欢的。”

季书怡闻言，又略显期待地问：“那如果你遇到了喜欢的女孩，会跟她直接表白吗？”

季景航认真地想了一下说：“不一定会直接表白吧，总要先看看人家女孩子的想法，否则贸然表白会给人造成心理压力。”

“这样啊……”季书怡若有所思地抿了抿唇。

所以，江丞也是这么想的吗？

季景航见她这副怅然若失的模样，似乎察觉到了什么，又怕自家妹妹遇人不淑，便立马提醒道：“虽然不会直接表白，但一定会让她清楚地感觉到我是喜欢她的，可以不说喜欢，但一定会做喜欢的事，如果两者都没有，那这个男的就直接出局吧，别浪费感情。”

季书怡闻言，又继续追问道：“那你遇到了喜欢的女孩子会一辈子只喜欢她一个吗？还是会像爸爸那样因为权势、金钱或者其他任何因素而另娶她人为妻吗？爱情对你们男人而言是不是最容易被割舍的？”

爸爸对她很好，她想要什么都给，可季书怡始终认为，是爸爸把妈妈弄丢了。

她从未恨过妈妈，却成了她对爸爸唯一的怨。

听到自家妹妹说出这番话，季景航才意识到父亲的所作所为对她产生了多大的影响，或许已经在某些程度让她产生了心理扭曲。

季景航眉心微蹙，忽然他将双手搭在季书怡的肩上，微微弯下腰看着她的眼睛说：“我不会像爸爸那样，爸爸也只是万千男人中的一个，他只是他自己，代表不了任何群体，所以我们书怡不能因为爸爸的问题而对所有男人产生芥蒂，男人也好，女人也好，这无关性别，只要是人，就有忠诚和不忠的，不要让自己的内心因为某个人而扭曲，懂不懂？”

季书怡认真听完，一瞬间，她内心某些压抑许久的心结好像豁然开朗了许多，便点点头说道：“我懂了。”

季景航见状松了口气，然后直起身，话锋一转，像个大家长似的问道：“所以，我们家小公主这是喜欢上谁了？”

忽然被这么直白询问，季书怡耳根微红，立马逃避似的快语道：“没有谁，就随便问问！”

说完，便迅速转身回到了房间，关上了房门。

季景航：“……”

靠在门后的季书怡，静静地回想着哥哥那句“可以不说喜欢，但一定会做喜欢的事”。

如果一开始，江丞欺负她是真的，那现在的点点滴滴会不会也是真的？

季书怡忽然觉得自己变得多愁善感了，她非常不喜欢这样的自己，这都怪江丞！

她辗转反侧半天，好不容易入睡，凌晨两点多，手机却忽然响了起来。

“喂……”

季书怡迷迷糊糊地接通，还有点蒙的她嗓音娇软，而电话那头，第一次听到她这种声音的江丞感觉呼吸都停滞了一瞬。

见对方不出声，季书怡幽怨地嘟囔道：“江丞，你大半夜打电话又不说话，神经病！”

江丞这才恍然回神，急声掩饰着内心的亢奋，回道：“我不小心点到了，你继续睡吧。”

季书怡黑着小脸，直接挂断了。

而另一边的江丞兴奋得怎么都睡不着，他根本不是不小心点到的，他不过是想确认自己是不是真的被季书怡从黑名单里拉了出来。

元旦放假。

江丞知道季书怡爱玩密室逃脱等类型的游戏，便主动打电话想带她去玩。却被无情拒绝了。

“我今天有事，明天吧。”

季书怡拒绝江丞是因为清早起来，她看到朋友圈里有个朋友发了条动态。

而配图是一张两个男生手指流血的图，她认出其中一个男生是她曾经偷偷喜欢过的男孩子。

他是受伤了吗？

她想去看看。

帝京很大，那个男孩子所在的咖啡厅与她所在的地方是帝京两个完全相反的方向，与她的大学的方向也相反，那边也是一所大学城。

季书怡到的时候已经是中午了，她在咖啡厅门口犹豫了许久，刚想要进去的时候，恰好看到那个男孩子，也就是程浩牵着女友陈菲菲的手，好像是刚从外面回来，而他手上的伤已经包扎好了。

季书怡听陈菲菲说："真是服了你了，一块瓷砖碎了，伤了你们两个人的手。"

程浩嬉皮笑脸地顺口就接了句："这不光顾着看你了嘛。"

季书怡本以为看到这一幕心里会酸涩难受，却发现自己平静得不得了，内心已然没了任何波动。

原来时间早已治愈了一切，也可能是足以被时间治愈的都是因为不够刻骨铭心罢了。

至于刻骨铭心……

季书怡发觉脑海里竟浮现了江丞的模样，她慌得拍了拍脑袋，然后心情轻松平静地最后看了眼走进去的两个人，笑了一下，便转身离开了。

那一刻，季书怡感到无比轻松，也算是对那段短暂暗恋的彻底释怀。

季书怡脚步欢快、指尖欢腾地转着车钥匙走着，拐进一个转角时，陡然眼前一暗，被人挡住了去路。

"啊！"

季书怡猝不及防地惊叫出声，一抬眼发现竟是江丞。

"江丞！"季书怡自己安抚了一下受惊的小心脏，郁闷地问，"你怎么在这儿？吓死我了。"

江丞面无表情地低头看她，语调听不出什么情绪，倒是十分坦诚："跟踪你过来的。"

"跟踪我？你倒也不必这么坦诚。"季书怡笑道，缓了缓心神又问，"那你干吗在这里，吓我一跳。"

"不然我该在哪里？"江丞低头看着她，眸光阴郁如墨，眼底尽是挫败，"我怕我再跟过去，看到你看那个男生的眼神，会忍不住吃醋。"

季书怡的双眸豁然睁大，目光望进他满是挫败的眼睛里，竟然感觉十分心疼，也是这时她才发现他身上有很浓的烟味，这还是她第一次在江丞身上闻到烟味，他究竟是抽了多少？

见她愣神，江丞忍不住问道："所以你拒绝我，是为了来看他吧。"

这里也是他们第一次见面的那个转角，那时她就是像这样拎着奶茶跑出来撞到了他。

原来那时，她是来看心上人的……

他没想到场景会再一次重现，只是这次不同的是，上一次的他可以嚣张轻狂地冷眼睨着她，而此刻的他却为爱低到尘埃里。

真是可笑，但因为那个人是季书怡，所以，他甘之如饴。

他没有诋毁程浩，也没有做任何出格的事，他只是轻轻向他的心上人靠近一步，又在离对方很近很近的地方止住脚步，低头看着她，嗓音低哑："季书怡，别喜欢他了，喜欢我吧。"

他情不自禁地伸手想要去牵她的手，却又停在了半空，礼貌克制。

随即，他再次低喃出口："好不好？"

季书怡将他的所有情绪看在眼里，看到了他眼底的闪烁不安，看到了他低到尘埃里的破碎感，甚至是他抬起又落空的手。

此刻的江丞没有了往日的嚣张冷傲，像极了一只因即将被丢弃而苦苦哀求的大狗狗，让人好想抱抱他，给他一点安抚。

她发现自己越来越容易心疼他，就如此刻，季书怡好似着了魔般，伸手握住了他刚才落空的手，同时整个人向前一步，仰着白净娇嫩的脸，望着他缓缓开口：“江丞，我不喜欢他了。我承认，我是因为要来这里而拒绝跟你出去玩，但是我发现，看到他的那一刻，我的内心一点波动都没有，于是转身就走了。”

她忽而扬起一抹笑，继续道：“其实，我很少来这里，因为我不想打扰他的生活，可是来了两次，两次一转身看到的都是你。”

季书怡用开玩笑的语调掩饰着说：“你说这是什么孽缘啊。”

江丞怔在原地，季书怡说的话好似幻觉般一点点传来，他甚至连呼吸都开始变得小心翼翼起来，生怕一不小心就打破了眼前美好的幻境。

过了半晌，江丞恍惚间回了些神，轻声否定道：“怎么能是孽缘，不该是命中注定吗？”

季书怡望着江丞的眼睛，顺着他的话继续问道：“那命中注定会怎样啊？”

随即，她的语调变得有些认真起来：“江丞，你说要我喜欢你，那我要以什么身份喜欢你呢？”

那一刻，江丞仿佛听到了自己紧张到爆的心跳声，然后小心翼翼地回答：“以什么身份都行。”

瞬间，季书怡只恨对方是个榆木脑袋，她一把推开面前的人，气恼万分：“你这人真是……”

要他直白且明确地说一句喜欢就那么难吗？还是他根本就是在故意装傻，欺负她罢了。

“你这张脸是情商换来的吧！哪个女孩跟你这种人在一起都得被气死，活该你单身！”季书怡撒气似的一脚踢在江丞小腿上，紧接着便转身跑开，仿佛再多待一会儿都要被他气死。

见她转身要走，江丞一脸郁闷，慌忙伸手想去拉她，却被她用力甩开。

江丞真是要疯了，自己怎么又把她惹生气了。

…………

季书怡直接开车回了家，而江丞则一路跟过去，想要找她，却发现这次连别墅大门都进不去了。

他只好给她打电话，想问问自己哪儿做错了，他可以改，可不可以不要直接把他全盘否决了。

可一连打了三个电话，都是无人接听。

江丞见状，急忙又给季书怡编辑一条消息发送过去，可发现自己又被她拉进了黑名单。

回到车里的江丞，听着手机里一遍遍的通话忙音，深深地叹了口气。

如今让她以为现在他还是在欺负她，是他活该。

一瞬间，他脑海里浮现出一幕幕从他们相识后他欺负她的画面。

这些记忆像一把把带刺的刀捅在他的心脏上，撕裂出一个个血窟窿，他痛得快要死掉。

翌日清晨，季书怡一走出房间，就看到多喜迎上来对她说："小姐，江丞少爷留下话说，他明早要出一趟国，让你不要误会他是放弃了而突然消失的，等回国了他就来找你，给你带礼物回来。"

还心有郁结的季书怡只心不在焉地应了句："我知道了。"

…………

深夜，空寂的荒郊公路上，停着两辆跑车。

江丞姿态散漫地靠在车门上，眼底看不出什么情绪。

"感觉怎么样？跑了一圈，后背的伤影响大吗？"一旁的陈星熠担心地问道。

"没影响。"江丞声音淡淡的。

陈星熠见他情绪不佳，立马就猜到了原因。他这兄弟平日里天不怕地不怕，也只有季书怡那姑娘能让他露出这副心事重重的样子。

陈星熠拍了拍江丞的肩："情绪不佳？季书怡不是把你拉出黑名

单了吗？”

江丞苦涩道：“又拉回去了。”

“什么？”陈星熠一脸惊讶，着急地连声问道，“你是不是又欺负人家了？你跟她说你要出国比赛的事了吗？”

江丞：“没说。”

“为什么？你得让她知道你为她做的事啊，不然季书怡怎么会知道你喜欢她。”陈星熠着急道。

“行了，我知道是我的问题。”江丞心里烦闷，“我再跑一圈。”

看着继续加练的江丞，陈星熠眉峰轻挑，暗自嘀咕道：“恋爱真神奇，这还是第一次听到这家伙说出是他有问题。”

平日里那个嚣张的、不容人质疑的大魔王，却也难逃情网，虽然感慨，但作为兄弟，陈星熠心里也挺为江丞担心的，于是一个想法，突然出现在了他的脑海里。

元旦三天假结束，返校第一天，季书怡一大早就有课，下了车刚走进校门，忽然听到有人喊她。

“季书怡。”

季书怡寻声望去，看到是陈星熠，狐疑着反问道：“有事吗？”

“也没什么事，就替我丞哥给你带几句话。”

陈星熠走近，故意神秘兮兮地问道：“你知道你们集训那天江丞受伤了吗？”

季书怡突然心慌了一瞬，紧攥着书包肩带，回道：“知道啊。”

陈星熠接着又问：“那你知道他后天有场对他很重要的拉力赛吗？这场比赛他等了很久，也准备了很久，如果夺冠失败，我想这会成为他一辈子的遗憾。可眼看比赛在即，他却甘愿为了你在一场校园活动中受了伤，而这伤势会直接影响到他的比赛发挥，可他宁愿自己抱憾终生，也要护着你拿下野外集训的冠军。”

听到这儿，季书怡攥着书包带的手忽然抓得更紧了：“我不知道这些……”

“你当然不知道。”陈星熠用玩笑的语调继续道，“江丞这人，嘴巴硬得很，就算做了很多事，嘴上也不愿意说。”

“上次，他故意吓唬你，让你以后带保镖来学校，其实真实目的不是让你防他，而是防那天在教室坐在你附近的一个外国男生，可能你没有关注到，但那个外国男生就是之前江丞拉着你参与赛车比赛时，爱出阴招的比赛对手——凯尔。

“还有一次，仅仅因为你发朋友圈说想看萤火虫，他就连夜联系了养殖萤火虫的专业人士为你制造惊喜，而平时冷漠疏离的他也会因为你把他的电话号码拉出黑名单，而在大半夜给我打电话傻乐。更会因为你不理他，醉得不省人事。

“那家伙，酒量一直好得很，但那是我第一次看到他把自己灌醉。而这次受伤仍要比赛的事，估计是怕你有心理负担就没告诉你……”

季书怡听完后整个人都僵住了，一双眼睛不安地眨了眨，原来……江丞有这么多她不知道的事。

原来他是故意吓唬她带保镖来保证她的安全；原来他那么不可一世的一个人竟偷偷为了她醉到不省人事，原来他竟然会因一通电话而开心得睡不着觉……

她忽然想到江丞让多喜带给她的话，说让她不要误会他是放弃而突然消失的，甚至还说回来时给她带礼物。他明知道自己马上有重要的比赛，却还会陪她玩校园游戏，甚至集训结束后还怕惹她烦就默默走了，临别前还想着安抚她的情绪，只字未提自己的伤，就这样一个人偷偷走了……

“他的伤是不是很严重？”季书怡惴惴不安地自语着，“我前两天看到他了，看着很正常，我还以为不严重……”

陈星熠立马夸张地说：“撞到那么大一块石头怎么可能不严重，不过是硬撑罢了，他就爱在你面前逞强。”

季书怡闻言十分自责，陈星熠见她情绪不佳，又故意继续添油加醋道："没事，他受过很多伤，但他现在要参加的这场赛车比赛很危险，危险系数特别高。他身上还有伤，又一心想赢，但以他的性格一定会用尽全力，一不小心出了意外也不是没可能。"

季书怡骤然睁大双眼，不安地反问："很危险吗？他会死吗？"

"这个我也说不准，"陈星熠一本正经地说，"不过你放心，他如果真有个三长两短，我一定第一时间通知你，毕竟他之前说希望能再看你一眼……"

听完陈星熠这番话，季书怡都快哭了，也不知道是被吓得，还是担心，又或是自责，那种心悸到发慌的窒息感一次又一次地裹挟着她，令她十分不安。

江丞真是讨厌，明明她还在生他的气，还要派人来扰乱她的心智，乱了她的心神，满脑子只剩下对他的担忧。

过了半晌，她忍不住盯着陈星熠，急切地问："他在哪儿比赛？"

"米兰北部的蒙扎国家赛车场。"陈星熠急忙回道，说完又对季书怡笑道，"季书怡，江丞很喜欢你，他就是嘴硬罢了。"

这一句"喜欢"，忽然将季书怡从惶恐不安的情绪中拉了回来。

如果真的喜欢，为什么江丞自己不说？

季书怡沉思了一会儿，然后对陈星熠说道："知道了，我要去上课了，快迟到了。"说完就扭头朝着教室的方向走了。

陈星熠站在原地挠挠头，怎么感觉自己好像白费功夫了呢？

他长叹一口气，恋爱果然伤神，还是单身快活。

…………

这一整天，季书怡上课时老是走神，陈星熠的话不断在她耳边重复播放，但她仍旧嘴硬地自语道："江丞的死活跟我有什么关系，我才不去看他比赛，他又不是我什么人……"

正幽怨中，季书怡不小心将手中的笔在桌子上戳出一声响。

"季书怡同学，是有什么问题吗？"

听到教授的声音，季书怡慌忙回神，抱歉地开口："对不起老师，没有问题，您继续。”

米兰北部，晴空万里。

赛场人声鼎沸，激昂澎湃，来自世界各地的人群全都情绪高昂地准备迎接一场速度与激情的盛宴。

赛车手们已经换上黑白色赛车服，江丞身形高大挺拔，在一群身穿同色服装的人群中依旧十分亮眼。

江丞看了眼场外来支持他的亲友团，心想如果季书怡也在该多好，这个时候她应该在上课吧。

裁判已经吹响准备哨声，但江丞还拿着手机拨打那个打不通的号码，但他依然期望落空，江丞这才走向场外围栏把手机递给陈星熠。

沈烟在一旁担心地叮嘱道:“一定要以安全为主。”

江丞:“好。”

从围栏网格中接过手机的陈星熠也紧张地小声叮嘱:“别太玩命。”

“行了，知道了。”江丞紧了紧手上的黑色手套，转身进入了赛道。

又一声哨声响起，比赛在即，赛车手们坐在车里做最后的调试和检查，比赛开始倒计时。

随着秒针跳动，整个现场沸腾一片，尖叫声不断，但江丞却似乎听到有人喊他的名字。

“江丞！”

这……是季书怡的声音！

“江丞！”

江丞一开始还以为是自己幻听了，直到那声音再次响起，他终于慌忙地寻声望向人群，一眼就看到了站在围栏前穿着红色斗篷外套的季书怡，看到她满眼担心大声呼喊着他的名字。那一刻的江丞好似垂死的鲸鱼终于得到了解救一般，浑身的每个细胞都得以重生。

然后，他不管不顾地迅速解开安全带，冲裁判做了个暂停的手势，紧接着打开车门就朝季书怡的方向冲了过去。

赛场上，穿着黑白色赛车服的大男孩拼了命地奔向场外围栏，去见他心爱的姑娘。

到了季书怡面前，江丞有些情绪失控，直接伸手穿过围栏网格，抚摸着季书怡的脸颊，嗓音低沉到隐隐发颤："你……你怎么来了？"

季书怡满眼担心地望着向她奔赴而来的江丞："陈星熠跟我说了很多，我很担心你……"

江丞偏头，诧异地看向一旁的陈星熠，而陈星熠则无声地冲他笑着扬了扬下巴。

江丞还未来得及多问，就听到季书怡担忧地说道："江丞，你凑近点，我有悄悄话对你说。"

"好。"江丞受宠若惊地慌忙弯下腰尽可能凑近她，他们隔着铁网围栏而站，她无法给他一个拥抱，那就用一个吻来为他加油打气吧。

"你一定要注意安全，一定要保护好自己。"

当温软的吻落到江丞的嘴角时，他浑身僵住，好几秒后才灵魂归体般，眼神发怔地看着刚才吻他的女孩，看到她羞红的耳垂，江丞心如擂鼓，努力克制着内心的兴奋，小心翼翼地试探着说："我能亲回去吗？"

季书怡有些害羞，抿了抿唇，小声支吾着："等你比赛结束，就给你亲一下。"

江丞激动地反问道："真的吗？你确定？"

季书怡看着江丞激动的神情，慌忙避开他灼热的视线，点点头："我确定。"

此刻，裁判和其他赛车手催促的声音响起，江丞抑制不住笑意，甚至开始得意忘形起来："等我拿下冠军。"

她明明说的是比赛结束就可以奖励他，但他却自己加注了冠军的筹码，好像在他心里，如果输了就不配亲她。

季书怡看着重新跑回赛场的江丞，一时间，季书怡觉得自己疯了，不仅千里迢迢跑来跟他说这些话，还鬼使神差地决定奖励他……

可如果不来，若江丞发生意外，她一定会后悔一辈子。

此刻，赛场上，所有赛车手已经准备就绪，身材火辣的女孩在车队前摇晃着一面旗帜。

旗帜落，哨声响，数量赛车同时启动的轰鸣声瞬间点燃全场。

尖叫声、呐喊声回荡在半空，仅仅只是眨眼一瞬，季书怡已经看不到江丞的车影。就在所有人猜测冠军能不能突破纪录的时候，江丞已经以碾压性的速度甩开第二名一大截冲向了终点。

冲过终点线的江丞直接冲向场外，仿若破笼而出的猎豹一般迫不及待地穿越层层人潮朝季书怡狂奔而去。

从大屏幕上看到江丞冲过终点线的季书怡也急忙往出口寻去，刚一转头就看到了人群中如风般奔赴而来的江丞。

那一刻的他承载着众人惊叹崇拜的目光，好似身披万丈光芒，耀眼得让她忍不住顿住了步伐，直到只剩一步之遥时，才怔怔地喊出他的名字："江丞……唔！"

剩下的话全被忽然强势覆下来的吻淹没殆尽。

江丞刚跑到季书怡面前就霸道地双手捧起她的脸，在众目睽睽下，低头吻了下去。

像是快要干涸的鱼迫切需要大海的滋养，饥渴、贪妄、痴缠，季书怡是他克制的一生里无法控制的贪念……

嘈杂喧嚣的人群也在这一刻不约而同地静了下来，大家都情不自禁地屏住了呼吸，生怕打扰眼前这肆意的浪漫。

肆意张扬的少年在赛场上一骑绝尘，刚冲过终点线就迫不及待地穿越人群，拥吻他挚爱的姑娘，让人不知他是为了拿下冠军，还是想要吻到他的姑娘。

人群再次喧嚣起来，所有人都在热情地为二人欢呼。

在一片纷扰狂欢中，季书怡被吻得快要喘不过气，整个人倒进了江丞怀里，那一刻，季书怡恍惚明白，这个男人可以卑微如尘让她心疼，也会强势野性让她毫无退路。

就如此刻，他本性的恣狂霸道让她根本无从招架，可是这份转变，却又是在她允许之后。

仿佛只要她不同意，他可以永远为她克制本性。

小姑娘的心，再一次疯狂悸动，跌进无限的旋涡中逐渐迷失。

江丞把人紧紧拥在怀里，一脸餍足，轻笑着低头在她耳边轻声问道："听到声音没？"

季书怡靠在他胸口上听着他沉稳有力的心跳声，大脑却一片空白，支吾道："什么啊？"

此刻，比赛早已结束，全场的人都在喊着江丞的名字，为冠军呐喊喝彩，而这个冠军便是他要送给季书怡的礼物。

听到全场呼喊着他的名字，宣告他创造了新的纪录，江丞嘴角轻扬，一脸骄傲地在季书怡耳边低喃着："认真听，听这为你喝彩的声音。"

季书怡飘忽的心神突然被这一句话拽了回来，不解地嘟囔道："大家明明是为你喝彩呀。"

"可我是你的，是只属于你季书怡的。"

江丞拥着她的双手忽而收紧，下巴轻抵在她肩上，停顿了好几秒才继续开口道："你不知道刚才看到你出现时，我还以为是我出现了幻觉，后来，当你吻我时，我心里高兴得快疯了。当初走的时候，你还生着气，我害怕你再也不理我了，我不知道怎么哄人，也不会说好听的话，可季书怡，我真的……"

他停顿了一瞬，嗓音隐隐发颤："我真的喜欢你，你生我气时我都快急疯了，可我不知道该怎么哄……"

江丞将双手搭在季书怡的肩上，将二人拉开一些距离，弯下腰，低头与季书怡对视着，认真承诺道："以后，我哪里做得不好，你直接跟我说好不好？我会为你改变，好不好？”

这段时间以来，季书怡终于听到江丞明确且直白地表达心意，也是第一次听到他一口气说了这么多话。

他说，他急疯了。

他说，会为她改变。

他还说，他喜欢她。

季书怡无意识地攥紧手掌，这也是第一次在他的话语里感受到了甜蜜。

见季书怡只仰着脸望着自己，也不回应，江丞微微叹了口气，直截了当地问道：“季书怡，你愿不愿意做我的女朋友？我保证，以后再也不欺负你，我会用心呵护你，让你幸福。”

听到江丞这一波发自肺腑的话，季书怡心花怒放，但又怕自己会忍不住笑出来，毕竟他的每一句都说到了她的心坎上。

江丞见小姑娘还是没有回应，只好没脾气地继续追问道：“你答不答应啊？”

季书怡听着赛场上的欢呼声，她没有直接回答，而是提醒江丞：“大家都在等着你上台领奖。”

江丞没接这个话茬，继续重复道：“做我女朋友好不好？”

一副季书怡不答应，他就不罢休的模样。

季书怡不想这么轻易就答应江丞，故意仰着下巴，闪烁其词地道：“我要奖杯。”

江丞一脸宠溺地叹气道：“你就拿捏我吧，行，我去给你拿奖杯。”

看着江丞转身跑向领奖台的背影，季书怡双手捂着脸，得意地笑起来。

可下一秒，已经走远的江丞忽然回头看过来，甜笑着的季书怡立马变脸，恢复了面无表情的傲娇模样眺望着他。

这时候，陈星熠和沈烟也来到了季书怡的身边，沈烟悄悄地笑着凑过去问道：“你跟江丞什么时候发展成这样了，我竟然一点不知道，是我这个做姐姐的失职了。”

季书怡不好意思地掩饰着：“没有啦，就是……就是突发状况。”

“哦，”沈烟一副看破不说破的样子，笑着继续小声嘀咕了句，“看来我这弟弟是还没追到呀，还得继续努力，不过你放心，你们刚才的‘突发状况’我都及时让唐世卿封锁消息了，不会让你陷入舆论的。”

季书怡后知后觉地急忙感谢道：“谢谢烟烟，我可不想陷入风波之中。”

“放心。”沈烟安抚着说，“就算我不做，江丞也不会让这些流传出去的，他这人就是不会说话，但做事还是很严谨的。”

这时，陈星熠忽然接了一句：“不过刚才江丞穿越人海来见你的那一瞬，是我完全没想到的，没想到他这么闷骚。”

季书怡没好气地顺口就说了句：“你才闷骚。”

陈星熠笑着挑眉：“呦！这就护上啦。”

季书怡碍于是陈星熠找到她说了那些关于江丞的事情，便懒得跟他计较，只没好气地回了句：“懒得跟你计较。”

领完奖的江丞，在众人的簇拥和欢呼声中走下台，本来要完成的合照和采访环节，都被他一一婉拒了。

他现在一心都是快点见到自己心爱的姑娘，快步回到季书怡身边时，只见季书怡用眼神示意他大家都在，不许再说暧昧的话。

江丞见状，只能低声问道：“那奖杯还要吗？”

“要呀。”季书怡立马就伸了手过来，这可是他为她负伤赢下的荣誉啊。

江丞把奖杯递到她手里后，还是没忍住，低声问了句：“真的只要奖杯啊？”

季书怡看着他一脸受挫的样子，故意逗他：“那不然呢？”

江丞郁闷地凑到她身边，低头在她耳边说了三个字：“那我呢？”

一脸“只要奖杯，不要我”的委屈表情。

季书怡仰头看着江丞，二人对视了几秒后，就在江丞以为她要开口回答时，却见她竟忽然偏头看向沈烟，然后问道：“不是说有庆功宴吗？在哪里举办呀？”

沈烟看了眼时间：“现在就可以过去了。”

江丞：“……”

第四章·Chapter 4 撩拨

庆功宴定在一家豪华会所，里面吃喝玩乐各种项目一应俱全。

一行人到了会所后，江丞看着走在前面抱着奖杯的季书怡和自家姐姐有说有笑地结伴走着，心里莫名有些委屈。

所以，她千里迢迢来看他比赛，还亲了他一口，就是为了拿走他的奖杯吗？

走在最后的陈星熠看着前面闷闷不乐的江丞，忍不住笑着和旁边的宋玉调侃道："老宋，你有没有觉得哪里不对劲？这场比赛多重要，丞哥赢了，还破了纪录，实现了人生梦想，可看起来却一点儿也不开心、不兴奋。"

听到调侃声的江丞忽然停下脚步，回头看着陈星熠问道："你跟季书怡说了什么？"

陈星熠心虚地轻咳一声说："过程不重要，你就说这结果你喜欢不喜欢吧。"

江丞狐疑地睨过去反问："你没强迫她什么吧？"

陈星熠立马解释道："我哪敢啊！"

说着，就看到季书怡转身朝江丞走了过来，陈星熠急忙转移话题道："你看，季书怡找你呢。"

江丞这才放弃追问，一回头就看到已经站在他面前的季书怡。

季书怡故意往他身边凑了凑，跟他并排站着，仰头望着他说道："你走得好慢哦，我一回头都看不到你了。"

江丞看着走过来紧挨着自己的女孩，而她仰头望着他的眼睛亮晶晶的，似乎泛着流光，说出的话更是撩人而不自知，江丞弯唇笑了笑说：“那我跟紧你的脚步。”

季书怡见他那副沾沾自喜的模样，又故意冲他嫣然一笑，甜甜地应了声：“嗯。”

哼！江丞这个死傲娇，前段时间让她捉摸不透，这次必须也要让他感同身受！

而一旁的江丞早已沉沦在季书怡甜美的笑容里，心里也开始了自我攻略。

小姑娘突然对自己这么主动，难道是心里已经答应做他女朋友了？难道只是因为害羞才没有明确说出口？毕竟以前她从来不会对自己这样的，而且……小姑娘还故意用手指轻轻勾了一下他的小拇指！虽是一触即逝，但还是让他捕捉到了！

江丞瞬间心跳都乱了一拍，他偏过头，目光灼灼地看了她一眼，以为她是害羞，想牵手却不敢牵，便主动去牵住她的手。

“你干吗？”季书怡在他的手刚碰上来的瞬间，慌不迭地抬起手躲开了他。

落空的江丞看着一脸抗拒的季书怡，整个人都凌乱了，甚至有些憋屈：“不是要牵手吗？”

“谁要牵手了？”季书怡装傻道，“可能刚才不小心碰到你了吧，你可不要多想哦。”

江丞：“……”

而他那刚要沦陷的心，“砰”的一下碎成了渣。

看来他这漫漫追妻路，道阻且长。

江丞叹了口气，无奈地移开看着季书怡的视线，极力克制着想要问个清楚的念头。

季书怡看着江丞此刻憋屈隐忍的样子，忍不住弯了弯嘴角，露出得逞的笑。

因江丞创造了新的世界纪录，今天的庆功宴有很多赶来想要采访的记者，和慕名而来、热爱赛车的人。

现场被围得水泄不通，行动困难。

“江丞。”

季书怡时不时仰头看着一旁憋屈的江丞，调皮地喊了他一声。

正郁闷着的江丞听到小姑娘的声音后，还是忍不住立马低头，看着她回应道：“干吗？”

季书怡矫揉造作地望着他眨了眨眼，红唇轻启：“我能牵你的手吗？”

江丞感觉自己要被季书怡折磨疯了，打一个巴掌又给一颗糖，关键还不知道这颗糖究竟是什么味道，实在令人郁闷。

季书怡见他没出声，继续佯装无辜地说道：“你可别多想，现场人太多了，我怕本仙女不小心被人群挤飞了。”

说着就主动伸手要去牵江丞的手，眼看着就要牵上来了，季书怡却忽然停住，然后迅速缩回手，一本正经地看着江丞：“算了，男女授受不亲，我还是去找烟烟吧……哎！”

正说着，忽然整个人就被江丞一把揽住，被撞疼的季书怡想要推开对方，却发现自己的挣扎无济于事，只好小声嘟囔道：“疼！”

江丞低头看到季书怡眼圈红红的样子，瞬间妥协，眉心轻蹙，无奈叹气，就连声音都下意识温柔了下来：“你乖点好不好？”

季书怡只“哼”了声，不情愿地又继续要推开他。

江丞急忙又哄着说：“好了，不然小仙女要被人挤飞了。”

小仙女？

季书怡瞬间停下了所有挣扎的动作，怔怔地仰头望着刚才柔声喊她小仙女的江丞。

一瞬间，她莫名就不想挣扎了，甚至心里生出了丝丝蜜意，不知从什么时候起，他变得没那么让人讨厌了。

可她又不想让江丞看出她的沦陷，只皱巴着小脸傲娇地说：“那就准你先护送本仙女走出人群。”

江丞弯唇，笑着配合道：“行，护送仙女出行。”

视线交会的一瞬，季书怡慌忙低下了头，避开他含笑且灼热的视线，因为她感觉自己脸颊热热的，好像……害羞了。

季书怡！你真没出息！

将小姑娘的表情尽收眼底的江丞无奈地轻笑着，没想到她竟然脸红了……

人潮拥挤，他们一行人直接拐进了特殊通道。

快走出去时，江丞低头问身旁的季书怡：“你跑来这边，家里人知道吗？”

季书怡如实说：“知道啊，我哥给我请的假。”

江丞安心道：“那就好。”

“那就好？”季书怡忽然好奇地反问，“那如果他们不知道呢？”

江丞忽然一脸正色地说：“那我就得把你送回去，不能让你家里人误会，一家人的宝贝孤身来到异国他乡，他们不得担心死。”

季书怡闻言有些诧异，没想到江丞竟然会想到她的家人是否担心，原来他轻狂冷漠的外表下藏着一颗严谨的心，也不是那种会打着“爱情”的名号哄着另一半逐渐隔绝家人、随便抛下一切私奔的人，在她眼里这种人是自私的、不负责任且低级的。

而江丞似乎不会是那样的人。

季书怡忽而欣喜地笑着说：“突然发现你还是有优点的，三观挺正。”

“什么叫还是有优点的？”江丞不爽地反驳，“我优点可多了，你慢慢发现。”

“自恋。”季书怡嫌弃道。

看到陈星熠，江丞突然想起一件事，便问季书怡：“陈星熠都跟你说什么了？”

听到声音的陈星熠立马轻咳一声，暗戳戳地提醒季书怡要保守秘密。毕竟他说得太夸张，如果被江丞知道他吓唬季书怡，保准不会有他好果子吃。

好在季书怡很有契约精神，收到暗示后立马配合着说：“也没说什么，就告诉我你在这儿比赛。”

她可是答应过陈星熠不告诉江丞的，做人要诚信。

江丞见状，猜到他现在是问不出什么了，反正小姑娘现在在他身边，套话只是时间问题，便放弃了追问。

一行人终于从庆功宴离开后，便去了会所更隐秘的宴会厅用餐。

唐世卿先陪着沈烟去了趟洗手间，而宴会厅的娱乐设施可以说是应有尽有，隔音也很好，用餐时不会被外面的声音吵到。

看到唱歌区，陈星熠便点了首歌唱了起来，还唱得不赖。

季书怡听了会儿，好奇地问旁边的江丞：“江丞，你会唱歌吗？”

江丞语调慵懒地应了句：“会啊。”

“真的？”季书怡漂亮的眼睛闪了闪，“你会唱什么呀？我去给你点。”

见小姑娘两眼闪烁着浓烈的期待，江丞双臂环胸，直接散漫地向后一仰靠在了沙发上，好整以暇地看着季书怡，淡淡地丢出一句：“不想唱。”

季书怡幽怨地伸手推了他一下，继续撒娇：“你就唱一首嘛。”

江丞抬眼与季书怡的视线相对，漫不经心地轻笑着问了句：“想听啊？”

季书怡立马点点头：“嗯！”

江丞看着一脸期待的小姑娘，饶有兴致地笑着，然后坐直身子凑近季书怡，目光灼灼地盯着她的眼睛说：“那怎么办？我只唱给我女朋友听。”

季书怡闻言，瞬间明白江丞这家伙是在故意趁机诱哄她，顿时没了兴趣。

江丞见她有意逃避，故意追问：“季书怡，要不要做我女朋友啊？”

“不要！”

“你……”江丞叹气道，“那到底要怎样你才能答应？”

此刻，季书怡坐在一张椅子上，江丞一伸手就连人带椅子一同拉到了面前，无奈地笑着说：“要不要我把心挖出来，让你看看上面是不是刻了你的名字。”

他说这话时带着些没皮没脸的调调，季书怡惊怔地眨了眨眼，然后忍不住笑了起来：“你这死皮赖脸的样子有点崩人设。”

她笑得眼睛弯弯，好似溢满了星辰。

江丞这个时候才发现，小姑娘似乎是喜欢这种调调，便继续追问道：“别笑，给句话呗。”

季书怡却忽然站起身再次逃避道：“我饿了，我要去吃小蛋糕了。”

江丞望着季书怡的背影，轻笑着摇摇头。

面对她，他真是一点脾气都没有。

晚上，季书怡没敢多喝酒，只忍不住喝了几口被调酒师调得颜色特别漂亮的果酒，没醉，只有些微醺。

而江丞一晚上都在找机会求名分，却都以失败告终。

全部散场后，江丞已经躺到床上，还翻来覆去地睡不着，因为他有预感，如果在这里他都表白不成功，明天回归正常学校生活，那就更无望了，因为到时候她的借口就更多了。

而相比江丞的焦躁不安，今天季书怡的心情异常地好，大魔王正式表白了，说话也没那么讨厌，而他那一遍遍求名分的样子也驱散了前些日子被他气到的坏情绪，也让她感受到，他似乎不是一时兴起。

但现在还不确定，她还要再观察观察。

微醺着洗完澡，季书怡钻进被窝，准备美美睡一觉，然而一切美妙，却被忽然响起的雷声打破。

“啊！”

季书怡被陡然惊醒，吓出了一身冷汗，双手无意识地攥紧了被角。

她向窗外看去，外面已经下起了倾盆大雨，还夹杂着阵阵雷声，响彻整个夜空。

季书怡瞬间被无边无际的恐惧感侵袭，惊慌着下床打开了所有的灯，但柔和的灯光却只能微微缓解她的恐惧感。

她很怕这种电闪雷鸣的雨夜，那是一种无法控制的压抑恐惧，因为小时候妈妈与爸爸离婚那天，那一夜就下着这样一场电闪雷鸣的大雨，妈妈哄着她入睡，却又在她入睡后悄悄离开了。而妈妈离开后，帝京下了整整一周的大雨，那时小小的她带着妈妈离开的恐惧煎熬地挺过一个又一个雨夜。

从那之后，每到有雷声和闪电的雨夜，季书怡的内心便控制不住地升腾起足以将她吞噬的恐惧。她只能将自己紧紧地裹在被子里，祈祷着雷电快些结束，甚至开始后悔晚上没有多喝点酒，醉迷糊了，就能雷打不动地睡到天亮了。

而今夜的大雨似乎成心跟她作对，久久未有平静的迹象。

季书怡这个时候竟控制不住地一遍遍地想到了江丞，这份念想就像她对这电闪雷鸣的恐惧，是无法控制的。

可是……

“不能找他……”蒙在被子里的季书怡自言自语道，“他会觉得我矫情吧……”

季书怡扯了扯嘴角，不想让他看到自己不好的一面。这时，她忽然想起房间里有酒，便慌忙掀开被子下床，来到酒柜前，随意拿了一瓶酒，打开就给自己灌了两口，想要喝酒壮胆。

“咳……好辣。”

刚放下酒杯，陡然一道雷声轰然炸响，吓得季书怡浑身僵硬，深吸了几口气后，她终于还是给江丞打了电话。

电话拨通，江丞是秒接的。

而接通的瞬间，季书怡没来由地有些委屈，轻软地喊了声：“江丞。”

这还是江丞第一次听到有人把他的名字喊得这般动听，而小姑娘藏了委屈的音色让他心疼地急声道：“我在呢，怎么了？”

听到他的声音，季书怡好像没那么怕了，有些难为情地轻声道：“我有点儿害怕。”

电话那头，江丞的声音带着前所未有的温柔：“别怕，过来开门，我在你门口。”

说完，江丞抑制不住地笑了，他开心能够成为小姑娘害怕时的依靠。

“啊？你在门口？”季书怡惊喜地反问着，然后难以置信地快步朝门口跑去。

房门一打开，还没来得及看清门口站着的人，整个人就被对方伸手揽进了怀里，同时耳边传来熟悉的声音：“以后害怕了早点给我打电话，什么时间都可以。”

他的声音低沉有力，那一瞬间好像所有的雷电轰鸣声都消散了，击碎了她满心惶恐，比她预期的更让人安心。

季书怡这才从他胸口仰起头，还未开口，却看到低头看她的江丞忽然眉头紧皱着问道：“自己在房间喝酒了？”

季书怡有些羞窘地抿了抿唇，不知道该不该说自己喝酒是为了壮胆。

而江丞透过她的眼神似乎猜到了她的小心思，看到她还光着脚，便急忙伸手将人抱起来往床边走，然后似笑非笑地挑眉问：“喝酒壮胆？”

季书怡的双手搭在江丞的肩上，难为情地掩饰道：“才不是！”

然而江丞完全不听她拙劣的掩饰，弯唇笑着戳破：“傻不傻啊你。”

江丞将她的小表情尽收眼底，无意识地笑了。

把季书怡放回床上，江丞随手拉了一张椅子在床边坐下，看着她说：“睡觉吧，我在这儿守着。”

季书怡看着坐在椅子上的江丞，脱口问了句：“那你呢？要坐在这儿睡吗？”

“不然呢？”江丞漫不经心地轻挑眉峰。

季书怡眨了眨眼，继续问道：“那你什么时候到我门口的？”

“刚打雷的时候就过来了。”江丞云淡风轻地回道，“怕你一个人害怕，又想着也许你不怕，敲门反而会吵醒你，就在门口守了会儿。”

季书怡听完只感觉心里暖暖的，这个大魔王好像越来越体贴了，总是做出令她动容的事。

“江丞。”

躺进被窝里的季书怡忽然笑着喊了声。

江丞看着脸颊红红好似染上了酒晕的季书怡，有些担心地开口：“怎么了？”

季书怡眉眼展笑，眸中流光潋滟：“越来越发现你有点儿好。”

江丞松了口气，开心地笑了，故意说：“那你要不要做我女朋友啊？我对女朋友更好。”

这一次季书怡没再用沉默逃避，而是回了句：“我考虑考虑。”

虽然还是没答应，但是起码有回应了，江丞瞬间开心起来：“行，你考虑考虑，现在先睡觉。”

窗外的大雨还在下着，可季书怡似乎听不到了，她晕沉沉的，有些困，扯了扯被子就要睡去，被窝很暖，最后灌自己的那一口酒好像上了劲，脑袋微微有些飘忽，想的全是关于江丞的点点滴滴。

从他们相看两生厌到眼下暧昧不清，还有陈星熠说的那些话，一幕幕像放电影般在脑袋里循环播放……

终究是睡不着，季书怡眨着逐渐迷离的眼看着守在床边的江丞，忽然又开口喊道：“江丞。”

江丞看着躺在被窝里只露出个小脑袋的季书怡急声问：“在呢，怎么了？”

季书怡看着他恍惚地眨了眨眼：“我能看看你吗？”

江丞诧异又困惑：“看什么？”

“就……”季书怡鼓了鼓脸，一本正经的，“想看你的伤。”

陈星熠说他受过很多伤，就很想看看那些伤深不深，还疼不疼……

然而却被江丞拒绝道：“不给看！”

“我就看一眼嘛。”季书怡耍小性子般不依不饶坐起来拉着他的衣袖，“就一眼好不好？”

“这么突然要干吗？”江丞说着忽然从椅子上起身，整个人倾身朝女孩压去，弯着腰，双手撑在她身侧，目光灼灼地看着她的眼睛，故意逗她，“行，想看哪儿？

季书怡眨了眨眼，仰起笑脸：“那我自己解咯。”

江丞：“……”

解到第四颗衣扣时，季书怡的手忽然顿住，她看到了他胸口上的伤口，虽然已经不是很清晰了，但大约有她小拇指长。

江丞当时一定很痛苦吧，想到这儿，季书怡低喃自语着：“真的和陈星熠说的一样……”

陈星熠？

江丞忽然开口问道：“陈星熠都跟你说了什么？”

他之前是受过一些伤，可除了脖子文身处，也只有这一道伤口。而这伤口还是替陈星熠挨的，当时若不是他挡住，这道伤会要了陈星熠的命。

季书怡双眼怔怔地看着那道伤口，神情涣散地喃喃回道：“他说你受过很多伤……”

“他还说了什么？”江丞有意引导性地问，“你为什么会突然出现在赛场，还主动吻我？”

季书怡在他的询问中缓缓仰头望着眼前的人，视线相交，她眸光轻颤，半晌后才缓缓回他："他说你为我受了伤，很严重，会影响你这次比赛，说这次比赛对你很重要，还说……"

她忽而眼眶泛红，莫名就染上了哭腔："还说你会死，说你会死在赛场上，我不想你死。"

她红着眼，伤心哽咽："江丞，我不想你死……"

江丞快疯了，低头看着扑在怀里抱着他的女孩，深吸了口气，低低沉沉地开口："季书怡，你要不要江丞？"

时间静默，江丞等了良久都没有等到回应，以为她又是在逃避，轻轻将人从怀里拉开，才发现她已经没心没肺地睡着了。

江丞无奈，看着睡得沉沉的女孩，气到自言自语："季书怡你真是非得把我逼疯才甘心！"

季书怡醒来的时候，已经快中午了。

她揉了揉眼睛坐起身，太阳穴还有些疼，看到床边的椅子，她猛然记起昨夜江丞守在这里，便下意识环顾了眼空荡荡的房间，想着他应该是天亮时走了吧。

虽是如此想着，她还是试探性地喊了声："江丞。"

"在接电话。"

声音是从阳台传来的，几乎是瞬间回应。

季书怡弯唇笑了笑，嘴上却只傲娇地轻飘飘回了句："哦。"

她下床到浴室洗漱，正在刷牙，就看到江丞走了过来，也没说话，只斜倚在浴室的门框上撩着眼皮看她。

满嘴白色牙膏沫的季书怡狐疑地偏头看看靠在门框上的人，不自在地眨了眨眼问："你干吗？"

江丞下巴微扬，桀骜散漫："等你对我负责。"

季书怡局促地又眨了眨眼，以为他又是在求名分，急忙别过头不再看他，继续刷牙，装傻道："听不懂你在说什么。"

“不记得自己昨晚对我做了什么吗？”江丞反问道。

季书怡心虚地攥了攥掌心：“我记不得了。”

“行，那我帮你回忆回忆。”江丞说着忽然双手插在兜里朝她步步逼近，一字一句道，“你昨晚对我动手动脚……”

“不……不可能。”

季书怡看着一步步逼近到面前的江丞，刚想逃，却被江丞忽然一步上前直接双手撑在她身后的洗漱台上，将人死死圈在胸膛和洗漱台之间的方寸之地。

季书怡眨了眨眼努力稳定心神后，仰着下巴反驳：“你胡说八道！”

“讲点道理行不行？”江丞居高临下地低头看着奶凶奶凶的人，轻挑眉峰，“季大小姐这是不打算对我负责？”

他说着忽而缓缓直起腰，双手插在兜里，一垂眸睨着季书怡：“不逗你了，季书怡，为什么不答应我？”

无法再继续用沉默躲避的季书怡撒腿就要跑，可江丞不给她逃跑的机会，强势地吻了下来。

情急中，季书怡主动伸手揪紧他的睡衣，一个动作让江丞藏欲的眼底溢满了笑：“怎么不推开我？”

如果他刚亲下去的时候，她抗拒，他一定会松开她，可是她没有。

意识到这个问题的季书怡呼吸一滞，恍然抬头时视线刚好撞进江丞深邃的目光中，又听到他说：“季书怡，你明明就是喜欢我，为什么不承认？”

江丞说着忽然弯腰与她平视着，直勾勾地看着她的眼睛继续道：“是不是因为我以前欺负你，你心里还有气？还是你天性调皮，觉得这样好玩有趣？”

他冲她眉峰轻挑，桀骜轻狂，似笑非笑：“不过没关系，哪种原因都无妨，老子愿意陪你胡闹。反正，你早晚是我的。”

被猜中一半心思的季书怡局促地眨了眨眼，像只早已完全被看穿了的傲娇鬼，她是心里不高兴他以前欺负她，可也不全是因为这个。

不过他的话，好像不管她怎样，他这辈子都会对她追着不放了，江丞好似真的对她产生了情有独钟的执念。

季书怡一颗心再一次因他而悸动怦然，只低下眼睛掩饰性地嘟囔一句:“谁早晚是你的了，你出去，我要换衣服。”

江丞听着她有些娇羞着嘟囔的小调调，更加感觉她就是喜欢而死不承认罢了。

见她没有真的生气，江丞便离开了房间，刚走到自己房间门口就看到了要出门的陈星熠。他直接快步上去将陈星熠扣在臂弯间，语调阴沉:“跟我说说你是怎么恐吓季书怡的。”

“丞哥你在胡说什么，我哪敢恐吓她啊。”陈星熠蒙了一瞬，急忙话锋一转就说，“要不是我，你能抱得美人归吗？你还没感谢我呢。”

“行，我谢谢你。”江丞阴沉沉地开口，“我好好感谢你！”

一瞬间，陈星熠脑袋里瞬间蹦出两个大字——

要完!

季书怡换好衣服，整理好自己的东西就去跟大家会合，刚走到楼下，看到陈星熠迎上来就说:“季书怡你这姑娘怎么——”

可剩下的话在忽然看到季书怡身后跟着的江丞时瞬间戛然而止，立马改口道:“咱小书怡怎么长得这么漂亮啊。”

然而此话一出，陈星熠清楚地看到某人的脸色变得更冷了，急忙又加了一句:“跟我丞哥真是郎才女貌，天生一对！”

季书怡见状，回头看向江丞，又扭头看了看说话弯弯绕的陈星熠，完全猜不透这兄弟俩是在对什么暗号。

上了飞机，季书怡听陈星熠和宋玉他们聊天才知道这次的赛车有多么重要，而江丞也登上了和赛车相关的各种报道，甚至江丞在国内的车队都在等着他们回国，要给江丞好好庆祝。

可那时，江丞的眼里好像只有她，就好像这只是一场很普通的比赛而已。

季书怡偷偷看着坐在旁边的江丞，如果可以打分，江丞在她心里已经马上接近满分了。

帝京。

下了飞机，江丞走在季书怡身边，低头问她："带你去我车队玩，好不好？"

他很想带她去见所有人，让他们知道他有多爱她。

可季书怡却拒绝了，她说："不去了，我得回家了，不然我哥真要担心我被谁骗跑了。"

她跟哥哥说了只去一天就回来，不能再玩了。

这个理由让江丞无法拒绝，便只好点点头："那我先送你回家。"

"好。"

回到家，季景航刚开完跨国视频会议从书房出来。

看到哥哥的一瞬间，季书怡莫名心虚起来，季景航看着有些局促的妹妹，狐疑道："怎么出去玩了两天，都不跟哥哥打招呼了？"

"没有，"季书怡立马解释道，"就是突然看到哥哥白天在家有点震惊，毕竟你平时都很晚才回来。"

季景航揉了揉自家妹妹的头，叮嘱了句："好好休息，明天记得回去上课。"

季书怡长舒一口气，看来是没被看穿，她窃喜地笑道："好的。"

只是与哥哥擦肩而过时，忽然冷不丁地喊了声："哥哥。"

季景航回头看她："怎么了？"

本想跟哥哥打个预防针，说她好像喜欢上江丞了，毕竟之前哥哥提醒过她不要和江丞谈恋爱，只是话到嘴边又咽了回去。

算了，还是等确定了再说吧。

季书怡只好笑着对哥哥改口问道："厨房还有好吃的吗？"

季景航无奈摇头："当然有，我让人送上来。"

“谢谢哥哥。”

临近期末，学生们都在为期末考做准备，图书馆比往日多了很多复习的人。

季书怡和陆知夏也觉得图书馆学习氛围更浓厚，便也抱着书本准备在图书馆复习。

而江丞最近好像很忙，她总感觉他不像个学生，倒像是个早已进入社会却来学校进修的。

图书馆很安静，大家都在认真复习，而陆知夏实在憋不住一颗八卦的心，抓着季书怡的胳膊问她跟江丞发展到哪一步了。

陆知夏性子直爽，问题也问得直白，让季书怡都有点害羞起来。

“不是，你脸红什么呀？”陆知夏看着忽然脸红的季书怡，像是发现了新大陆般，小声笑道，“你俩是不是干了什么？你这表情有问题，绝对有问题。”

季书怡急忙否认：“你问得这么直白，谁不脸红。”

“哼。”陆知夏不屑道，“之前咱俩讨论江丞是不是外强内虚的时候都没见你脸红，这会儿怎么脸红……”

季书怡慌忙捂上她的嘴，皱着脸小声道：“人家都在好好学习，就你讨论这些有的没的。”

陆知夏正要再开口，忽然发现她们对面站了个男生。

“季书怡同学，可以请你吃个饭吗？”

季书怡抬头看去，发现是上次野外集训的第二名秦风。

当时江丞帮她拿了第一，她只要了那个齐天大圣玩偶，奖金和学分她主动申请给了第二名，毕竟江家给的奖金还挺多，有三万块，只是这钱对她来说无所谓，可对其他学生来说或许很有用。

季书怡看着眼前的男生直接问道：“请我吃饭是想要感谢我吗？如果是的话就不用啦。”

“要感谢的，这钱太多了。”秦风礼貌地答复，“不然我心里真的过意不去。”

季书怡见秦风一脸诚恳的样子，好像不感谢一下心里真的会过意不去，犹豫了一下然后大大方方答应道：“那也行，我们就去食堂吃吧，我还没吃过食堂呢，刚好尝尝鲜。”

见她答应，秦风开心到脸红，说话都有些小紧张：“好，你说去食堂就去食堂。”

季书怡看着秦风脸红的样子有些不自在地扯了一抹笑，然后立马抱着陆知夏的胳膊问道：“那个……我可以带我朋友一起吗？”

三个人，总不至于到时候太尴尬。

秦风立马答应：“好，可以。”

陆知夏只看了眼季书怡就瞬间明白了她的小心思，两个姑娘对视着笑了一下。

中午食堂一楼的人很多，秦风带她们去了二楼吃。二楼的饭菜相对贵一些，但品类更多。

刚巧，三人来的时候还有靠窗的位置可以坐，菜上齐时，秦风主动为季书怡把餐具用开水烫了一下，但递给季书怡时还是觉得不妥，急忙缩回手，有些紧张地说：“你们等一下，我去给你们拿一次性餐具。”

“不用不用。”季书怡直接接过秦风手里准备好的餐具，满不在意地说，“不用那么麻烦啦。”接过就随手递给旁边的陆知夏一副碗筷。

秦风看着面前落落大方且随性的季书怡，开始控制不住地心跳加速，他还是第一次这样近距离地看着她。

“你怎么不吃？”季书怡见对面的人一直发呆，便尴尬又不失礼貌地出声提醒。

秦风慌忙回神，然后故作镇定地问：“饭菜合胃口吗？吃不惯的话我们出去吃。”

季书怡不自在地笑笑，语调亲和：“挺合胃口的，不用出去吃了，谢谢你啊。”

秦风见状有点愣神，她笑起来时很温柔甜美，亲和的语调让人感觉似乎没那么有距离感。

秦风看着季书怡，眼神有些闪烁紧张地开口说，“你跟我想象中的很不一样。”

“是吗？”

他话音刚落，忽然身后传来一道很是冷冽不悦的声音。

秦风猛然抬头，发现江丞已经在季书怡旁边的椅子上坐下，隔着一张桌子一脸不悦地盯着他说：“来，跟我说说她哪儿不一样？”

那不怒自威的姿态和桀骜冷妄的眼神盯得秦风没来由地心尖发颤，正不知要怎么回答时，竟看到季书怡一脸不高兴地冲着江丞说：“你别挨着我。”

说着，就直接端着餐盘走到陆知夏的另一边坐下，对某人嫌弃又抗拒的态度简直不要太明显。

江丞瞬间慌神儿，大脑开始紧急回忆这几天又做了什么惹她不高兴的事，眼神和声音瞬间柔了下来：“怎么了？”

这声音听得陆知夏都以为是自己产生了错觉。

季书怡小脸耷拉着，手握着筷子，有一下没一下地戳着米饭没有理他。

见她这副委屈巴巴的样子，江丞更慌了，也不管此刻还在食堂被所有人看着，立马就起身绕过陆知夏再次坐到季书怡身边，微微叹气地急声问：“小祖宗啊，哪里又让你不高兴了？”

小祖宗？这大魔王该不会被夺舍了吧？

陆知夏闻言眼睛瞬间瞪得像铜铃，而坐在对面的秦风也是震惊到表情失控。

而季书怡见江丞又凑过来，才阴阳怪气地开口：“你不是消失了吗？接着消失啊，又来找我干吗？”

自从赛车比赛结束后，他就一连消失了五天。

一开始季书怡还没感觉什么，可是两天过去了，小姑娘忽然就觉得委屈极了，就像是遇到了渣男，对她一番疯狂追求后就消失得无影无踪，她这几天越想越难过，都委屈死了。

江丞见季书怡委屈得都快哭了，急忙解释道：“哪有消失，我不是每天都及时向你汇报行踪，这不一忙完，就立马跑来找你了。”

他哪敢消失啊，这几天每天都想她想疯了，可年底各种汇总，每天帮父亲忙完公司的事都已经深夜了，昨夜他还一路不知不觉把车开到了她家门口，怕打扰她睡觉，就待了一会儿又默默走了。

而且，他就怕季书怡会乱想，每天不管她回不回消息都会及时跟她汇报行踪，甚至从不爱拍照、拍视频的他，这几天都不知道拍了多少照片发给她。

此刻，季书怡突然感觉好多目光朝自己这边聚集而来，她不想让自己的私生活成为别人的谈资，立马起身对秦风礼貌地说：“我吃饱了，先走了，今天谢谢你啊。”

说完，没等秦风回应直接就转身走了。

江丞见她要走，也不知道有没有买单，便迅速拿出钱包扔给陆知夏：“陆知夏，帮忙买下单。”说着就急忙跟上季书怡。

两人离开后，食堂里的人全都一脸不可思议，然后不约而同地讨论起大魔王是不是被夺舍了这个话题。

走出食堂，季书怡一路往图书馆的方向走，江丞紧跟左右低头看着她努力哄着：“小仙女不生气了好不好？”

午休时间，见附近没什么人了，季书怡才幽怨地仰头看了江丞一眼，边走边埋怨道：“你说你发消息了，谁知道那些消息是不是你本人发的。一天二十四个小时，五天一百二十个小时，你要是真想见我，怎么也能抽出来见我的时间。你是不是觉得把我骗到手了，所以就不想花心思了！”

“我……”江丞无奈地解释道，“谁能拿我手机给你发消息啊，我这几天也有找过你，但是到你家的时候都很晚了，就没敢打扰你，想着赶紧忙完就来找你。”

“你怕打扰我，那你不会跟门口的人说一声吗？”生气中的季书怡逻辑十分清晰，“你之前不是会让人给我带话的吗？现在就想不到了？”

她越说越委屈地扁了扁嘴：“你就是变了，这才多久啊，幸好我没答应你，不然我现在肯定后悔。”

“我没变，对你也不会变。”江丞见她委屈的样子心都快碎了，不管不顾地就直接伸手把人捞进怀里紧紧抱着说，“我这几天想你想疯了。”

“你别抱我！”季书怡怨愤地在他怀里挣扎。

江丞却将她搂得更紧了，没脾气地叹气道：“我下次不这样了，以后就算再忙，忙到再晚我都去找你，让你看到我，好不好？”

季书怡口是心非道：“我才不想看你。”

江丞立马就说：“行，小仙女不想看我，是我想看你。”

季书怡被他一口一句“小仙女”喊得瞬间气消了一半，挣扎的动作也小了很多。

江丞见怀里的人不那么挣扎了才松了口气继续道：“我这人不会谈恋爱，你喜欢什么样的恋爱体验可以直接告诉我，我都会去做，不高兴了就立马跟我说，不要自己生闷气。”

紧接着，他求原谅一般撒娇道：“为了早点忙完来见你，我都两天两夜没合眼了，我真的没有对你敷衍疏离。请你相信我，江丞永远值得季书怡无条件信任。”

这句话瞬间击中了季书怡的心，她彻底放弃了挣扎，甚至情不自禁地缓缓从他怀里仰起头看了看他，这才发现他的脸满是疲态，眼底甚至隐隐布着红血丝。

对女孩子而言，被喜欢的人哄一哄就会消气，甚至还会反过来心疼对方。

此刻的季书怡便是如此，而且她愈加发现之前那个惜字如金的大魔王，现在不仅温柔了许多，还对她越来越宠溺，只为哄她消气。

可纵使有些心疼，傲娇的季书怡也不想轻易袒露自己的真实想法，只闷闷地说："我要去图书馆看书了。"

江丞立马接话道："那我陪你。"

这么久了，江丞也了解她的性格，哪怕是气消了也不愿对他说句好听的，好像心里住着一个倔强的小傲娇鬼。

不过无妨，他甘愿纵容着。

季书怡没再拒绝，只说了句："随便你。"

虽然午休时间，大多数学生都回宿舍休息了，但路上还是有人的，所以当大家看到江大魔王哄人的样子，简直十分震惊。

晚上，陈星熠来到江丞班级，问他："去不去理发？"

江丞敷衍道："不去。"

陈星熠看了看江丞的头发说："你这头发该剪了。"

江丞再次敷衍道："不剪。"

"怎么不理发了？"陈星熠很是疑惑，因为江丞平时留寸头，所以在理发这方面十分勤快，怎么就突发奇想不打算剪头发了？

江丞一脸淡定地回道："要留长。"

陈星熠见他趴在桌子上，话都不想说，只当他是累了，便没继续打扰他，自己一个人去了理发店。

晚自习放学时，季书怡本以为江丞上完下午的课后就回去补觉了，却没想到一走出教室，就看到了站在门口正微抬着下巴喝咖啡的江丞，他似乎很困，估计是想用咖啡提神。

季书怡没忍住，说道："你困成这个样子为什么不回家睡觉？"

江丞随手将喝完的咖啡瓶扔进旁边的垃圾桶，低头笑看着走近的女孩说道："想送你。"

"我有司机接。"

"让他自己回去，我送。"

季书怡仰头看看他，抿了抿唇，然后才微扬着下巴傲娇道："那就让你送一次吧。”

江丞看着面前的小姑娘，笑道：“那谢谢小仙女赏脸。”

夜色昏暗，走出教学楼，穿过没什么人的小凉亭时，江丞突然低头看着身侧的人，佯装漫不经心地问：“给不给牵手啊？”

“不给！……嘶！”

季书怡着急往旁边躲他，忽然脚下一软，扭到了脚腕。

“扭到了？”江丞急忙把她扶到旁边的长椅上坐下，在她面前蹲下，抬起她扭到的脚，轻轻揉了揉，“疼吗？”

“不疼，就扭了一下，没事的。”季书怡紧蹙着眉，如实说道。

可江丞看着她眉头紧皱的样子，不放心地说：“我背你出去。”

季书怡立马拒绝，皱巴着小脸：“不要你背，怕你把我摔死。”

江丞郁闷地反问道：“我有那么弱吗？上来。”

说完，他便直接向后伸手握住季书怡的手，轻轻一拉，小姑娘就趴到了他的背上，然后迅速背着她站了起来，完全不给对方拒绝的机会。

猝不及防就被背起来的季书怡忍不住轻呼一声，然后搂紧江丞的脖子，小声嗔怪了句：“你就不能温柔点？”

江丞没脾气地偏头看向背上的女孩：“这还不温柔啊？”

他都感觉自己现在温柔得像换了个人！

月光下，季书怡看着男生近在咫尺的侧颜，越来越发现这家伙帅得不像话，而他也远比初见时温柔了很多，甚至此刻她趴在他的背上，都感觉十分安心。

季书怡没有顺着他的话回答，只小声提醒了句：“你背着我走人少的地方。”

随即就听到江丞纵容的声音：“行，都听你的。”

季书怡闻言，弯唇浅笑，然后偷偷地歪着脑袋仔细瞧着背着她的男生，认真的模样仿佛是在做一项重大决定。

初冬的夜风很冷，可江丞的背好暖，等二人穿过小亭子，走到了人少的鹅卵石小道上时，江丞突然听到背上的女孩忽然轻轻喊他：“江丞。”

“嗯？”

江丞微微转头刚好撞进她歪头瞧着他的视线里，就看到她鼓着小脸说：“你以后不许突然消失。”

一句话听得江丞陡然脚步微顿，因为这短短的几个字是一个女孩子在表述一份依恋，更是在表达内心深处的喜欢。不许他消失，更不许让她患得患失……

呵……这个小傲娇鬼！

可是他发誓，他绝对没有突然消失，他提前说了这几天会不来学校，可这个时候他不能解释，因为他知道，季书怡只是想要一个有力且温暖的态度而已。

江丞立马答应道：“好，以后保证不这样了，不让你心里有委屈，还有其他要吩咐的吗？”

季书怡闻言开心地笑了，然后板着小脸对他说：“我不回你消息，不接你电话，就说明我在生你气，你要立马出现来哄我。不然，我还把你的电话号码拉黑。”

他消失的这几天，她多想再也不理他了，可她发现她舍不得。

江丞回过头，想看看小姑娘此刻说这些话的神情，只是季书怡一发现他回头就立马换上一副高高在上的傲娇模样，还冲他“哼”了一声。

只是她不知道，这副模样看在江丞眼里是多么可爱，尤其是她刚才说的话，看似是在傲娇，实则每一句都是在表达对他的依恋。

她就像是这场游戏的设计者，怕他知难而退，便忍不住偷偷告诉他通关的秘诀，告诉他攻克她的办法。

星辰夜幕下，冷风袭身，却怎么都湮灭不了江丞心中的暖意，此刻他的眼角眉梢带着笑。

他一开口的语气都是愉悦舒爽的：“好，你的小心思我一定铭记在心，不让你生闷气，不让你委屈，为我家小傲娇改掉所有坏毛病……

“等等……”

江丞故意回头一本正经地看着她说：“你是我什么人，我干吗答应你？”

季书怡皱巴着脸，理直气壮地瞪着他说：“本仙女好心下凡来拯救你这情商堪忧的愚蠢凡人，你敢不答应我？”

她顺手就揪着他的耳朵，一副威逼的小模样：“你就说行不行吧？”

被揪着耳朵的江丞嘴角轻扬，痞气十足地哼笑着回道：“行行行……就算是卖身契都签。”

季书怡这才傲娇地哼了声，松开了他。

江丞背着季书怡，等她稳稳坐上车后，便送她回了家。

车子在别墅门口停稳，季书怡刚把手搭在车门上要下车，江丞忽然伸手拉住她，半哄半求地开口：“再待一会儿好不好？”

季书怡看着他这一副委屈的模样，忍不住笑了起来，然后扬着下巴：“之前是谁狂妄得不得了，说什么‘小爷我对你没兴趣！’现在这副样子又是在闹哪出啊江大少爷？”

江丞：“……”

行吧，是他说的。

江丞无奈地笑着，死皮赖脸地哄道：“哪个不知好歹的人这么说的，他是在胡说八道。”

季书怡忍不住笑了，发现如今她被他哄一哄就失了防线，心里甜蜜得不得了。

“对了，以后不准让那个叫秦风的离你那么近。”

“哦。”季书怡应了声，然后拉开车门跑了。

完了，越来越着他魔了。

而坐在车里的江丞看着季书怡进了别墅大门，独自待了很久很久才驾车离开。

刚跑进客厅的季书怡看到了从楼上走下来的哥哥季景航。

季景航直接问道："把司机打发走，是谁送你回来的？"

季书怡瞬间像个干了坏事被家长抓了现行的孩子，双手紧张地背在身后，无意识地咬紧了唇，大眼睛眨巴着，倒也没跟自家哥哥说谎："是江丞。"

季景航看着妹妹此刻的神情，一眼就看出了什么，瞬间眉头紧皱，直接问道："发展到哪步了？"

"哥哥！"季书怡忽然扬声喊了句，像极了被戳中心思后的恼羞成怒，然后才急忙回道，"没到哪步，很纯洁。"

"最好是这样。"季景航皱眉，说教道，"哥不阻止你和任何人谈恋爱，但如果是江丞，你就要做好被爸阻止的准备，我提醒过你，爸看不上江家。"

季书怡听得心里闷闷的，手不安地攥紧，然后缓缓仰头看着季景航："哥哥，我不想瞒你，我现在是喜欢上江丞了，可我现在并不能确定他是不是非我不可，因为爸爸，我总觉得男人对待感情特别随意，如果哪天，我确定是他了，哥哥你帮我跟爸爸说说好不好？而且江叔叔那么豁达爽朗的人怎么可能家风不好，爸不该戴有色眼镜看人家。"

季景航难得看到妹妹这副样子跟他说话，他觉得自家小姑娘似乎已经陷进去了，他愁闷地轻轻蹙眉，倒也没说什么，只安抚性地摸了摸她的头说："哥哥会努力的，早点休息吧。"

听到哥哥的话，季书怡安心地笑道："谢谢哥哥。"

睡前，季书怡心里闷闷的，想给江丞打个电话，却又不知道打了该说什么，总不能直接问，如果爸爸不同意他们在一起他要怎么办吧。

算了，没到那一步，先不想了。

期末考结束，寒假前夜，京大舞蹈系和播音主持系联合学生会在篮球场举办了一场大型户外晚会。

虽然有很多学生考完试就回家了，但此刻的篮球场还是围满了人，只是现场依然不够炸，总感觉缺点激情。

“你家江丞呢？”陆知夏第一次主持校园节目，看着少了点激情的现场，趁着下台的空当戳着季书怡说，“你把他喊来呗，我这第一次主持活动，感觉这现场不够炸啊。”

“啊？”季书怡错愕了一瞬，说道，“那你喊江丞来不是起反作用，他往这儿一站，冷着一张脸，气氛不得瞬间冻住？”

“不会不会。”陆知夏笑着说，“你把他喊来，往你身边一站，现场准炸，因为他看你的眼神自带炸点。你是不知道上次你俩从食堂离开后，大家都说大魔王是不是被夺舍了。”

季书怡：“……”

“哎呀，你就喊嘛。”陆知夏催促着说，“你喊江丞，我顺便把陈星熠喊过来，不然本小姐第一次主持活动，现场就这气氛，这传到江湖上，我这面子往哪儿搁啊。”

说着就自顾自地拿出手机给陈星熠打电话，中途还不忘催促着季书怡：“你赶紧的啊，别扭捏。”

“好好好，我问问他忙不忙。”

季书怡倒也想问问他在干什么，毕竟五个小时前来到她教室门口跟她说有事要忙之后，就也不知道去哪儿了，她也不知道他忙完了没。

季书怡拿出手机，走到稍微安静点的地方拨通了江丞的电话，不出意外，这次江丞又是秒接。

她直接开口问道：“江丞，你忙好了吗？”

江丞立马回道：“忙好了，你现在在哪儿？”

“我在学校篮球场这里。”季书怡问，“今天学校不是有晚会嘛，你过来吗？”

“过去。”江丞说，“十分钟后到你面前。”

"好，我在这儿等你。"

此刻，舞台上三个男生正在跳街舞，街舞本就是一种能够点燃氛围的舞蹈，炫酷的舞姿在男生们帅气的颜值加持下，成功地将现场带入一个新的高潮，陆知夏满意极了，跟着围观的学生们一起尖叫呐喊。

而一片喧嚣中，季书怡的手机响了起来，是江丞的来电。

季书怡接通后就从人群往外挤，准备去迎他。

"啊？你都看到我啦？"

季书怡听着电话里的声音，下意识踮着脚在人群中寻找着，又问道："那你在哪儿呢？我没看到你啊。"

江丞看着在人群中挤来挤去的季书怡，皱眉道："你站着别动，我过去。"

季书怡立马回道："好，那我在这儿等你。"

她话音刚落，人群的尖叫声突然异常响亮，欢呼声、尖叫声夹杂着学生们的议论声开始传来——

"啊，我看到了什么？"

"三年了，江丞就没变过样！"

"江丞怎么能长这么帅，这简直就是破次元的帅啊，逆天了。"

…………

人群嘈杂，季书怡还在踮脚寻找着江丞的身影，忽然间，她感觉身后的人群猛地散开，正要回头，忽然有人从身后拍了拍她的肩膀，季书怡慌忙回头，在看清眼前人的瞬间陡然瞪大了眼睛，整个人惊怔地僵持在原地，不可思议地看着眼前双手插兜，嘴角噙着桀骜笑意的江丞。

他……他竟然换了发型。

此刻的江丞换上了一款半扎的武士头，额前留了两缕恰到好处的碎发，而这个发型像极了她去年在朋友圈发的那张漫画人物。

当时她觉得那张漫画人物特别帅，但她在现实中从没见过有人能把那款发型驾驭得完美。

可眼前的江丞，却让她觉得漫画失色了。

江丞看着眼前已经呆住的小姑娘，忽然噙着笑，在众目睽睽下弯下腰与她平视："帅不帅？"

江丞笑着对季书怡弯下腰的瞬间，现场人群再次响起一层喧闹尖叫，那声浪快要划破天际回荡在整个校园，久久不曾散去。

可人声鼎沸中，季书怡仿佛听到自己的心跳声如擂鼓一般，比这喧嚣的声浪更强。

仰着小脸已经看得失神的季书怡痴痴开口："好帅……"

看到小姑娘这痴恋的眼神，江丞内心已经爽疯了，眼角眉梢都染上了肆意轻狂的笑，不枉他在造型室傻坐了将近五个小时。

这也是他第一次花费这么长时间在自己的外形上，他以前过得随意，也不愿把精力花在这上面，觉得浪费时间，可若能博她一笑，这一切就都有了意义。

季书怡逐渐回过神来，盯着他忽然变长的头发，好奇地问道："你头发怎么长这么快？还突然就换发型了？"

江丞直起腰，不动声色地靠近她一步，低头回她说："头发接的，你说不喜欢寸头，所以我就养长了点，然后去接的。"

季书怡眼睫轻颤着，眨了眨眼，急忙说："我、我当时就是随口说着玩的。"

"说着玩也好，认真也罢。"江丞弯唇笑看着面前的女孩，"只要是你季书怡说的，我江丞都照做。"

季书怡蓦然心尖猛颤，这句话虽然不是什么甜言蜜语，却如山盟海誓般沉甸甸地袭击着她心底最深处的柔软。

他的发型更是让她忍不住确认道："你为什么会换这个发型啊？"

下一秒，她果然听到他说："在你朋友圈里翻到的。"

季书怡再次怔住，呆呆确认着："我去年的朋友圈？"

她的微信里只有至亲好友，发动态也没什么顾忌，去年看到一张漫画，觉得好帅，就随手发了一条，没想到江丞竟会如此上心。

正愣神，她又听到江丞桀骜肆意地笑着问：“怎么样？是不是你梦中情男的样子？”

看着他此刻的笑容，季书怡却鼻尖一酸，眼里涩涩地紧抿着唇，像是在克制着某种情绪。她没有回答他的问题，而是嗓音隐隐有些哽咽地说了句：“你傻不傻呀。”

因为她随口一句话，就为她做了改变，不知她会喜欢什么样的，就偷偷翻遍她的朋友圈去寻找她的喜好，然后一点一点把自己打造成她喜欢的样子。

虽然不会甜言蜜语，却又每一句都让她心里暖暖的。

虽然不会表达，但总在偷偷做着让她惊喜开心的事，也不会因为她的某句气话或不负责任的话就退步离去。

好像自从他说过那句“我以后都不欺负你了，我追你好不好？”之后，他便真的全心全意追着她不放了。

真的是这样吗？

她能肯定吗？

而此刻的江丞看着面前鼻尖泛红的女孩，心里有些发堵，他忍不住抬手摸了摸季书怡的发顶，有意用玩笑的语调哄道：“不傻，聪明着呢。”

他不知道该怎么追求女孩子，也不知道该怎么讨她欢心，甚至一开始总是做错，惹她生气。

或许也真的有点傻，不会说好听的话，只会偷偷地去慢慢探索着她的喜好，然后笨拙地去追求着她，期待早日光明正大地站在她身边。

他或许在恋爱里笨手笨脚，却依然想和她一人走到天荒地老。

季书怡被他逗笑，眼圈微微有些红，却笑得明艳动人。

此刻的人群早已从嘈杂变得安静，大家都一脸不可思议地看着仿如被夺舍的大魔王，这时人群中，陈星熠看热闹不嫌事大地喊了句：“这气氛都到这儿了，不亲……”

话音未落，就看到江丞目光精准地越过人群落到他身上，吓得他立马改口说：“不唱一首没法收场了啊。”

说着还故意带动人群，问了句：“大家想听大魔王唱歌吗？”

瞬间就听到众人齐声呐喊：“想！”

在大家如此高涨的热情中，江丞无奈地轻笑着，看着面前的季书怡问道：“想听吗？”

季书怡几乎是不假思索地笑道：“想！”

“那小仙女想听什么？”

季书怡被江丞惹红了脸，立马小声回了句：“随便你啦。”

江丞嘴角抑制不住笑意地说：“那唱一首应景的粤语歌，《喜欢你》。”

今夜的京大，注定狂欢。

尤其是江丞的出现以及他一系列操作让现场的人越聚越多，很多待在宿舍不想参加的人都被各自的朋友拉来一起狂欢。而明明只是两个系的学生自发组织的晚会，硬是发展成了比以往任何一场官方晚会都要热闹。

伴奏响起，伴随着江丞低沉磁性的嗓音，现场逐渐升温。

尤其音乐进入高潮，所有人情不自禁齐声伴唱，现场的所有人都因江丞一人进入了一种疯狂的自我陶醉中。

只有人群中的季书怡平静地看着舞台上唱歌的江丞，原来他唱歌这么好听，而此刻万众瞩目的他，全程都只看着她一人。

季书怡不得不承认，那一刻她是享受且得意的，而更多的是一种发自内心的动容，完全无法抗拒地向他沦陷。

季书怡开心地低头笑了，有种被甜蜜疯狂狙击的快感。

这还是江丞第一次看到季书怡笑得那般甜蜜动人，还是因他而笑，如果可以，他甘愿沉溺在她的情海里。

其实现在是最适合表白的，可他能感觉到小姑娘心里依然在考察着他，便也不想逼她去做什么决定，更不能把她推到众人舆论和目光中，看着她踌躇不安、进退两难，从而来满足他的私欲。

毕竟一个女孩子没有明确想要答应你，而你却忽然在众目睽睽之下表白，逼对方给予回应，这不是浪漫，而是道德绑架，更会让对方陷入进退两难的境地中。

这种错误他已经犯过一次了，他不允许自己再犯。

一曲落，所有人意犹未尽地齐声喊道："再唱一首！"

大魔王的柔情体验卡已过期，江丞无奈道："不唱了，你们玩吧。"

在众目睽睽下，穿过人群走到季书怡面前低头小声问了句："好听不？"

季书怡不再傲娇，而是忍不住俏皮地冲他开心说道："好听。"

江丞笑了，附在她耳边说："来给你朋友炸场，我有奖励吗？"

来的路上，他收到了陈星熠的消息，得知小姑娘竟然有喊他来炸场的意思，十分得意。

已经欢喜过头的季书怡并没有好奇江丞是怎么知道是喊他来炸场的，只以为是自己跟他说的，便顺口问了句："那你想要什么奖励啊？"

然而自己话音刚落，她瞬间像想到了什么似的，直接否决道："不行！"

还没开口的江丞没脾气地笑道："不错，我家小仙女都学会抢答了。"

季书怡娇嗔地冲他哼了一声，正要再说什么，忽然音乐响起，一首《日不落》，是陆知夏的声音，季书怡立马望去，竟发现陆知夏和陈星熠站在一起，像是要合唱。

两个活宝再加上一首传唱度极高的《日不落》，成功地将现场带动成了大型户外音乐节。

陈星熠带头，陆知夏辅助，画面逐渐欢腾，众人纷纷跟着音乐尽情摇摆。

季书怡见状，无语地笑着说："这陈星熠挺会啊。"

话音刚落，忽然季书怡不知被谁推搡了一下，轻呼一声，整个人直接撞进了江丞怀里。

江丞得意地笑着，而季书怡则是满脸幽怨地从他怀里仰起头，郁闷地嘟囔着，小表情十分可爱。

此刻人群都被陈星熠吸引，江丞趁机低头贴在季书怡耳边说：“不和他们玩了，我们走吧。”然后直接牵住她的手就离开了人群。

“去哪儿呀？”被牵着的季书怡小跑着跟上他的步伐。

星辰夜幕下，只见身穿黑色外套的男生迫不及待地将身边的漂亮女孩从喧闹的人群中牵走，穿越偌大的篮球场，来到昏暗的角落里，强势地将女孩抵在墙角，深情地吻了下来。

缠绵过后，季书怡伸手推他，江丞意犹未尽地看着她，开口道：“不抗拒我了？”

季书怡红着脸打他的肩膀：“你不要脸！”

江丞毫不在意，继续死皮赖脸地笑看着她，应和道：“嗯，我不要脸，只想要你。小仙女，都这么久了，能给我个准话了吗？”

天哪！季书怡感觉今天这男人有点蛊！

“季书怡，你要不要做江丞的女朋友？”江丞正色道。

“要……”

习惯被她拒绝的江丞，以为她又会拒绝，过了半晌才反应过来，兴奋地低头求证：“你刚才说什么？”

季书怡红着脸，望着面前好像已经开心到傻掉的人，故意道：“忘了。”

江丞低头看着她含笑的傲娇小模样开心疯了，直接把人紧紧抱在怀里，开心道：“我听到你答应了。”

那一刻，被他紧紧搂在怀里的季书怡清楚地感受到他的心跳，仿若是在平静的湖面上投下一颗巨石，激起千层波浪，久久无法平息。

随即，江丞立刻保证道：“我一定会对你好，让你永远都不后悔今天的决定。”

他说不好甜言蜜语，只会用这种直白的保证来表达想宠她一辈子的决心，来表达他内心想要给予的所有山盟海誓。

季书怡闻言，一颗心都要被甜化了，小脸埋在他胸口，娇嗔地小声嘟囔一句："只是答应做你女朋友，又没答应嫁给你。"

江丞听着她小声嘟囔的声音，桀骜轻狂地笑着说："也就早晚的事。"

季书怡无奈地笑着在他腰上掐了一下说："自恋！"

此时，季书怡的手机响了，是陆知夏的来电。

季书怡立马接通就听到陆知夏问："你俩人呢？活动快要结束了你俩还过来吗？"

季书怡急忙说："这就过去。"

今晚，她一颗少女心被江丞撩得怦然不停，有点亢奋，迫不及待想要把亢奋值拉满。

挂了电话，季书怡望着江丞说："陆知夏喊我们过去。"

她眨了眨眼，忽然踮脚凑近江丞说："你再给我唱一首歌好不好？"

江丞看着面前忽然踮脚凑到眼前的季书怡，别说让他唱歌了，让他干什么都行。

就这样，二人一起往陆知夏那边走去。

待二人走远后，躲在角落里的宋凝，看着二人的背影，许久未回过神。

原来，这世上没有什么大魔王，不过是只对一人温柔罢了；也没有什么无情冷漠，不过是只对一人细心体贴罢了。

她从未想过，江丞那样一个冷漠嚣张的人竟会对季书怡无限宠溺。

其实在今夜之前，宋凝依然在心底抱有一分幻想，幻想他对季书怡只是一种别样的"欺负"，等他腻了，或许她还有机会。

可如今她却对江丞一点心思都没有了，因为她知道他们之间永远不可能。

而她也无意偷听，只是恰巧路过罢了。

等宋凝再次回神时，听到远处响起了江丞的歌声。

今夜的狂欢，注定是他们之间最动人的记忆。

而她，也是时候该放下了。

第五章

Chapter.5

沦陷

翌日清晨。

季书怡恍然惊醒，睁眼的瞬间就听到自己有些慌乱的呼吸声，然后呆愣地盯着天花板，好半晌后才慌忙扯着被子把自己的脸蒙了起来。

然后，藏在被子里支支吾吾地自言自语道：“季书怡，你怎么能做那样的梦！”

原来，昨晚江丞把她送回家后，玩嗨的季书怡很快就进入了梦乡，然而做了个跟江丞结婚的梦。

实在透不过气，季书怡露出乱糟糟的小脑袋，趴在枕头上咬着自己手指，竟然忍不住考虑起江丞身体的问题。

想到上次在意大利解开他睡衣看到他胸口的伤疤，他受过那么多伤，会不会留下什么后遗症？

正彷徨着，忽然手机响了起来，是江丞的来电，季书怡心虚地慌忙接通。

“小仙女，在干吗呢？”

“在想你——”差点脱口而出的季书怡及时止住声音，慌忙捂上自己的嘴巴。

然而，她刚脱口而出的三个字足以让江丞感到幸福，他故意笑着反问道：“小仙女刚才说什么？”

缓过神的季书怡幽怨道：“没什么。”

江丞立马笑着改口说："宝贝是不是在想我？那宝贝出门吧，我在你家门口。"

"啊？"季书怡噌地坐起身，"在我家门口干吗？"

江丞无奈道："昨天不是你说要去我车队玩的吗？"

"是有这么回事儿，"季书怡这才后知后觉地说道，"那你等我一会儿，我这就起床洗漱。"

季书怡立马掀开被子，下床时听到电话那头的江丞说："不着急，你慢慢来。"

挂了电话，季书怡就火速冲进浴室洗漱，但即便如此，等换好衣服出门时，也已经过去一个小时。

季书怡走出家门，原本已经完全平复下来的小心脏在看到江丞的一瞬间，感觉又"扑通扑通"地跳了起来。

坐进车里，江丞看着一旁小脸通红，整个人都不自在的季书怡，担心地问道："不舒服吗？"

他下意识抬手，想摸一下她额头的温度，可季书怡看着他伸过来的手，却心虚似的慌忙抗拒道："你别碰我。"

江丞见状急忙问道："怎么了这是？如果不舒服，我们就先不去了。"

"没有不舒服。"季书怡别过头，把车窗打开了点，掩饰性地催促道，"你快开车吧，就是刚出门有点热而已。"

江丞不放心地看看她说："那我把车里的温度调低点。"

季书怡依然别过头不敢看他，只轻声应了句："好。"

车子启动后，江丞还是不放心地时不时偏头看看季书怡。

而心里藏着事儿的季书怡也时不时地打量着江丞，只是偷偷打量时不巧刚好撞进江丞偏头看她的视线里，吓得她慌不迭地别过头看向窗外。

江丞："……"

此刻，看向窗外的季书怡感觉车速猛然加快，接着直接拐出了主干道，几分钟后，车子在一处可停车的路边稳稳停下。

季书怡还未来得及出声，便被江丞直接用手强势地让她扭过头，盯着她的眼睛好奇地问道：“你这小脑袋瓜里想什么呢？”

他眉峰微挑，霸道强势：“给你机会主动说，否则等我逼问，宝贝一定会后悔莫及。”

近在咫尺的距离加上微冷的音调，尤其是那双足以震慑人心的眼睛盯得季书怡忍不住哆嗦开口：“就……就做了一个梦而已。”

江丞继续问道：“什么梦？”

“就，就……”季书怡忐忑不安，整个人慌张地组织着语言继续道，“就是梦到我们结婚了……”

那一瞬间，江丞呼吸沉重地盯着小姑娘看了好一会儿：“所以宝贝这一路上心神不宁的，是在担心这个？”

他直接掏出手机给陈星熠打了个电话：“今天不去俱乐部了，有事给我打电话。”

甚至还不等陈星熠出声就直接挂了电话，然后松开季书怡，只交代了句：“宝贝坐稳了。”

季书怡忐忑不安地问道：“去，去哪儿？”

但她没有得到江丞的回应，耳畔只有车子重新启动、江丞猛踩油门的声音。

一路无声，季书怡一颗心扑通乱跳，直到二十分钟后，车子在一栋别墅前停下。

季书怡看了眼别墅，错愕地问：“这是哪儿？”

江丞终于出声回应：“我家。”

话落，季书怡一脸郁闷地问道：“来你家干吗？”

江丞又没出声，直接把人带进自己房间，然后迅速关上房门，直接把人抵在门后，让季书怡心尖发颤。

“江丞，”季书怡仰着脸，推他，“你干吗？”

季书怡望着头顶满眼藏欲的男人，这一刻，她才恍惚明白，为什么会有好多人喜欢他，因为他身上有种特别吸引人的劲头，往日冷妄时只一个眼神就能让人望而生怯，野性难驯的时候也让人完全没辙，而眼下蛊人撩情时又是另外一种极端。

让她差点失了心。

恍然回神，慌忙摁住他不知何时已经抚上她腰部的手："你冷静点。"

被摁着手的江丞看着怀里眼睑轻颤、满脸害羞的季书怡，低低笑出了声，故意压低嗓音："冷静不了。"

这一句话让季书怡的脸更红了，只紧咬着唇，双手捂上了自己的脸。

江丞看着羞得捂住脸的季书怡，忍不住又低声地笑了笑，故意追问："宝贝怎么不说话了？"

他说话时，抚在她腰间的手故意向上蹭了蹭，季书怡瑟缩了一下，慌忙推他："你耍流氓！"

又静默了几秒，季书怡低声唤道："江丞……你，你越界了。"

江丞喉结滚动，小姑娘根本不知道自己这副捂着小脸，从指缝看他的模样有多诱人，多好欺负。

但江丞把她带来自己家，只是单纯想逗逗她，但现在她这副模样让他的忍耐力近乎崩溃，无奈下，他只急声说了句："那主动亲我一下。"

"好。"

季书怡十分乖巧地立马亲了他一口。

江丞揉了揉季书怡的头，柔声说道："我去洗个澡。"

等季书怡回过神时，江丞已经进了浴室，只剩她两眼发怔，大脑里疯狂飘着一个念头。

她越想越慌，然后趁他洗澡，慌忙逃跑了。

很久之后，江丞裹着浴巾从浴室出来，看着空荡荡的房间，倒是一点儿没意外季书怡会逃跑。

江丞穿上衣服，刚一出门就看到门口站着的有事要汇报的管家。

“少爷，您带来的女孩开您的车走了。”

江丞：“知道了。”

管家不安地提醒道：“开的……是您那辆黑夜之神。”

江丞：“知道了。”

管家闻言微怔了一瞬，不放心地重复道：“就是那辆陈少爷来要了多少回，您都不愿意借的那辆。”

江丞有些不耐烦，皱眉道：“我知道。”

管家见状，内心万分不解，明明他家少爷最宝贝的那辆车，就这么被这小姑娘轻易开走了？

季书怡到家时，天已经黑了，玩了一天的她先洗了澡，然后舒舒服服地泡了个牛奶浴。

已经开始自学下学期课程的江丞看到手机提示，了解到季书怡已经到家了。

下午时他怕她羞于面对他，又怕打扰她玩，便一直没联系她，见她到家了，便立马给她打了个电话。

“对不起，您所拨打的电话暂时无人接听……”

一连打了三次都是无人接听，会不会因为上午的事，又生气了？

江丞瞬间就慌了，急忙给小姑娘发语音：“宝贝在干吗？”

可等了十分钟，江丞都没有收到回复，他一下子十分心慌，立马又发了条语音：“生气了吗？”

刚发完，他又不放心地打了个电话，但仍旧无人接听。

江丞的脸色瞬间沉了下来，想着她说过“不接电话，不回短信，就是在生他的气，要立马出现去哄她”，他一刻不敢再耽误，穿上外套就开车赶了过去。

刚到季书怡家时，江丞没想到管家竟直接就让他进去了。

自打季书怡昨晚接受江丞的表白后，回家便特意叮嘱管家，说以后江丞来就让他直接进来，也交代多喜以后看到他来就让他直接上楼找她。

“江少爷，”正在客厅擦洗花瓶的多喜看到江丞直接问道，“来找我们书怡小姐的吗？”

江丞立马回道：“对，她在家吗？”

多喜第一眼看到江丞的时候，就觉得这个男孩子长得真帅，跟书怡小姐简直太般配了。上次，看到他在楼下等她家小姐等了一夜，便对这个男孩子很有好感，很想他跟书怡小姐好好的，眼下看到他来，便立马说：“我们小姐在楼上，回来有一会儿了，刚给她送了点心上去，应该在吃东西，您直接去找她就行。”

江丞难得礼貌地回道：“好，谢谢。”

多喜看着急匆匆上楼的江丞提醒道：“三楼最边上，门口有个齐天大圣的房间就是。”

上了三楼，江丞看到门口挂着的手拿金箍棒的齐天大圣，抬手敲了敲门，敲了几遍后没有回应，便试探性地扭了一下门把手，没想到竟直接打开了。

“书怡。”

江丞环顾四周，喊了声，却没有回应，他听觉灵敏，隐隐听到有动静传出，下意识地朝着声音传来的方向走过去：“宝贝在房间吗？”

“啊，我在！”

刚洗完澡的季书怡在卫生间磨磨蹭蹭的不好意思出去，但又想着江丞这么晚赶过来会不会有什么急事？挣扎了好一会儿，才硬着头皮走了出去。

一打开卫生间的门，就看到站在门口的江丞，而听到声音的江丞也下意识转身看她。

季书怡让他在沙发上坐下，认真问道：“你这么晚来我家干吗？”

江丞很自然地就接了句：“来哄你。”

“哄我？”季书怡郁闷地反问，“我好好的，没什么要你哄的。”

说完还心虚地嘀咕了一句：“我还以为你是来找我要车呢。”

江丞闻言，满不在乎地对她说：“那车你要是喜欢，我送你。”

转而，他满心焦急地问道：“为什么不接我电话也不回我短信？我还以为又惹你生气了。”

季书怡在他忧心的视线里眸光微怔，她没想到他竟然是因为这个原因跑来的。

她之前跟他说过，只要她不接电话，不回短信就是生气，要哄。没想到他真的记着她说过的每句话，然后付出行动。

以前，很多人都说江丞脾气差、没耐心甚至很冷漠，就连当初的她也是这么想的，但她怎么都没想到，江丞也可以这样好脾气、有耐心甚至宠溺热情。

“我没生气。”

季书怡忽而坐在江丞旁边，抱着对方的胳膊，歪头解释道：“我刚才在洗澡，手机不在身边。”

忽然被她抱着胳膊的江丞，再看着小姑娘近在咫尺的精致脸庞，只能极力克制着，继续问：“洗澡洗这么久啊。”

季书怡尴尬地眨眨眼，小声嘟囔道：“泡澡的时候不小心睡着了。”

因为她靠得太近，此刻的江丞有点不敢再看她，慌忙不动声色地挪开视线，再次确认道：“宝贝真的没生气？”

“真没有。”季书怡见他神色不对劲，以为是担心她的情绪，急忙又补充道，“我真没生气，以后我如果生气了，我会主动跟你说。”

江丞这才收回视线重新看着她的眼睛，见她满眼真诚，似乎真的没有生气，顿时松了口气：“那就好。”

“那我回去了，一直这样待在你房间不好。”说着就站起身，还快语交代了句，“晚上早点睡。”

季书怡也觉得不太好，也就没留他，只是当她看到江丞就这样头也不回，好似一点不留恋她，大步流星地朝外走的样子，顿时就不高兴地扁了扁嘴，冲着他的背影说：“你不想亲我一下再走吗？我们才确认关系第二天你就这么敷衍。”

江丞的脚步忽悠顿住，立马转身折回去在她面前站定，低头搂着她的腰吻了下去。

等季书怡再次回神时，已经被江丞抱到床上，盖好被子，耳边还残留着他的那句：“宝贝晚安。”

季书怡越想一颗心越感觉暖暖的，她红着脸，小手抓着被子向上扯着把自己蒙了起来。

第二天，季书怡有点羞于见江丞，只让人把他的那辆爱车送了回去，然后连着一周没见他。

这天晚上，陆知夏约她还有其他几个小伙伴一起去音乐酒吧玩。

正喝着水蜜桃味果酒的季书怡脑袋里瞬间就蹦出了江丞的样子，但仅沉迷了一秒就慌忙摇摇脑袋驱散对他的念想，甚至急忙喝了口果酒静心，只是嘴里的果酒还没咽下肚，手机不适时地收到一条微信提示。

季书怡拿出手机一看，竟然正是刚才脑袋里想的人。

江丞：在干吗？

季书怡咕咚咽下嘴里的果酒，竟是回了一句——

季书怡：在家睡觉。

此刻正站在她身后不远处的江丞正紧盯着季书怡的背影，看着她回的消息，嘴角无意识地微微下沉，边朝她走去，边又发了条消息——

江丞：睡得着吗？要不我陪你喝两杯再睡。

看到这条消息的季书怡瞬间一脸蒙，然后紧张地瞪大了眼睛，还未来得及有任何反应，腰上便伸来一只手。

季书怡猝不及防地惊叫出声，待看清抱她的人时，更是瞬间慌乱：“江、江丞。”

江丞没有回应她而是直接对她的小伙伴们说：“你们接着玩，今晚的消费全部我买单，这姑娘我带走了。”说完不等陆知夏他们反应就直接抱着季书怡转身离开了酒吧。

说谎被抓现形的季书怡心虚到不敢出声，只大脑飞速运转，想着该怎么跟江丞解释。因为此刻被他抱在怀里，她能感觉到江丞身上像冒着冷气似的，有点吓人。

只是她还没想好如何解释，就已经被他抱出酒吧，放进了他的车里。

江丞上车后，单手搭在方向盘上，面无表情地偏头，盯着满眼紧张又心虚的小姑娘，缓缓开口道：“给你个主动解释的机会。”

季书怡心里“咯噔”一下，眨了眨眼，她也不知道该怎么把这件事糊弄过去。

气氛凝固了几秒。

见她不说话，江丞眼神微冷，咬牙切齿道：“小姑娘挺会啊，不是在家睡觉吗？”

他嗓音微冷：“一周不见我，怎么，躲我？”

“不是的。”季书怡见他好像误会什么生气了，急忙说，“没有躲你。”

“我……”季书怡攥了攥手心，看着他微怒的神情，难为情地眨了眨眼后避开他的视线低下头小声地说，“就……就这两天不敢见你。”

“那为什么不敢见我？还骗我。”

季书怡慌忙紧闭上眼，一股脑儿地说出心里话："不敢见你是因为怕我们发展太快了……"

向来思维灵敏的江丞花了好几秒才反应过来她说的话，原本他以为是哪里做得不好惹她嫌弃，没想到他的宝贝竟是怕她自己失控于他。

片刻后，江丞忽而扬唇笑了："别怕，我不会做违背你意愿的事。"

他虔诚的话语让季书怡一颗心瞬间安定下来，感到无限安心。

"那我解释清楚了，这个话题不许再提了，你这会儿来找我干吗？"

江丞这时才拿开她捂着自己眼睛的手，皱眉道："你这姑娘有没有良心？你几天没见我了？"

季书怡理亏地扁了扁嘴，却理不直气也壮："还不是怪你，让我不敢见你。"

"你……"江丞看着眼前理不直却气壮的人，无奈道，"对，怪我，怪我魅力太大。"

季书怡羞涩地瞪了他一眼，别过脸不看他，却被江丞直接伸手，捏着下巴把脸转了过来。

只见江丞看着她的眼睛，眸光微眯："宝贝是不是该解释一下偷偷来酒吧这件事。"

季书怡心虚地咽了咽口水，二人四目相对，静默了几秒后，季书怡忽而嘟着小嘴凑上去，在江丞唇上亲了一口。

江丞眯着的眸子豁然睁大，接着便听到面前的人一本正经道："你就别跟我计较了。"

甚至不等他反应，就又凑上去亲了一口，撒娇道："行不行呀？"

明知道她这是在敷衍他，可这撒娇的小模样，一下子就让江丞心神荡漾。

他轻咳一声，然后佯装冷漠地警告了句："下不为例。"

季书怡松了口气，笑道："保证下不为例。"

江丞顺势就说："那明天陪我。"

季书怡连连点头："好。"

翌日，阳光明媚，江丞的C·Y赛车俱乐部聚集了很多好友。

江丞牵着季书怡出现的时候，陈星熠率先笑着朝大家喊了一嗓子："大家快出来见大嫂。"

季书怡："……"

江丞看出季书怡的不自在，顿时对陈星熠警告了句："你正经点。"

"阿丞。"

此时，一道兴奋欢喜的声音从大厅传来，这称呼让季书怡下意识寻声望去——只见一个混血长相的漂亮女孩朝江丞小跑而来，但对方却在看到她后，忽而脚步微顿，目光直接落到了江丞与自己牵着的手上。

没等季书怡琢磨透那漂亮女孩的眼神时，那女孩已经换上一副落落大方的模样，笑着走到了她面前，甚至还主动跟她打招呼："你好，我叫简薇。"

那热情大方的模样让季书怡恍惚间觉得是自己是不是想多了，便也笑着礼貌回道："你好，我叫季书怡。"

旁边的江丞见状，立马就接了句："书怡是我女朋友，要喊嫂子。"

"哦。"简薇只轻轻浅笑，却没应声，只立马笑着转移话题道，"快进去吧，大家都在等着呢。"

今天是俱乐部的人聚在一块野炊的日子。

季书怡被江丞牵着走到后院的草坪时，远远地就看到手持金箍棒立在草坪上的齐天大圣模型，她瞬间惊喜得两眼放光："怎么有个齐天大圣在这儿？这个大圣超酷！"

说着，季书怡直接松开江丞的手朝着大圣模型跑了过去。

忽然被抛弃的江丞郁闷地抬眸看着季书怡跑走的背影，无奈轻笑，快步追了上去。

季书怡摸了摸大圣模型，又看着跟上来的江丞，好奇道：“这里怎么会有个大圣？”

江丞理所当然地回道：“给你准备的，喜欢吗？”

他不知道季书怡为什么这么喜欢齐天大圣，可他能看出来小姑娘每次看到大圣的时候都会很开心，甚至在房间门口还放了一个，好像大圣是她心灵的守护神一般，能够让她安心。

而今天他把小姑娘带来俱乐部见他的朋友，他怕陌生的环境会让她不自在，便让人摆了一个大圣模型在这里，希望她可以玩得开心，待得安心。

季书怡听得眸光微怔，忍不住笑着回应道：“喜欢。”

这时，她突然想起上次学校举办野外集训的活动奖品里也有齐天大圣，而且那场活动的赞助商好像就是江家。

季书怡像是忽而想到什么，仰头看着江丞试探性地问：“所以上次学校野外集训的奖品也是你设置的？”

“嗯。”江丞在她有些期待的视线里如实道，“我负责安排那场活动。”

季书怡听完，微微叹了口气，对他说：“江丞，以后你为我做了什么，都得告诉我知不知道？不然你总是默默地为我做事，万一我以为是别人做的，跟别人跑了，你多吃亏。”

江丞闻言，突然面色冷沉地皱眉反问：“你说什么？再说一遍。”

看着他这冷妄的眼神，季书怡瞬间明白自己这时踩到他的底线了，急忙笑着改口道：“我说我家男朋友越来越会谈恋爱了，这恋爱体验感真好。”

但江丞并没有被轻易糊弄过去，他嗓音清冽，弯腰看着季书怡的眼睛坚定道：“你敢跟别人跑，那我就算追到天涯海角，也会和你纠缠一生！”

江丞突然的认真，让季书怡的心“咯噔”一下，她咽了咽口水，然后皱着小脸做最后的挣扎：“你敢！”

江丞忽而直起腰，居高临下道：“那你就试试看。”

被这冷妄眼神震慑到的季书怡，缓了两秒后，忽然一脚踢在江丞的小腿上，不服气地朝他嘟囔一句：“你没事吧！”

后来季书怡才发现，她怎么闹他都不在乎，但唯独不能提这类“跟别人跑”的话。

刚巧此时，宋玉走了过来，笑着对季书怡调侃道：“季小姐，把你男朋友让我借走一会儿呗。”

季书怡仿若赶瘟神似的，立马很嫌弃地摆着手连声说：“赶紧借走，赶紧借走……”

江丞：“……”

好想蹂躏她！

可非但不能这样，还要叮嘱道：“我一会儿就过来。”

“知道了。”季书怡淡淡应了声。

接着她就朝陈星熠那边走去，只见对方正在整理一会儿烧烤要用的食物，而陈星熠看到季书怡过来后，竟直接把活儿丢给她说：“季书怡，快过来，这里交给你了。”

季书怡顿时皱着脸：“你喊我什么？”

“嫂子！”陈星熠的临场反应那叫一个快，立马讨好地笑着交代说，“帮忙把荤素分开，谢谢！”说完，还没等季书怡同意就直接甩摊子走人了。

季书怡：“……”

算了，分就分吧，闲着也无聊。

只是她刚开始干活儿没多久，那个叫简薇的女孩也走了过来，站在她旁边笑着说：“我们一起吧。”

季书怡也笑着回应：“好呀。”

简薇顺手拿过一些食材进行分类，然后悄悄偏头看了眼季书怡，笑着说："阿丞也真是的，怎么把你带来就丢到一边了，还让你干活儿。"

这话让季书怡心里有些许咯硬，但她倒也没深想，只笑着说："没事儿，这又不累，就当玩了。"

"也是。"简薇脸上一直挂着笑，忽然问了句，"你们在一起多久啦？"

季书怡大方答道："今天刚好第十天。"

听到这里，简薇的眼神明显亮了一瞬，笑意也更明显了些："是你追的他吧？"

季书怡这时才感觉到气氛不对，她果然没看错，眼前的女孩的确不太待见她，但她倒也不甘示弱，直接云淡风轻地回她说："是他追的我，死缠烂打很久我才答应的。"

简薇忍不住轻哧一声，好似听到了鬼故事一般，敷衍性地"哦"了一声，又问："你也是京大的吗？"说着还故意加了一句，"抱歉啊，阿丞从来没有跟我们提起过你，所以不太了解。"

季书怡心底失笑，跟她装模作样，那她就好好陪她玩玩。

她偏过头，露出一脸人畜无害的样子看着简薇说："是吗？可是我跟陈星熠和宋玉他们都认识呀，不会只有你不知道吧？你放心，江丞来了我就说他，他真是太不重视你这个朋友了，怎么告诉了所有人，却单单忘了告诉你呢。"

"你……"

简薇倒是没想到，眼前的女孩生得一副柔弱恬静的模样，没想到还挺伶牙俐齿的。

她努力控制好表情，继续笑道："你们才在一起十天，我想你大概都不了解他吧，我们和星熠、宋玉哥从小一起长大，父辈也都是生死之交，对了，这家俱乐部就是阿丞成人礼时在英国开的，赛车是他唯一喜欢的事，他喜欢那种挑战极限的感觉。"

"对了，前段时间他刚破了一项赛车纪录，当时我们也是在这里给他庆祝的……”说着简薇忽然停顿了一下，继续道，“抱歉啊，那时候还没有你。”

季书怡漫不经心地听着，听她说完后，满不在意地随口应了声：“哦。”

但脑袋里却在想，手里的这串土豆一会儿烤出来应该很香。

说了一大堆话的简薇却只得到了对方一个漫不经心的“哦”字，她就像一拳打在了棉花上一样，顿时无力又窝心，只能不甘心地继续笑道：“这么多年，他身边只出现过我一个异性，小时候还为我跟别人打过架，你别看他把你带过来，然后晾在这儿，好像很冷漠似的，其实他这人对在乎的人很重情义的……”

说着，又忽然尴尬地揶揄了一下：“不好意思啊，我不是说他对你不是真心的，你千万别多想啊，他这人可能就是不会谈恋爱罢了。”

“不会。”季书怡一脸纯真无害地看着简薇说，“他可会谈恋爱了，天天宝贝长、宝贝短地追着我哄，好像……不了解他的是你吧？”

简薇听完，彻底忍不住笑出声，有些嘲讽地说：“我承认我是喜欢他，但你也不必为了让我吃醋，说这些连鬼都不信的话，他是什么性格，我太了解了——”

“宝贝，要不要喝东西？”

这时，江丞远远地就喊了一声，然后拿着果汁走了过来。

这一声，直接让简薇愣在了原地，以往一切固有认知坍塌得粉碎。

她一脸难以置信地确认了好几遍走过来的是不是江丞，是不是她认知里那位毒舌又冷妄的少年。

江丞走到二人面前，直接绕过简薇，走到季书怡面前，低头柔声问道：“要不要喝？温的。”

季书怡也没想到他会这个时候出现，眉开眼笑地看着他：“要喝。”

看着江丞竟然主动为季书怡拧开瓶盖，简薇十分不甘心，表情也快要控制不住了。

紧接着，她又听到江丞对季书怡说："去旁边坐着，剩下的我来分。"

简薇顿时气得攥紧拳头，以前他们在一块玩的时候，他从来不会做这些，这个季书怡到底使了什么手段让他变成了这样。

"我也要喝水。"简薇不服气地冲江丞喊了声。

正打算分烤串的江丞没觉得简薇是在跟他说话，仍旧自顾自地问季书怡喜欢吃什么，直到简薇又喊了声："阿丞，我也要喝水。"

江丞这时才漫不经心地抬起眼皮看了眼简薇，略显不耐烦道："要喝你自己去拿啊，难不成我现在能给你变一瓶水出来？"

"噗……咳咳！"

这句话让季书怡没忍住将口中的果汁喷了出来，呛得她直咳嗽，一旁的江丞吓得慌忙抽了几张纸给她擦嘴，同时轻轻拍着背，给她顺气说："你小心点喝。"

这反转的态度让简薇更生气了，直接转身走了。

可季书怡发誓，她真的不是幸灾乐祸，她完全是被某人这张嘴给惊到了。

幸亏江丞颜值满分，能文能武，否则这家伙迟早会因为这张嘴被人教训！

"咳……你这张嘴啊。"缓过劲的季书怡无奈地忍着笑，看着江丞道。

毫不自知的江丞，一脸郁闷地反问道："我怎么了？"

季书怡看着完全不自知的人，笑着说："你也只有在接吻的时候才不讨厌。"

江丞先是神色微怔了一瞬，然后暧昧地看着季书怡，笑着道："宝贝想亲啊？可这里不行，人太多了，还到处都是监控。"

他眼神愈加不清白地看着她低语道："乖，忍一忍。"

"谁想亲了！"季书怡羞愤地打了江丞一下，转而突然问道，"你是不是很有经验？”

江丞郁闷解释道：“我只吻过你一个人，以后也只会吻你。”

见他着急解释的样子，季书怡心情大好，但还是忍不住嘟囔一句：“那你怎么这么会？”

江丞低眸看着含羞带笑的女孩，忽而坏心思地低头凑到她耳边：“因为吻的时候……都是看着宝贝表情来的。”

季书怡瞬间耳根都红了，她嗔怪地瞪着他把人推开：“我不想跟你讲话了，闷骚。”

而自己拿完饮料折回来的简薇刚好看到这一幕，她看着脸红的季书怡气恼地把江丞推开，而江丞竟然一点不恼，还笑得像捡了什么宝似的，她攥紧手掌，手中的饮料瓶不知不觉都被捏得变了形。

明明是她一直陪在江丞身边这么多年，凭什么被一个从天而降的女孩捷足先登，他受伤的时候，是她担心得一夜睡不着，以前那些有危险的日子，也是她陪着他度过的。

而现在好不容易一切稳定了，却被她季书怡捡了便宜。

好不甘心！一点都不甘心！

宋玉他们烤东西的时候，江丞带着第一次来的季书怡在俱乐部里观赏。

季书怡也去过很多俱乐部玩，可是江丞的俱乐部是她见过最有特色的。

简薇看着在季书怡面前介绍俱乐部的江丞，感觉他好像变了一个人，但又好像没变，大概是多了很多耐心和笑脸。这一幕，她看得刺眼，便故意打断他们喊道：“阿丞，你上次比赛的奖杯呢？怎么一直没拿来？”

她故意看了眼季书怡，得意道：“那些奖杯可一直都是我打理的。”

江丞云淡风轻地看了眼简薇，然后将目光落回季书怡身上：“那奖杯给她拿回家玩了。”

“什么？！”简薇惊诧又恼火，“你怎么能把奖杯给她拿去玩，那场比赛对你来说有多重要，你自己不清楚吗？”

季书怡听完瞬间就不高兴了，简薇说这些是什么意思？想表达她任性不懂事？还是想提醒她，她简薇比她更配待在江丞身边？

还有，江丞是看不出简薇喜欢他吗？

她可受不了这气，但也不想直接跟对方发脾气，这样显得她很没家教，便直接甩开江丞牵着她的手，一句话不说，直接转身就走了。

被甩开的江丞急忙反手握住季书怡的手腕，急声问：“怎么了？”

被拉住手腕的季书怡不高兴地再次甩开江丞的手，但却没甩掉。

“你松开我。”季书怡不高兴地冲江丞闹情绪道，“你跟她接着聊吧，我在这儿有点碍事，先走了。”

“我不松。”

江丞急声应着，他非但没松手还握得更紧了。若是以前，他肯定看不出来她这是生气了，可是现在，只要她一皱眉，他就控制不住地慌，知道她是生气了，便立马贴上去哄：“宝贝怎么不高兴了？”

季书怡耷拉着脸不理他，又挣扎了几下，但依然没挣脱掉，索性直接朝外走，而一直没松手的江丞急忙跟了上去。

简薇看着走远的两人，气得直跺脚，她季书怡怎么能让在她心里那么不可一世又孤傲的江丞如此低三下四地哄她。

季书怡气呼呼地走了好一段距离，才忍不住回头冲紧跟着她的人喊了句：“你抓疼我了。”

江丞这才松开她的手腕，却又直接把人扯进怀里说：“那我抱着，抱着不疼。”

反正就是不放她走。

忽然被揽进怀里的季书怡听着江丞低声哄人的话，不知怎的，心里的气瞬间就消散了许多，只嘴上还依然扭捏傲娇地嘟囔道：“你别抱我。”

江丞不理，依然牢牢圈着她不放，低头看着她问道：“别生闷气行不行？哪儿不高兴了？”

季书怡在江丞一声又一声的低哄中逐渐消了气，仰头看着江丞直接开口：“我不喜欢简薇喊你阿丞。”

本来也就是一个朋友间的称呼而已，不该计较，可这简薇太让她讨厌了，莫名摆出一副女主人的姿态，拐弯抹角地说教她。

江丞听完，立马保证道：“那我以后都不准她这么喊。”

季书怡心里舒服了点，继续道：“她还在我面前炫耀说你为她打过架，这有什么好炫耀的呀。”

“谁为她打架了。”江丞急忙解释，“小时候他们三个都是㞞包，还爱惹事，我总不能看着他们被打啊，哪是单独为她打架了。”

季书怡忽然眸光闪烁了一下，眨了眨眼，重新板起小脸望着江丞，认真问道：“你知道简薇喜欢你吗？”

江丞真诚道：“我不知道。”

季书怡：“……”

不过这答案也在季书怡意料之中，毕竟他这个人的情商确实堪忧，便只好直白地对他说：“我今天跟你来，是很想跟你的每个朋友都友好相处，可简薇的一言一行都像是在说我抢了她的东西一样，每句话都惹我不高兴——”

江丞忽而皱眉，打断她的话，问道：“她说你什么了？”

“这不重要，反正我都“怼”回去了。”

季书怡接着说：“她说什么不重要，她做什么也不重要，重要的是你怎么处理这个关系，你不许跟她有任何暧昧不清的事情，让她产生遐想。”

江丞急忙保证：“好，除了你，我从来没跟其他任何女生暧昧过。”

“我还没说完，”季书怡继续道，“你也不许打着朋友的旗号对她做任何没有边界的事情，让她误会。还要明确地让她清楚我才是你女朋友，你也只要我一个。”

江丞郑重点头："好。"

季书怡一直认为感情里从来没有什么第三者插足，如果双方都矢志不渝地爱着彼此，明确地让所有人都知道彼此都是唯一，第三者根本就插足不进来。而所有能够被插足的关系，都是其中一方对第三者的默许，这不过是爱情里的不忠者为自己找的遮羞布罢了。

听到这里才后知后觉的江丞，弯了弯唇，隐匿着内心的激动问道："所以宝贝今天生气，是因为吃醋了吗？"

季书怡倒也没否认："对啊，就是吃醋！你怎么什么都不懂！"

江丞没脾气地"哦"了声，又听面前仰着小脸的女孩说："让女朋友吃醋的都不是合格的男朋友，你不许再让我因为吃醋而生气，不然下次就哄不好了。"

江丞低头看着面前的小姑娘，他觉得自己大抵是疯了、痴了，他就这样站在这里让她训了好一会儿，还一点没脾气地笑着回道："知道了，小祖宗。"

他话音刚落，季书怡实在忍不住笑了，不知为何，听到从江丞嘴里喊出"小祖宗"三个字，这简直比任何甜言蜜语都有冲击力。

此时，季书怡无意看到不远处的简薇正看着他们这边，她想捍卫自己的感情，也想趁早斩断简薇的所有念想，便望着江丞忽而说了句："你亲我一下。"

忽然的反转让江丞神色微怔，虽然没明白她这是为何，但是照做就对了。

甚至在吻上她唇瓣时，害怕有人经过她会害羞还顺手把她外套的帽子戴上，把她藏在帽子里亲。

原本只是想让简薇知难而退的季书怡，竟无意中感受到了江丞下意识的呵护和纵容，眼角眉梢都溢满了笑。

她男朋友真是越来越会哄人了。

远处的简薇觉得画面刺眼，立马转身走了，她从来不知道江丞会是这样的人，她曾经幻想过他们在一起，结婚后他一定会是那种忙于事业、薄情寡欲的男人。

可他看季书怡的眼里充满了欲念，甚至亲吻时还会细心地想到遮住她害羞的模样。

她的心脏好疼，像被撕裂着。

后院烤炉附近，陈星熠跟几个人在打牌，还有几个人在烤串，此时有人拿了几瓶水过来，一脸不可思议地笑着说："我真是惊呆了，刚才看到我们老大在哄嫂子，那柔声细语的模样看得我差点撞到柱子上！"

甩出最后一张牌的陈星熠立马接话："你这都是小场面，上次的比赛现场那才劲爆……"

陈星熠一脸嘚瑟地扫了眼大家："知道丞哥当时是怎么赢了比赛，还破了世界纪录吗？"

其他人一脸八卦地凑上来，陈星熠继续嘚瑟道："那是因为嫂子在比赛前跟他说，比赛结束愿意让他亲一下！当时他就跟打了激素似的，我还没反应过来，他就跑完——"

突然，陈星熠嘚瑟的声音在一道阴沉的视线中戛然而止。陈星熠瞄了眼牵着季书怡走近的江丞，内心郁闷，怎么又被这家伙抓个正着。

同时走过来的还有简薇，只是她在听到陈星熠说到那场比赛的事时，情难自控地僵在了原地，原来那场比赛季书怡竟在现场，甚至是为了季书怡江丞才用那样的速度赢了比赛。

简薇不甘地在季书怡身上打量了好几遍，她不明白自己哪里比她差，更见不得他们在一起的画面，只丢下一句："你们玩吧，我先走了。"接着不等任何人回话便已经转身离开了。

见简薇走了，季书怡偏头看了眼江丞，江丞直接道："不管她。"

下午时，他们在俱乐部的密室馆玩耍，陈星熠忽然凑到季书怡身边悄咪咪地说："你把你那好朋友陆知夏也喊来呗，晚上丞哥准备了很多孔明灯，大家一起多热闹。"

“你又不是没她的联系方式。”刚下场休息的季书怡喝着水看着陈星熠说，“想约女孩子要自己约。”

“我倒是想自己约。”陈星熠郁闷道，“她把我拉黑了，我联系不上。”

此话一出，旁边的江丞毫不掩饰地低笑出声，有点幸灾乐祸的味道。

被明着嘲笑的陈星熠憋屈地扫了江丞一眼，不服气道：“你笑什么？”

江丞顿时收起所有笑意，沉下脸，冷睨过去：“再说一遍？”

陈星熠立马往季书怡身边靠了靠，一副求保护的样子，话锋转向季书怡，问道：“你们女孩子是不是特别喜欢把人拉黑？”

季书怡：“那你们男孩子是不是特别喜欢惹人生气，让人拉黑？”

陈星熠：“……”

他一脸无语地看了看季书怡，又看了看江丞，嫌弃地吐槽道：“你俩不愧是一对，嘴都这么损！”

看着被气走的陈星熠，季书怡忍不住笑出了声，但还是替他把话传达给了陆知夏，正好陆知夏在家没事，听到有孔明灯就来了。

晚上，一行人把烧烤垃圾清理干净，一群人在后院的草坪上放孔明灯。

“我刚才来的时候看到俱乐部的名字叫‘C·Y’。”写好心愿卡的陆知夏跟旁边的季书怡闲聊着，“这是‘丞’和‘怡’的缩写吗？”

“不是。”季书怡平静回道，“他这俱乐部没认识我的时候就开了，巧合罢了。”

“不是巧合。”忽然一道声音插了过来，“这名字是我刚改的。”

季书怡回头就看到了不知何时走过来的江丞，没等她开口，陆知夏立马就向江丞问道：“所以这名字真的是你名字里的‘丞’和书怡的‘怡’字母缩写？”

江丞目光一直看着季书怡，在她诧异的视线中如实道：“对。”

那一瞬间，季书怡眼中微闪过一抹震惊，怦然悸动。

旁边的陆知夏忽然笑着，轻轻撞了她一下嘀咕道：“这大魔王还挺浪漫的啊。”

季书怡忽而有些害羞，瞪了眼陆知夏，示意她不许再说。

陆知夏立马心领神会，甚至故意拿着贴好许愿卡的孔明灯说：“我去放灯了，不给你俩当电灯泡。”

季书怡见陆知夏走远后，才看着江丞问道：“你什么时候改的名字？”

江丞如实回道：“追你的那天就开始办手续了。”

季书怡再次惊讶，心尖被疯狂触动，又问：“可是那时候我并没有答应你，你就不怕我一辈子都不答应你，这名字岂不是白改了？”

“不怕。”江丞看着她笑，“因为我一定会追到你。”

那笑容带着年少轻狂，又染满了对她的执念，仿若追她是他一辈子至死不渝的事情。

季书怡呆呆地望着他，几秒后，甜甜地笑了，嗔怪道：“自大！”

江丞在她娇嗔的笑容里跟着笑了起来，看到她转身拿起贴好许愿卡的孔明灯，便及时拿出打火机为她点燃火光。

季书怡将孔明灯从手中放飞的瞬间，耳边忽而传来江丞的声音：“宝贝许了什么愿啊？”

季书怡偏头，看着埋头在她颈窝的人：“不告诉你，说了就不灵了。”

江丞却意味深长地笑道：“宝贝会如愿的。”

因为他无意看到她在小卡上写下——

祈愿家人永远平安喜乐，也祈愿我爱的人忠诚且全心全意地爱我。

他江丞一定会忠诚且全心全意地爱她，永远。

聚会结束，江丞把季书怡送回家后，刚回到车里，就给简薇打了电话。

简薇很快接通，只是还未来得及开口，就听到对方冰冷的声音：“你今天都跟我家宝贝说了些什么？”

简薇眼底的惊喜瞬间被委屈淹没：“你大半夜给我打电话就是为了质问我这些？是不是她跟你说了什么？”

“她跟我说了什么与你无关。”江丞面无表情，“但你跟她说了什么影响了她的心情就与我有关。我今天带我的女朋友来跟大家见面，她一直笑脸相迎，可你都跟她说了什么？”

“所以你是来为她出气的，更丝毫没有考虑我是不是已经睡了，会不会打扰到我，只因为她跟你闹脾气了，就来跟我这个多年的好友发脾气。”

简薇拿着手机，委屈得手都在颤抖，她不甘心道：“你怎么会变成这样？你看你今天低三下四的样子，已经完全没了自我。”

“我乐意！”江丞慢条斯理地出声，“我就喜欢那样哄她。”

“凭什么！”简薇不甘心得都快哭了，“她到底哪里好？”

“她哪里都好。”江丞坚定地答道，转而不耐烦地继续和对方划清界限，“今天给你打电话只想警告你两件事：一、你有任何心思，都与老子无关也与季书怡无关，别再因为你个人的情绪影响她的心情。季书怡她对我很重要，比我这条命都重要，而你很清楚触碰到我的底线会是什么后果。二、以后喊我全名。”

简薇正要再开口质问，却发现通话已被挂断，满心懊恼中直接就把手机砸了，心堵得发慌。

那一刻，她妒火中烧。

且看吧，就算江丞不爱她，他的身边也只能有她一个女孩子。

今年春节比往年都要晚些，大年初一这天，刚好是季书怡的生日。

季家小公主的生日，每年都会办得很隆重，像是一场盛大的资本晚会，聚集了各个领域的顶尖人物。但她其实不大喜欢这样过生日，因为会很疲惫，而且她也觉得这不像是她的生日会，而是一场精心策划的商业活动。

江丞远远眺望着正被人群包围着的季书怡，她今天穿了件纯白色的公主裙，裙摆很大，层层叠叠的网纱盖住脚踝，长发高高盘起，还戴了一个镶满粉钻的皇冠，小脸漂亮精致，像极了一个坠入人间的小仙女。

季书怡一一回应着大家送来的祝福，笑得十分甜美。

而江丞却看得出小姑娘的内心并不开心，可她的家人都在场，他不能在众目睽睽之下安慰她，让她尴尬为难，而且她的家人现在还不知道他们的关系。

看着强颜欢笑的季书怡，江丞无意识地眉心紧蹙，闷闷地一口饮尽杯中酒。

他没有合适的身份上前，只能在人群中远远眺望着，直到看到她找了个借口悄悄退出了人群，才跟了上去。

手指上挂着个齐天大圣钥匙扣的季书怡来到天台，才终于轻松地长舒口气，她肩上披了件保暖的红色羽绒服，走到围栏边，仰头看着漫天绽放的烟火，五颜六色很是耀眼。

新年总是热闹，但季书怡心里却空落落的，寒风吹过，她忍不住哆嗦一下，手上的钥匙扣不小心掉落，她下意识地正要弯腰去捡，不料有人快她一步，已经捡起递到了她面前。

“你怎么也上来了？”

看到来人是江丞，季书怡低沉的情绪瞬间明朗了许多。

“跟着你上来的。”江丞伸手把她的羽绒服裹紧了些，低头看着她柔声道，“宝贝是不是不开心？”

被戳中心思的季书怡仰着小脸，他看着面前满目柔情的男人，抿了抿唇：“也没有不开心，就是有点想妈妈了。”

她强扯出一抹笑，努力说得云淡风轻："每次过生日时，都会忍不住想想。"

江丞透过小姑娘的强颜欢笑可以清楚地察觉到她隐藏的难过和隐忍，忍不住把人搂进怀里，低声问了句："今天你过生日，阿姨没来吗？"

仰头望着他的季书怡忽而笑了起来，强装镇定地说："妈妈都死了，怎么来呀。"

话音未落，季书怡的眼眶瞬间湿润了。

那笑着红了眼的模样，看得江丞心碎一地，急忙道歉："对不起，我不该问的。"

他只知道她爸爸妈妈离婚了，却并不知道她的妈妈已经离世。

"没事儿，早都过去了。"

季书怡眨了眨眼，把眼泪憋了回去，又将压在心里的话对江丞倾吐出来："爸爸妈妈离婚后，妈妈有了新的生活，爸爸也不让她见我和哥哥。妈妈病逝时，我接到舅舅的电话，那时候我还一个人在国外读书，我哥也病了，舅舅说妈妈不想见到爸爸，我就一个人去参加了妈妈的葬礼……"

季书怡说着，声音忽然哽住，缓了一会儿才继续扯着笑道："我当时可坚强了，第二天就回到学校上课了，这件事也没跟任何人提起过。"

说着，她还自我缓解地苦笑起来，下巴轻抵在江丞的胸口，撒娇似的道了句："你家宝贝是不是超坚强、超厉害？"

那时，她不知道该怎么跟别人说一个人去参加了妈妈的葬礼，也不知道该怎么说当她再次见到妈妈时，却是天人永隔。再加上那段时间哥哥生病，她即便说了也只会让他更加自责，便默默压在了心里。

而她从未想过会在这样的一天，只因江丞一个宠溺柔情的眼神，她便忍不住将这些心底的痛说给他听，似乎还想让他安抚一下她那份积压在内心深处的委屈。

而她竟不知从何时起，开始贪恋被他哄着的感觉。

认真听她说完的江丞，垂眸看着靠在他胸口的季书怡，一颗心仿佛被凌迟着，一刀一刀刮得他血肉模糊，让他心痛到近乎窒息。

这是他第一次知道，他这颗冰冷的心竟会为一个人心疼至此。

江丞搂着季书怡的双臂情不自禁地缓缓收紧，却又怕弄乱她的头发，让她回到宴会时遭人议论，便只低头轻轻在她脸蛋上亲了一口，嗓音温柔得不像话，好似哄孩子的语调："嗯，我家宝贝真棒。"

他目光紧紧落在她仰着的小脸上，心疼得微微叹气："宝贝，以后你不用这么坚强，也不用这么隐忍，以后遇到任何事，都有我可以依靠。我好遗憾没有早点遇到你，也好后悔一开始欺负你，从今以后，我陪你做任何事，为你挡所有难。"

季书怡被他搂在怀里，仰头听着他对她许下的诺言，不知为何，每次他柔声细语地哄她，她的心情就会变好，大抵是因为感受到一种弥足珍贵的独宠，她开心地冲江丞笑道："那你说话要算话。"

见她笑了，江丞也笑着保证："一定算话。"

这一瞬间，季书怡内心的阴霾仿佛被夜风吹散。

江丞见她情绪好些，才问出他一直想问的问题："宝贝为什么这么喜欢齐天大圣？"

季书怡微怔了一下，平静地说："因为小时候我胆子小，总感觉房间里到处是妖魔鬼怪，小时候看电视，大圣降妖除魔的桥段让我印象深刻，我便在自己房间也摆了一个大圣的玩偶，神奇的是，自打那之后我就不害怕了。从那之后我就特别喜欢齐天大圣，觉得他就是我的守护神，而且……"

她说着，忽而眸光闪烁了一下，继续道："而且我妈妈下葬当夜，我做了一个梦，梦里妈妈说她去了天上，看到了齐天大圣，她求他要庇佑我一生。之后我就更喜欢齐天大圣了，不开心的时候，彷徨的时候，只要有他守着就会莫名安心……"

说着，季书怡忽而尴尬又羞涩地笑了笑说：“小时候我还跟哥哥说，长大了我要嫁给齐天大圣，还要他手持金箍棒给我耍一套超炫酷的棍法，现在想想，当时真是童言无忌。”

而江丞这时却忽然郑重说道：“那我给宝贝耍一套棍法，你愿不愿意嫁给我？”

“不好！”季书怡直接拒绝。

这才刚成为女朋友没一个月就想下一步了？她才不要这么快嫁给他。

看着脱口拒绝的女孩，江丞无奈地捏了捏她的脸：“无情的姑娘。”

话音刚落，装在季书怡外套里的手机响了起来，她迅速拿出手机，看到是父亲季云潇的来电，接通后就听到：“你人呢？唐御在找你，快回来。”

“哦。”季书怡没什么情绪地开口，“这就过去了。”

挂了电话，她对江丞道：“我爸喊我，我得过去了。”

江丞依依不舍地把她从怀里松开：“去吧。”

季书怡提着裙摆转身走了几步又忽然折回来，猝不及防地踮脚在江丞的嘴角亲了一口说：“越来越觉得有你真好。”

说完还没等江丞反应，已经再次转身离开了。

这忽然的惊喜让江丞微怔了一瞬，然后嘴角抑制不住地溢开了笑容。

找到父亲季云潇时，季书怡发现除了唐御，自家哥哥季景航也在。

看到她走过来的季景航仔细打量了妹妹一番后，凑到她耳边很小声地问了句：“刚才跟江丞在一块呢？”

那会儿他也看出了妹妹情绪不佳，准备跟过去问问就看到了江丞已经快他一步跟了上去。

季书怡听着哥哥直白的问话，先是错愕了一瞬，然后耳尖微红地“嗯”了声。

“你俩嘀咕什么呢？”季云潇忽然开口打断道，“书怡，快过来跟你唐御哥聊聊，他就在你隔壁学校上学。”

说着说着还直接拉着女儿的手往唐御身边靠。

这一幕刚好被紧跟回来的江丞看到，他看到季云潇把季书怡往唐御身边拉的样子，瞬间眸光冷冽地捏紧了拳。

可那是季书怡的父亲，他不能不尊重，也不可以做出任何冲动的举动，让她为难。

而被拉着的季书怡不自在地皱了皱眉说：“爸爸，我知道唐御哥在我隔壁学校。”

唐御谦和礼貌地接话道：“对，我还去过书怡妹妹学校玩。”

季云潇满意地笑笑说：“那挺好，都是同龄人，共同语言也多。”

季景航一眼看出自家父亲想干什么，立马看向季书怡说道：“你刚才不是说喝多了头晕吗？我让司机先送你回去，这里也没什么需要你的了。”

季书怡愣了两秒才反应过来，立马佯装头晕地摸了摸头说：“确实好晕。”

她看了看唐御，最后才将目光落到季云潇身上：“爸爸，我能先回去吗？”

季云潇哪里看不出来自家女儿这拙劣的演技，可碍于唐御在，总不能直接戳穿，让人误会他对儿女严苛，便只好说：“那让司机送你回去休息吧，路上小心，注意安全。”

“谢谢爸爸。”季书怡回道。

而季景航则立马上前搀扶着自家妹妹，走远了几步后，才小声提醒道：“爸似乎想撮合你跟唐御，自己心里有个底。”

季书怡一脸错愕地看着哥哥：“不会吧？”

季景航无奈地叮嘱道：“听哥的没错。”

“好，我听哥哥的。”季书怡凑近哥哥，眨了眨眼小声道，“我让江丞送我回去吧。”

季景航只叮嘱了句：“别让爸的人看到。”

“好。”季书怡点点头。

另一边，收到季书怡消息的江丞也迅速离开了宴会厅。

两人坐进车里，等车子开出好一段距离，江丞才开口问道：“你爸是想撮合你和唐御吧？”

刚取下头上皇冠的季书怡一脸郁闷地偏头看过去：“怎么？这事就我一个人不知道？”

自家哥哥说过，江丞也这么说，她这个当事人有点后知后觉啊。

江丞偏头看了眼满脸错愕的人，心里惴惴不安。如果只是多了个情敌，他有的是办法处理，可这中间偏偏涉及季书怡的父亲，那要顾及的就多了。

恰逢红灯，江丞伸手轻抚季书怡的发顶，笑道：“没事，我不会让任何人把你从我身边抢走。”

季书怡愣愣地听着，忽然，她像是想到什么似的认真对江丞嘱咐道：“如果你跟我爸遇见，一定要给他留个好印象。”

江丞立马答应下来：“我明白。”

把她送到家门口，车子停稳后，江丞忽然伸手拉住她，倾身看着小姑娘的眼睛说了句：“季书怡，你只能是我的，不管是谁阻拦，都不会改变。”

忽而，他凑近季书怡，彼此的呼吸交错，他语气霸道强势：“你不准爱上别人，听到没？”

季书怡被他极具压迫感的眼神盯得下意识地咽了咽口水，点头应着：“知道了。”

话音刚落，江丞的吻就强势地落了下来，直到吻得她呼吸错乱才松开。

失神喘息中，季书怡听到他在耳边说：“宝贝，谁都不能把你从我身边抢走。”

红了脸的季书怡望着面前霸道强势的江丞，娇声嘟囔道：“你管好你自己的桃花就行了，你个直男……”

说着，她忽然意识到什么似的，微微蹙眉道：“不对，你自己的桃花是一点不管，心思倒是扑在我的桃花上。”

江丞脱口一句：“那是因为我每天都感觉有人想把你抢走。”

季书怡忍不住笑着打了对方一下，随口又说了句：“我回家了。”说完便下了车，进了别墅。

看着走进别墅的女孩，江丞眸子微眯，心思沉沉。

对于季书怡，他见不得她身边有任何想要觊觎他家宝贝的人，他怕她被抢走，也怕……她觉得别人更好。

季书怡回到房间，发现里面堆满了大家送来的礼物。

这些礼物中有名牌珠宝，有限量包包，有高定衣服，还有很多价值连城的礼物。可她却直接略过那些奢侈品，第一个拿起了江丞送给她的礼盒，因为只有这一份，她才期待已久。

季书怡小心翼翼地一层层打开礼物包装，而当她在看到礼物的瞬间，悬在半空的手却忽然僵住了。

江丞送的不是什么珠宝首饰，而是一个他自己用陶瓷烧制的齐天大圣——大圣手握金箍棒，棒子的顶端镶嵌着一颗闪闪发光的明珠，底盘上还撒满了五颜六色的小星星。

季书怡眼角溢着笑，心里又暖又甜，脑海里浮现的全是他的样子，甚至有所期待地拿起一颗红色的小星星一点点拆开，她发现上面果然写了字——

我的宝贝生日快乐。

接着她又拆开一颗，上面写着——

江丞永远爱季书怡。

季书怡看得忍不住笑出声，甚至可以猜到如果江丞在每一颗星星纸上都写了字，那一定每句都是这样简洁又直白的，倒也符合他的性格。

只是她没想到他还会折这些小星星，甚至都可以想象到他笨手笨脚地折星星的样子，一定是一边笨手笨脚却又耐心十足，这是她今年生日最喜欢的礼物。

而他也成了她最贪恋的人，贪恋到有一瞬间会惶恐地想，如果有一天他不值得信任了，一定会让她觉得整个世界都崩塌了。

因为这段日子里，他为她营造了一份无比细腻的独宠。

过生日从不发朋友圈的季书怡，这次特意拍下了江丞的礼物，配图发了个动态——喜欢，不只礼物。

正开车等绿灯的江丞，拿起手机看到那条动态后，嘴角溢满了笑。

车窗半降，新年的街角霓虹闪耀，光晕洒在他的侧脸上柔化了身上那份得天独厚的冷妄清冽，让嘴角的那抹笑显得异常宠溺。

绿灯亮起，车子前行，手机响起，看到是季书怡的来电，立马按下接听就听到她含笑清悦的嗓音。

“到家了吗？”

“还没。”江丞反问，“宝贝干吗呢？”

季书怡甜甜轻笑：“在看着你送的礼物，给你打电话。”

江丞低笑着说：“宝贝喜欢就好。”

“特别喜欢。”季书怡笑着问，“这些都是你亲手做的吗？怎么想起来送星星的啊？还有那颗明珠，好漂亮。”

“都是我亲手做的。”江丞慢条斯理地回，“上次在俱乐部你盯着这个星辰流沙的摆件看，还说任何形态的星星都好漂亮，就想着你大概是喜欢小星星吧。”

季书怡的笑容忽而顿住，心湖瞬间激起千层波浪，击打在内心最深处。

原来他那样不可一世的冷漠外表下竟然藏了这样一颗细腻的心，且这份纵容只对她一人，而他会记得她说过的每句话。

季书怡重新扬起笑，轻缓地喊他的名字："江丞。"

"嗯？"

季书怡笑着说："以后谁再说你不会谈恋爱，我一定'怼'得他哑口无言。"

江丞开心地笑着问："那我现在算个合格的男朋友了吗？"

季书怡嗓音甜甜的："何止合格，早就超纲了，让人无限欢喜……"

大抵是有些羞，最后又快语说了句："你路上小心，我们……梦里见。"

说完，不等对方回话就慌不迭地挂了电话，好似怕听到他说些撩人的话，惹她今夜无眠。

通话忽然中断，江丞无奈又宠溺地笑了，顺着她的话给她发了条语音回应："梦里见。"

盘腿坐在沙发上，双手捧脸的季书怡，看到微信弹出的瞬间，感觉掌心好烫，脸也好烫，甚至晚上入睡后还梦到了江丞。

寒假期间，江丞很忙，而季书怡也像往年一样会在过年期间去福利院做义工。

只是她以前都是家里司机接送，现在则变成了江丞每天接送她之后，再去忙自己的事情。

大年初六，帝京迎来了一场鹅毛大雪，下了整整一天，路上积雪，季景航怕不安全，便没让她出门。

夜幕初降，整个帝京都已被厚厚的积雪覆盖，天地间一片银白素景。

正站在落地窗前看夜晚雪景的季书怡忽然收到了陆知夏的来电，她立马接通，就听到对方说："书怡，你快准备一下，马上到你家门口了，我们去玩啊。"

季书怡看了眼外面厚厚的积雪，微微皱眉："路上能走吗？"

"能啊，怎么不能。"陆知夏偏头看了眼驾驶位的陈星熠笑道，"有赛车手在，什么路不能开啊。"

"赛车手？"季书怡诧异地反问，"陈星熠？"

她感觉这两人最近接触得频繁，而且陈星熠也玩赛车，自然就想到了他。

陆知夏没否认："对啊，你快准备一下，带你去玩。"

季书怡在家闷了一天，而且她也好多年没见过这么大的雪了，也想出去玩，便答应道："好。"

挂了电话，季书怡先跑到季景航房间跟自家哥哥打了声招呼，然后快速把自己收拾了一番，就跑了出去。一上车，看到只有陆知夏和陈星熠两个人，还笑着调侃了句："我这灯泡的瓦数是不是有点太高了？"

陆知夏立马接话道："我们是清白的好吧，又不是你跟大魔王。"

季书怡继续笑着调侃："清不清白的谁又知道呢。"

陆知夏直接甩了个眼神过来，一副"懒得理你，自行体会"的意思。

季书怡这才笑着转移话题问："我们去哪儿呀？"

陆知夏卖关子道："到了你就知道了。"

季书怡点点头："行吧。"

车子一路开进了一栋国风的庄园别墅，奢华气派，车子在后院的一片空地上停下，厚厚的积雪茫茫一片。

"这是哪儿？"下了车的季书怡环顾陌生的四周困惑道，"来这里玩什么？"

正说着，她忽然被陆知夏用一条丝巾蒙上了眼睛。

“知夏，你干吗？”

季书怡立马伸手要扯下丝巾，但一旁陆知夏直接拍掉季书怡要扯丝带的手：“不许扯，我们玩捉迷藏。”

“捉迷藏？！”

季书怡正诧异中，陆知夏已经把丝带在她后脑勺上系好，还在她耳边说了句：“数到一百就可以找我们了哟。”

季书怡：“……”

不是吧，难不成还真玩捉迷藏啊？

她无奈道：“陆知夏，你能玩点更幼稚的吗？”

但季书怡并不知道此时陆知夏已经走远了，雪地上只站了她一个人。

星辰夜幕下，雪地上的女孩披了件红色的披风避寒，眼睛被一条奶白色的丝巾盖住眼睛，柔顺的长发披散着，发尾在风中飘摇，画面唯美得仿如一幅古老的画卷。

“知夏？”许久没得到回应的季书怡忍不住又喊了声，甚至抬手往旁边摸了摸，“你还在旁边吗？”

话音刚落，空寂的雪夜里忽然响起一道音乐，是一首她极其熟悉的《齐天大圣》。

音乐响起的瞬间，季书怡全身僵住，转而是开始兴奋激动起来，她迅速扯下遮住眼睛的丝带，恢复视线的瞬间，整个人再次僵住，完全不敢相信地睁大了眼。

她竟然看到了自己心心念念的齐天大圣！

雪夜中，大圣正在为她表演一套酷炫惊艳的棍法——他手握如意金箍棒，头戴凤尾紫金冠，身披锁子黄金甲，足蹬藕丝步云鞋，赤红披风风中翻卷，每一个动作都华丽得让人瞠目结舌，带起层层雪花在空中飞舞，而此刻的天空飞满了闪亮的孔明灯。

仿若天地间，此刻只剩下了雪地里的女孩与她的神明，而神明为她降落凡间，只为她一人降妖除魔，挡千灾万难。

画面唯美得震撼人心，季书怡已经完全看傻，明明那天她说了就算他要一套棍法也不要嫁给他，可他还是为她圆了她小时候的那场天马行空的梦。

好像每次，她就算故意说些气他的话，他都不在意，依然为着她的某句话而给她一个又一个惊喜，忽然觉得自己好过分，因为这一刻她才全心全意想要与他厮守一生。

因为，大抵再也不会有人把她这样放在心上，拼命宠爱。

已经走到她面前的江丞版齐天大圣，低头看着此刻痴痴怔怔的女孩，忽而低头在她唇上亲了一口，嗓音含笑着低喃："宝贝，你男人帅不帅？"

一句话，忽而惹得季书怡红了眼眶，甚至瞬间有眼泪在打转，嘴角微抽，一时哽咽得说不出话来。

可这模样却让江丞心慌地急忙伸手抚了抚她的眼角："怎么哭了啊。"

"就……就觉得很对不起你。"季书怡控制不住地嘴角微抽，哽咽着仰头看他，缓了缓对他说，"江丞，我之前一直不答应你的表白，不是你不好。因为、因为我爸他对感情很不忠，让我妈在婚姻里过得很痛苦，所以当年我妈离开，我从来没生过妈妈的气，因为我知道是爸爸不好。爸爸当年在有女朋友的情况下，为了巩固家世地位跟我妈结了婚，结婚之后又做不成一个好丈夫，所以我从小就觉得婚姻不好，男人也不好，好像感情在男人眼里是最容易被遗弃的，好像在你们眼里当爱情和任何选项放在一起的时候，你们男人都会毫不犹豫地放弃爱情。我怕你也是这样，所以就不敢开始，就总拒绝你，还总是故意气你也是想试探你。"

她仰头望着他，眼里有泪却笑着说："而今天，我才彻底清楚，你不是那样的，你对我是独一无二且最好的。"

她说着就主动贴进他怀里抱着他，声音很低很低地说了句："对不起……"

江丞听着她一字一句地说完，心里刺刺的，倒不是在意她之前的拒绝，只是愈加发现他活泼调皮的炸毛兔，并没有他以为的那样无忧无虑，天真快乐。

他见不得她这样，便有意抬手捏着她的下巴，逗趣地笑着挑眉道："宝贝要道歉啊？"

被捏着下巴眸中泪水潺潺的季书怡还没开口，就听到他含笑的声音继续道："以后宝贝要是觉得做了什么对不起我的事情，不用说对不起，你就抱着我猛亲一通，然后我看在你这么离不开我的分上，宝贝做什么我都不会生气。"

季书怡再次被对方死皮赖脸的样子逗笑，娇嗔了一句："谁离不开你了。"

见她笑了，江丞瞬间松了口气，搂在她腰上的手直接滑到她的臀下将人托抱而起，把她抱得比他高，嘴角笑容肆意张扬地抬头看着她故意又问："还没回答我帅不帅呢？"

季书怡双手搭在他的肩上，低头看他，被他这孔雀开屏的嚣张模样逗笑，对视了几秒后忽而低头在他唇上亲了一口说："好帅！是最酷的大圣。"

她眸中闪烁着流光潋滟，笑得娇艳动人，额头轻抵着他的额头，模样娇甜地开口："其实我喜欢齐天大圣除了他可以降妖除魔，他还敢作敢当，勇敢机智，敢于蔑视和反抗任何权威，他就是个超级大英雄，会让人无限神往。可现在我发现，他的优点你都有……"

小姑娘说着忽然双臂环着他的脖子趴在他耳边小声说了句："江丞，你只准做我一个人的齐天大圣。"

江丞一脸骄傲："好，只做季书怡一个人的齐天大圣，一生只护你一人。"

季书怡笑得开心，不知想到了什么，忽然掰着手指，像在认真地算什么。

江丞见状，困惑地问道："算什么呢？"

“算算我们确认关系多少天了。”季书怡直白地说道。

可她话音刚落，就听到江丞回答：“今天是第三十一天。”

他想都没想，直接脱口而出，季书怡心颤一瞬，惊讶道：“你记得这么清楚？”

原来，关于他们的点点滴滴，他都记得清清楚楚。

江丞看着她笑道：“我记性好。”

季书怡这才意识到，好像自从江丞发现爸爸想撮合她和唐御后，这家伙就时不时地用一些小细节故意提醒她，她季书怡，是他江丞的女朋友。

其实江丞很聪明，只要他想，就能够潜移默化地将人俘虏，就如此刻的她一样，心甘情愿被降服。

江丞好奇，随口问道：“算这个干什么？”

季书怡低头看着他，半晌后才抿了抿唇，脸颊微红地回他：“就是算一算，这才多久啊，我怎么就想嫁给你了呢。”

江丞听完，眼神猛怔，此刻他的心疯狂跳动，脑海不断徘徊着“想嫁给你”几个字。

接着，他又听到小姑娘开口继续问道：“你怎么不趁机跟我求婚啊？特地为我创造这么大一场惊喜，难道你不想吗？”

“我其实也想求，”江丞微微叹气，“可现在你父亲还没同意，我如果贸然向你求婚，只会让你为难。”

季书怡听完，内心动容得不得了，他不仅记得她说过的话，还会为她考虑，仿若她什么都不用做，只用站在原地等他来娶她就好，而他一定会排除万难来到她的身边。

只是她依然不解，便问道：“那既然你什么都不求，这是图什么呀？”

“图你开心呗。”江丞漫不经心又桀骜地眉峰微扬，“看你开心，我就心情好。”

“你这人是笨蛋吧。”季书怡被江丞这贫嘴的模样逗得笑出声来，在这个雪夜里，她被他抱着，笑得明媚，而远处和简薇打视频、将这一幕幕转给她看的宋玉挪开了镜头，随意拍了一处雪景。

“看清楚了，这次可以死心了吧。”宋玉表情平静地对视频里的人说，“别再对江丞死缠烂打，焐热一个不爱你的人的心比登天揽月还难，他的性格大家都清楚，认定的事情就从来没有改变过。而且他为了季书怡甚至可以违背本性，就只为了哄这姑娘开心。”

简薇通过视频，看到二人相拥的画面，顿时觉得她都快要不认识江丞了，可当他面对除了季书怡以外的人时，却还是曾经那副样子。

可这份独宠，为什么不能是她拥有？！

她陪了他那么多年，跟他一起成长，凭什么被季书怡截和！她不服！

简薇捏着手机的手缓缓收紧，结束通话后，她愣怔许久，不甘心地自语道：“我就不信你为了这个女人连江叔叔的话都不听。”

第六章· Chapter 6 误会

房间里，已经脱去齐天大圣服装的江丞叉着腿坐在沙发上，由着站在他面前的季书怡给他清理脸上的彩妆。

已经完全恢复原貌的江丞挑眉道：“傻笑什么呢？”

季书怡笑容止住了一瞬，但没多久又忍不住笑起来：“就是忽然觉得你有点傻。”

江丞拍拍小姑娘的头，郑重说道：“不管你要不要我，我都会死缠你一辈子。这辈子，你要么跟我在一起，要么就孤独终老吧。”

季书怡见状，笑着回答他最初的话：“只要你不骗我，不负我，那我一辈子都是你的，但如果你骗我一次，那我可能会控制不住地推翻你所有的好……所以，你不许对我不忠，我等你搞定我爸来娶我。”

江丞望着面前的小姑娘，满目柔情，随即将她一把拥入怀中，语气坚定：“一定。”

当晚，回到家的季书怡整个人都洋溢着开心和甜入骨髓的幸福感，脸上的笑就一直没消失过，当她看到坐在客厅看财经报道的哥哥季景航时，欢喜地走过去喊了声：“哥哥，我回来啦！”

季景航回头看了眼自家妹妹，小姑娘那一脸开心幸福的模样，仿佛下一句就会对他宣告：“我明天要嫁人啦。”

这小丫头，是出去干什么去了？

季景航忍不住问道：“你晚上干吗去了？”

回想今晚的幸福时光，季书怡忽而心虚地收起笑，然后又一本正经地回道：“跟知夏她们去玩了。”

“是吗？”季景航看破即说破，“我看是江丞吧。”

“哥！”季书怡羞窘地嘟囔道，“看破不说破！你懂不懂！”

季景航摇摇头，无奈提醒道：“恋爱归恋爱，自己要注意分寸。”

季书怡讪讪地应着：“知道了，我先回房洗澡睡觉了，哥你也早点睡。”

翌日，季书怡没再去福利院，她被哥哥拉着到公司提前熟悉业务，美其名曰提前实习。

江丞约她一起在她家公司楼下吃午饭，谁料，快到目的地时江丞忽然收到了父亲江聿怀的来电。

江聿怀开口道：“简薇在你俱乐部腿被割伤了，在市人民医院。”

江丞不明所以，但还是直接应了句：“我知道了，我马上派人过去看一下。”

“你亲自过去！”江聿怀直接道，“简薇是在你俱乐部受的伤，还是你朋友，你打发个人过去看像话吗？而且你简叔叔现在正从英国飞回来，你要在你简叔叔的人赶到前到达医院，听到没有？”

江丞眉心微蹙，这是第一次他对父亲的指令犹豫了，过了几秒后才为难地答应道：“我现在过去。”

挂了电话，他就立马给季书怡打了通电话，没过多久，就听到对方满怀期待的声音：“你快到了吗？我提前下去找你。”

江丞抱歉开口：“对不起宝贝，今天中午不能带你去吃饭了，俱乐部有人受伤了，我要过去看一下。”

“好，那你赶紧过去看看。”季书怡也没多想，毕竟她哥哥也每天都要处理很多突发状况，她便也没多问，只交代说，“那你忙完了给我打电话。”

江丞急忙应道：“好，忙完了就给宝贝打电话。”

等江丞到医院的时候，简薇的伤口已经包扎好了，而宋玉则在一旁看护。

看到出现在病房的江丞，简薇开心道："你来啦。"

"嗯。"江丞随口应了声，目光直接略过简薇，落在宋玉身上问，"伤势严重吗？"

宋玉如实回道："不严重，只是伤在腿上，暂时不能走。"

江丞面无表情地接了句："既然不严重，那检查过后就可以出院回家养伤了。"

"我不出院！"简薇闻言立马说，"我要在这儿养伤。"

江丞眸光微沉，睨了简薇一眼："随便，医疗费我会十倍补偿，来的路上也已经安排了最好的护工，她们会照顾你到伤口彻底痊愈，你在这儿安心养伤吧。"

简薇听出江丞的言下之意，委屈说道："你觉得我缺这些吗？我不需要你负责我的费用。"

接着，她又故意大声说道："江叔叔说了，在我爸来之前你不能离开，你要在这儿陪着我。"

"行，我等简叔来。"江丞漫不经心地应了句，说完便直接拉了张椅子，坐下来后就开始低头刷手机。

简薇见江丞坐下没打算走，心情瞬间好了很多，直接朝宋玉说道："宋玉哥，你先回去吧，今天麻烦你了。"

宋玉看出简薇是在故意驱客，他倒也无意参与这场情感纷争，便直接站起身，道了句："那我就先走了。"

宋玉起身走到江丞面前时，忽而伸手拍了拍江丞的肩，两人对视的瞬间悄悄给了江丞一个"自求多福"的眼神，而江丞倒是一副无所谓的样子。

宋玉走后，病房里只剩下简薇和江丞两人。

江丞从坐下后就一直在低头刷手机，简薇忍了一会儿，才愠怒质问道："你就是这么陪我的吗？"

江丞郁闷地抬起头看过去，散漫道：“那不然呢？难不成你还想让我讲几个童话故事安抚你？”

简薇气急败坏道：“对，我就是想你说几个故事给我听。”

就像你哄季书怡那样来哄她。

可话音刚落，江丞情绪毫无波澜地接了句：“那你想吧。”

“你！”简薇一时语塞，缓了半天才继续道，“是不是除了季书怡，你对谁都这么一副不耐烦的样子！”

继续低头刷手机的江丞并没有回应，其实他一直用手机观看简薇受伤时，俱乐部内的监控视频，又过了一会儿，他的眼神忽而微眯了一瞬，下一秒便直接站起身说了句：“我出去上个洗手间。”然后便起身走了出去。

他人高腿长，简薇根本没来得及说话，他就大步流星地离开了。

江丞没有去洗手间，而是去了无人的阳台上接通了父亲江聿怀的来电。

江聿怀声音低沉，语气隐匿着不悦：“你刚才给我发的视频我看到了，所以简薇这孩子是自己把腿割伤的？她想做什么？”

江丞在来的路上就让俱乐部的人把简薇受伤时间段的监控都发送到他手机上。他很清楚以父亲和简叔之间的交情，父亲一定会给简叔一个交代，而他也不想因为这事一直被简薇纠缠着，且江聿怀对他的培养也锻炼出了他遇到任何事先弄清楚来龙去脉的能力，所以他刚才就一直在看监控，寻找事情的真相。

江丞回道：“等简叔到的时候，我会跟他说清楚。”

江聿怀想不通：“那她为什么这么做？你是不是欺负人家了？”

“我没有，”江丞迟疑了一下，客观分析道，“大概是想借此缠着我吧。”

江聿怀听完错愕了一瞬，又回想起简薇这孩子小时候就很喜欢跟着江丞，他像是猜到了什么似的爽朗一笑：“人家是不是喜欢你啊？”

被自己父亲这么直白地一问，江丞莫名有些难为情地说道："好像是吧。"

江聿怀收起笑，严肃地问道："那你喜欢她吗？"

"不喜欢。"江丞丝毫没有犹豫地说道。

"倒也是，你这孩子看着也不像会谈恋爱的。"

江丞闻言，一时语塞，他怎么就看着不像会谈恋爱的了？

"那你不喜欢人家有跟人女孩子明说吗？"江聿怀继续严肃地说，"不喜欢就直说，不要吊着人家，你简叔对你也很好，不能这么对人家女儿，简薇也是我看着长大的。"

江丞急忙解释道："我早就明确地跟她说清楚了。"

"简薇这孩子怎么能对朋友用这么不道义的手段。"江聿怀叹气道，"算了，既然事情弄清楚了，咱也不要因为这件事去向任何人诋毁人家小姑娘，我现在在国外赶不过去，你代我在那儿等着你简叔到了，把事情说清楚再走。"

江丞立马说："爸您放心，我会处理好。"

…………

晚上，江丞给季书怡打了电话，简单说了下医院这边的情况，怕她多想，便没有提到简薇，反正明天一早简叔到了，他就可以走了。

江丞又跟小姑娘聊了些有的没的后，季书怡脸颊羞红地轻哧道："我先不跟你说了，我要睡了！"

江丞看着被挂断的通话，耳边还萦绕着季书怡娇声轻哧的声音，低头欢愉地笑了笑。

挂了电话的季书怡，躺在被窝里小脸羞红，好一会儿后不知道想到了什么，脸更红了，忍不住扯着被子把自己闷了起来，在被子里娇嗔地低喃了句："讨厌鬼……"

缓了一会儿，她立马溜下床去冲了个澡。

等吹好头发重新躺进被窝时，季书怡看到了摆在床头上的江丞送她的齐天大圣，大圣旁边是她和妈妈的合照。

大抵是刚与他通过话，再加上夜深人静容易感性，季书怡靠在床头，拿过跟妈妈的合影，嘴角弯着笑，看着照片自言自语着：“妈妈，你的宝贝女儿遇到了一个超级喜欢的男孩子，他特别好，很宠我，会纵容着我所有的小脾气，且只对我一人这样。

“曾经你交代我，长大了要嫁一个对感情绝对忠诚的男孩子，我想我已经找到了。”说着季书怡忽然忍不住眼圈泛红，却又立马扯出笑道，“可惜，没来得及让妈妈看到。”

她伸手摸着妈妈的照片，笑得甜蜜：“他叫江丞，江就是三点水那个江，丞就是小时候你让我猜谜的那句‘水源曲折山峰隐’的丞，他个子很高，腿很长，我只到他肩上一点，被他抱着的时候很有安全感……”

说着，季书怡忽而抿了抿唇：“而且他长得也超帅，是那种酷酷的男生，但是对我很暖。

“我好喜欢好喜欢他……”

清晨，天气有些阴沉沉的，可季书怡的心情很明媚。

“哥哥早啊。”

正吃早饭的季景航听到声音，看到自家妹妹有些诧异：“你今天竟然没睡懒觉。”

季书怡走到哥哥旁边的椅子上坐下来，喝了口牛奶说：“不是要跟你去公司实习嘛。”

季景航顺手把筷子递给季书怡：“昨天不是跟你说了，今天不去，我要去医院做检查。”

接过筷子的季书怡这才恍若想起了什么似的笑了笑：“喔，我忘了。”

原来，季景航之前出过一场意外，醒来后做了很多康复训练，现在已经完全好了，但还是会每隔半年给身体做个检查。

季景航偏头看了眼季书怡，总感觉自家妹妹最近有点过于兴奋，浑身充斥着遮都遮不住的开心，他郁闷地无声打量了一番，实在无法理解。

难道是谈恋爱谈的？

过了一会儿，吃了几口饭的季书怡偏头看着哥哥说道："那我陪你一起去医院吧，反正今天我也没事。"

季景航无所谓地应着："行，随你开心。"

简薇的父亲简裴安是凌晨下的飞机，但由于自家女儿提前告诉他让他早上再去医院看她，而得知伤情不严重的简裴安也怕深夜赶过去反而影响女儿休养，便等到第二天早上才赶到医院。

医生查房后，江丞把事情的来龙去脉一五一十地告知了简裴安。

简裴安听完很是诧异，也有些惭愧，但还是心有疑惑地看着江丞说："这件事我会问清楚，如果是我家薇薇的问题一定会管教好，毕竟这种不入流的手段是绝不能用在朋友身上的。"

"那既然简叔您来了，我就先走了，还有事等着我去处理。"江丞客气道。

简裴安拍了拍江丞的肩膀："一起走吧，医生都说了，回去休养就好，在医院待着也不好，你去帮我给她办一下出院手续，我再去问问医生有什么要注意的，然后就走。"

"行，我去办理出院。"江丞一副公事公办的淡漠样子，说完就回病房拿上所有病历出门办出院。

此时，病房里只剩下了简薇父女俩，简裴安看着病床上的女儿，微微叹气道："是你自己割伤的？"

简薇瞬间慌了，心虚地颤了颤眼睑，却仍旧理直气壮地对简裴安说："爸，你去跟江叔叔提亲吧，我喜欢江丞，我一定要跟他在一起，只要你说江叔叔一定会同意的，江叔叔同意了江丞他就不敢反抗他父亲。"

"简直胡闹！"简裴安瞬间愠怒道，"为了个男人你这都做的什么事？我和你江叔叔相互扶持了大半辈子，从未因为任何事彼此算计过，你倒好，自导自演了一出好戏想赖上人家？现在还想让我去提亲？薇薇，如果你和小丞是彼此喜欢，那我完全不会阻拦，可人家明确说过不喜欢你，爸做不出这种不讲兄弟道义的事情。

“再说了，你太不了解你江叔叔了。小丞是对你江叔的话言听计从，可你江叔也绝不会强迫他去娶一个不喜欢的人，这是你江叔的禁忌。而且，你江叔对小丞视如己出，谁敢不承认小丞的身份？如果他是那种不受父亲待见的孩子，出门在外，只会受人欺辱！”

简裴安至今都还清楚地记得十八年前的那个雨夜，并未娶妻的江聿怀忽然带回一个男孩子，直接对他和另外两个兄弟宣布道：“这是我儿子江丞，以后调皮捣蛋的时候多多担待。”

那时大约四岁的江丞还是一个小小的奶团子，被江聿怀牵着手，一双眼睛炯炯有神，面对他们时没有一点畏惧，仰着小下巴，身上有种不服输的倔劲和傲气。

那时，江聿怀没有跟他们多说别的事，他们也都默契地没多问，只三个人一同笑着说了句：“行啊，咱几个都多了个儿子。”

那时简裴安未承想，当初的小奶团日后会成长成一个令他都不得不佩服的少年，他英勇果断，手段独到。狠厉时让人无不生畏，想要掩饰情绪时，就连他都无法琢磨透对方的心思。

似乎江丞在这世界上就没有惧怕的事情，但他唯独对父亲江聿怀言听计从。

而江聿怀也给予了他自己所能给的所有资源，让他不管走到哪里都会受人敬仰。

所以，江聿怀花费这么大心思培养出来的孩子，怎么可能让他娶非己所爱的人，况且就算江聿怀答应，他简裴安也不能做这样没道义的事情。

可听自己爸爸说了这么多的简薇，却还是不甘心地怨“怼”道：“所以爸爸你就为了成全你的兄弟道义，不管女儿的人生了吗？”

“不管你？”简裴安愠怒道，“就你自导自演的这事，换作别人你知道会是什么后果吗？”

简薇心虚地捏了捏拳，简裴安见女儿眼底闪过犹豫，趁机厉声道：“这件事到此为止，你再做出什么傻事，我怕到时候都帮不了你。”

简薇依旧不甘心道：“可我只想要江丞！我只想要他！”

“不要因为一个男人，让自己变得狼狈！我简家的女儿不能这样作践自己！”简裴安目光严肃冷怒，“我再说最后一遍，这件事到此为止。”

看着父亲冷硬的态度，简薇委屈地哭了起来，她知道父亲的性格，宠她的时候她要天上月都能给她摘下来，可认真起来时又毫无回旋的余地。

好像他们每个人都有自己坚守的情义，唯独她想坚守的却要被迫终止。

办好出院手续后，江丞回到病房时看到简薇哭得不成样子，怕打扰人家，便立马退出了病房。

从医生诊室走来的简裴安看到站在门口的江丞，问道：“手续都办好了吗？”

江丞偏头看过去：“简叔，都办好了。”

简裴安点点头：“那走吧，司机在外面等着呢。”

江丞立马接道：“我开车过来的，给你们送上车，我就自己开车走了。”

“也行。那你自己路上小心。”

回到病房，简裴安把女儿抱上轮椅，推着她下楼，简薇手里抱着简裴安来时带来的一个粉红兔娃娃，而江丞则漫不经心地双手插兜，跟在他们后面。

走出大厅，穿过绿化小路时，简裴安忽然接到一通电话，似乎很紧急，便回头对江丞说：“等我一下，我去接个电话。”

说话间，便直接将简薇推到一旁，以防影响行人走路。

“哼！工作永远比我重要！”简薇气恼地把手里的娃娃摔在腿上，却不小心碰到了伤口，疼得她直皱眉，娃娃也掉到了地上。

一直双手插兜，发着呆的江丞并没有留意到简薇的娃娃掉了，简薇见对方一点反应都没有，有些恼羞成怒，气急败坏道：“你就不能帮我捡一下吗？”

江丞这才回过神来，偏头看到掉在地上的娃娃，心不在焉地“哦”了一声后，走过去弯腰捡起，然后径直递给了简薇。

谁料，这一幕竟刚好被陪哥哥来医院的季书怡看到。

远远的一棵树下，季书怡手里的奶茶猝不及防地从手中掉落，她双眸发怔地望着对面的江丞和简薇，江丞背对着她，而简薇则坐在轮椅上，面朝着她。

简薇像是刚刚大哭过一场，眼圈很红，甚至还有些肿，她看不到江丞是什么表情，只看到他递给她一个粉色的娃娃——是一只小兔子。

季书怡心头涌起一股酸涩之意，急忙又跟自己说应该只是巧合，不能乱想，江丞不会是爸爸那样的人，所以便努力隐忍着情绪给他打了电话。

还好，他依然是秒接：“宝贝。”

可他确实在接通电话时，特意和简薇拉开一段距离，像是生怕对方听到一样。

可季书怡却不知江丞只是怕简薇忽然说话，会惹自家宝贝生气或误会，才这么做。

季书怡没有再看下去，直接转身走了，一边走一边努力用最平静的语调问道：“你在干吗呀？还在医院吗？”

江丞回道：“还在医院，不过已经要走了。”

“哦。”季书怡面无表情地低声应着，转而又问，“你真的昨晚一晚都在医院？”

“嗯，她家里人在国外，早上才到，就等了一晚现在才走。”

“哦。”季书怡又低沉地应了声，转而勉强地扯了一抹笑，问道，“所以现在她家里人陪着，就不用你在旁边看着了吧？”

“对，她爸看着她，没我事了。”

季书怡听得鼻尖酸涩，嘴角隐隐抽动，眼圈瞬间就红了。

她爸陪着？不用你了？

可为什么我看到的依然是你陪在简薇身边，还用娃娃安抚对方的情绪。

当一种信念在某个瞬间崩塌，那因这个信念而堆积起的一切都将被粉碎。

季书怡捏紧了掌心，克制着即将崩溃的情绪，语调平静地问：“我也去过你俱乐部几次，受伤的人我认识吗？”

上次因为简薇，季书怡十分委屈，还明确地跟他说她不喜欢简薇，于是江丞怕季书怡多想，便决定隐瞒，改口道：“你不认识，好了宝贝，不提她了——”

“那等她恢复了你可以带我见见她吗？”季书怡忽而打断他的话，“能让你在那儿照看一夜，应该是你很重要的朋友，我也想认识认识。”

江丞心虚地应了声：“好，以后我带你见见。”

此时，季书怡眼眶已经盈满了泪珠，却依然努力保持平静：“江丞，你那个叫简薇的朋友，就是上次我说我不喜欢的那个女孩，你还会让她出现在我面前吗？”

“当然不会，她上次惹你生气，我就警告过她了。惹宝贝不高兴的人，我一定不会让她再出现在你面前，影响你的情绪。”江丞急忙说。

听完这句话，季书怡眼里盈着的泪水彻底控制不住地流了下来。

真可笑，一边说着要带她见见，一边又说不会让她再见到简薇，所以是想到时候随便找个人应付她吗？

江丞是从什么时候起开始对她谎话连篇的？明知道她讨厌简薇，

却还是会在医院陪她一夜，她不相信江家找不到其他人可以守在医院。

如果他从一开始就实话实说，她不会无理取闹。但通过刚才的对话，他谎话连篇，分明是个惯犯。

昨晚，她刚告诉妈妈她找到了一个对感情忠诚从不骗她的人，可未承想，仅仅只是过了一夜，那份信念就被彻底粉碎了。

她才刚在心里确定，他不会是像爸爸那样对待感情不忠的人，甚至也告诉过他因为受到爸爸的影响，对待感情，她的内心十分敏感。她才刚对他袒露心扉，他也明明什么都知道，可为什么还要骗她，让她再次陷入深渊？

想到这儿，她终究是忍不住哭了出来，哽咽得说不出话，唯余极力隐忍的啜泣声。

电话那头，听到季书怡哭声的江丞，心脏好似被鞭子狠抽了一下，他急声问道："宝贝怎么了？遇到什么事了？你现在在哪儿，别怕，我现在就去找你。"

说话时，他甚至完全忘了他为什么在医院，忘了附近的简薇，拔腿往外冲。

而此时，已经泣不成声的季书怡，吸了吸鼻子，哽咽得不成样子："不用了，不用了……"

她低头抹了下眼泪，却哽咽得更凶了，嗓音发颤："江丞，我们分手吧，我、我不要你了，你永远不要再出现在我面前，永远！"

轰——

一瞬间，季书怡的话于江丞而言仿如晴天霹雳，他的心在那一刻被撕裂，浑身漫延着蚀骨般的疼。

世界在那一刻静止，连呼吸仿佛都停滞了，耳边所有声音消失，整个世界只剩下她哭着的声音。

"我们分手吧，我不要你了……"

通话已被挂断，江丞心慌难忍地迅速拨回去，却无人接听。

而此时父亲江聿怀来了通电话，却被江丞直接挂断，继续边跑边拨打着季书怡的电话。

这是江丞第一次拒接父亲的来电，甚至是秒拒。

另一边，回到家的季书怡，把自己关在房间里，拉上了所有窗帘，室内漆黑一片。

她扔掉了江丞送给她的生日礼物，坐在沙发上却没有哭，只是情绪低落，不断否定着关于江丞的一切。

忽然，雷声滚滚，整个天色都暗了下来，接踵而来的是倾盆而下的大雨，明明还是白天却好似一下子进入了黑夜。

房间里没开一盏灯，可身处黑夜中、从小就害怕电闪雷鸣的季书怡此刻却感受不到一丝恐惧，只能感受到无边无际的窒息感，难受得让她喘不过气。

她强忍了一会儿，终于落下了眼泪。

还未做完检查就紧跟着回来的季景航正要敲门询问情况，却听到用人汇报说："少爷，江家的江丞要进来，可是小姐回来时交代过，说不准他进。"

季景航神色微沉，开口道："知道了，我过去看看。"

别墅大门，江丞的外套已经被淋湿，他正极力地压抑内心的焦灼与守卫好言协商。

季景航走出来时，看到这一幕有些诧异，因为此刻的江丞看起来有些狼狈，与往日那不可一世的嚣张模样截然相反。

季景航走过去直接问道："你对我妹做了什么？把她气得哭着从医院跑回来。"

"她生病了吗？哪儿不舒服？"听到"医院"二字的江丞第一反应是担心季书怡是不是生病了，过了几秒，他才像意识到什么似的，眸光猛怔地盯着季景航问道，"市医院？"

季景航如实说："对，市医院，她没生病，是陪我去做检查的。"

江丞瞬间明白了她忽然提出分手的原因，一定是她看到他和简薇误会了，都怪自己，不该瞒她的。

此刻的江丞懊悔极了，浑身发颤着就要直接冲进去，想当面跟季书怡解释清楚，却被季景航直接伸手拦住。

“你走吧，我今天不可能让你进去的。”

江丞忍住内心的冲动，却压制不住焦灼急切的情绪，怒声道：“你听不见打雷了吗？她很怕这种天气。”

他紧盯着面前的季景航，极力克制着情绪警告：“让开！我不想跟你动手。”

江丞深知，一旦跟季景航动了手，就真的无法得到季书怡的原谅。

而季景航却丝毫不为所动，他倒是对江丞知道自家妹妹害怕雷雨天这件事感到些许诧异，而且江丞好像是真的很焦灼心急，但他并不知道这两人之间发生了什么，只知道以妹妹的性格，今天她是不想再见到江丞的。而且说实话，两人现在的情绪并不适合见面，江丞太过心急，也许反而会起到反作用。

于是，季景航便直接对江丞说道：“我听到了，所以你快走吧，我得回去陪着她。”

江丞的耐心快被耗尽，厉声道：“我今天必须要见到她！”

“江丞！季书怡不是小孩子，她是一个需要自己缓冲情绪的成年人！我不知道你们之间究竟发生了什么，但你现在见她并不是一个合适的时机。你若一意孤行，那我们就在这儿僵持着，让她一个人在房间里吓到哭好了。”

季景航神色不威不怒却字字珠玑：“我知道你的脾气，现在我若转身回去，门口的守卫定是拦不住你的，但我今天绝不可能让你进去。”

季景航话音刚落，又是一道雷声劈下。

听到雷声的江丞快要急疯了，直接怒声冷喝道：“既然知道，那你也该明白，多一个你也一样拦不住！”

季景航哧笑一声："可你会对我动手吗？"

这一句话简直命中要害，江丞只能将拳头捏得咯吱作响，这是他第一次这般力不从心，甚至不知从何下手。

季景航转而又继续道："我妹她今天不会想见你的，你在这儿僵持着毫无意义，只会耽误我回去陪她。"

阵阵雷声响彻耳边，江丞脑海里全是季书怡惊慌害怕的模样，今天已经在电话里听到她令人心碎的哭声，他的宝贝现在一定脆弱难过得快死掉了。

可季景航没有说错，他不能硬闯进去，否则只会让她更加生气，甚至怕他。

大雨中，一身傲骨从不向任何人妥协的江丞，颤了颤被淋湿的睫毛，无力挫败道："行，我走。"

他隐忍着，沉声道："你去守着她，别让她一个人。"

话落，便转身消失在了大雨中。

季景航看着转身走远的江丞，无法理解地挑了挑眉，自从季书怡说她喜欢江丞后，他便调查过这个人，只是信息不多，但关于他的传言却不少。通过这些信息，大抵能得知江丞是一位冷妄嚣张的小霸王，但他倒是没想到江丞会因为季书怡展露出这样狼狈的一面。而自家妹妹明明早上还一脸甜蜜，怎么就一下子变成了这样？

快步来到季书怡房间，季景航一连敲了几声门，都没人应，怕她在里面做傻事，正要破门而入时，忽然房门从里面被打开。

还未来得及开口，他就看到眼睛红肿、一脸憔悴甚至头发还有些乱糟糟的小季书怡一头扎进了他的怀里，委屈地紧紧抱着他，哽咽道："哥哥，我心里好难受，好难受……"

季书怡哽咽着在哥哥怀里蹭了蹭，嗓音带着哭腔："我的心好疼……"

季景航心疼得直皱眉，抬手摸了摸她的后脑勺，安抚着说："没事，有哥哥在呢，心里难受就哭出来，哭好了，跟哥哥说说发生了什么事。”

原本已经自我缓解好情绪的季书怡，听到哥哥的安慰情绪又快要绷不住了，忍不住啜泣了几声，吸了吸鼻子，仰头看着季景航说：“不想哭，不值得。”

季景航低头看着妹妹哭红的眼，心疼得叹气，但还是如实对她说：“江丞来找你了，在门口站了很久想要进来找你，还担心打雷了你会害怕——”

“哥，你不要说了，”季书怡忽然打断季景航，“我不想听到关于他的事。”

季景航了解自家妹妹，性子上来的时候就会很倔，可还是觉得该提醒一句：“看得出来江丞很着急，你或许该给人家一个解释的机会吧，这也是对你自己的这段感情负责。”

“还需要解释什么，我都看到了。”季书怡低沉地说，“我给他打电话就是想给他机会，可他却一直说谎。”

见她正情绪上头，季景航便没再多说。

晚上，季景航在书房开完视频会议出来就看到多喜急急忙忙地汇报道：“少爷，您快去看看小姐吧。”

季景航愣了一下，立马跟着多喜一路走到后院。

雨已经停了，只是空气还很潮湿，等他走到后院垃圾桶附近时，就看到了浑身脏兮兮、脸也脏兮兮的季书怡。

季景航惊愕道：“你在干什么？”

脏兮兮的季书怡撇了撇嘴：“找东西。”

在垃圾桶找东西？季景航无奈道：“那找到了吗？”

季书怡可怜兮兮道：“找到了。”

然而季景航看了看两手空空的小姑娘，一脸沉闷地又问道：“那你找到的东西呢？”

“又扔了。”

季景航：“……”

一整个下午，季书怡闷在房间，大脑里控制不住地浮现出江丞的面容，想着他所有的好，一次次说服自己，最终却还是无法当作什么都没看见。

她还是控制不住地跑出来找她丢掉的礼物，却在找到时又心堵般地再次扔了。

季景航郁闷的目光掠过她落到丢弃在垃圾桶旁边的齐天大圣，他见过，是江丞送给她的生日礼物。

他只叹了口气说："去洗澡吧，浑身脏兮兮的。"

季书怡看着季景航忽然说："哥哥，我想出国散散心。"

季景航看着面前可怜兮兮的自家妹妹，只能什么都依着说："去吧，等开学了就回来。"

他问："想去哪儿啊？"

季书怡看着哥哥回："布拉格。"

因为那里像个童话世界，可以治愈人心。

翌日清晨。

季景航像往日一样出门去公司，然而车子刚开出别墅大门就看到江丞守在外面，整个人狼狈又憔悴，想必昨天他根本就没离开。他微愣一瞬，但并没有很诧异。

怪不得昨晚季书怡说要从后门走，看来是猜到这小子会守在门口。

车子路过江丞时停了下来，季景航降下车窗如实对江丞说："我妹已经出国了，你不用在这儿守着了。"

"出国？她去哪儿了？"

江丞瞬间更慌了，他不敢硬闯，只能守在这儿等她出门，竟没想到已经走了。

"对，昨晚从后门走的。"季景航看向江丞，面无表情地继续道，"至于去哪儿了，你自己不会查？"

江丞闻言，一秒不敢再耽误，转身就要回到车里离开，却在手刚碰到车门的瞬间听到身后的季景航开口说：“江丞，你是不是欺骗我妹妹了？以我对她的了解，如果不是欺骗，她不可能会早上开开心心出门，却在半天时间过后，就变得如此落寞。她最厌恶别人欺骗她，尤其是在感情中，一旦她发现自己被人欺骗就会像惊弓之鸟，迅速把自己缩起来，然后在内心不断地将这份欺骗放大到将你全盘否定。”

听到“全盘否定”的江丞，根本不敢再多逗留一秒，直接拉开车门坐进车里，飞速离开。

查到季书怡去了布拉格的江丞一刻不敢耽误，立马订好最近一趟航班，马不停蹄地朝机场赶去，却在登机前突然接到父亲江聿怀的来电，电话一接通，就听到对方严肃道：“来俄罗斯一趟，现在。”

“爸，我现在没空，去不了。”

这是江丞第一次违背父亲的指令，以至于电话那头的江聿怀还以为是自己听错了，直接沉声反问道：“你说什么？”

江丞神色焦急不安，因一夜没睡，眼底隐隐布着红血丝，他低沉却又坚定地说：“对不起爸，我现在有很重要的事要去做，很急，去不了俄罗斯，等我处理好就立马回来向您请罪。”

江聿怀闻言错愕一瞬，他把江丞带到身边这十八年来，不管什么时候给他打电话，让他做任何事，不管是大事小事，他都从来不问原因直接按照吩咐去完成，哪怕事情很危险他也从未皱过一下眉。

好像只要他下令，江丞就会绝对服从。

可前两天江丞不仅秒拒他的电话，眼下更是直接拒绝他的安排。

江聿怀沉思着，过了半晌问了句：“有多重要？”

江丞低沉着嗓音直接脱口而出：“比我这条命都重要。”

身在俄罗斯的江聿怀听到这句话一下子愣住了，然后眉心微蹙着说了句：“知道了，去吧，有什么事情搞不定的话随时跟爸说。”

“好，谢谢爸。”

布拉格的冬天有种迷人的梦幻感，落地后就仿如到达了童话世界。

“好多年没来布拉格了。”陪季书怡一起来的陆知夏有点兴奋。

季书怡闻言却闷闷地说：“知夏，你真的不用特意陪我来散心的。”

“谁是陪你来的啊，这不是快开学了。”陆知夏笑道，“再不玩，等过几天回学校了又得熬一学期才能放暑假，不得趁着假期的尾巴好好玩？”

她笑看着季书怡说：“反正都是你哥报销，免费环游世界，这么好的事上哪儿找？”

季书怡偏头看着兴奋的陆知夏，深吸了口气，心情稍微被缓解了些，说：“说得也是，再开学又得一学期，走，我们去老城广场吃东西。”

天气寒冷，广场上没有太多人。

两个女孩边走边吃，陆知夏偏头看了眼情绪不佳的季书怡，开口道：“你跟大魔王真的分手啦？”

“不然呢？还能有假分手啊。”情绪不佳的季书怡想到某人更烦躁了。

“可不应该啊，”陆知夏安慰道，“江丞对你那么好，不像是会脚踏两只船的人，而且那个简薇他们打小就认识，真喜欢的话还能有你什么事啊。”

“谁说他脚踏两只船了。”季书怡咬了口手里的丸子，愤愤地说，“我生气他骗我，而且他的谎话张口就来，不带一点犹豫，完全就是一个惯犯。”

“那也许大魔王有什么苦衷呢？”陆知夏劝解道，“你都不给人家一个解释的机会，就直接给人判死刑了？我看电视剧的时候，如果女主角是你这样的，我一定发弹幕让她清醒一点。”

季书怡一脸郁闷地看着陆知夏，皱眉道：“你什么时候被江丞策反的？”

陆知夏激动道：“谁被策反了呀，我只是不想你俩这样不明不白就分开了。”

“算了，不提他了。”季书怡转移话题说，“那边有个涂鸦墙，过去看看。”

涂鸦墙上写满了各个国家的语言，有情侣的誓言，有对朋友的祝福，也有对自己的鼓励，各种文字交错在一起，有一种别样的美感。

陆知夏拿出手机在涂鸦墙前自拍了一张，而季书怡看着上面的誓言走了神，回神时竟发现自己在墙上写下了“江丞”二字，转瞬就立马气鼓鼓地在后面加了两个字“是狗”。

刚好看到的陆知夏故意凑过去说了句：“我们约定一下，如果大魔王追来了，你就给人一个解释的机会呗。”

季书怡闻言没什么情绪地脱口而出：“他又不知道我在哪儿，怎么可能追来。”

正说着，季书怡忽然像意识到什么似的立马严肃地看着陆知夏说：“你不准跟他说我在哪里，也不准跟陈星熠说，这个时候不准当小叛徒！”

陆知夏立马保证道：“行行行，我保证不说。”

江丞赶到布拉格的时候已经是晚上，等他好不容易到了季书怡订的酒店，却被告知她已经离开了，原来季书怡没有在布拉格过夜，而是直接飞去了维也纳。

得知她已经离开的江丞，真的要疯了，他所有联系方式都被她拉黑，而她也不接任何陌生来电，好像成心让他找不到，让他永远都不能出现在她面前。

他不敢逗留，急忙又追去了维也纳。

季书怡和陆知夏到达维也纳的时候已经是凌晨了，直接下榻订好的酒店睡觉。

玩了一天的季书怡，本以为自己会累得倒头就睡，可翻来覆去根本就睡不着，甚至大脑完全失控，不断浮现着关于江丞的所有画面，而且她惊慌地发现，她想的全是他的好。

她以为自己对江丞的喜欢是被动的喜欢，是因为他宠她、会哄她且对她好得独一无二，让她被动地沦陷在他给的热烈情感中。

可如今，她发现了对方的糟糕不堪，甚至江丞还做了她最厌恶的事情，她明明应该彻底将他摒弃的，却还是控制不住地想他……

这种感觉就好像是明知前方是一片万劫不复的深渊，却还是控制不住脚步地想要跌进去。

季书怡甚至想，如果江丞真的追来了，她就顺着陆知夏的话，给自己找个台阶下，让他好好解释，解释他是有苦衷的……

想到这儿，季书怡轻轻拍了拍自己的脸，让自己清醒，她不能像妈妈那样，在感情中输得一塌糊涂，狼狈离场。她也不要找一个像爸爸那样对感情不忠，对她存在欺骗的男人。

季书怡在维也纳也只待了一天就去了下一个城市，她完全没有做计划，想到哪里就直接飞了过去。

就这样，江丞一连追着她几天却没见到人，总是慢她一步，而这短短几天对他而言简直就是度日如年。

他见不到她，不知道她是什么情况，但他必须得让她知道他在找她，在疯狂地找她。

季书怡被他哄惯了，这次这样让她负气离开，她该有多难过。再者，如果她没有关于自己的一点消息，一定又会胡思乱想，想他是不在乎她，想他是放弃了她，想他是个十恶不赦的坏蛋，竟然让她生着气过了一天又一天。

而江丞也第一次品味到那种为了一个人可以着急到发疯，可以心脏剧痛到想把自己撕裂的痛苦滋味。

巴黎街头，露天的小酒馆，有献唱的街头艺人，也有年轻男女在一起谈笑风生。

这倒衬得情绪低落，随时都可以哭出来的季书怡有些格格不入。

她出来好几天了，却一点都没有他追来的消息，让心底那燃着的微弱火苗彻底熄灭了。

陆知夏看出了季书怡的低落，故意笑着递过去一杯果汁说："这小哥哥唱歌还挺好听，你想听什么，我去给你点一首……"

"你好，季小姐。"

陆知夏话音刚落，忽然，一位金发碧眼的男子捧着一束黄玫瑰直接走到季书怡面前，态度谦和恭敬地说："有人让我把这个送给你。"

正喝着果汁的季书怡错愕地抬头，见送花的男子是个陌生人，直接面无表情地拒绝道："抱歉，我不收陌生人的东西。"

金发男子见状，立马解释道："季小姐，这是我们江少让我送给你的。"

"江少？"没等季书怡反应，陆知夏率先激动地看着金发男子反问道，"江丞？"

金发男子立马应道："对，是江丞少爷。他正从莫斯科赶过来，我们少爷很想见季小姐。"

听他说完的陆知夏直接替季书怡接过了花："谢谢，花我替季小姐收下了，通知你们少爷要快点哦。"

完成任务的金发男笑道："一定通知到位，另外你们的所有消费江丞少爷已经付过了，祝你们玩得愉快。"

金发男子走后，陆知夏立马激动地把花递给季书怡，调侃道："是黄玫瑰，我记得黄玫瑰的花语好像是'道歉'吧。果然，大魔王要么不出手，一出手肯定细节到位。而且刚才那个金发男子说江丞要从莫斯科赶过来，我们不也刚从莫斯科过来吗？他该不会是一直追着你，却又一直错过了时间吧。"

季书怡冰冷的心在这一刻又开始隐隐悸动，她当时连夜出国，走的后门，他应该是早上看到哥哥出门才知道她已经出国了吧。

所以，他是因此才一直和她错过吗？

但下一秒，季书怡就迅速将这个思绪甩出脑袋，心疼男人倒霉一辈子，她才不要替他找借口！

整理好心情，季书怡无情地回了陆知夏一句："不知道，也不想知道。"

说完直接站起身，拉着陆知夏去了下一个目的地——梅斯。

梅斯位于法国洛林大区摩泽尔省，是洛林大区的首府，一座被星罗棋布的湖泊环绕着的绿色花园城市，最主要的是那里有陆知夏想去的室内滑雪场。

然而，刚入场还没换上滑雪服的季书怡又收到了陌生人送来的花，是一束花语为"思念"的满天星，甚至花束上还摆放了一个精致漂亮的齐天大圣玩偶。

这一刻，季书怡不得不承认她的心有几分动摇，尤其是旁边的陆知夏还故意助攻道："先送一束黄玫瑰主动道歉，又来一束满天星诉说想念，大魔王很会！而且我们才刚到，江丞就都安排好了，有点实力。"

季书怡没有接她的话，只平静地说了句："快换衣服，再耽误就玩不了多久了。"

室内滑雪场没有室外滑雪场来得刺激，但足够季书怡和陆知夏玩很久。

滑雪结束之后，二人去泡了个温泉，做了全身按摩，放松一下这两天因奔波十分疲惫的身体。

"好舒服。"

出来时，已经是晚上了，陆知夏舒服地自语了一声，然后偏头对季书怡说："去吃饭吧，我都饿了。"

季书怡不知在想什么，有些心不在焉地应了声："好，想吃什么？"

陆知夏高兴道：“去吃烤肉。”

“好。”

两人一边逛着一边往烤肉店走去，一路上，两人还拍了很多照片，俨然一副游客的样子。

“哎？刚才我动作还没摆好你就给我拍了，好丑呀……”

陆知夏低头翻着刚才拍的照片，忽然，她被突如其来的一阵嘈杂声吓得立马抬头望去——竟看到前方有两群人正在对峙。

“别看了，”季书怡赶忙拉着陆知夏离开，“我们绕道走。”

然而话音刚落，对峙的两群人中忽然冲出来一个人，好似要逃跑，甚至还是直冲着她们的方向跑来。

季书怡吓得拉着陆知夏掉头就跑，惊慌之际她忽然被一股大力向后一扯，后背直接撞在一个坚硬而熟悉的胸膛上，没等她惊叫出声，就听到耳边响起那熟悉低沉的声音：“宝贝别怕，我来了。”

还处在惊怔中的季书怡转头看着身后的江丞，此刻的他气场强大，季书怡忍不住就脚步向前迈了半步，试图拉开距离，但这个小动作却让江丞以为她又要跑，直接一步上前不管不顾地就将人拽进怀里紧紧抱着，主动道歉：“宝贝对不起，我不该骗你，不该对你说谎……”

他嗓音隐隐发颤：“你生气了可以直接冲我发脾气，不要跑行不行？这几天我找你都快找疯了，我很担心你……”

被他紧紧抱在怀里的季书怡，似乎能清楚地感受到他那颗狂跳的心，耳边江丞那低入尘埃的声音，让她心软，她能感受到他搂着她的手在不停收紧，好似怕她再跑了，想把她揉进身体里一般。

这一瞬间，一颗心因为他的及时出现而不停跳动着，她控制不住地想要沦陷，可一想到他的欺骗，她还是无法做到轻易原谅，于是便努力保持清醒，用听不出什么情绪的声音冷漠道：“你松开，你抱得太紧了，勒疼我了。”

果然，听到勒疼她了，江丞才慌忙松开手，此刻他极度小心翼翼，生怕又惹她不高兴。

然而他才刚一松开，季书怡便迅速与他拉开距离，她看着他，隐忍着所有情绪，故意说得云淡风轻："我们已经分手了，你也不用跟我道歉，刚才谢谢你……"

"谁要跟你分手？"听到"分手"二字的江丞像是触到雷区，直接伸手抓住季书怡的手腕，疾声道，"季书怡你就死了这条心吧，我说过会纠缠你一辈子。"

"可我不想要你！明白吗？"季书怡红了眼眶，几乎是冲他吼出来，"我季书怡不要一个说谎成性的人。"

她强忍着不让自己哭出来，仰着下巴高傲地瞪着他，一字一句地说："我季书怡出生以来，家庭富足，过得随心随意、逍遥自在，所以我可以一辈子不谈恋爱。但如果我决定和一个人建立亲密关系，那我只要对我全心全意的人。我不想再走一遍像我妈那样的人生路，我也明明告诉过你，父母的事让我有多害怕别人欺骗我，多害怕在感情里遇到不忠的人……"

季书怡哽咽着，忍不住要哭出来，但仍努力自己缓解着，吸了吸鼻子继续道："而你明明知道我担心害怕的点，却还是往我最脆弱的地方捅刀子，你说这几天找我找疯了，那你知不知道我也快疯了！"

江丞看着她哭红的眼眶和故作坚强的倔强，心疼得快要窒息了，但他不敢强硬地去抱她，只能放低声音哄道："骗你是我不对，我以后再也不会骗你任何事了。当时在医院，我怕你知道是简薇会误会多想，怕你生气我不能及时去哄你，我才——"

"什么叫我生气了你不能及时来哄我？究竟是简薇受伤了，还是你受伤了？"季书怡直接打断江丞的话，眼泪也终于忍不住落了下来，哽咽道，"江丞我看你今天不是来跟我道歉，是嫌我不够难过，来给我添油加醋的吧，你为什么总欺负我……"

看到季书怡落泪的样子，江丞简直心痛到无法呼吸，他慌忙把人重新搂进怀里，焦灼而卑微地出声道："宝贝不哭，我从来都没有对你不忠，原谅我这一次好不好？"

这一瞬，曾历经生死都未曾胆怯过的江丞此刻却眼尾泛红，慌到嗓音都在发颤。

他极力跟她解释："不是因为简薇。我当时接到电话的时候是打算直接安排个人过去医院看一下的，但我爸说要我亲自过去，让我在那儿等着简薇家人来了之后再走，还让我在她家人赶到之前不能离开医院，所以……"

"所以因为江叔叔的话，你就把我抛到了身后对吗？哪怕当时我生气了你也不能离开医院来哄我对吗？"

季书怡越听越气，气到忘了推开他，只仰头看着他，委屈地打断他的话："因为简薇受伤，你不能陪我吃午饭；又因为江叔叔一句话，你可以无条件地不管我。江丞，那你告诉我，在你心里我是什么位置？是不是当我成为选项的时候，就会是你毫不犹豫地抛弃的那个？而我是不是也该像你一样，听爸爸的话选择跟唐御在一起？"

她说着，忽而自嘲地笑了笑："刚才看到你出现的时候，其实我心里挺开心的，可现在我却宁愿你没有追过来，没有跟我说这些话，那样我就可以为你找借口来安慰我自己……"

她伸手推开他，倔强地忍着眼泪，仰着下巴，保持最后的体面："你走！滚啊！我永远都不会原谅你。"

"宝贝从来都不是选项，你比我这条命都重要，我怎么能抛弃你。"

一直被她打断说话的江丞，听她一字字说完，看着她此刻泪流满面的样子心疼得快要死了，完全不顾她的推搡，又强行把人紧搂在怀里，急声哄道："我没有因为简薇而做过任何决定，只是因为我爸而已。我只是习惯了对他的每句话都言听计从，他让我做任何事我都必须要去立马完成，所以他说让我亲自去医院看着我就去了，真的不是因为受伤的是简薇，我跟——"

“是吗？你这么孝顺啊，对父亲的话言听计从？”季书怡再次打断他的话质问道，“可我就不信你当时直接跟江叔叔说你有事去不了，江叔叔会不同意，还是说你是个懦夫连说实话的勇气都没有——”

“我不是懦夫！”江丞忍不住疾声打断她的话，呼吸低沉，隐隐发颤着说出内心最深处的秘密，“我是父亲领养回来的孩子，我跟爸爸没有血缘关系，是他从孤儿院把我带回家，把我当成亲生儿子抚养，从小到大只要是我多看一眼的东西，第二天就会立马摆在我面前，所以哪怕我是一个被领养的孩子，但我一点也不自卑，因为父亲什么都没让我缺失过。对父亲的这份恩情我不知道要怎么报答，所以我唯有对他的每一句话、每一个吩咐都言听计从，做一个让他骄傲的儿子才行。

“甚至我没有去学管理而是学法也是因为父亲，我曾以为自己这辈子都会对父亲言听计从，直到听到你说分手，我才发现自己没那么伟大，当时我只想来找你，怕你生气，怕你将我全盘否定，所以我第一次拒接了我爸的电话，推掉了他交代的事，追你一直到这里……”

江丞见怀里的人完全怔住，没了一点挣扎的动作，情难自控，忍不住就想抬手为她擦掉眼泪。

“我不要你碰！”季书怡慌忙别过脸躲开他的手，神色平静，似乎在努力消化他说的每一个字，脑子里已经乱作一团，几秒后才不甘又委屈地幽幽道了句，“江丞，你大概不知道我有多期待这段感情，你有难言之隐可以对我坦诚，但这不该成为欺骗我的理由，因为我跟你说过很多次我讨厌欺骗，任何形式的欺骗。”

话落，季书怡直接推开江丞转身就要走，然而江丞却抓着她不放。

一直等在一旁的陆知夏看着满眼彷徨无措的季书怡，急忙上前对江丞说：“大魔王，你、你今天的信息量有点大，你让她静一静，别逼着她现在给你一个答案，她哭成这个样子，情绪早就崩了，我先带她回酒店，你放心我一定看好她。”

江丞依旧不愿意松开，仿若一松手她就会再次从他的世界消失，只顺着陆知夏的话道：“那我送你们回酒店。”

陆知夏看了眼季书怡，见她只神色慌乱却并没有拒绝，便也没多嘴。

与江丞同行的还有一个男子，四个人到了酒店后，季书怡一进房间就直接把江丞关在了门外，一言不发地坐在沙发上发呆。

陆知夏悄悄走到门口开门对江丞说：“我们都还没吃饭。”

江丞闻言，立马对随行的男子说：“去买饭。”

接着又说了些季书怡平时爱吃的菜品，甚至还让对方再买一份小蛋糕，因为甜品可以在一定程度上让人心情稍微好些。

直到饭被买回来，季书怡都没说一句话，陆知夏怕她不愿意吃饭，正琢磨着怎么安抚，却看到季书怡已经自己拿起筷子开始吃饭，平静得像个没事人一样。

只是这份平静让陆知夏更加心慌，果不其然，没一会儿她就看到低头认真吃饭的季书怡开始啪嗒啪嗒地掉眼泪，模样委屈又可怜，这是陆知夏第一次见到这样的季书怡，脆弱、敏感、浑身都透着不安。

“心里难受就好好哭一场。”陆知夏在她旁边坐下，搂着对方的肩安慰着说，“我陪着你，或者我把大魔王喊进来，你把他打一顿出出气。”

刚才，江丞告诉陆知夏他会一直守在她们门口，有任何事要第一时间出来告诉他。

可季书怡听完却立马哭着拒绝道：“不要，我现在不想见到他。”

“那就不理他。”陆知夏顺着她的话安慰道，“吃点小蛋糕吧，甜食可以让人心情好些。”

陆知夏说着就直接把小蛋糕打开递到季书怡手里：“吃点吧，是你爱的香草味。”

季书怡不想让陆知夏担心，便接过来安静地吃了几口。

陆知夏见她吃东西了，沉默了一会儿，小心翼翼地开口道："其实江丞今天说了那么多，感觉他道歉诚意挺大的，也解释了说谎的理由，我还是第一次看到他这副模样，要不你考虑考虑，再跟他相处看看？"

季书怡把口中的蛋糕咽下，颓丧开口道："其实当我看到他出现的时候，内心就疯狂地出现了一个念头——只要江丞解释，我就原谅他。

"这些天，我控制不住地想他，可正是这份对他逐渐加深的情感让我更加害怕，怕原谅了他一次，就会有第二次，我不想自己沉沦在这份爱中无法自拔，再加上又听到他说了那些过往，我现在整个人都很乱。"

"那咱不想他了。"陆知夏急声安抚着说，"吃饱了，洗澡睡一觉，明天我们回家。"

听着陆知夏的安抚，季书怡不想她太担心，强扯出一抹笑说："好。"

这一夜，江丞就一直守在季书怡的房门口，一夜未眠，生怕一不小心她就又离开了。

季书怡凌晨之后才睡着，一觉睡到了快中午才醒，等她洗漱完收拾好行李，一打开酒店房门就看到了斜倚在门口的江丞，但她只讶异了一瞬，一句话没说直接绕过江丞下了楼。

之后，不管她去哪里，江丞都寸步不离地跟着，直到快要登机时，季书怡才气冲冲地回头，情绪有些崩溃向他吼道："你能不能别再跟着我了！"

江丞下颌线绷得僵直，他抿了抿唇，闷闷地说了句："不能，你去哪里我都要跟着。"

季书怡望着江丞，情绪更加崩溃，无奈地看着对方，有气无力地说了句："你这样让我很崩溃，让我快要喘不过气了知道吗？你这样跟着我到底是什么意思，逼着我原谅你吗？你考虑过我的想法吗？

凭什么你追来我就要原谅你？江丞，你这样做不过是在自我感动罢了。”

江丞见她满脸憔悴，又慌又急地对上她的视线，见她毫无退让的意思，半晌后才神色艰难地开口：“好，我不跟着你……”

季书怡不等他说完就直接转身继续走了，而江丞僵在原地，内心十分痛苦纠结，却不敢再跟过去，立马联系助手安排了私人飞机。

此刻的他只能一直后悔，为什么当时要骗她，让她害怕敏感成这样。

直到季书怡的背影在他的视线里消失，才转身去乘坐私人飞机。

而走远后的季书怡在江丞离开后忍不住回头望去，满脑子都是他刚才隐忍着心痛的样子，以及他昨天对她说的话和对她的道歉，再想到在酒店一打开门就看到守在外面的他，季书怡的一颗心终究还是软了下来，她无力地坐在长椅上，给沈烟打了通电话。

电话很快被接通，电话那头沈烟说道：“好巧，我正要给你打电话呢。”

听沈烟的声音，季书怡低着头，无力地开口：“烟烟，你在干吗？”

“我在想该怎么为我那弟弟求情呢，”沙发上，头枕在唐世卿腿上的沈烟微微叹气，“江丞惹你生气了对不对？”

“你怎么知道？”季书怡的脸上看不出什么情绪，“我给你打电话也是想问问他的事。”

“因为江丞给我打电话了，我们的关系你知道的，虽说是姐弟，但我也才被爸爸找回来不久，跟江丞的关系不像寻常姐弟那样亲密，所以他极少主动说自己的私事，但这回他对我说他惹你生气了。”

沈烟停顿了一下继续道：“他说‘姐，我把季书怡惹生气了，我不知道要怎么哄，你帮我跟她求求情行不行？’我当时听他说完一下子愣住了，因为江丞好像哭了。

“以前我听父亲说，江丞有一次胸口受伤，情况危急，必须马上救治。可当时麻药不够，他索性便没用麻药，但手术过程中他一声不吭，好像没有任何痛是他忍受不了的。可刚才他给我打电话说起你的时候，他的声音都哽咽了，特别怕哄不好你。

“我还听父亲说，从来都不会挂他电话、不听他吩咐的儿子，忽然拒接他电话还直接拒绝了他的交代，我问了江丞，他说是着急去找你……”

“烟烟，”季书怡安安静静地听着沈烟说完，迟疑了一瞬，才缓缓开口，“江丞说他是江叔叔领养的孩子，是真的吗？”

“是。”沈烟继续解释道，“当年我跟我妈下落不明，父亲一直在找我们，这期间一直未娶妻，后来，父亲遇到小时候的江丞，觉得眉眼间和自己有几分像，而且与我年龄相仿，便收养了他，当成一种心灵寄托，但父亲完全将江丞当成亲生孩子抚养，所以他跟你说的都是真话，只有医院这事他隐瞒了你。”

“感情总要磨合，我跟唐世卿也是，你还记得吗？当初我还在你面前哭来着。所以，要不你再给江丞一次机会呗？但你放心，我不会因为他是我弟就为他说话，我是真的能看出江丞喜欢你，而你既然会给我打电话，就说明你也是放不下他的。

“你生气他欺骗你，可他的隐瞒只是因为从小到大对父亲的一种习惯性服从，就像你因为父母的事情会内心敏感，而这种敏感是刻在骨子里的，而他对父亲的服从也是刻在骨子里的。可现在他却因你改变，那我们小书怡是不是也该从自己敏感的龟壳里走出来，给他一个机会，也给自己一个机会？毕竟，你也很喜欢很喜欢他的不是吗？”

最后，季书怡忘了是怎么挂的电话，只记得沈烟开导了她很多，用自己曾经的情感经历，替江丞诉说真心。

或许……自己该从敏感的龟壳里走出来，给他一个机会，也给自己一个机会。

毕竟，季书怡也很喜欢很喜欢江丞……

一个小时后。

私人飞机上，通讯器里忽然传出一道男声："丞少，季小姐乘坐的航班，在起飞半小时后意外坠毁……"

闻言，本就焦灼憔悴的江丞陡然瞳孔猛缩，颤声确认道："你再说一遍？她怎么了？"

通讯器再次重复道："季小姐乘坐的飞机意外坠——"

"位置！"江丞甚至等不及对方说完，就彻底失控地吼出来，"坠毁点在哪儿？！"

"这就给您发过去，我方也已经派人去了现场。"

旁边随行的保镖看着身旁的江丞，大气不敢喘，他从小跟在江丞身边，一起经历过各种险难，当初生死抉择之时他都没看到江丞这般失控的模样，可现在他却满眼晦暗，浑身上下没了一点生机，仿若正被凌迟，每一口呼吸带着刺骨之痛，让人痛不欲生。

飞机失事点在一处森林，江丞赶到的时候现场因飞机坠毁引发火灾，四周围满了消防和警方等一切相关人员。

森林中遍地残骸，江丞满眼血红，疯魔一般地冲过去，动作快得整个人都出现了残影。

"丞少，您别过去。"有人急忙冲上来拦住江丞，悲痛道，"现场伤亡很严重，目前只发现三人生还，我们已经全部排查，暂未发现季小姐，您要有个心理准备……"

"闭嘴！"

江丞双眼血红，一把推开拦着他的三个男子怒吼道："她不会死，她不能死！"

说着就奋不顾身地冲进满地残骸中，想要找到关于她的东西，又怕看到关于她的东西。

他不停寻找着，每走一步都感觉生命在被一点点抽走，让人一点点窒息。

“宝贝，你不能有事，你千万不能有事。”

江丞整个人都在颤抖，心里不断祈祷着，只要她平安，他甘愿跌进万劫不复的炼狱。

“咳！”

一瞬间，江丞忽然感觉到一阵天旋地转，紧接着喉间弥漫着血腥气，呕出一口鲜血！

保镖见状，立刻惊恐喊道：“少爷您……”

“没事。”江丞毫不在意地抬手抹掉嘴角的血迹，“继续找，一定要……”

“江丞。”

一片混沌中，江丞好似听到了季书怡的声音，他浑身僵住，怕是自己幻听没敢立马回头看，直到那熟悉声音再次响起。

“江丞，我没有上飞机。”

直到季书怡的声音真切到近在咫尺，江丞这才慌忙回头，而他的视线中果真出现了那个快让他肝肠寸断的姑娘。

那一瞬间，这个天不怕地不怕、狂傲得不可一世的少年湿了眼眶，他慌不迭地一把将人紧紧抱在怀里，嗓音发颤：“宝贝对不起，我错了，我再也不对你说谎了，再也不会以任何借口对你说任何形式的谎言，你原谅我吧好不好，就这一次……”

他下巴轻抵在季书怡的颈窝轻蹭，放下所有傲骨，软下声音：“求你了……”

季书怡被他紧紧搂在怀里，耳边萦绕着他的哽咽声，她走来的时候看到他在废墟中寻找她的样子，看到他因伤心过度呕血，便忍不住抬手回抱他，在他背上轻抚，安慰道：“我刚才看到你吐血了，去看医生。”

感受到背上轻抚着他的那只手，江丞愣了一瞬，不知她是何意，只低喃了句：“我没事，不用看医生。”

可季书怡却不放心地从他怀里仰起头望着他：“去看医生。”

她眼里有泪，江丞不敢不依，也不敢逼她立马给一个答案，只抱着她不放："你陪我去好不好？"

"好。"

看到飞机失事的新闻，江季两家都来了很多人。

江家在当地有一处房产，而私人医生正在房间给江丞做身体检查。

其他人都在门外等着，这本也不是什么大事，可沈烟与江聿怀看江丞满脸憔悴的样子，始终不放心。

他一路上一直拜托沈烟留住季书怡，检查时还一遍遍催促医生，要求动作快些，等终于检查好，他连衣服都没来得及穿好就匆匆开门出来，可他环顾四周后，发现又不见季书怡的身影，便看着沈烟急声问道："姐，书怡呢？"

"她刚走，回酒店了。"沈烟解释道。

听到季书怡又走了的江丞，根本来不及继续听沈烟的话就急忙跑了出去。

沈烟见状，急忙出声喊道："我还有话没说完啊——"

"不用说了。"一旁牵着她手的唐世卿及时打断，"就让他追过去吧。"

暮色深沉，等江丞来到季书怡下榻的酒店时，夜已经黑了下来。

江丞心急如焚地跑到季书怡房间时，看到门口守着一名男子，而房间里有两个女孩在收拾季书怡的行李。

正在收拾行李的一位女孩看到忽然冲进来的江丞，立马恭敬道："丞少爷，烟小姐让我们来给书怡小姐收拾行李的……"

江丞心慌得不得了，疾声问道："那季小姐在哪里？"

"书怡小姐在酒店花园……"

女子话还未说完，江丞已经转身冲了出去。

如今的江丞已完全不是曾经那个随时保持冷静的孤傲少年，从她提分手的那一刻开始，他的心就未曾安定下来过。他本以为她终于原谅了自己，可发现她又离开了的时候，一颗心又瞬间慌乱起来。

巴黎被称为浪漫之都，大雪过后，酒店花园被特意布置了一番，茫茫积雪搭配带着荆棘的红玫瑰，在黑夜中散发着独特的美。

江丞刚到花园，便一眼看到了穿着湖蓝色御寒披风蹲在雪地里拿着根小树枝不知在画着什么的季书怡。

江丞站在季书怡身后，看不到她的动作，以为她还在生气，所以不顾寒风刺骨，一个人躲在这里。她的披风很大，散落在雪地上，衬得蹲在雪地里的人儿小小的，背影孤单又委屈，这一幕让江丞情不自禁地放慢脚步，紧咬后槽牙，整个人紧绷着，忐忑不安。

他好像真的很不会哄人，他怕贸然靠近又会令她生气，可他又不能再让她离开了。

江丞就这样不知所措地在雪地中盯着她的背影站了许久，才忐忑不安地轻声唤道："宝贝……"

听到熟悉的声音，季书怡的神色微怔了一瞬，便迅速丢掉手中的树枝。

她猛然回头，只见一向桀骜冷妄的少年在她面前彻底放下一身傲骨，低着头，单膝跪地，心甘情愿朝她俯首称臣："别生气了好不好？我认错。"

早就已经原谅他的季书怡看着眼前的少年，心又软下几分，她还没来得及出声，只见江丞惴惴不安地抬起头望向她，小心翼翼地开口："美丽的小仙女，请让我这愚蠢的凡人向你许个愿吧。"

季书怡还是第一次看到这副模样的江丞，她恍然回神，竟觉得面前的少年莫名多了几分可爱。

她勾唇一笑，微扬下巴，像极了一个高高在上的小仙女一般对少年开口道："那本仙女准你先说说看。"

时隔数日，江丞终于又在季书怡眼中看到那份独属于她的熠熠光彩，但他却依然不敢懈怠，小心翼翼地开口道：“别再跑了行吗？请给个机会，我想哄你一辈子……”

那一刻，季书怡站在路灯下，灯光萦绕在她周身，仿若一位从天而降的小仙女，而江丞单膝跪地，满目柔情，痴痴地望着他心中唯一的女孩。

过了几秒，季书怡缓缓走到江丞面前，扬唇一笑：“好。”

她双手轻轻搭在他的肩上，低头看着一脸不安、憔悴的江丞，心疼道：“你的小仙女答应了。”

他的小仙女？所以是原谅他了？

江丞惊喜又有些不敢相信地看着季书怡的眼睛，颤声道：“真、真的？”

季书怡见他一脸不敢相信的样子，轻笑道：“比珍珠还真。”

江丞紧盯着季书怡的眼睛看了几秒，确定她是真的原谅他了，这才猛然站起，伸手揽住对方的腰将人死死扣在怀里……

而猝不及防被对方拥入怀中的季书怡轻呼出声：“怎么了？”

“让我抱一会儿。”江丞将人死死抱住，激动地重复着，“再让我抱一会儿……”

季书怡听着江丞发颤的声音，脑海里瞬间浮现出他悲痛到呕血的样子，一时间情难自控，鼻尖酸涩，一动不动地乖乖让他抱着。

他到底有多在意她，才会在听到她可能遇难的消息后悲伤到呕血？

季书怡不敢想，因为这几日的难过都快让她感到窒息，所以江丞究竟要比她难过多少倍，才会出现那样的情况？

如果疼痛可以分级，那他大概早已到达顶峰。

想到这儿，一阵寒风袭来，层层雪花扑面而来，季书怡忍不住打了个寒战，她从他的怀抱里挣出：“好了，你快起来，这里好冷，我们走吧。”

“好，我们走。”

江丞立马帮她把身上的披风裹紧了些，又顺手把披风上的帽子也给她戴上。

花园的积雪很厚，他细心地低头看了下季书怡的鞋子，然后毫无征兆地忽然蹲了下去。

“你干吗？”

见他忽然蹲下，季书怡错愕中下意识地向后退了一步，避开他忽然伸过来的手。

“你这靴子里都进雪了。”蹲在地上的江丞仰头看面前的女孩道，“这里积雪太厚，鞋子湿了会更冷，我背你出去吧。”

“不用。”季书怡立马拒绝道，“我自己可以走，而且你身体还有伤。”

“那算什么伤。”江丞站起身，然后背对着季书怡说道，“上来，让我背一会儿呗。”

这个时候的季书怡不忍再拒绝他，便答应下来，只交代了句：“那你要是不舒服了就放我下来。”

“好。”

收拾好行李的两个女孩和随行保镖寻过来的时候，就看到了他们那冷妄桀骜的少爷，蹲在雪地里背起了身后的姑娘。

一瞬间，几人彼此对望了一眼后，集体僵住了脚步。

而刚背起季书怡的江丞就看到了不远处站着的三人，他们手里正拎着季书怡的行李，顿时没来由心里发怵，然后回头看向背上的人问道：“宝贝收拾东西准备去哪儿？”

趴在江丞背上的季书怡双臂轻轻环着他的脖子，闻言歪头对上他的视线，疑惑道：“收拾东西去你那里，烟烟没跟你说吗？”

当时，她不知道江丞身体究竟是怎样的情况，就想着把行李收拾好后，晚上再过去照顾他。可她明明临走时跟沈烟说好的呀！难道她没告诉他吗？

江丞微愣一瞬，回想起检查好身体后，着急寻她，于是根本没来得及听姐姐后面的话。

“我就听到我姐说你走了，就立马追过来了。”江丞如实对她说，“后面的话没听到。”

季书怡在他闷沉的声音中听出了他对她的在意，忍不住会心一笑，直接顺势在他脸上亲了一口。

虽然只是亲在他的嘴角，但对江丞来说是久违了许久的温度。

行走中的江丞忽然顿住脚步，仿佛这一刻才完全确定了自己已经被她原谅的事实，终于扬唇轻笑，整个人也如雨后春笋般，被重新注入了生机。

在这个雪夜，他终于哄回了他的小仙女。

雪地里，一袭黑衣的江丞背着身穿湖蓝色披风的季书怡，一步步走着，画面美好得仿佛一幅唯美的水墨画卷。

两人就这样静静地走了一会儿，江丞突然开口问道：“宝贝是有事，所以才没上飞机吗？”

话落，又后怕道：“幸好没上。”

否则，现在他定悔之晚矣。

“登机前，我把你骂走了，但等你走远后我又忍不住回头看你，当时我的思绪很乱，也需要自己一个人冷静的空间。后来我想了想，就给烟烟打了个电话，她跟我说了很多，她说你找她来跟我求情，还有很多很多关于你的事……”

江丞闻言苦涩一笑：“我就是没办法了才给我姐打的电话，这也是我第一次找她帮忙。”

“我知道你是为了我，”季书怡笑道，“所以当我看到飞机失事的新闻时，我就知道你一定会去事发地找我，然后我就赶了过去，看到了你伤心过度，绝望的模样。”

季书怡回想着那一幕，忍不住吸了吸鼻子，低喃道：“江丞，这次吵架也有我的问题，我不该把他人的问题附加在你身上。但你也不该骗我，可能你觉得这次的谎言并没有对我造成什么实质性的伤害，或者觉得这只是一件小事。可人这一生又能遇到多少件大事呢？不都是小事堆积起来的一辈子吗？

“再者，出现一个谎言就会需要用另一个谎言去圆，我讨厌欺骗，讨厌任何形式的欺骗。

“善意的也好，恶意的也罢，谎言就是谎言。而两个人之间一旦出现了谎言，就会不断出现裂痕，我不要跟你之间有任何谎言，有任何裂痕。”

“我都记着了。”江丞小心翼翼地保证道，“以后我再也不会对你说谎，更会把你放在最重要的位置。”

“也不许再欺负我。”

“好，不欺负。”

话落，他就看到背上的人毫无任何心理负担地冲他笑了，像以前一样，笑得能甜到人心坎里，治愈他一切悲伤和糟糕的心情。

季书怡歪头看着他说：“我以后也不欺负你，不给你关小黑屋了。”

听到小黑屋，江丞无奈地笑：“不关小黑屋就好，我只要宝贝开心。”

第七章·Chapter 7

承诺

回到别墅的时候，沈烟和唐世卿二人得知他们两人已经和好便走了，陆知夏也跟他们一起回去了。

江家在这里的别墅平时没有人住，只每隔几天会让人过来打扫，保持干净整洁随时可住的状态。

到家时，季书怡的鞋袜都有些湿，江丞怕她感冒，找了些驱寒的药包泡在足浴桶里，然后端到沙发边让她泡脚。

他从未这样细致地照顾过人，第一遍水很烫，调了两遍，季书怡才能把脚放进去。

“还烫不烫？”江丞不放心地问了句。

“不烫了。”

季书怡看着坐在她对面一脸认真的大男孩，她都已经快要忘了刚认识时他那副欠揍的样子，眼下他自己的头发已经留长，之前接的假发也都已经拆掉，现在的发型是那种有些侧背感的黑发，十分英气。

原来，不知不觉间，他因为她竟已经像换了一个人。

被盯得有些慌的江丞，困惑地微微挑眉道:“这么看着我干吗？”

“没事。”季书怡慌忙收回视线，轻咳一声，忽而问道，“江丞，你是不是很喜欢兔子？”

“兔子？”江丞看着她一本正经地反问道，“你这只兔子吗？那是很喜欢。”

“不是我。”季书怡眉眼微皱，开门见山，“就上次我看到你给简薇送了个兔子，还是粉红色的。”

江丞瞬间慌了：“我什么时候给她送过东西了？”

季书怡撇了撇嘴：“就上次在医院，她坐在轮椅上，我亲眼看到你递给她一只兔子。”

江丞努力回想了一下，季书怡难道说的是他替简薇捡起来的那只娃娃？

那是兔子吗？他都没注意。

但他仍立马解释道：“那不是我送的啊，是简叔带给她的，当时掉在了地上，我帮她捡了一下。”

季书怡看着面前认真解释的人，有些理亏地眨眨眼：“那是我误会了。”但紧接着又理直气壮道，“你看，只要坦诚就不会有误会，也不会吵架。”

江丞立马点头应道：“宝贝说得对，是我的问题。”

“不说了，这事翻篇了。”季书怡伸手问他要毛巾，“我出汗了，先不泡了。”

江丞却对她说：“脚抬起来，我给你擦。”

“好。”季书怡也不扭捏，直接就把脚伸到了江丞面前。

季书怡的皮肤白里透粉，当江丞的手握到她的脚腕时，他的眸光无意识地深邃了一分。

完全没察觉到对方情绪变化的季书怡，穿上拖鞋就要去客厅看电视，只见她边走边问道：“这里的电视能看吗？……啊！”

话音未落，她忽然被足浴桶绊倒，整个人猝不及防地惊呼着朝前扑去。

江丞眼疾手快地慌忙伸手揽住季书怡的腰，将人带进怀里：“小心点。”然后急忙弯腰看了看她被绊到的腿关切道，“绊疼了没？”

“没有……”

江丞单手揽着季书怡的腰，他保持着微微弯着腰的动作，而抬起头的季书怡双手无意识地轻抵在他胸膛上，二人近得仿佛能听到彼此的心跳声。

江丞见状，故意调侃道："宝贝心跳好快，在想什么呢？"

季书怡扁扁嘴，忽然问道："江丞，你愿意和我在一起一辈子吗？你愿意娶我吗？"

江丞忍不住笑着低下头，很轻地在她唇上亲了一下，极力隐忍着快要爆发的欲念，嗓音低哑地哄着她说："我还没去你家提亲，你爸都还不知道我们的事情。"

"所以你是不确定能不能娶我是吗？"

江丞闻言，立马表态，认真说道："回国我就去你家提亲，然后订婚，等明年你二十岁了就结婚。"

季书怡闻言，忽然笑了："我相信你会娶我，而且那时我在飞机失事现场看到你疯狂找我的样子，我就在想，这辈子我季书怡只会爱你一个人。"

江丞抬手轻捏着她的下巴，目光灼灼地看着她说："我也一样。"

忽然，在一阵天旋地转中，季书怡被抱在桌子上，铺天盖地的吻毫无预兆地落下来，强势激烈，让她丝毫没有退路。

仿若一瞬间，他又变回到了那个嚣张邪肆的江丞，霸道，不给人一丁点缓神的机会，身心皆被他牵着走进他编织的情海里，失去所有理智，与他无限沉沦下去……

翌日，季书怡醒来的时候已经快十点了，是这段时间睡得最安心的一觉。

刚睁开眼，就听到身旁传来一句："睡醒了？"

本想翻身的季书怡也不翻身了，保持原状，佯装没醒地继续睡去。而江丞坐在床边看她，他猜她应该是在消化昨晚的事吧。

季书怡确实满脑子都是昨晚的事，现在冷静下来，才忽然想起，他这些天都没有好好休息过，还呕血了，昨晚却还……

知道她没睡的江丞，看了一会儿忍不住问："宝贝，想什么呢？"

季书怡望着他眨了眨眼，心虚地抿着唇：“就是忽然想起你昨天受伤了……”

江丞把她心虚的小表情尽收眼底，便郑重问道：“现在醒了，后悔吗？”

“不后悔。”季书怡坚定道。

江丞没忍住笑出了声，嘴角噙着笑，低头看向她，郑重地、轻柔地在季书怡的额头落下一吻。

洗漱好后，季书怡穿了件江丞的黑色T恤，他的衣服宽大，她穿在身上有些松垮。

刚从楼下把饭菜端上来的江丞，就看到季书怡穿着他的衣服，长发随意地散着，眸光纯洁清澈，未施粉黛的小脸白净透粉，漂亮得不像话，看得他呼吸都好似停滞了几秒。

季书怡察觉到江丞回来了，便走到他面前，笑着问了句：“我穿你的衣服好看吗？”

“好看。”江丞快速看了一眼就立马收回视线，把筷子递给她，“吃饭吧。”

季书怡接过筷子在椅子上坐下，看着满桌子美食，好奇地随口问道：“你做的？”

“不，”江丞如实说，“这些是早上让厨师过来做的。”

他没有睡懒觉的习惯，很早就醒了。

说完他才反应过来，立马补充道：“但我可以学，以后做给你吃。”

“不用学，没那必要。”季书怡云淡风轻地说。

江丞好奇地抬眼看她：“可女孩子不都想让喜欢的人给自己做饭吃吗？”

“也没有呀。”季书怡吃了口菜，平静自然地看着他说，“具体情况具体分析，你毕业之后肯定要帮忙打理江家的公司，工作很忙，就像我哥那样。到时候别说是做饭了，一起吃饭都得抽时间，所以没必要去学。再说了，你能有人家专业厨师做得好吃？”

季书怡说着，忽然眉眼弯弯地笑起来，一脸甜蜜地轻咬着筷子，歪头看着他说："重要的是，你对我的爱不需要特意证明，两个人在一起，千万不要为了感动对方而去做一些不必要的事。

"我不喜欢这样的相处方式，也不会为此感动，只会觉得这份爱太沉重了，很不自在。

"我喜欢那种相处愉悦、彼此坦诚、从始至终坚定不移、相互理解的恋爱，这样才能让爱与被爱都感到轻松舒服。"

江丞听得认真，看得出神，他的宝贝真的是个宝藏女孩，她随性明朗、善解人意，有自己独特且独立的思想，让人想要不停探索关于她的一切。

而他虽然从小到大衣食无忧，却一直在一种高压环境中成长，所以他没空去关注世间百态，像个时刻都被上紧了发条的机器，不停地高强度运转着。

可与季书怡在一起时，总如清风过境，让人心悦贪恋。她就像个小太阳，活泼热情，明媚耀眼。他江丞何德何能，能拥有这世界上最珍贵的宝藏，他定会小心翼翼地守护她一辈子。

"你吃饭呀。"季书怡见他看着自己发呆，郁闷地给他搛菜放到他碗里，继续说道，"所以你不用学做饭，有那时间你抽出来多陪陪我，多爱我，不是更好？"

江丞低头看着碗里她搛过来的菜，忽而低声笑了一下，笑声低沉溢满了宠溺感。

腮帮子吃得鼓鼓的季书怡愣了一下，嘟囔了句："有什么好笑的。"

她漂亮的脸颊本就有些婴儿肥，此刻小脸圆鼓鼓地冲他嘟囔的娇怨模样，可爱得让人心都融化了。

世界上怎么会有这么可爱的女孩子，自己以前一定是瞎了眼才会想着欺负她。

吃完饭，江丞问道："宝贝想什么时候回国？"

“明天吧。”窝在沙发上看电视的季书怡偏头看向坐在旁边的江丞，“这些天飞来飞去挺累的，今天哪儿都不去了，休息一天，明天走好不好？”

“好，等宝贝休息好再走。”

季书怡笑着靠在他身上看了会儿电视，这还是她第一次这样安安静静地跟他单独待着，感觉有点温馨，只是没温馨一会儿，江丞的手机就响了起来。

江丞跟她说了一声，然后才去阳台接了电话，大概是公司的事。

他一连接了三个来电，应该是这些天一直有人在找她，从而堆积了很多事没有处理吧。

他本就很忙，既要学习，又要替父亲分担公司的事，最近还一直在找她，追着她跑了一个又一个城市，他一定很心力交瘁吧。

她闹情绪、发脾气，江丞会立马追过来哄，把所有耐心都给她。可他却只字未提这些日子找她的辛苦和内心的煎熬，从不提他付出了什么，不给她增加任何心理负担。

虽然他的本性并不是一个有耐心会宠人的男生，但为了她，他愿意做出改变，这应该就是偏爱了吧。

季书怡想得出神，目光早已从电视上移开落在阳台处理工作的江丞身上，小脑袋也无意识地歪在抱枕上悄悄地看他。

阳台上还在通电话的江丞想看看季书怡在干什么，一回头就看到小姑娘正歪着脑袋往他这边看，怕她有事，又看他在接电话不方便说，便下意识一边接着电话，一边朝她走去。

看到走近的江丞，季书怡好奇地站起身迎了过去，贴近时就听到江丞低头轻声问道：“宝贝怎么了？”

原来是担心她有什么事。

季书怡顿时心里甜甜的，主动靠到他身上，抱着他的腰，仰头笑着小声回他：“没事，你好好接电话。”

江丞低眸看着主动抱上来的季书怡，眉眼带笑地直接单手将人抱了起来，一边接着电话，一边抱着季书怡往沙发走。

季书怡正惊叹于他的臂力，不多时，整个人已经被江丞抱着在沙发上坐了下来。他让季书怡跨坐在他的腿上，一手搂着她的腰揽在怀里，继续与人通话。

季书怡冲他笑得甜蜜，乖乖地趴在他怀里不出声。

江丞看着怀里的小姑娘，他喜欢她，喜欢到为她付出性命都不会眨眼。

可他从来不是个善类，骨子里有恶、有偏执到近似疯狂的占有欲，不仅是占有她的人和心，还要让她也认清她只能是他的。

翌日下午，季书怡悠悠转醒。

乱糟糟的小脑袋从窝里探出来时，看到江丞正在床边的椅子上，低头在平板上写写画画。

还没等她开口，江丞就偏过头看她道："宝贝醒了，要抱你去洗漱吗？"

季书怡也没扭捏，直接甜甜说道："当然要。"

江丞听着她撒娇的语调，心情愉悦地把人抱起来往浴室走，走路的时候偏头看着乖巧趴在他肩上的女孩，轻笑着压低声音问了句："昨天睡得好吗？"

季书怡抱紧江丞，如实回答道："嗯。"

江丞听完笑得肆意荡漾，他就喜欢她有话直说的性格。跟她在一起，空气都能变得甜蜜明媚，有他以前从未感受过的轻松愉悦。

洗漱好，吃完饭，季书怡有了些活力，却依然要靠在江丞怀里，仰头和他聊天："你刚才在平板上写什么呢？"

江丞握住她的手回道："你没醒，我一个人无聊，就看了会儿书，在做笔记。"

"你在看书啊？"季书怡显然很是诧异，看着他的眼睛都瞪大了。

江丞郁闷地挑眉："有什么问题吗？"

季书怡怔怔地看着他眨了眨眼："倒也没什么问题，只是有点惭愧罢了，我们开学已经两天了，本来说今天回去的，现如今又耽误一天，我回去了得连着两个周末都要补课了。"

"没事。"江丞云淡风轻地看着她，"我给你补。"

"我们又不是一个专业的，怎么给我补？"季书怡反问道。

江丞笑了笑："我自修了经管专业。"

他学法是向父亲证明他的能力和本心，而自修经济管理体系只是想更好地替父分担。

而他也从未想过另起炉灶，虽然他有这个实力，但他并不想为了证明自己的实力而让父亲觉得养了只白眼狼。

而季书怡已经被他的话完全惊呆了，难以置信地睁大眼睛看着他："你这么厉害的吗？"

江丞无语一瞬，心想有必要这么惊讶吗？

接着，他又听到她说："你知道自己看起来特别像个学渣吗？竟然是个这么逆天的学霸。"

江丞郁闷地捏着她的下巴问道："我怎么就像学渣了？"

季书怡没有拍掉江丞捏着自己下巴的手，只顺势仰头望着他笑："一点也不像，你是我的学霸男友。而且你昨天跟人通话还是全程用的英文，你英文真好。"

江丞揉了揉季书怡的小脸："宝贝，我可是在英国长大的。"

"对啊，我忘了，那你中文怎么也这么好？"

"我会四国语言。"

"这么厉害呀，那你一定没有一个快乐的童年吧？"

江丞："……"

夜晚的帝京，繁华热闹。

江丞把季书怡送到家门口，临别时对她交代说："宝贝，你不要主动去跟叔叔说我们谈恋爱的事情，听到没？"

季书怡顿时满眼错愕："为什么？"

"我怕你爸教训你。"江丞语调认真地对她分析，"你爸现在想要撮合你和唐御，那就说明在这些名门贵族中，唐御是他最中意的女婿人选。"

"既然他特意挑了，说明是为这件事情花了心思，内心很想把这件事情促成。所以如果你这个时候去跟你爸提其他的人，以你爸的性格大抵会直接数落你。"

季书怡听完后眨了眨眼问："所以你是对自己没信心，不自信吗？"

"我有什么不自信的。"江丞眉峰微挑，不以为然地说，"这跟自信没关系，明知道前面有坑，但只为了体现自己的自信就毫无准备地往里跳？这不叫自信，这是蠢！"

他不打无把握的仗，也不做没准备的事，尤其还是事关娶季书怡的大事，而且从她口中可以察觉出她父亲会因为权势牺牲她的婚姻，因为在她爸眼里，婚姻不值一提。

可那毕竟是她爸爸，他不能不尊重，他只能尽快弄清楚她爸的想法，才能对症下药。

江丞怕小姑娘乱想，急忙补充着说："你不要乱想，我不是不想负责，只是不想让你因为我跟你爸爸产生冲突，别担心，我会让你爸同意我们的事，在此之前，你什么都不用做，回到学校好好读书就行了。"

暗夜中，季书怡望着眼前信誓旦旦且认真的大男孩，突然才发现他倾世的外貌下有着同样惊艳人心的人格魅力。

他傲而不躁，狂而不浮，或许冲动但绝不鲁莽，更不会为了证明什么而急于求成。

江丞见面前的女孩仰着小脸看着他出神，微微皱眉地捏了捏她的脸："发什么呆啊，我说的话你听到没？"

季书怡恍然回神："听到啦。"

星辰下，女孩冲他笑得真挚，只见她满怀憧憬地对他说：“那我坐等你来我家提亲。”

说完甚至主动踮脚在他唇上亲了一口。

却不料刚吻上的瞬间，一道强劲的车光照了过来，江丞下意识地把季书怡扯到身后护着。

季书怡愣了一瞬，从他身后探出小脑袋看清车牌后立马对江丞说：“没事，是我哥。他知道我们的事，我回家了，你也回去吧，路上小心。”

江丞看到确实是季景航时才放心道：“那宝贝早点休息。”

路过季景航车前，他主动上前打了招呼，这个大舅哥也对他似乎没意见，气氛还算融洽。

季景航刚走到客厅，就看到季书怡开心地哼着小曲，他走过去面无表情地说了句：“前几天还哭得要死要活，出了趟国就心情好成这样了？怎么？国外的空气好？”

季书怡听出了哥哥的阴阳怪气，有些不好意思地嘟囔道：“谁要死要活了。”

季景航嫌弃地瞄了一眼，没有接话，又说了句：“你还挺主动啊，你俩发展到哪步了？”

刚才他可是清楚地看到是她主动亲吻上去的，还笑得一脸甜蜜。

“哥！”季书怡难为情地娇嗔道。

季景航看了眼小姑娘瞬间泛红的脸，直接丢了句：“行了，你不用说了，大概猜到了。”

刚巧此时，多喜快步走了过来先跟季景航打了声招呼后恭敬地问向季书怡：“小姐，找多喜什么事？”

季书怡急忙问道：“我出国前丢掉的那个齐天大圣还在吗？”

那时生气丢掉了江丞送的生日礼物，现在她又好想找回来。

然而没等多喜开口，季景航先一步回她说：“在你房间。”

“对。”多喜立马附和道，“那时候您正伤心，是少爷把那个玩偶捡了回来让我清洗干净后放回了您的房间。”

季书怡错愕了一瞬，看着季景航，立马笑着走过去说：“谢谢哥哥。”

哥哥是猜到她会后悔吗？还是他觉得江丞好？无论何时，在这个家里哥哥对她最好，也很了解她。

她心有好奇，直接问道：“哥哥，你为什么不反对我跟江丞谈恋爱？是觉得江丞比较好吗？”

“我又不了解他，哪知道他好不好，不过就是看得出你很喜欢人家。”季景航云淡风轻地说，“人活着无非就是物质和精神，我们又不缺钱，他能给你带来情绪价值就够了，再说，人要及时行乐，说不定哪天就死了。”

季书怡听得心里“咯噔”了一下，想到了哥哥曾经生病的样子，立马说：“哥哥肯定会长命百岁的。”

“那你就祈祷我长命百岁吧，这样我还能多护你几年，否则你再过两年指定要被爸爸拉去联姻。”季景航客观地说，“而对象无论如何都不会是江丞。”

季书怡听完小脸立马耷拉下来，闷闷不乐。

季书怡报到迟了四天，连着两个周末都在补课，好在是江丞给她补，所以并不枯燥。

晚上江丞送她回家时，季书怡在车上接到了父亲季云潇的来电，接通后就听到他说：“下周六你唐爷爷寿宴，你把时间空出来，带你一起去唐家赴宴。”

唐家？是又要趁机撮合她和唐御吗？

季书怡闷闷地说：“我能不去吗？”

“你唐爷爷特意提到了你，不去很不礼貌。”

“我知道了。”

通话结束，江丞见季书怡耷拉着小脸，急忙担心地问道：“宝贝怎么了？”

季书怡偏头看着江丞直接说道：“我爸让我下周六陪他去唐家参加唐爷爷的寿宴，大概又是想借机撮合我和唐御吧。”

“没事，就当去玩了。”江丞安抚着她说，“到时候我也会去。”

毕竟也不能让她因为自己而无视父亲的话。

季书怡怕江丞多想，立马信誓旦旦地看着他保证道：“你放心，不管我爸怎么撮合我都不会跟别人在一起的，我只要你，也只想要你。”

看着眼前信誓旦旦的女孩，江丞眼底藏笑，知道她因为这一通电话心里闷闷的，便不想多说什么惹她更烦闷，只慢条斯理地解了安全带，倾身过去，不正经地看着她，笑道：“想要我啊？那宝贝现在要吗？我把车开远点。”

忽然的不正经惹得季书怡错愕了一瞬，然后毫不示弱地缓缓凑上去，笑得美艳撩人，还故意咬着声音说：“好呀。”

甚至还主动揪住他的衣衫吻了上去，吻到他刚想要深切缠绵时却坏心眼地拉开车门跑了。

独留下江丞坐在车里一脸无奈，耳边还残留着她走时故意说的那句：“亲爱的晚安，夜里要想我哟。”

江丞缓缓抬头透过车窗看着已经跑进别墅大门的小姑娘，没脾气地哼了句：“这个小坏蛋！”

翌日，江丞没课的时候来找季景航。

季氏楼下的咖啡厅里，两个直爽的人聊天也是开门见山。

季景航知道江丞是来“打探军情”的，他倒是对自己那个妹妹挺上心的，毕竟他江丞可以无所顾忌，但今日来找自己，就说明他是想让妹妹毫无任何负担且被家人祝福地嫁给他的，而不是不负责任地只想占有她。

季景航漫不经心地向后靠在椅背上，看着江丞缓缓开口道：“想听真话吗？”

“不然呢？”江丞面无表情地眉峰轻挑，“我想听奉承话还需要来找你？”

“那倒也是。”季景航看着他，“那就直接说吧，唐御确实是我爸精挑细选的女婿人选，首先，唐家家底深厚，而唐御也一表人才温文尔雅，所以这样一个家境好、相貌好、学识高的人，应该很多人都想把他拉过来做女婿。”

“可是书怡不喜欢他。”江丞眉心轻皱，“你爸一点儿都不考虑书怡的想法吗？”

季景航闻言，忽然笑了：“你是想说我妹喜欢你是吗？可是江丞……”

他停顿了一下，继续道：“我就不跟你拐弯抹角了，我爸是想让我妹联姻，可就算没有唐御也不会是你，我爸看不起你们江家。”

听到这儿，江丞的心瞬间凉了好几个度，因为曾经的事情现在的他已经无法改变。

他眸光深沉而坚定地看向坐在他对面的季景航，有意表态道：“我或许不完美，但不管我对别人如何，我会永远对季书怡好，因为她在我这里比我这条命都重要。”

“嗯。”季景航阴阳怪气地接了句，“看得出你俩爱得死去活来的。”

江丞：“……”

“其实也不是没办法。”季景航继续看着江丞说道，“我这儿倒有个一劳永逸的办法，只要你高调公开跟我妹的恋情，这样大家都知道季书怡是你江丞的了，到时候不管我爸再想撮合谁，对方也不会想蹚这趟浑水，给自己惹一身臊。”

江丞撩着眼皮听完，接着散漫不羁地哧笑出声：“你倒也不必为了考验我想出这么烂的招数，我这样高调公开，跟强取豪夺有什么区别？而我对于你爸来说，目前还只是一个外人，他不会对我怎样，但为难的只能是书怡。”

季景航闻言，勾唇一笑，他承认自己是想试探江丞一番的，而江丞毫不犹豫的回答也让他很满意，但还是不放心地又追问了句：

“或许是你不敢公开吧。”

江丞眉眼微沉，脱口而出：“我有什么不敢的？”

季景航斜眼睨过去：“你跟我说话注意点，我可是你未来大舅哥，还是目前唯一一个支持你们在一起的人。”

江丞后知后觉地笑了笑：“下次注意，谢谢大舅哥的支持。”

季景航：“……”

最后，江丞又问了些关于季父的事情，分别前，季景航郑重道：“只要你真心待我妹，我会帮着你们搞定我爸。”

午休时间，江丞给父亲打了通电话，接通后他直接开口说：“爸，周三的竞标现场我过去吧。”

“你那天不是有课？”

“看了下时间，下课赶过去时间来得及。”

那场竞标名单里有季家，他刚才特意套了季景航的话，季父季云潇会亲自过去，他知道自己在人家心里的印象不好，就想去刷波好感。

“行，那你过去吧。”江聿怀说，“本来想着你上课，正准备安排其他人过去。”

“对了。”江聿怀突然想起什么问，“你和书怡相处得怎么样了？要不要爸去上门提亲？”

“我们很好。至于提亲……”江丞迟疑了一瞬说，“暂时不用。”

江聿怀疑惑道：“难不成你没打算跟人结婚？”

“不是，是有些事还没搞定。”江丞急忙说，“需要爸为我去提亲的时候，我会主动跟爸说。”

江聿怀听出的儿子语气中的迟疑，便没再多问，只说了句：“要爸帮忙吗？”

“不用，我可以搞定。”

“那行。”江聿怀说，“有搞不定的跟爸说。”

江丞无奈道了句：“谢谢爸。”

但大可不必。

竞标会上，褪去往日休闲运动装的江丞换上了高定西装，他个子很高，身材颀长英挺，穿上西装整个人看起来比往日成熟内敛了许多。

纵使季家嫌弃江家，但也无法否认江家的实力，所以江丞一经出现，便围上来了很多阿谀奉承的人，基本上都是比他年纪大的，却都一一主动上前同江丞打招呼。

江丞一一礼貌回应，待看到季云潇出现，他便主动迎了上去。

“季总。”

江丞走近后主动伸手：“久仰。”

今日的江丞沉稳内敛，俨然一副青年才俊的模样。就连季云潇都不得不承认，眼前的江丞真的是一表人才，只是出身不好。

季云潇虽不喜江家的行事作风，但面上总要过得去，于是也伸手相握，亲和地回了句：“小江总，幸会。”

一场竞标会下来，为了刷好感，江丞可以说是贡献了这二十多年来所有的绅士谦和，他到底不是个斯文人，伪装起来真是难受。

而从自家哥哥口中得知江丞跑到爸爸面前刷好感、装斯文的季书怡，感动中有些好笑。

周六，唐家。

挽着季景航出现在唐老爷子寿宴的季书怡，刚一进场就察觉有道视线直接且灼热地盯着她，季书怡下意识抬头望去，一眼就看到了人群中的江丞，他穿着黑色的衬衫和西裤，禁欲感十足，二人对视上的一瞬间，江丞嘴角噙笑，朝她轻挑眉峰，惹得季书怡莫名羞红了脸，赶忙移开视线低头浅笑。

不巧此时，父亲季云潇过来喊她：“书怡，快过来，去见见你唐爷爷。”

季书怡立马收拾好情绪，换上一副矜持的浅笑：“好的爸爸。”说着还悄悄给季景航无声地使了个眼色。

季景航知道季书怡那是在提醒他情况不妙时要及时去“解救”她，立马了然地开口说：“放心去吧。”

季书怡跟着季云潇走了几步后，意料之中地听到爸爸问：“你觉得唐御怎么样啊？平时经常在一块玩吗？”

“唐御哥挺好的，偶尔在一起玩。”季书怡想了想又补充了句，“但我不喜欢他，他也不喜欢我，大家就是朋友，在一块玩玩而已。”

“是吗？”季云潇忽然偏头看了眼季书怡，又继续目视前方说道，“可我觉得唐御挺喜欢你的，再说感情都是培养出来的。”

季书怡本想直接回顶一句“您懂感情吗？怕是最不懂感情的就是您了。”只是话到嘴边欲言又止，最后只以沉默对待。

另一边，季景航先是礼貌性地去和唐家一众长辈寒暄，紧接着便来到了江丞身边，漫不经心地随口问道：“最近好感值刷得怎么样啊？我倒是挺意外的，就你这性格竟然会想尽办法去我爸面前刷好感。”

季景航眼中的江丞是很狂傲的一个人，他完全无法想象对方会放下那份嚣张孤傲，放下一切身段，仅仅只是为了他妹妹，就去向本就讨厌他的人刷好感。

这种违背本性的付出，让季景航另眼相看。

江丞自饮了一口酒，不以为意地笑了：“没办法，谁让我想娶人家女儿呢，又不能硬刚，只能这样了，总不能直接抢人吧。”

这些天他想尽办法接触季云潇，倒也不是想让对方觉得自己多么礼貌有风度，主要是想让季云潇能够看到他是一个值得托付的靠谱男人。

季景航闻言，忽然有些同情地笑了：“可感觉你这效果不大啊，我们才刚到，我妹就被我爸带去跟唐家人聊天去了。”

正说着，季景航的手机忽然响了一声，他立马拿起来看了一眼，然后无奈地将手机举到江丞面前：“你看，求救信号又来了。”

江丞看到季书怡的求救信号，立马放下手中的酒杯，着急道："我过去看看。"

"你去干什么？"季景航立马伸手拦住，"你没名没分的，去了有什么用？去打草惊蛇吗？"

江丞当场石化，片刻后才满眼挫败又无力地从牙缝中挤出一个字："唉！"

他长这么大就没这么憋屈过。

季景航看着憋屈的江丞，无情地笑了一下说："放心，我去把人带出来。"说着还抬手在对方肩上拍了一下说，"稳住。"

江丞露出一个"我努力"的表情，但没过多久，他转念一想，虽然自己没名没分的，但他姐可是唐家媳妇，自己可以再次去找姐姐求助，把季书怡带出来。

想到这儿，他立马就给姐姐沈烟发送了求助消息。

沈烟看到消息的时候，先是愣了一下，然后扬唇笑着回了个"收到"的表情包。

两个女孩随便找个什么理由离开都不会让人起疑，且这个时候的沈烟已经查出怀有身孕，平时就被唐世卿一家宠得无法无天，现在有了身孕更是有求必应。

于是沈烟就随口找了个理由，说坐了太久想起来走走，还拉上了季书怡一起。

季景航快步赶过来的时候，发现季书怡已经被沈烟带出来了，旁边还跟着唐世卿。

"哥。"季书怡看到赶来"解救"自己的哥哥开心道，"烟烟把我带出来了。"

刚才唐御的父母一直找她聊天，她作为小辈自行离开不太礼貌，便想让哥哥找个理口给她带出来，没想到烟烟却及时开口，将她带了出来。

"不是我要带你出来。"沈烟立马为自家弟弟证明道，"是江丞给我发消息，让我带你出来的。”

“江丞？”季书怡神色微怔了一瞬，又听到沈烟笑着打趣说：“我这弟弟，只找我帮过两回忙，但这两回都是因为你哦。”

季书怡有些难为情地嗔道：“烟烟……”

看到她耳尖微红，沈烟笑着不说话了，季景航也满意地说了句：“你这弟弟，靠谱！”

季景航知道爸爸不同意江丞和书怡在一起，却一直没有坐以待毙，既没有让书怡一个人去解决难题，也从未教唆妹妹为他放弃家人，而是把这件事当成自己的责任在不断努力，尽可能地放低自己的身段来迎合他们，只为让自家妹妹在这段感情里自在开心，没有一点儿为难。

听到哥哥季景航夸赞江丞，季书怡瞬间不羞了，还很得意地接了句：“那是，也不看是谁挑的男人，我家江丞可细心、可靠谱了……”

小姑娘正说着，忽然身后传来一声哼笑：“谢谢宝贝夸奖。”

这声音……

季书怡略显尴尬地猛然回头，只见江丞正勾唇含笑，得意地望着她，而江丞看着她星眸微怔的模样，耳边还萦绕着刚才她向别人炫耀他的话，真是太可爱了，但他只能努力克制着想把人摁进怀里亲到她脸红心跳的冲动。

季景航觉得没眼看，转身走了。而沈烟看出这两人略显拘谨的模样，大概还没公开，便拉着唐世卿给两人充当掩护。

四人在休息区的沙发上坐下，离得不远不近，沈烟忽而小声对唐世卿说：“你那个堂弟是不是也喜欢书怡啊？”

“这个我不清楚。”唐世卿如实回答后，就立马补充一句说，“宝贝放心，我一定不参与、不偏心。”

“不行。”沈烟推了推他的胳膊，皱巴着脸，“你得偏心，得偏江丞。”

唐世卿看着面前越来越爱撒娇的人，失笑着哄道：“好，我偏江丞。”

沈烟顿时开心地笑了，悄悄指了指季书怡和江丞说：“你看江丞听书怡说话听得多认真，上次我话才说了一半人就跑了，前两天爸还担心江丞糙惯了，怕他委屈了书怡呢。”

认真听她说话的唐世卿闻言立即笑着邀功：“我听烟烟说话也很认真啊，至于他糙那也只是对外人，对喜欢的人自然是不一样的。”

“就跟你一样呗，”沈烟媚眼微挑地看着他，“对外人斯文，就对我败类。”

“沈小烟！”唐世卿碍于人多，没敢做太出格的动作，只眸光深邃危险地压低嗓音，“仗着怀孕，觉得我动不了你了？”

沈烟被看得瞬间心虚地紧抿着唇，眨巴着眼睛不说话了。

…………

寿宴结束后，季云潇主动找到季景航，开门见山地说：“你觉得唐御怎么样？”

“挺好的。”季景航漫不经心地故意道，“怎么？想认人做干儿子？人家也不会愿意啊。”

“我认什么干儿子！”季云潇严肃呵斥道，“胡说什么。”

“那您提唐御干什么？”

“唐御各方面条件都是顶尖的，这样的人才不可多得。”季云潇神色严肃地继续道，“而我也看得出来唐御挺喜欢书怡的，所以想着——”

“您疯了吧。”季景航毫不客气地打断季云潇的话，“想让妹妹去联姻？小妹才多大，您就开始想着牺牲她的婚姻，那可是你亲女儿。”

“我又没让他们现在就结婚，是让他们试着相处。就是因为她是我亲女儿我才要给她挑最好的，也只有最好的才能配上我女儿。”

季景航忽然目光沉了下来：“要挑最好的给她，是为了她好，那这其中您有考虑过她的意愿吗？以后结婚了是她要跟对方过一辈子……”

他随后眼眸猛怔，强调说："是一辈子，不是一天两天！"

"优秀的人没有人会不喜欢，而过日子，时间久了跟谁都一样。"季云潇强势道，"跟足够优秀的人相处，婚姻也会更轻松。"

"呵……"季景航不屑地哧笑了一声，反问道，"那爸您觉得自己优秀吗？"

"我自然是优秀的。"

"那妈怎么没跟你过完一辈子，孩子都不要，铁了心要跟你离婚。"

"你！"季云潇闻言瞬间恼羞成怒，"你这是在忤逆我吗！这是你该跟爸爸说的话吗？"

季景航满不在意地回道："我跟妹妹从来都不想忤逆您什么，但这么多年，您眼里只有钱和权。您是给了我和妹妹绝对的物质条件，可您有过真正的关心吗？在您心里有'骨肉亲情'这四个字的概念吗？

"您的私生子因为您在医院昏迷了半年，而我这条命也是从鬼门关侥幸捡来的，现在也只有小妹没受过伤，可她现在还这么小，您就开始想着要操控她的婚姻了。"

季景航看着父亲微叹了口气，继续说道："爸，您能消停点，好好安享晚年吗？我和妹妹的婚姻不用您操心，我也明确告诉您，小妹她不喜欢唐御，也绝不可能喜欢上唐御，您就别费心了。她还在上学，您这样天天拉着她明里暗里地相亲合适吗？"

没想到季云潇随口就接了句："书怡还小，那你不小了吧？该成家了，唐家三房的小女儿——"

"呵……"季景航甚至没听季云潇说完就哧笑着打断，"爸您这是逮着唐家一家薅啊。倒也是，除了唐家您也看不上其他家。"

季景航收起笑，神情冷漠："不过，我的婚姻不用您操心，小妹的婚姻也不用您操心。"

…………

季景航刚坐进车里，季书怡就忐忑地凑上来抱着哥哥的胳膊问："爸都跟你说了什么？"

季景航偏头看着季书怡，一本正经地开口："爸说准备把你嫁人，跟我讨论你婚礼的事。"

"我不嫁！"季书怡顿时气恼地撇嘴，"我才多大呀，嫁什么人？我还在上学呢。"

季景航看着气到不行的妹妹，脸不红心不跳地接了句："爸说让你嫁给江丞，你不嫁？"

"嫁！"季书怡立马激动地改口说，"大学结婚还能加学分呢。"

季景航嫌弃地瞄了眼自家这个双标妹妹："多大出息！"

季书怡立马看出季景航是在故意逗她，撇了撇嘴，问道："那爸到底说了什么嘛？"

"就唐御的事呗，不过我明确说了你不喜欢唐御，也让爸不要再操心这事了，就不知道爸他怎么想的了。"

"喔。"季书怡讪讪地叹了口气，"谢谢哥。"

周一，唐御约了季书怡一起吃午饭，季书怡也刚好想趁机和他说清楚，毕竟对方大概也有所察觉。

赴约前，季书怡不想江丞误会，特意给对方发了个消息报备。

餐厅里，两人随意地聊着有关学校的事，过了一会儿季书怡率先开口："唐御哥，我爸最近老想撮合咱俩，这事你别放在心上啊。"

"为什么不放在心上？"吃着牛排的唐御忽而看着季书怡，模样谦和又认真地说，"我挺喜欢你的。"

"啊？咳咳……"季书怡惊得差点把一口牛排喷出来。

"慢点吃。"唐御立马抽出餐巾纸递过去，"是我唐突了。"

季书怡接过纸，擦了擦嘴又喝了口果汁后立马对唐御说："唐御哥，我有喜欢的人了，也跟他相处很久了，只是一直没跟我爸说，所以……"

季书怡一时不知该怎么回应，最后只弱弱地说了句："对不起啊。"

"你谈恋爱了？"唐御诧异中带着几分失落，"跟谁呀？我能知道吗？"

"是江丞。"季书怡提起他满眼都是笑意，大方直白地说了出来。

"江丞？！"唐御闻言，一脸不可思议。

他们俩不是见面就掐，说话就"怼"吗？可眼下季书怡提到江丞时，却双眼放光，一脸甜蜜，这太让他惊讶了。

季书怡显然看到了唐御的反应，只笑着说："欢喜冤家，吵着吵着就在一起了。"

说着她眼底还染上一层羞意："我很喜欢他。"

唐御看着她提到江丞时眼底的笑和那抹掩饰不住的甜蜜感，有些黯然神伤地捏紧了手中的叉子，但他的教养让他依然保持着谦和温雅，但还是忍不住好奇，问道："原来你喜欢江丞这种类型的男生啊。"

"不是。"季书怡模样认真地说，"我不是喜欢他这种类型，而是因为喜欢上，他也恰好是这种类型的而已。"

唐御看着她毫不掩饰对江丞的喜欢，麻木地扯了扯笑说："那我祝你幸福，我会去跟季叔叔说我有喜欢的人了，让他不要再撮合我跟你。"说着他还很绅士地特意补充一句，"放心，你瞒着季叔叔恋爱的事，我也不会说。"

话落，余光看到已经走近的江丞，他释然地站起身笑着说："你喜欢的人来了，那我就先走了。"

季书怡闻言慌忙回头，一眼就看到站在身后的江丞。

他眼底含笑地喊了声"宝贝"，然后才和唐御彼此打了声招呼，目送唐御离开。

"你怎么来了？"季书怡欢喜地起身站到江丞身边，"不是说中午在忙吗？"

"抽空过来的。"江丞眼底是抑制不住的得意浅笑，"怕宝贝被狼叼走。”

一开始，当他收到季书怡消息说要跟唐御出去吃饭时，他内心就慌，毕竟之前唐御可跟他说过喜欢季书怡，他可不想还没搞定她爸爸，又腹背受敌。而且季书怡活泼可爱，学校里也不乏她的追求者。

所以，他是一点儿都不敢懈怠，总怕她被人抢走。却未承想，刚走近就听到他家宝贝毫不掩饰地对唐御坦白对自己的爱意，还听到她说“我有喜欢的人了，是江丞”。

说真的，当他听到这句话的时候，他真的开心到疯，而那种内心的得意和雀跃激动得让他差点把全餐厅的单都买了。

季书怡看着某人吃飞醋的样子，浅笑一声，无奈道：“你是醋桶吧。”

江丞也不否认，痞气地勾着笑：“没办法，谁叫我家宝贝太惹人爱了。”

季书怡闻言，娇嗔地冲他皱了皱小鼻子。

两人离开餐厅后，被江丞牵着手的季书怡感觉对方今天牵得好紧，恍惚间就想到刚才跟唐御说她有喜欢的人，唐御就放手了。

思及此，季书怡心想，如果是江丞，就一定会不一样吧。

“江丞。”季书怡突然出声问道，“如果我有一天不喜欢你了怎么办？”

江丞的脚步陡然顿住，垂眸看着她：“那我就重新追你，追到你喜欢为止。”

“那如果我喜欢上别人了呢？”

听到这儿，江丞陡然强势地揽住她的腰，一字一句地对她说：“你这辈子只能是我的，我说过会死缠你一辈子。”

季书怡望进他坚定到偏执的视线里，笑意更浓，直白道：“我可真喜欢你这股非我不可的劲。”说完甚至心随情动地踮脚想亲对方一口，然而身高有限，没有亲到。

小姑娘执着地扒着对方的胳膊又踮了一下脚，依然失败，她瞬间尴尬又羞恼地松开江丞的胳膊自顾自地朝他的车边走去。

江丞看着又羞又尬、气鼓鼓甩手走人的小姑娘，勾唇笑着快步跟上去。

坐进车里后，趁着给季书怡系安全带的空隙，江丞倾身凑过去明知故问道:“宝贝怎么了？”

季书怡幽怨地别过脸:“没事。”

江丞看着赌气闹别扭的小姑娘，抬手轻捏着她的下巴，扭过她的脸说:“好了，给你亲，刚才周围的人都在看你。”

“不亲了……”

话音未落，他的唇就落了下来，很温柔，像是在讨好。

没一会儿就亲得季书怡气消了，却依然傲娇地下令：“以后我踮脚，你就得弯腰。”

“好。”江丞目光意犹未尽地落在季书怡被亲得莹润的唇上保证着，“一定时刻配合宝贝。”

“开车吧。”

临近五一，学生们都在讨论着小长假去哪儿玩。

以前对假期完全没有概念的江丞，也在想着世界各国有哪些好玩的，可以趁假期带他家宝贝去玩。

教授在讲台上说得眉飞色舞，江丞手中的笔被已经漫不经心的他转出了重影。

正一心二用着，忽然教室响起了刺耳的警报声，瞬间教室里一阵惊慌嘈杂，尖叫声四起。

一片兵荒马乱中，只有江丞内心毫无波澜，直到有人冲进来喊了声:“德育楼失火了，大家快去救火。”

这时，内心毫无波澜的江丞在听到德育楼三个字时，突然疯了似的冲了出去。

“让开！”走廊上乱七八糟全是落荒而逃的人，江丞满眼焦灼不安地推开人群迅速往下冲。

一想到季书怡在德育楼上课，江丞赶忙抄小道一路冲过去。

赶到附近的时候，一楼的火舌已经蔓延而上，火势渐旺，浓烟滚滚，周围全是学生们的尖叫声。

季书怡上课的教室在三楼，奔跑中眼看着火势逐渐冲上三楼的江丞，窒息感瞬间扑面而来。

那一刻的江丞突破了人身体素质的极限，他迅速观望了眼现场，一楼火势太旺，就算冲上去也无法保证安全。

多年身处各种艰险困境中的江丞，有种对突发意外现场本能的机敏感，只环顾了一眼四周，下一秒便见他迅速通过未起火的侧楼梯冲了上去，等江丞冲进季书怡教室的时候，只见季书怡正捂住口鼻，为自己争取时间。

惊慌不安的季书怡正四处张望时，忽而被人一把扯进怀里，同时一道令她安心的声音传来："伤着没？"

"咳！没、没有。"慌乱中，季书怡立马抱紧对方，"你怎么上来的？"

"现在不说这些。"江丞紧紧把季书怡抱起来，然后拿起一旁的水将衣服打湿，捂住口鼻，安全有序地从侧楼梯撤出了火场。

同时数辆消防车拉着鸣笛赶至，水枪瞬间浇灭了所有火焰。

已经到达安全地带的季书怡整个人还惊魂未定地紧抱着江丞颤抖，耳边传来他一遍遍的声音："乖，没事了，宝贝不怕。"

过了一会儿，季书怡才缓过神来，仰起头，后知后觉地红了眼眶，急声问道："你伤着没？"

江丞急忙说："没有，一点没伤着，宝贝伤到哪儿没？"

季书怡红着眼眶，双眸发怔地摇摇头："我没事。"

"没事就好，没事就好。"江丞紧紧搂着她惊魂未定地一连重复了两遍，是在安抚她也是在安抚自己。

听到她教学楼着火的瞬间多怕自己会迟一步，会慢一秒，多怕她会受一点儿伤。

被他紧紧搂在怀里的季书怡紧贴着他的胸膛，听到他的心跳声快得不得了，像是要跳出来似的。

季书怡缓了缓神，再次冲他仰起头，红着眼望着他："你心跳好快。"

江丞低头，松了口气说："听到你这里失火，我魂都吓没了。"

劫后余生的季书怡望着眼前的江丞，感动又心疼地抬手摸了摸他的脸安抚着说："别慌，我没事了。"甚至还主动在他唇角亲了亲，反过来安抚着他说，"我没受伤，你别担心。"

却不料，这一幕刚好被不远处闻讯赶来的季云潇看到。

今天他本是来考察之前给京大投资的教学楼进展问题，没想到遇到了火灾，就赶了过来，却不承想竟然看到了这一幕。

远远眺望着动作亲昵的二人，季云潇的脸色瞬间阴沉，冷怒的目光落到江丞搂在女儿腰间的手上，他眼底怒意逐渐难掩，尤其刚才还看到女儿竟主动吻在江丞的唇角，拳头都被隐隐捏得咯吱作响。

怪不得这几个月来江丞这小子总会时不时地出现在他面前与他谨慎交流，他还一度十分惋惜，觉得江丞是个不可多得的人才，认为对方有勇有谋，不畏惧不鲁莽，行事雷厉风行，就是出身太差。

如今看来，江丞这小子不过是故意在他面前逢迎讨好，做样子给他看，想要癞蛤蟆吃天鹅肉罢了。

简直是痴心妄想！

现场都在救火，围观的人群很多，自恃清高的季云潇只得压着一腔怒火转身离开了现场。

第八章·Chapter 8 欢喜

假期前夕，季书怡和季景航被喊回了老宅吃饭。

只是这一次回老宅吃饭，不像之前的家族聚餐，而是只有他们一家三口。

饭桌上，没有人说话，气压低得让人连呼吸都情不自禁变得小心翼翼。

季书怡低着头握着筷子，吃饭吃得浑身都不自在，总感觉后背冷飕飕的，只能时不时地悄悄瞭开眼皮瞅一眼哥哥的方向。

季景航倒是气定神闲、云淡风轻得很，在看到妹妹莫名紧张的眼神后，及时开口打破这份死寂般的沉默。

“爸，要是没什么事，我们吃好就先回去了。”季景航看向爸爸说，“我明天还要早起开个视频会议。”

压迫的氛围被打破，季书怡顿时轻松了些，笑着附和道：“对呀，哥哥最近可忙了，爸爸您也要早点休息呀。”

两人说完，空气再次沉寂了下来。

季云潇一声未应，尴尬又压迫十足的氛围再次让季书怡莫名心慌，神色不安地与哥哥对了个眼神。

该不会又是想让她去跟谁相亲吧？

不知过了多久，季景航出去接了个电话，季书怡才看到吃完饭的季云潇终于放下筷子，缓缓抬眸，目光直直地落在她的身上。

那眼神看得季书怡莫名心虚，脊背都挺直了，像是要面临什么审判似的紧张地攥紧了手，接着就听到爸爸冷沉的声音忽然响起："过来，有话问你。"

"哦。"季书怡立马从椅子上站起身，绕过长长的餐桌走到爸爸面前说，"爸，您想问什么？"

季云潇看着在面前站定的女儿，眸光微沉，看不出什么表情地直接问道："跟那个江丞在一起多久了？"

轰——

季书怡瞬间惊慌地睁大了眼睛，在父亲严肃的视线中颤颤巍巍地抿了抿唇。

季云潇陡然厉声道："说话！"

季书怡被吓得嘴角抽了抽，既然爸爸直接问出口，那一定是什么都知道了，索性如实道："快半年了。"

季云潇搭在桌子上的手缓缓捏紧，一句话也不想多说，直接不留余地地命令道："从明天开始，不准再跟他见面，不准再联系。"

"凭什么！"季书怡听着父亲决绝的命令委屈道，"我已经长大了，是成年人了，可以决定自己的事情了。"

"我说了不准就不准，江家是什么身份？"季云潇厉声呵斥道，"他江家就是地痞流氓的出身，你这是下嫁！爸可丢不起这个人。"

"身份、下嫁、怕丢人……"季书怡委屈得眼眶微红，不断重复着爸爸的话，眸中已经浸出了泪光，"所以对于我的婚姻，您是一点都不曾考虑我喜欢与否，愿意与否，您所考虑的只是这些。"

"爸这都是为你好。"季云潇厉声呵斥着，"江丞哪里能和唐御比？他哪里配得上我的女儿——"

"江丞才不是地痞流氓，江叔叔也很豁达开明，有情有义。"

季书怡红着眼眶不甘心地打断爸爸的话说："您总说唐御好，可唐御有的江丞也都有，学历、学识、外表，甚至江丞的学识涉及面很广，且他和唐御同样的年纪已经是学历与事业同时发展了。他是最优秀的，为什么您只抓着别人的出身诋毁？"

“诋毁？”季云潇看着面前为江丞说话的女儿更是气急道，“不管你现在怎么说，我都不可能让你嫁给他的，你就死了这条心，趁早跟他断干净。”

季书怡听着季云潇专制强硬的话，眼眶里泪珠闪烁，委屈道：“爸，可我只喜欢江丞，其他人我谁也看不上，您就不能成全我们吗？”

季云潇看着女儿快哭了的样子，心尖微动，但还是强硬道：“爸会为你挑一个最好的，也只有最好的才配得上你。”

“可江丞就是最好的，我只要江丞。”

季书怡极力反抗道：“您为什么总喜欢操控别人的人生？总喜欢让我跟哥哥按照您的想法生活，可我们除了是您的孩子，还是一个独立的人啊。”

季云潇看着面前为了个男人忤逆自己的女儿，更加气急道：“瞧瞧，这才跟江丞那种人相处了几个月，就开始句句忤逆我，你以前的乖巧懂事呢？”

“您这是在强词夺理！”季书怡委屈又不甘，“我从来不想忤逆您什么，甚至您做了什么让我和哥哥难过的事情，我总是自我安慰说，您不仅是我的爸爸，还是整个季氏的领导者，您要守着家业，要对季氏上上下下的员工负责，而我生在这样的家庭，享受这样的优渥条件也该体谅您所遇到的难处。我总安慰自己您很忙，没有很多时间关心我和哥哥，甚至您对我们发火的时候，我也安慰自己说可能是公司遇到了什么难事，让您心情不好了。”

“可是我慢慢发现，您从来不会关心我和哥哥，您关心的只有权势地位，甚至为了这些而一味地操控着我们的人生……”

砰——

季云潇气得一掌拍在桌子上，起身怒喝道：“这是你跟爸爸说话该有的态度吗？还是江丞这么教你的？他就是没教养的野孩子！”

季书怡一时情绪失控地脱口而出道：“可不是没教养！您永远只

忙着争权夺利，还把妈妈气跑了……”

啪！

恼羞成怒的季云潇陡然扬起一巴掌狠狠地打在了季书怡的脸上。

那一瞬间，明明脸上火辣辣地疼，季书怡却好似痛到忘了惊叫，整个人蒙了似的僵在原地，她双眸发怔，一脸错愕，委屈地看着父亲，而那一直在眼眶中打转的泪水也终于忍不住落了下来。

世界仿佛在这一刻静止了，然后无限下沉。

“您疯了吧！”刚结束通话回来的季景航刚巧看到父亲一巴掌甩在季书怡脸上的画面，他瞬间脸色愠怒地快步冲上去，一把将完全僵住的季书怡拉到身后护着，怒斥道，“小妹她哪承受得住这一巴掌？您简直丧心病狂！”

“我们走。”说完，他急忙转身，拉上季书怡离开了老宅。

完全茫然的季书怡甚至忘了自己是怎么离开老宅，回到跟季景航一起住的别墅的。

看着哥哥拿出医药箱，小心翼翼地给她抹药，她才真正地释放出自己的情绪，哭着道：“我不过是喜欢上一个男孩子，一个很优秀的男孩子，我错哪儿了……”

话音未落，泪珠就止不住地往下掉，委屈的嘴角也止不住地发颤。

回来的路上季景航就已经知道矛盾的起因，此刻，看着季书怡脸上那清晰可见的巴掌印，他眉头紧皱着，沉沉叹了口气：“书怡，你没错，别哭了，眼泪流到伤处会更疼的。”

季书怡没说话，但她越想越委屈，所以哭得更凶了，心痛到甚至根本感受不到脸上的痛。

季景航看着心疼，但作为哥哥只能继续安抚道：“爸就这脾气，从小到大总是这么专制……”

清官难断家务事，到底是自己父亲，季景航只能无力又挫败地叹气：“怪我，不该那个时候去接电话。”

“不，不怪哥哥……”季书怡泪眼婆娑，“是爸爸，他太过分了。”

季景航见状又心疼地哄了一会儿，可是小姑娘今天太委屈了，越哄哭得越凶，最后直接趴在沙发上泪流不止。

看着妹妹真的是打心眼里受了委屈，季景航一时间手足无措，不知道要怎么安抚。

几秒后，只见季景航忽然拿出手机给哭得不成样子的妹妹拍了个视频，然后便将视频给江丞发了过去。

他想，现在或许江丞的安慰最有用吧。

另一边，正在研究如何刷季云潇好感的江丞看到手机屏幕亮了一下，他瞄了一眼，发现是季景航发来的消息。

江丞拿起手机，点开季景航的对话框看到对方发来一段视频，可他甚至都没来得及点开，便瞬间满眼惊慌，脸色冰沉，起身就往外走。

因为视频封面赫然是季书怡脸颊红肿且印着一个巴掌印的样子，他冲下楼的过程中点开了视频，季书怡委屈的哭声迅速传来，那声音让他心脏猛地一抽，仿佛被鞭子狠狠地打了一鞭似的。

紧张不安的他立马给季景航打了通电话想询问情况，可刚拨过去就被对方挂断，又同时收到季景航的微信消息：“我爸打的，知道了你俩谈恋爱的事，她因为你跟爸吵了起来，现在立刻过来把人接走。”

看到消息的江丞，感觉自己仿佛瞬间跌进深渊，承受着万劫不复的炼狱煎熬。

江丞没想到，竟然是因为自己而让他的宝贝被打，还是被自己的亲生父亲打。她现在一定委屈死了，那么重的一巴掌，她哪里受得了。

思及此，江丞三步并作两步地冲到楼下，立刻朝司机疾声喊道：“开车过来。”

这还是他和季书怡相恋以来第一次让司机开车送自己去找她，之前他想着无论何事都要亲力亲为，但今天他的宝贝受了这么大的委屈，他想一路把她抱回来，好好安慰她。

他知道，她很喜欢被自己抱着，只是总心口不一罢了。

而现在，她也一定更想被他抱着，感受温暖和安慰吧。

…………

季书怡趴在沙发上哭着哭着便睡着了，只是迷糊中又被脸上火辣辣的疼给惊醒了。

缓过那股劲后，脸上那份火辣感好似被无限放大，疼得她下意识抬手想要摸还红肿着的脸，只是手刚抬起来就忽然被人握住，同时还传来了一道她再熟悉不过的声音——

“宝贝。”

难道是她的江丞来了？

季书怡慌忙抬起头，竟真的看到了江丞。

他正蹲在沙发边，握着她的手，满眼心疼且自责地望着她，一时间仿如幻觉。

待季书怡怔怔地眨了眨眼，确定不是幻觉后，她望着满眼自责的江丞，低声安抚道：“我没事。”

她原本是想不让他担心才安抚他的，可在他面前，所有的脆弱和委屈一拥而上，眼泪根本控制不住地又流了下来。

这副样子看得江丞心疼得快窒息了，一颗心都像是在被人撕扯着，一刀一刀不断凌迟。

在季景航的默许下，江丞将季书怡带回了家，将她放在床边后，又找来了可以止痛消肿的特效药，然后坐在她身旁拿着棉签小心翼翼地给她上药。

他动作很轻很轻，生怕再伤到她一丁点儿。

坐在床边的季书怡一动不动地看着身旁的人，他一句话都没说，动作虽然温柔，但隐隐泛红的眼尾却表达了他的慌乱，他浑身的气压很低，眼神里的心疼和自责里还隐匿着一丝偏执的疯魔，让人脊背发凉。

“江丞……”

季书怡看得有些慌，轻轻对他说：“你怎么不说话？你这样好吓人。”

听到她声音的江丞，眼底的戾气瞬间消散了许多，与她视线相交，一开口，嗓音却自责到发颤：“对不起……”

他无力又挫败地垂下眼眸，像个战败的将军，褪去一身桀骜，只低声重复着：“对不起……”

季书怡听着他隐隐发颤的声音和慌乱的道歉，一时间心疼不已，她见不得他这样失意挫败的模样，相处了这么久，她也已经足够了解他，在一切有关她的事件中，江丞只会在情绪达到某种极致时，才会一句话重复两遍。

一遍是哄她，一遍是说给自己听。

这个傻瓜，又把所有责任都揽在了自己身上，可他们俩明明就没错。

季书怡看得心疼，抬手去牵江丞的手，认真说道：“你为什么要道歉？又不是你的错。”

“可宝贝是因为我被打的。”江丞把她的小手反握在掌心，眼眸里盛满了无力的自责，“而且还是被自己的父亲打，会让人更难过。”

如果是外人，感觉到的也只是疼和愤怒，可被父母打，更多的却是无法宣泄的委屈。

这种眼睁睁看着喜欢的人因自己被欺负，却无从回击的无力感真是要命。

“没事的，就打了一下而已，已经不疼了。”季书怡的嗓音还带着点哭腔，却仍抬起另一只手轻柔地摸上他的脸安抚着说，“你不要这样子，看得人好心疼……”

感受到她温软的掌心触在他脸上，明明自己委屈得不得了，却还在安抚他，江丞不想让她担心，便强扯出一抹笑，抬手摸摸她的脑袋哄道:“宝贝不疼了就好。”

他没再说其他的，只缓缓站起身问:“晚饭吃饱没？”

“吃饱了。”季书怡眨了眨还湿漉漉的眼睫说，“我想洗澡睡觉。”

“好。”江丞依然柔声说道，“我抱着宝贝睡。”

季书怡没有拒绝，洗了澡回到床上，她背对着江丞，后背贴着他的胸膛被他搂在怀里，温暖又安心。

她本以为自己可以在江丞怀里安心睡去，可闭上眼却都是爸爸专制强硬的样子和打她的画面，最后又被江丞自责心疼的模样覆盖了所有思绪，整个脑子里想的全是江丞。

忽然想到了什么，季书怡睁开眼在江丞的臂弯下轻轻翻了个身。

刚动一下，就听到搂着她的江丞紧张问道:“宝贝怎么了？”

此时，季书怡已经翻过身面对面地望着他，在他紧张关心的视线里轻轻开口:“江丞，我要很明确地跟你说件事。”

“好，我听着。”

季书怡往江丞怀里贴了贴，仰着脸很认真地看着他的眼睛说道:“我爸打我，这不算多大的事，他就是这种专制的性格，你不准打着‘为我好，不让我夹在你跟爸爸之间为难，然后自以为很伟大地放弃这段感情’处理这种事。如果你这样，我只会更难过。

“我不要这种单方面自以为是的感情，也不喜欢两个人明明彼此相爱，却因种种外界的原因而分开，哪怕事隔多年，兜兜转转又走到了一起，但终究还是遗憾。而且时间是不可逆的，这种遗憾在未来无论怎样都无法弥补。

“你要相信，只要我们之间的感情没有问题，其他的所有事我们都要一起去解决处理，好吗？”

季书怡说着说着，又有些情绪难掩地撇了撇嘴，再次隐隐哽咽起来:“我不要跟你分开……”

甚至说着还抬起手臂抱上对方的脖子，模样委屈又霸道:“你不许以任何理由放弃我。”

江丞看着怀里惊慌又委屈的小姑娘，急忙哄道：“宝贝傻不傻？我怎么可能会放弃你，乖，不要胡思乱想。”

他郑重保证道：“我们不会分开，我更不会退缩，我说过很多遍，我会缠着你一辈子。”

季书怡听江丞一字一句地说完，安心了很多，就这样窝在他臂弯里渐渐入睡。

许久后，江丞看着怀里已经入睡的季书怡，看着她脸上还未消退的红肿，这一切在他眼里都异常地触目惊心。

这几个月，他努力地“讨好”季云潇，努力让季云潇看到他的优秀和能力，试图让季云潇感知到他是一个靠谱的、可托付的男人。

他本以为这样可以让季云潇对他有些改观，却还是让他的宝贝因为他而受了莫大的委屈。

他放低所有姿态，却依然得不到认可。

再者说，他季云潇有什么不满可以直接找他，为什么要打季书怡？他怎么下得去手？

江丞看着怀里的人儿眉心紧皱着深吸了口气，一夜都未曾入眠。

翌日清晨。

心中有事，便睡不安稳，季书怡很早就醒了。

起床后，季书怡发现身边已经没了江丞的身影，以为他是出门了，掀开被子下了床才看到他正坐在阳台上，正面朝着床边的方向坐在椅子上不知在拿平板处理着什么。

他穿着件简单的黑色短袖和黑色运动裤，手上拿着笔在平板上标记着什么，他眉头紧皱，像是正在处理什么棘手的事，整个人逆在清冷的晨光中透着十足的冷冽感。

隔着阳台的玻璃，季书怡歪着脑袋看了会儿，才轻轻朝他走过去。

江丞无法入睡，心里像有块大石头在压着，堵得他喘不过气，且他深知“讨好”这条路已经行不通了，所以他必须要换种方式，而此时的平板页面上全是有关季家的相关信息。

他本想去书房研究的，但怕季书怡醒了看不到自己会不开心，便只好来到只隔着一扇玻璃的阳台，面朝床的方向坐着，可以时刻观察到她。

季书怡才刚走近，就看到江丞朝她抬眼看过来，同时关闭了手中的平板。

“宝贝睡醒了。”江丞立马站起身迎上去问，“想吃什么？”

“现在不饿。”她细眉微蹙，心想江丞是不是还在为昨晚的事伤神，便立马主动抱上对方的腰，关心问道，“一夜没睡吧？”

“没有。”江丞安抚着说，“就是早醒了一会儿。”

可季书怡望着他眼底因熬夜而隐现的红血丝，她明白江丞就是不想让自己担心罢了。

季书怡心疼地望了对方好一会儿，忍不住想踮脚亲亲他，却被江丞躲开了。

怕她误会，江丞低头在她额头上亲了一下，立马解释说：“刷了牙再给宝贝亲。”

然而话音刚落，就被季书怡勾着脖子强行亲了一口，小姑娘还眼尾轻扬着娇嗔道了句：“矫情！”

江丞无奈低笑，他深知眼前的女孩真的是太美好了，所以他绝不能让她再受委屈了，否则他江丞就太无能了。

一整个五一假期，季书怡因为脸上的伤都没有出门，她也不想出门，索性就一直和江丞待在一起。

开学后一周，江丞接到一则电话。

“丞少，季云潇还是不见您，按照您说的，态度很谦和地预约，但不管说什么对方都不见。”

江丞面色冷然：“我知道了。”

江丞掐灭了手里的烟，然后面无表情地将烟弹进了旁边的垃圾桶里，接着一脚油门直接来到了季氏总部的大楼下。

季云潇的办公室在顶楼，许是吩咐过，江丞一经出现便有人上前阻拦，却都被他的气势吓退。

“小江总，您不能进去。”办公室门口，季云潇的助理苦心劝道。

“别拦我！”江丞直接推门而入，一进去就看到了气定神闲地坐在办公椅上的季云潇。

坐在办公椅上的季云潇倒显得十分地沉稳淡然，只见他慢条斯理地放下手中签字的钢笔，气定神闲地向后靠在椅背上看向江丞淡然开口：“小江总这出场方式倒是挺特别，是没人教过你什么叫尊重吗？”

江丞不卑不亢，挑眉道：“尊重？你对自己的亲女儿有过一丝一毫的尊重吗？”

季云潇闻言，扬声呵斥道：“父亲管教女儿，天经地义！”

“季书怡的确是你女儿，可她也是个独立的个体。她有权为自己做任何决定，你可以管教，但无权逼迫她做任何事，哪怕你是她父亲。今天我来就是要表明我的态度，今生今世，我非季书怡不娶！”江丞厉声笃定道。

“你妄想！我要怎么管教女儿，不需要你一个外人在这儿指指点点。来人！送客！”季云潇怒然，一掌拍在桌子上。

江丞该说的已经说完，也懒得在这儿多逗留。

离开之后，季云潇气得在椅子上缓了许久，旁边的助理肖恩说：“季总，要不要报警？江丞强闯的画面监控都拍得很清楚。”

“不必。”季云潇抬手打断说，“倒也不必为了这点小事公然与江家为敌。”

季云潇琢磨了一下说：“把监控视频整理一下，给江聿怀发过去，然后给他打个电话。”

此时，身在国外处理公事的江聿怀看完手下递交上来的一段视频后，紧接着就给江丞打了通电话询问情况，电话刚挂断，他就接到了季云潇的亲自来电。

电话接通，季云潇先出声道："江总，近日挺忙吧。"

江聿怀面无表情地应了句："比不上季总忙。"

"还是江总比较忙。"季云潇笑着阴阳怪气道，"忙得都没时间管教儿子了吧，这小江总真是厉害。"

"我这儿子向来厉害。"江聿怀无视其语调中的阴阳怪气，直接爽朗回道，"谢季总夸奖。"

屡屡碰壁的季云潇脸色瞬间阴沉下来，直接道："厉害得直接强闯我的办公室，还妄图插手我季家的家事，这事，江总准备怎么办？"

"这事啊，"江聿怀漫不经心道，"季总放心，所有损失我江聿怀十倍赔偿……至于多管闲事，我看未必吧，季总是不是搞错了什么？"

"我会搞错？江总开什么玩笑。"季云潇愠怒道，"你的儿子一进门就出言不逊地谈论起我女儿的事，我女儿季书怡与他江丞何干？这是我季家家事，难不成江总觉得这样都不算失礼？"

江聿怀听出对方话里的讽刺，只懒得与他浪费口舌地直接道："原来是因为书怡那小姑娘啊。"

江聿怀声音爽朗地笑了声，说："我平时忙，并不知道季书怡是谁的女儿，只知道那是我儿子情有独钟、想要娶回家的姑娘。

"你是不知道，我这儿子对她可是喜欢得不得了，谁要是伤了书怡那小姑娘，我这儿子恨不得把人家给生吞了。但要我说，自己的心上人被欺负，若是一点儿反应都没有，那是不是太窝囊了。再者说，我江聿怀也养不出这么窝囊的儿子。"

江聿怀知道季云潇这通电话的用意，不过就是想让他来管教江丞，好达到他季云潇的目的。索性，他便直接一次性把话说清楚："我这儿子性格随我，就爱护短，再加上我就这一个儿子，可不得全力护着？再说了，我可比不上季总，既有魅力又受女人青睐，多子多福的。”

江聿怀说完甚至不给季云潇反应的机会接着说道：“实在抱歉，我这有个会要开，先失陪了，等我回国一定大摆宴席请季总好好聊聊。”说完，便挂断了电话。

被挂断电话的季云潇气到差点把手机扔掉，几十年来，还从没人敢这般对他说话。

那江聿怀话里话外可都是对他的警告，什么护短？明摆着就是在警告他不准动江丞，否则他江聿怀会奉陪到底。

真是一家子的野蛮人！永远上不了台面的东西。

是夜，月明星稀。

江丞手边放着一沓有关季家的资料，他看完之后有些疲劳地抬手揉了揉太阳穴，然后整个人若有所思地靠在椅背上闭目养神了一会儿。

再睁开眼时，他拿出手机拨通了季景航的电话。

而另一边，同样在冥思苦想的季景航看到江丞的来电后立马接通。

江丞毫不掩饰，直白说道：“该让你爸好好安享晚年，过轻松无争的日子了，否则他永远不会满足，那你和你妹就会一直成为他拓展势力的棋子。”

江丞想了很久，只有这样行得通，那毕竟是季书怡的爸爸，且他也看得出小姑娘对爸爸始终有份感恩和孝心，他不能为了一己私欲，便什么都不顾了。

权势总会迷人眼、熏人心，季云潇那种对权势贪婪的人永远都会觉得势力不够，只有让他彻底地脱离权势的高台，才能不再继续为权势不择手段，只有无权才能停止季云潇的贪婪。

季景航听完江丞的话陷入了沉默，他不得不承认，自己也在想着相同的事，因为他愈加发现爸爸太过专制强势，自己快要护不住妹妹了。

以前妹妹小，所以在她身上从未发生过这些糟心事，如今他感受到父亲为了权势，简直可以说近乎丧心病狂了。

似乎在父亲眼里，权势就是大于一切，而他作为兄长必须要改变这一切，否则他和妹妹都将被父亲操控一生。

江丞见自己说完，季景航半晌都没有回应，他不急不躁地给自己点了一支烟，半晌过后见季景航还是未出声，他又说了句："夺权吧，我帮你。当然，我也是在帮自己。尽快给我答复，我已经没耐心了。"

这一夜，季景航彻夜未眠，各种思绪在脑海里翻腾而过。

他努力想着父亲的好，却一遍遍想起那些糟糕的事，甚至思绪总定格在父亲打在妹妹脸上的那一巴掌上。

压迫到极点定会反弹，只是反弹的结果，要么是暴露心性被彻底永久地压制，要么便是一场漂亮的翻身仗。

翌日晚上，江丞像往日一样送季书怡回家，只是把人送到别墅门口后却没有要离开的意思，而是打算跟她一起进去。

"你不回去吗？"季书怡好奇地偏头看他，"要跟我进去？"

江丞看着季书怡好奇的小表情，笑着逗她说："嗯，跟宝贝一起回家。"

季书怡眼尾微扬着，娇嗔地瞪了他一眼说："我哥在家呢。"

"在家就在家呗。"江丞故意弯腰凑近她的脸说，"怎么？宝贝是想干点儿什么？怕你哥知道？"

"才没有！"季书怡耳尖微红，边走边嘟囔道，"不要脸！"

江丞失笑，他怎么就不要脸了？然后快步跟了上去。

夜幕下，别墅里花草盛开的鹅卵石小道上，女孩穿着白色连衣裙，柔顺的长发披在脑后，微风轻轻吹起她的裙摆和发丝，仿若花间精灵，美得不像话。

江丞穿着黑色系服装紧跟在季书怡的身后，一双眼直勾勾地落在对方身上，看得眼神发痴。

这个时候，季书怡忽而回头冲他歪头笑了一下，问道："是不是我哥喊你来密谋什么大事的？"

她歪着小脑袋，笑眼弯弯，在这星辰夜幕下仿若闪着亮晶晶的流光。

这一幕于江丞而言简直如梦似幻，他笑着回答道："密谋怎么快点娶到宝贝。"

季书怡看着站在夜风中双手插兜的男人，他身形颀长挺拔，只是看着都让人很有安全感。

小姑娘喜上眉梢，笑得撩动人心，忽然喊了他一声："江丞。"

江丞轻轻挑眉："嗯？"

季书怡笑弯了眼："你长得好帅啊。"

忽然的夸赞，让江丞微愣了一瞬，然后眼角眉梢都笑开了，刚想要快步上前把人扯进怀里时，却发现小姑娘已经跑远了。

到底是在她家里，他也不敢很放肆，只感觉季书怡又是在故意撩他，让他心痒难耐。

季书怡直接回到了自己的房间后，先洗漱了一番，而另一边，江丞则走进季景航的书房。

书房内，季景航正一脸愁云地仰靠在椅背上闭目思索，察觉有人进来后，才悠悠睁开眼望过去，出声道："来了。"

江丞将门反锁，走过去直接坐在季景航对面，问道："喊我来，是考虑好了？"

季景航缓缓坐直了身子，双手搭在面前的桌面上，他看着江丞没有直接回答，而是反问道："你爸知道你和我妹的事吗？"

"知道。"

"那江总持什么态度？"

江丞下巴微扬，脱口而出："我爸无条件支持我做任何决定。"

季景航听完神情有些微的惊讶，然后是自嘲般地笑着说了句：“羡慕。”

江丞也跟着轻笑了声，然后追问道：“所以，未来大舅哥，你考虑得怎么样了？”

“还有一个问题。”季景航不紧不慢地问，“你有能力把我妹带走，让我爸找不到吗？”

江丞笃定道：“当然。”

季景航看着满脸笃定的江丞，他好像永远都是一副胜券在握的样子，但还是不放心地提醒道：“以我爸的性格，如果这次不成功，以后他便会变本加厉且更加谨慎地操控所有人。”

“放心，一定成功。”江丞胸有成竹道，“既然我跟你提了，就说明我已经做足了一切准备，我这人从来不打没把握的仗。”

季景航闻言，陡然眸色深沉地质问道：“你调查我们家？”

“大舅哥这话说得多难听啊。”江丞漫不经心地笑笑说，“这叫多方面了解。”

季景航闷闷地叹了口气说：“你这种人啊，幸好跟我不是敌对方，不然真是让人头疼。”

以前，他也只是从外界的一些传言中了解江丞这个人，什么轻狂、孤傲、嚣张得不可一世。

那时的他以为江丞就只是一个年少轻狂的纨绔子弟，如今相处下来才发现，他冷妄嚣张的外表下潜藏了一颗有勇有谋的心，且一旦发现问题便会立即做出应对。

这种人如果是对手，将会让你一辈子焦头烂额，一不小心就会踏进在他的圈套里，这辈子都逃不出去。

江丞见季景航一双眼如鹰般地盯着他，像在探索什么的样子，他无所谓地轻扬下巴，问道：“你怎么说？给个准话啊。”

“行。就按你说的。”季景航要求道，“但是过程中你不准擅作主张，做任何事都要跟我商量着进行。对了，你是不是去公司找我爸了？”

江丞敢作敢当，一脸无畏地应着：“嗯，找了。”

季景航无奈，沉声道：“你去之前为什么不跟我说一声？”

不料，江丞脱口而出：“你不靠谱。”

季景航：“……”

“是因为我妹被打？”季景航解释说，“当时我在外面接电话，我要是在旁边肯定不能让那巴掌打下来。”

可江丞听着他的解释，只淡淡地睨了他一眼道：“那你为什么要去外面接电话？你明知道当时会出现那种情况还跑出去。”

“你……”季景航一时语塞，只回了句，“懒得跟你说。”

但他想了想，转而又不服气地反问：“既然我这么不靠谱，那你还来跟我联手？”

“那怎么办，谁让你是我大舅哥呢。”江丞散漫不羁地靠在椅背上，语调漫不经心。

季景航没脾气地应道：“我谢谢你。”

…………

两人达成统一战线后，便开始进行下一步动作，仅仅只是一个月的时间，就让季云潇数个项目受阻，无法正常进行。

时间紧任务重，这段时间季书怡感觉江丞好忙，哥哥也好忙，就她最悠闲，可是什么都不知道，让她心里很不安稳。

期末考试结束这天，江丞像往日一样送季书怡回家，却在要下车时，小姑娘忽然按住他，鼓着小脸问：“你最近忙什么呢？”

江丞看着女孩，眼底含笑，故意道：“宝贝想知道吗？”

季书怡点头：“嗯。”

“那宝贝主动亲一下，我就告诉你。”江丞笑道。

季书怡娇嗔地在他肩上打了一下：“不正经。”

江丞见状，便又不正经地在她耳边说道：“在忙着出国，也在忙着快点娶到你。”

季书怡看着他一脸不怀好意的样子，眼尾轻扬，嗔怪地一把打掉对方捏着自己下巴的那只手，立马拉开车门下了车，只是走了两步才像反应过来什么似的回头看着江丞问道："为什么要出国？"

江丞最近都是把车子停在附近，牵着她走一段路送她回家，此刻牵着她的手，偏头回她："一会儿见到你哥就知道了。"

"哦。"

…………

书房里，季景航先让江丞在外面等了一会儿，准备单独跟季书怡说事。

认真听哥哥说完的季书怡当场震惊道："你让江丞把我带走？还要从老宅带走？就为了激怒爸爸？"

"不是为了激怒爸，从小到大爸的所作所为尤其是这段时间想要对你婚姻的操控你都看在眼里。"

季景航心平气和地跟妹妹解释道："如果我们不反抗，将会一辈子被他操控。他的确是我们的父亲，我们理应孝顺，但不能是愚孝，我们是他的子女，但同样也是独立存在的个人。

"哥所做的一切都没有想要害爸爸的意思，只是想让他好好安享晚年，这是在保护你，也是在保护我自己。

"让江丞把你带走，一来是因为哥哥要做些事，用你来分散爸的注意力；二来是要让爸认清江丞非娶你不可，他没办法阻止。

"你也知道，爸自恃清高且极度慕强。所以如果江丞把你带走，且他无法将你带回来，他就会重新审视江丞、重新审视江家，甚至会因为慕强心理对江家产生改观。"

"可是我们这样联合起来对付爸爸，他会寒心吧？"季书怡犹豫不决地说，"他虽有千般不好，可到底还是我们的爸爸呀。"

季书怡一时陷入了彷徨中，她明白哥哥说的都对，可是她有点狠不下心。

"那你要不想爸难过寒心，就直接嫁给唐御好了，这样爸最开心。”

季书怡顿时幽怨地嘟囔了一声：“哥！”

“我不可能害我们的爸爸，只是想让他认清现实，不要再为一己私欲操控任何人。”

季景航见季书怡有些动摇，又立刻保证道：“哥哥跟你保证绝对不会伤害爸爸，而且本来我不打算跟你说这些的，但江丞怕你事后知道了生气，觉得我们联合起来欺骗你，而且我们是一家人，我也不希望让你就这样不明不白的。”

“原来江丞他……”季书怡低喃着，心里百感交集。

她了解江丞，因为上次的欺骗，他真的再也没有欺骗过她任何事，不管大事小事都会跟她明说，这次也一定是怕她有被欺骗的感觉。

他一直都在改变，总想给她最好的恋爱体验，会记住她说的每一句话且去付出行动，更会无条件地纵容她的小脾气。

她的江丞明明那么好，为什么爸爸就是看不到？

季书怡闷闷地抿了抿唇，看着季景航问道：“所以你们最近都忙得不可开交，就是在密谋这些事？”

“对。”季景航如实回答，“不得不说江丞这人越相处，越让人觉得他值得托付，他为了能娶你，真的是煞费苦心。”

“他那嚣张狂傲的臭脾气你比我清楚，先是为了讨好咱爸甘愿放下一切身段和姿态，又违背本性地做一些憋屈且煎熬的事。后来，得知爸死活不同意你们在一起也没有放弃，而是立马又想了其他办法。”

季景航客观且认真地说：“江丞对你真的很好很好。”

季书怡立马嘀咕了句：“我当然知道他很好很好。”

“那现在就看你了，人家一直在为了这段感情努力，现在就差你迈出最后一步给人家一个回应了。哥不强迫你，你考虑考虑，明晚我带你回老宅吃饭。反正你们现在放暑假了，就当出去旅游散散心。”

季景航刚说完，还没等季书怡回应手机就响了起来，他拿起来，发现是季云潇打来的。

“瞧，爸的来电。”季景航向季书怡示意道，“不出意外是喊我们回老宅的。”

季书怡给了他个眼神，意思是让他快接电话。

果不其然，季景航一接通电话就听到季云潇微怒的声音：“明天回老宅，有事问你。”

说完甚至没等季景航回答，就挂断了电话。

季景航无奈地朝季书怡无声地摊了摊手，一副“你看咱爸这专制强硬的性子，不作为能行吗？”的样子。

季书怡无奈地叹了口气，她不傻，也不是第一天做季云潇的女儿了，怎会不了解自己亲生父亲的性格。

只是对于季云潇这个父亲，她内心始终有一份本能的敬重，但哥哥说的那些也的确没错。一时间，季书怡陷入了彷徨里，犹豫不决。

和季景航聊完，季书怡刚走出书房，就看到了站在门口的江丞。

江丞一眼看出小姑娘心底的犹豫，急忙问道：“怎么了？”

季书怡站在门口怔怔地望了他几秒，然后忽而走上前主动靠在江丞的怀里，抱着他的腰，仰头看着他认真问道：“你会做对我爸爸不利的事吗？”

“不会的，我向宝贝保证。”江丞如实说道，“只是不让你爸再掌权，否则你和你哥都将没有自己独立的人生。”

他柔声解释：“我知道宝贝不忍心，可是现在的不忍心，不仅会赔上你的人生，还会赔上你哥哥的人生。你或许可以不在乎自己，可是你哥哥你能不在乎吗？”

季书怡闻言，眼睫轻颤，又眨了眨眼要求道：“那你一定要有分寸。”

江丞看着她这副模样，心疼地摸了摸她的发顶：“好，我答应你。”

不知不觉，只要是他答应了的事，季书怡总会无条件信任。

两人温存了一会儿，季书怡回房洗澡，而江丞和季景航又单独聊了一会儿才离开。

翌日晚上，江丞收到季景航赶往老宅的消息时，便给父亲江聿怀打了个电话。

电话接通后，江丞直接说道：“爸，我要离开一段时间，这段时间就没法去公司了。”

“是遇到什么事了吗？要爸帮忙吗？”

“不用，我能搞定，就是提前跟您说一声，以免父亲突然用人时找不到我。”

江聿怀接着又问道：“还是关于季家的事吗？”

江丞迟疑了一瞬，没有隐瞒：“对，希望不会给爸添麻烦。”

“小事，无所谓。”江聿怀爽朗一笑，不在意地说，“去吧，爸给你当后盾。”

“谢谢爸。”

…………

季书怡跟着季景航回到老宅，一路上都在想着吃饭的时候多跟爸爸说些江丞的好话，尽可能不让爸爸再执迷于内心的贪婪。

却不料到了老宅后，季景航就被季云潇喊去了楼上书房，只有她一个人在饭桌上吃饭。

独自吃饭的季书怡一点胃口都没有，有些焦虑地时不时地往二楼的书房看。

书房的门是虚掩着的，季景航进去后有意留了个门缝。

没一会儿，季书怡就听到了书房里隐隐传出了争吵声——是季景航和季云潇吵了起来。

季书怡吓得立马放下手中的筷子，惴惴不安地再次抬头望向书房，她攥了攥手心，紧张不安得几次想要站起身上楼去看看，但却又都放弃了。

直到争执声越来越凶，那日父亲打她的画面突然涌现在脑海，哥哥以前可是生过一场大病的，如果爸爸也失控打了他……

想到这儿，季书怡彻底坐不住了，起身跑上了楼，直向书房奔去。

她刚冲进去就听到季云潇怒声呵斥道："我把你养大是让你来造反的吗？真是反了你了！"

接踵而来的便是一道沉闷的痛呼声。

接着，季书怡就看到父亲季云潇抡起手中的拐杖打在了哥哥的腿上，伴随着哥哥的一声闷哼。惊慌中，她满心失望地急忙冲上去，挡在哥哥面前，冲季云潇喊道："爸。您到底想干什么！要把我们都打一顿吗？"

小姑娘情绪不受控，红了眼眶："爸，您真的让人很失望，曾经您那个流落在外的孩子，因为您在医院昏迷了半年，您自毁手臂，我还为了您去跟他们求情，让我刚交的那群朋友讨厌我。

"我以为您是想通了，看开了，现在才发现根本就不是，您不过是发现他们不能为您所用，又怕他们竭尽所能地对付您，所以您当时只是在用苦肉计来让自己全身而退！

"您连自己的孩子您都算计，您流落在外的孩子死活不认您，留在身边的您又不愿珍惜。

"如果有的选，我一点都不想做您的孩子……"季书怡说着眼泪已经流了下来，满眼伤痛地望着季云潇重复道，"一点都不想……"

"听听你这说的什么大逆不道的话！"忍着满腔怒火听女儿说完的季云潇恼羞成怒道，"这些年我是不是把你们兄妹俩保护得太好了，让你们不知天高地厚！"

季书怡没再理会季云潇，而是急忙扶着哥哥季景航说："哥哥，我们去看医生。"

季景航顺手给妹妹抹掉眼泪说："别哭，哥哥没事。"

见她这般伤心的样子，他一时还有些愧疚，房门的缝隙是他故意留的，为的就是让季书怡听到争吵声，甚至刚才季云潇的拐杖抡下来的时候，他也是有机会躲开的，故意没躲就是想给她那颗犹豫的心添一把火。

还在气头上的季云潇瞄了眼季景航刚才被自己打了一棍的腿，不知出于怎样的心理，竟烦躁地驱赶道："都滚出去！别杵在这儿气我。"

彻底失望的季书怡闻言，毫无留恋地扶着哥哥就往外走。

等到书房只剩季云潇一人后，气到发蒙的他坐在椅子上闭目养神，但脸色铁青，大脑里还充斥着各种思绪，有最近公司的异常和变动，还有女儿刚才说的话，来回交错在脑海里，令他头痛欲裂。

过了一会儿，助理肖恩忽然匆忙敲门而入。

"什么事慌慌张张的？"季云潇不悦地开口。

"季总，事情不妙，大小姐被那江丞带走了。"肖恩急忙说道。

闻言，季云潇陡然睁开眼，坐直了身子确认道："江家那小子？"

肖恩立马低头颔首道："是的季总。"

季云潇怒然拍桌而起："那你们怎么不拦着！"

肖恩颤颤巍巍地如实道："拦了，没拦住，江家那小子是有备而来。"

"真是反了，竟敢来这里抢人！"季云潇急忙起身大步往外走着问，"景航呢？"

"大少爷自己坐车走了。"肖恩犹豫了一下，如实道，"当时并未阻拦。"

季云潇气得立马就给季书怡打电话，却发现对方手机已关机，他立刻厉声下令道："快去把人追回来，不管用什么办法，必须把人给我带回来！另外从这一刻开始注意网上舆论，一旦发现相关话题彻底封锁。"

话落，他又给季景航打了电话，这次对方接通了。

刚接起电话的季景航就听到父亲近乎咆哮的声音："是你联合江家那小子把你妹带走的吧？你知不知道这事如果传出去会有什么

后果？”

“能有什么后果？现在小妹放假了，跟男朋友出去玩玩怎么了？”季景航明知故问道，“什么联合，我听不懂爸在说什么，不过是刚巧出来就碰到了江丞罢了。”

季云潇再次呵斥道：“那你为什么不拦着？就这么让你妹被人抢走了，这事传出去我这张脸还往哪儿搁？还有你妹，小小年纪被个男人带走，以后还怎么嫁人！”

“我怎么拦？”季景航沉声道，“我被您打得现在走路都困难还怎么阻拦？再说了，江丞对小妹很好，比您这个父亲对她都好，我为什么要阻拦？人家两个人正经谈恋爱，犯法啦？”

“季景航！”季云潇气恼地怒喝道，“我不管你用什么办法，必须把你妹追回来！”

“我没那本事，爸您这么多年为了权势做了那么多努力，我相信以您的实力要不了天亮，小妹就能被您追回来了，如果追不回来，那一定是江家太强了吧。”

“你……吃里爬外的东西！”季云潇最后骂了句，就迅速挂断了电话。

结束通话后，季景航迅速用新号码给江丞发了条语音：“先彻底消失，让我爸找不到，等我消息你们再现身，保持联络。”

季家老宅里，季云潇双手背在身后，踌躇不安地在大厅徘徊着，听着肖恩一遍遍进进出出的接连汇报——

“季总，那江丞的车速快得离奇，根本追不上他啊。

“季总，所有机场和关口都安排了人，并没有大小姐的出入境记录。

“季总，不好了，江丞带大小姐上了一辆私人飞机。”

…………

季云潇瞬间怒道：“他就是开坦克，也要去把人追回来！”

肖恩战战兢兢地答复道：“已经追过去了。”

飞机上，江丞把一言不发的季书怡抱在怀里哄了会儿，见她终于神色放松了些，才稍微松了口气。他知道她心里多少都会担心自己的父亲，又立马安排季景航跟她通了电话。果然，小姑娘跟哥哥聊过后心情又好些了，不知不觉就窝在他怀里睡着了。

江丞低头看着怀里熟睡的人，她眼尾还有未散的红，哪怕是睡着了眉心也还微皱着，看得他很是心疼地轻轻叹了口气。

从确定喜欢她开始，就一直对自己说以前欺负了她那么久，以后不管遇到什么都不会再欺负她，也不让别人欺负她，不能让她委屈难过，更不能让她为难。

可到头来还是因为自己委屈了她，让小姑娘陷入了眼前这为难的局面中，哭红了眼。

江丞忍不住轻轻抬手把她散落在脸颊上的碎发撩至耳后，目光无限轻柔地看着她，声音轻得好似自言自语般："跟宝贝保证，仅此一次，以后再也不让你陷入为难和委屈里。"

话落，他正欲低头亲在小姑娘的额头上时，却未承想怀里的人忽而缓缓睁开眼，坚定地看着他回了句："我相信你。"甚至还弯唇笑了笑对他说，"而且这事不能怪你，是我家人的问题。也幸好是你，如果换成其他人遇到像我父亲这样的，大概会直接弃我而去。"

她很庆幸喜欢的人有勇有谋，没有一点退缩。

"不会的。"江丞轻柔地弯唇笑看着她说，"宝贝值得我宠一生。"

季书怡闻言用力地点了点头，过了一会儿又迷迷糊糊地睡着了，醒来时天色大亮，她看到江丞不知什么时候换上了一套黑色的、类似作战服的服饰，他腰间的腰带很重工，像是特制的。

她好奇地伸手摸了摸他的腰带，好奇道："你怎么换了这身衣服？"

知道她情绪低沉，江丞低头在季书怡唇上亲了一口，故意嬉皮笑脸逗她说："帅不帅？"

季书怡被他孔雀开屏似的模样逗笑，无奈道："帅死了。"

见她笑了，江丞的心情也轻松下来，他抬手轻挑了挑她的下巴，神秘地笑道：“一会儿带宝贝看更帅的。”

季书怡没有拍掉他的手，只好奇地仰着小脸问：“什么啊？”

“先吃饭。”江丞说，“吃饱了再说。”

季书怡洗漱好，发现准备的食物都是她平时爱吃的，看来江丞还真的是不打无准备的仗。

“江丞。”季书怡忽然动容地喊道。

正给她搛菜的江丞立马抬眸看过去：“怎么了？”

季书怡轻咬着筷子看着他笑：“你真好，全世界的人都没你好。”

江丞听得心神荡漾，嘴角抑制不住地上扬，然后抬手轻摸了摸她的发顶说：“快吃饭吧。”

“好。”季书怡点点头应道。

吃完饭，休息了一会儿，季书怡忽而被江丞拿了一条丝巾蒙上了眼睛。

眼前一黑的季书怡惊怔地抓着面前男人的衣衫反问道：“你干吗呀？”

“我们一会儿要跳下去，你恐高，这样就不害怕了。”江丞说着又给季书怡耳朵里塞了个隔音耳塞。

“跳下去？！”季书怡在震惊中忍不住抬手拉下蒙在眼睛上的丝巾，大眼睛圆溜溜地望着眼前的男人，口齿有些不利索地道，“怎、怎么跳？”

江丞看着她惊愕得瞪大了一双水灵灵的眼睛，好笑地低头在她唇上亲了一口哄着说：“别怕，有我呢，不会让宝贝有危险的。”

说话时，他又在她腰上系了个特制的腰带与他的腰带连在一起，继续安抚着她说：“还有速降绳，一会儿你蒙上眼睛，再戴上另一个耳塞，看不见听不到，只要抱着我就行，我会做好所有安全措施，保证好小祖宗你的安全。”

一句“小祖宗”喊得季书怡瞬间从惊愕中放松了下来，轻轻靠在他怀里，抱着他眼尾轻佻地笑道：“那我就负责紧紧抱着你……”

季书怡正说着，忽然瞟见有一对男女走了过来，那对男女的装扮与她和江丞的一模一样，顿时好奇道：“他们这是？”

江丞如实回她说：“他们一会儿跟我们一起跳。”

季书怡瞬间想到什么，确定道：“混淆视听？”

江丞轻笑了一下：“宝贝真聪明。”

他说着就再次抬手把丝巾蒙在季书怡眼睛上说：“好了，赶紧系好。”

在给她另一只耳朵塞上隔音耳塞前，还低头在她耳边柔声哄了句：“宝贝乖乖的，不害怕。”

下一秒，季书怡便隔绝了所有声音与视线，仿若一瞬间整个世界都静止了下来，而面前抱着的人是唯一的存在，耳边还萦绕着他最后那句温柔到极致的话语。

这男人真是坏的时候坏得要死，温柔起来又让人无限沦陷。

季书怡嘴角扬起笑，情不自禁地把人抱得更紧了。

感受到她的小动作，江丞担心她是害怕，便无声地揉了揉她的发顶，然后交代留在飞机上的人说：“你们自己小心点，有任何意外一定要及时联系我，带他们直接绕一圈回国。”

“是，少主人。”

季书怡被抱起的瞬间，机舱门打开，高空中强劲的风瞬间席卷而来，本能反应般地抱紧了江丞的腰。

江丞顺势把她的小脑袋摁在怀里，迅速低头最后在她耳垂上亲了一下，让她感知他一直在保护她后，便直接跳了下去。

纵使做好了所有心理准备和安全措施，可季书怡还是在跳下的一瞬间惊叫出声。

那种失重感让她抱着江丞的双手近乎是使出吃奶的劲儿，要多紧有多紧。

听着她的惊叫声，江丞心急得皱眉，但因为小姑娘现在什么都听不到，所以他无法及时地给她语言上的安抚，只能紧搂着她以最快的速度落地。

直到安全落地时，季书怡都还未从那份惊险刺激中缓过神，双腿发软，根本站不稳。

江丞迅速取下她的耳塞安抚着说：“已经落地了，不怕了。”

说话间，他用最快的速度解除了两人身上的所有绳索，把人一把抱起来连声哄着说：“已经安全了宝贝，别怕了。”

落地点是在一处野外的草坪上，还没等季书怡回过神来，只见一辆军绿色的吉普车极速驶来，车门打开的瞬间，她已经被江丞抱着坐进了车里。

吉普车后座上，江丞看着怀里脸色煞白的人，快要心疼死了。

他立马取了手上的黑色手套，双手捧起她的脸，迫使她看着自己，柔声哄着说：“宝贝看着我……”

说话间，江丞低头在季书怡额头上亲了一下，继续柔声低唤了句：“宝贝。”

感受到额间他温柔的触感，以及他掌心的温度，季书怡才缓缓回神，睁开眼望着他。此刻，她漂亮的眸子已经沁上了一层水汽，对上他柔宠的视线时，仿佛快要哭了似的忍不住撇了撇嘴：“吓死人了。”

“不怕不怕，这不是安全了嘛。”

江丞哄着哄着便忍不住低头吻上小姑娘的唇，亲吻在一定程度上可以很好地缓解人紧张的情绪。果不其然，被亲了一会儿的季书怡的确渐渐心安下来，江丞吻得很温柔，渐渐地她内心的恐慌逐渐变成了羞涩，因为车内还有两个人。

季书怡含羞推开江丞，轻咬了咬唇，无声地看了看江丞，又看了看前面的两个人，微微皱巴着小脸示意对方前面还有人。

见她情绪稳定了很多，江丞也松了一口气，轻笑着哄道：“没事，他们不敢回头看。”

季书怡悄悄看了眼前面的两人，是两个西方长相的男子，一直在专注开车，直到江丞开口询问："没留下尾巴吧？"

副驾的男子立马回道："没有，请放心。"

开口的瞬间，季书怡慌忙收回视线，有些羞涩地把脸埋进了江丞怀里。而江丞也看出她害羞的小心思，配合地抬手搂在她的后脑勺上，挡着她的脸。

一路上，江丞都在眼观八方地留意四周的情况，季书怡以为这样会直接到达目的地，却不料在经过一个隧道时，又被江丞抱着紧急下了车，转而走进了旁边的树林，而那辆吉普车则若无其事地继续往前开。

"我们来这儿干吗？"季书怡一脸好奇地问。

"你爸的人可能已经定位到那辆车了，不能再坐了。"江丞如实对她说，"换条路线走，这样才能彻底甩开他们。"

两人走了一段距离，来到一处满是杂草的地方，季书怡再次好奇出声要问时，就看到江丞扯着一把草直接用力一掀，随即一辆黑色的山地摩托车出现在二人眼前。

"天哪！"季书怡完全被眼前这一幕惊呆，不可思议道，"这也是你安排好的？"

"不然呢？"江丞云淡风轻地轻挑眉道，"阜里还能长出摩托车？"

说着还抬手轻轻捏了捏季书怡的脸，唤了声："小傻子。"

季书怡没有拍掉江丞的手，也没有像往日那样嗔怪他，只两眼痴痴地望着他，心尖被无限触动。

这次"出逃"，本担心会是一场"灾难"，然而他一路上都已经提前筹划好了一切，大到每一条路线的安排，小到她的情绪和吃喝都被他安排妥帖，而她要做的只是配合他而已。

且这份配合中他依然在尽可能地帮她做足一切，他聪明又谨慎，且还懂得未雨绸缪，仿若一切都在他的掌控之中，可她又深知这份掌控是他提前了很久，精心准备而来的。

而这一切都是为了可以光明正大地娶到她，为了让她和哥哥能够拥有独立且自由的人生。

这个男人，真的让人好有安全感。

尤其此刻，他身穿类似作战服的黑色装扮，手上戴着黑色的半指手套，不仅散发着十足的安全感，还有野性的帅，是那种让人无法忽视的邪妄魅惑之感。

而这样一个独一无二，甚至无所不能的男人却只对她一个人温柔。

季书怡一时间看痴了，情不自禁地弯唇笑了。

江丞见她不说话只傻傻地望着他笑，郁闷中直接把人抱起来放到摩托车上，随手轻挑了挑她的下巴问道:“傻笑什么呢? ”

被抱到摩托车上坐着的季书怡恍然回神，在他郁闷的视线中笑意更浓，直接双手搭在他的肩上，然后低头凑在他唇上亲了一口，开心道:“就觉得我家江丞好像无所不能，超酷! ”

被亲了一口又收到夸赞的江丞眼底闪过一抹喜色，总是很容易被季书怡哄到心坎里的江丞忍不住抬手扣紧她的后脑勺吻了回去。

“唔! ”

荒山野岭中，邪妄的少年扣着坐在车上的女孩吻得痴缠入骨，竟有种别样的惊险和刺激。

最后还是江丞在她泛红的耳边低喃了句:“等到了目的地再让宝贝好好夸。”

话落，便迅速拿起准备好的头盔给她戴上后，单脚撑地跨上了摩托车，双手撑在把手上拧动着试了试手感。

启动前，他偏头对身后的人说:“宝贝抱紧了，一会儿我带你飞。”

季书怡笑着紧紧抱着他的腰，下一秒黑色的山地摩托车轰然启动，不一会儿就彻底消失在这荒山野岭。

这边惊心动魄几经辗转，而另一边的季家老宅快要炸开了锅。

在书房焦灼徘徊着的季云潇一遍遍地听来人汇报追踪情况。

“季总，属下们无能，人被跟丢了。江家那小子好像是准备好了一切，中途竟然从飞机上跳了下来，等我们终于锁定到一辆吉普车时，才发现车上根本没有他们，这小子真是太狡猾了……”

“一群饭桶！”季云潇恼火地一甩手将桌子上的书砸了过去，怒喝道，“养你们有什么用，快二十四小时了连人影都没看到。继续给我追，十二小时之内必须追到！”

“是是是，属下们一定全力以赴。”

不一会儿后，肖恩又匆匆忙忙地敲门而进，直接汇报道：“季总，新开发的两个项目都被人截和了，另外数家子公司的股票异常，显然是有人在恶意操控。”

“谁干的！”季云潇疾声问，“查到没？”

肖恩眼底闪过一丝为难，吞吐地张了张嘴，欲言又止。

季云潇看得更加气恼，厉声道：“有什么话直说！”

肖恩见状，这才战战兢兢地如实道：“是大少爷干的。”

“又是这个逆子！”季云潇气急中狐疑地自语着，“可他哪有这么大本事，这么多年他手上就没多少实权。”

“是有人一直在暗中帮着大少爷。”肖恩继续如实道，“且大少爷这么多年在公司也养了不少人员，之前是他性格淡然，并不代表他没有能力，大少爷其实实力强着呢，只是平时一直在收敛锋芒，没引起你的注意。”

“有人在帮他？”季云潇努力压着怒火让自己冷静下来，快速地捋清事情的所有来龙去脉。

他会联合谁？谁又会愿意跟他联手对付他的父亲？

以季家这么多年在商界的地位，一般人根本就不敢来蹚这趟浑水，且外人也完全没理由联手季景航来反他，既如此，那就只有一个人了——江丞！

一定是他！

且最近自家儿子和女儿都与这姓江的小子联系密切，自家儿子还纵容着江丞带走了他女儿。

想通后，季云潇立马拨通了季景航的号码，可惜，一连打了几遍都是无人接听。

季云潇彻底怒火中烧道：“反了反了，没想到养了只白眼狼！”

说着就立马往外走，边走还边下令道：“备车，去趟江家，你继续联系景航。”

“好的季总。”

第九章·Chapter 9

羁绊

地下车库，黑色的劳斯莱斯里，季景航盯着面前电脑屏幕上的股市，随意地瞄了眼手机屏幕上来自季云潇的几个未接来电，眼底闪过一抹晦暗不明的神色。

一直以来，他不是没能力接手整个季氏，只是懒于折腾进权势的纷扰中，便收敛锋芒，可如今事与愿违，他没法再佛系下去。

而且，这一次必须快狠准地成功。

季书怡最后是被江丞带上了一艘快艇，来到了一个环海的私人岛屿上。

踏上岛屿的时候，季书怡环顾了眼景色优美到仿如世外桃源的岛屿，有些震惊地仰头问身边的江丞："这岛是你的？"

"嗯。"江丞牵着她往房间里走着，云淡风轻地说，"十八岁的时候，我爸送的，这里很安全，没有人可以找到。"

他说着牵着季书怡的手就变成揽在对方的腰上，然后他低头看着她继续道："这几天我们就在这儿待着，这里什么都有，不会让宝贝无聊，等你哥发来消息，再进行下一步。"

被搂着的季书怡听着他的话，又看了眼这世外桃源，眼底神色落寞了几分，扯了扯笑说："江叔叔对你真好，如果我爸能有江叔叔对自己孩子一半好，都可以让人满足了。"

江丞低头看她笑笑说："我爸早晚也是你爸，他会对你更好，我爸特护短。”

季书怡被江丞搂着，走到房间的沙发上坐下，顺着他的话情不自禁有些感慨道：“其实我爸这人怎么说呢，他就是把利益钱权看得太重了，他会满足我和哥哥所有的物质要求，从不会委屈了我和哥哥，我们在外面遇到什么事也都会很及时地为我们处理。所以小时候除了他跟妈妈之间的感情，其他时候我感觉爸爸也挺好的。”

“可直到我看到他亲手算计自己的亲生儿子时，才意识到他的恐怖，其实……”季书怡靠在江丞怀里百无聊赖地玩着他的手指，轻叹了口气说，“其实我还有一个哥哥，跟我同父异母，爸爸就是算计的他。”

“他妈妈在他很小的时候就死了，他从小就一个人流落在外，那时候景航哥哥出了场重大意外，在医院昏迷了很久很久，爸爸以为醒不过来了，就想把流落在外的私生子认回来。

“可他又不是真心想认人家，而是想着让那个哥哥以我哥哥季景航的身份继续活下去，人家哪能愿意答应爸爸的要求，也完全不屑回到季家，甚至不想与季家有一点牵扯。

“而我那个时候刚和他们认识，彼此完全不知道还有一层血缘关系在，他和他的朋友们都特别好，可因为我爸，我不能再和他们继续交朋友，甚至都不敢联系，因为我会觉得愧对于他们，也看得出互不打扰是他们最想要的结果，也是那个时候我遇到了——”

季书怡低沉地说着，忽然像意识到什么似的，声音戛然而止，立马仰头看了眼江丞，大眼睛圆溜溜地转了转。

“怎么不说了？”江丞见怀里的小姑娘明明还未说完却忽然中断了，怕她是觉得他听得无聊了，急忙轻揉了揉她的发顶笑着说，“我都认真听着呢。”

“不说了。”季书怡望着他眨了眨眼睛，小声嘀咕了句，“后面的你就不爱听了。”

“有什么不爱听的。”江丞不以为意地轻挑眉峰，散漫不羁道，“不就是那个时候遇到你的初恋了。”

“哪里是初恋了！”

季书怡顿时皱着小脸在他腿上打了一下，急忙解释说：“他和我那个哥哥是朋友，那时候才刚认识不久，我爸就算计了他们，后来根本没脸去见对方。从我认识他们到分道扬镳，这期间相处的机会一只手都能数得过来。”

说着，季书怡往江丞的怀里靠了靠，一脸认真地继续道：“而且我跟你谈恋爱之后，我才发现那个时候我的情感并不是喜欢，那个时候我还小，就觉得他比较有趣，才把那份情感误认成了喜欢。而且那时候我知道他有喜欢的女孩后，还撮合了他们。可是现在如果我发现你喜欢上其他女孩，我才做不到去撮合你们，反而会想尽一切办法把你绑在身边。

“还有那时候，爸爸跟他们站在了对立面，我当时选择站到了爸爸这边。可是现在你也跟爸爸在对立面了，我就想站到你这边，这才是喜欢。

“喜欢是自私的，起码在我这里是这样，而这种感情我就只在你一个人身上出现过。”

小姑娘说着，忽而仰头用鼻尖蹭了蹭对方的下巴，还揪着他的衣衫撒娇似的晃了晃：“真的。”

认真听她表达完心里话的江丞心里瞬间乐开了花，像有蜜糖似的在心尖不断地蔓延着，流进四肢百骸里，甜得人骨头都要酥了。

江丞的眼角眉梢都带着抑制不住的笑，他垂眸笑看着她的眼睛问道：“有多真啊？”

季书怡对上他直勾勾的暧昧眼神倒也丝毫不闪躲，笑着凑上去在他的唇瓣上亲昵地蹭着说：“很真很真，比珍珠还真。”

被她暧昧蹭着唇瓣的江丞，被撩得心尖发痒，一用力就把小姑娘抱在了腿上，低头吻了下去，温柔轻试后便是一番狂风暴雨般的入侵，在她呼吸完全凌乱时，低喃道：“我不会喜欢上别人，也不用宝贝想办法绑着我，我自会永远守在你的身边。只是……”

他亲了亲她泛红的耳垂，微不可察地叹了口气说：“好遗憾，没有比他更早认识你。”

季书怡低喘着偏头看他，一双漂亮的水眸中带着笑意：“不遗憾，因为我只喜欢你一人。”

这次跟着江丞躲避父亲，让季书怡认识到她好像为了这个男人可以放弃一切，也认识到情有独钟是怎样的一种执念。

她深知这种情愫是不理智且危险的，可就是控制不住地想要追随他到天涯海角，哪怕是万劫不复，也心甘情愿。

而万幸的是江丞值得，这一路来到这里，他小心谨慎地布置好了一切，体贴入微地照顾着她每一刻的情绪，生怕委屈了她。

他宠她到极致，那她也该给他最坚定的回应。

在紧张和惊险中奔波得太久，江丞哄着季书怡洗了澡去睡觉。

看着季书怡睡下，江丞才去洗了澡，刚洗好走出浴室就接到了季景航的来电，对方用的专线通讯，怕被人追踪到信号。

季景航开口问道：“你们现在到哪儿了？”

“不告诉你。”江丞一手拿着干毛巾擦着头发，一手拿着手机。

“连我都保密？”季景航很是郁闷。

“嗯。”江丞慵懒地应了声后认真了些，继续道，“告诉你我们在哪儿没有意义，还容易出意外，我向你保证会把你妹妹保护得很好，你就安心处理你那边的事情就行。”

季景航迟疑了一瞬，明白了什么后，了然道：“行，明白了，你俩注意安全，保持联系。”

现在知道他们在哪儿确实毫无意义，反而知道了到时候父亲逼问的时候还容易心虚露馅，且万一被父亲的人得知消息还会引出麻烦。

帝京，江家庄园别墅。

终于得以休息的江聿怀，忙中抽闲，陪着女儿沈烟在花园里修剪花草。

江聿怀本是做不来这些精细活儿的，完全是想多陪陪女儿。

花园里，穿着园艺服的父女俩有说有笑地聊着天，父亲声音爽朗，女儿清悦温柔。

江聿怀不放心女儿的身子，一遍遍地提醒道："你现在怀着孩子，要格外小心。"

沈烟知道爸爸是不想她辛苦劳动，便笑着安抚道："没事的，这也不累人，就当是消遣玩了。"

"好好好。"江聿怀依着说，"别累着就行，不然我那女婿该来找我麻烦了。"

沈烟眼里的幸福感都快要溢出来了，还是无奈地笑道："不会的。"

父女俩说笑了会儿，忽而有人上前附在江聿怀耳边汇报道："爷，季家季云潇忽然到访，正在会客厅等候，是直接打发走，还是您过去看看？"

江聿怀直接将手中的剪刀递给一旁的园丁，脱下手套低声应着说："我过去。"

转而又对女儿说："爸有点事，先离开一会儿，你玩一会儿就去休息，千万别累着啊。"

"好的爸爸，您去忙，不用担心我。"

江聿怀走之前特别对旁边的人叮嘱，要仔细着照顾好他女儿。

另一边，奢华气派的会客厅，季云潇脸色不佳地坐在沙发上等候着，身后站了四名随行的保镖，手边是江家管家倒好的茶。

"季总。"江聿怀刚走到客厅，就爽朗地主动开口道，"久等了，失礼失礼。"

季云潇倒也礼貌地站起身客气了句："突然到访，打扰了。"

两只老狐狸一连客套了几句，江聿怀也猜到了季云潇此番前来的目的一定是关于他儿子的，只是季云潇不主动提，他就装傻不知。

最后季云潇实在坐不住，挑明道："江总近来可知自己儿子去哪儿了？我找他有很重要的事。”

江聿怀笑意不达眼底道：“我那儿子啊，一放暑假就出去玩了，具体去哪儿了我还真不知道。”

“江总当真不知道？”季云潇冷笑着轻哼了一下说，“那江总可知他拐走了我的女儿？”

“季总这话说得就严重了，要不这样……”江聿怀收起笑，眼神晦暗不明地凝视着季云潇说，“季总报警吧，我也会帮忙找找。”

“报警？”季云潇冷笑一声，“那岂不是昭告天下我女儿被人拐走了？那她以后还怎么嫁人？”

“季总这是什么话，这都什么年代了，还会有这种思想？”江聿怀颇显诧异道，“或者你说想怎么着？”

“实话说吧，我有证据是你儿子带走了我的女儿。”季云潇直接说道，“我也不想把事情闹大，想法也很简单，你联系你儿子让他把我女儿送回来，我就当一切都没有发生。”

江聿怀冷笑着回道：“那就糟糕了，你找不到你女儿，我也找不到我儿子。让你报警你又有顾虑，这就难办了。”

碰了一鼻子灰的季云潇恼火地捏了捏拳，眸光冷沉：“所以江总就是想把事情闹大了？”

江聿怀听着这好似威胁的话，丝毫不在乎地笑出声来，云淡风轻地回了句：“那就随季总折腾吧，且看我能不能应付就是了。”

他江聿怀这一生风风雨雨，最不怕的就是威胁。

季云潇见在这里完全解决不了事情，且身边的人汇报了季景航的行踪，只好对江聿怀丢下几句话后，便甩手离开了江家。

季景航还未到家就收到消息，说他父亲已经在他的别墅里等着他了。

不过倒也在他意料之中，他猜到父亲会来家里找他。

但他没有回家，只是给父亲打了个电话，想听听这个时候他会说些什么。

电话接通就听到季云潇满是怒意的声音："还知道接电话啊，操控股票，截和项目，你以为这样就能谋权篡位了？你未免也太小看你的父亲了。"

"谋权篡位？"季景航仰靠在车上，低沉地冷笑着说，"爸，您还真是把自己当成皇帝了。"

他自嘲地笑笑继续道："我还以为你会问小妹的事，原来这个时候了，您最在意的还是您的权势，其实说实话，我对这些权势根本不感兴趣，可你的权势总想牺牲自己儿女的人生，你说我跟小妹该怎么办？您回头看看自己身边还有多少亲人，所谓的权势真的就那么重要吗？"

说完不等父亲出声便挂上了电话，直接关了机。

江丞这边，趁着季书怡睡着的空当查看文件，心事多的时候他就很想抽烟，等查阅好起身想去看看床上的宝贝睡得好不好时，才发现自己满身都是烟味，怕熏到她，便又去浴室冲了个澡换了套睡衣。

谁料刚从浴室出来就看到一抹倩影直接扑了上来，江丞急忙弯腰将人抱起来柔声问着："宝贝怎么了？"

季书怡顺势抱着他，软娇地趴在他的肩上，嗓音带着些迷糊："我睡不着。"

她迷迷糊糊好像是睡着了，可是一直在做梦，梦得乱七八糟，似睡非睡的，很不踏实。

"是不是陌生环境让你害怕了？"江丞抱着她往床边走，说道，"我看着你睡。"

季书怡在他颈窝亲昵地蹭了蹭："好。"

重新躺进被窝，只是过了许久，却还是迷迷糊糊睡不着，季书怡有些可怜巴巴地望着眼前的男人："我还是睡不着。"

"那我陪宝贝看电视好不好？或者打游戏？"

"不想看电视。"趴在他身上的季书怡无力地眨了眨眼，"困得眼睛有点干涩，看电视更刺眼了。”

江丞无奈地笑道：“那我给宝贝讲个哄睡小故事？”

季书怡点点头，甜蜜地依偎在江丞怀里。

就这样，在江丞柔声细语的讲述中，季书怡终于感觉到了放松，不知不觉间困意来袭，沉沉睡了过去。

许是这一路太折腾，这一觉季书怡竟然足足睡了两天，中途饿醒了就让江丞喂了几口吃的，又接着睡过去。

再次醒来时，季书怡大脑清醒多了。

她起床坐到沙发上，靠在江丞怀里，过了半晌，突然仰头问道：“我哥给你打电话了吗？”

“打了，我说你在睡觉。”江丞如实说道，“他交代我要照顾好你。”

“那有提到我爸的情况吗？”

“电话里没跟我提，就只说让我看好你，让你别跟你爸联系。”

“哦。”季书怡若有所思地眨眨眼，说，“那我给哥哥打个电话问问吧。”

“等会儿再打吧，这边有时差，你哥现在应该在睡觉。”江丞提醒道。

季书怡点点头，表示知道了。

又过了两天，季景航又打来了电话，这次季书怡及时接通，甜甜地喊了声：“哥哥。”

“这几天过得怎么样？”季景航关心道，“有没有遇到什么为难的事？”

他甚至都没有问江丞有没有对她不好，有没有欺负她，因为在他的潜意识里已经认定江丞会把他妹妹保护得很好很好。

“没有，我这边都好。”季书怡故意提到江丞，“江丞把我照顾得很好，你那边怎么样呀，爸爸现在什么情况了？”

“哥哥这边你不用担心，给你打电话就是要跟你说，在没收到我的通知前你一定要忍住不要联系爸爸，听到没？一定要忍住。”

季书怡本想问清楚原因，却又听到哥哥说："暂时不要问原因，说太多我这边信号可能会被定位，你听话照做，哥哥有分寸。"

"好。"季书怡乖顺地应着，"我不联系爸爸，你自己小心点。"

"好，哥哥知道。"

…………

就这样，江丞和季书怡在岛上过了半个月。

看着时间不断流逝，江丞有些心急，给季景航打了个电话，开口时略显急躁地问道："都半个月了，你那边进展怎么样了？"

季景航回道："你当我裁员呢？哪能这么快。"

江丞质疑道："你行不行？不行我出手了。"

在这件事中，季景航没有让他参与太多，江丞的作用相当于打辅助。再加上他的身份比较尴尬，季景航也明确说了不让他参与太多，如果执意要过多参与的话，很容易引起不必要的误会。

"你就放心吧，这事你不能参与太多，否则若有什么意外，这就会成为你和我妹之间的心结，你只要照顾好我妹妹就行了，反正你要的不就是季书怡吗？"季景航说。

"对，我要的就是季书怡。"江丞催促道，"那你动作也快点，再这么下去她该觉得无聊了。"

季景航笑着调侃道："你怎么能让我妹妹感到无聊呢？"

江丞闻言，散漫慵懒地哧笑一声："行，都是我的责任。"

"反正你不要轻举妄动。"季景航再三提醒道，"我会尽快给你消息，在此之前，你一定不要让我爸的人查到你们的一点儿消息。"

"放心。"江丞傲然笃定道，"我做事不会留下任何蛛丝马迹。"

"那就行，一定要照顾好我妹妹。"

结束通话后，坐在车里的季景航捏了捏眉心，长舒了一口气。

这段日子，他也没再让父亲见到过他，仿佛一夜之间，他和妹妹都消失在了父亲的视线中。

只是妹妹消失得彻底，毫无任何消息，而他虽通过几次电话，但剩下的就是与父亲的暗自较量。

于季云潇而言，这段时间也是痛苦煎熬的。

女儿一夜之间消失得彻底，半个月了竟然是一点儿消息都没有。儿子也见不到，仅有的消息还是听人汇报儿子在公司“大展拳脚”的动静。

一时间，他仿佛成了世界公敌，连儿女都背弃他而去，只剩自己独身一人。

斜倚在树下的江丞结束了和季景航的通话后，眺望着不远处坐在秋千上发呆的小姑娘。

她穿着白色的连衣裙，长发随意绾在脑后，双脚撑着地，双手抓着秋千绳，脑袋轻轻地歪靠在秋千绳上，目光无神地看着一个方向，一动不动地发呆。

江丞眉心微蹙，眼底闪过一丝柔情。

他的宝贝一定是在想爸爸了吧，就算不想爸爸也会担心哥哥的情况。

可这么多天，她却从未在他面前抱怨过被他带到这里，远离了家人，只偶尔撒娇性地跟他闹一会儿。

他对她的喜欢是热烈的，而她的回应和付出便是一种无条件的信任和认定。

就如她说的，在这场无声的对立中，她站到了他身边，甚至为了承认他的存在，而被自己父亲打了一巴掌。

且他如今才得知，他欺骗她惹她生气，让姐姐帮忙找她说好话的时候，他姐对小姑娘说了些他做的事和他真实的心意，他的宝贝在电话里都哭了，甚至最后还问了一句:“是不是我无理取闹了？”

明明自己委屈得不得了，却又因心疼他而产生了自责，所以当时她才没有按时登机，而是想回去找他。

可她哪里是无理取闹，本来就是他说了谎，且在那之前她还多次且明确地说过最讨厌别人骗她，他却还是这么做，这便是他活该。

而且，这个傻姑娘虽然思想开放活泼，但面对感情，骨子里还是保守传统的。所以她才会在被他偷亲时，气得把他骂了一通，会在被他强吻时，觉得被轻薄而气哭了。

如果当时他明白她的心境，一定不会欺负她。

江丞觉得自己挺浑蛋的，他的宝贝那么优秀，成绩好、舞蹈美，活泼耀眼长得还特漂亮，还是个从小锦衣玉食长大的小公主，但之前他却一直欺负她，跟他在一起后还因为自己处在了这样的进退两难中。

这场感情是他死缠烂打追来的，毕竟一开始她是不喜欢他的，但他对她的喜欢一发不可收拾，强烈且无止境。

他要她，也只要她。

所以哪怕不择手段，令人唾弃，他也要把她留在身边。

玫瑰耀眼，他无限心悦，便想亲手摘下，无止境地养护在身边。此生只与她为伴，倾尽一世的情深。

思及此，江丞走到季书怡身边，弯腰轻喊了声发呆中的小姑娘：“宝贝……”

“嗯？”

正发呆中的季书怡恍惚抬头，唇瓣便被人弯下腰吻住。

江丞弯着腰，双手撑着秋千绳，一个极尽温柔绵延的吻落在小姑娘莹润樱红的唇上，直吻得对方脸颊微红，眼睑颤动地推他才罢休。

江丞看着脸颊微红的季书怡，眼底含笑地在她身边蹲下，捡起她掉在地上的一枝玫瑰花，递给她问：“想什么呢？”

季书怡望着蹲在面前的男人，眨了眨眼说：“怎么感觉你刚才亲我的画面那么熟悉呢？”

她坐在秋千上，他弯腰撑着秋千绳，低头吻她。

江丞看着她认真回想的模样，忍不住笑出声说：“第一次偷亲你就是这么趁你喝醉了亲的。”

季书怡在他含笑的视线里眨了眨眼，伸手接过他递过来的玫瑰花，直接反手别在了他的耳朵上。

江丞今天穿着黑色的衬衫，皮肤冷白，他的唇色是有些红润的那种，整个人在这朵红玫瑰的映衬下显得异常妖异邪肆，她赏心悦目地轻笑着问：“你那个时候亲我是喜欢我还是在趁机欺负我？”

江丞收起笑，仰头认真地回她说：“喜欢你才亲的。”

季书怡顿时幽怨地皱巴着小脸，控诉道：“既然喜欢，那你那个时候还那么欺负我。”

江丞见她小脸皱巴着，立马慌了，急忙解释说：“我承认我对你的喜欢后知后觉了点，可我明确喜欢你之后就没再欺负你了。”

“你这就是欺负。”季书怡气鼓鼓地说，“你当时又不表白，还总是亲我，你这种行为就是耍流氓，所以后来就算我知道你喜欢我了，我也不想答应你，谁让你连句明确的喜欢都不说，哪怕到现在你都没有亲口跟我说一句你爱我……”

“我爱你。”江丞立马就开口说了句，甚至还强调了一遍，“江丞爱季书怡。”

他几乎是在她提出的一瞬间脱口而出，生怕慢了一秒就被小姑娘控诉态度不端正。

这句话让季书怡猝不及防地愣住了，片刻后，她没脾气地笑了起来，眼角眉梢都溢满了甜蜜，笑得整个人都直接从秋千上倾身向他靠过去，搂着他的脖子娇嗔地趴在他耳边嘀咕了句：“你肉麻死了。”

江丞听出她撒娇的语气，顿时松了口气，弯唇一笑就伸手将人抱了起来，背着她回房间。

夜幕初降，一身黑衣的男人背着身穿洁白连衣裙的小仙女，在月光星辰下散步似的走着。

海风吹起季书怡的裙摆和发丝，发丝调皮地落到江丞的侧脸上，撩拨得他心痒痒的。

这时，将头靠在他颈窝的人忽然轻轻开口："江丞。"

他偏头看向背上的人："怎么了？"

季书怡歪头对上他的视线："我们会顺利结婚吗？"

"一定会的。"江丞满眼笃定，"宝贝不要多想。"

"那我哥哥不会有意外吧？"

"也不会的，我已让人一直配合着你哥哥。"他哄着说，"宝贝要相信你哥哥。"

季书怡重新趴回他的肩上，轻声应着："好。"

睡前，季书怡洗澡的时候发现自己生理期来了，瞬间有些无措地愣了神。

怎么办？她没带卫生巾，江丞肯定也不会想起来准备这玩意儿。

她在浴室尴尬地待了好一会儿，才无奈地套上睡裙，打开浴室的门，只露出一个小脑袋朝外喊道："江丞。"

"我在。"守在旁边沙发上观察季家股市动向的江丞立马放下平板，急忙起身走到浴室门口，看着只露出个小脑袋、一脸不自在地紧抿着唇的小姑娘急声问，"宝贝怎么了？"

"我、我来例假了。"季书怡尴尬又局促地眨了眨眼，不抱希望地问了句，"有、有卫生巾吗？"

她都想好了，实在不行就用卫生纸吧。

却没想到江丞立马就接了句："有啊，你等着，我去拿。"

季书怡惊愕地睁大了眼睛，一脸不可思议，甚至怀疑是不是自己听错了。

直到几分钟后看到江丞拎了一个大袋子快步走回来递给她，挠挠头说："我不知道你用什么样的，就所有规格的都买了，你自己挑挑看。"

季书怡看着递到眼前的那个装满卫生巾的袋子，整个人都还未从惊愕中回过神来，甚至忘了伸手去接，只双眸发怔地开口问道："你连这个也准备啦？"

“嗯。”相比季书怡的惊愕，江丞很自然地说，“快进去换上，不难受吗？出来再说。”

季书怡这才迅速接过袋子缩回浴室，关上门后翻看了那一大袋子的卫生巾，一瞬间，季书怡莫名地鼻尖酸涩，人生第一次对着一袋卫生巾红了眼圈。

这么多天跟他待在这里，家里的情况哥哥也不跟她多说，说一点儿不想家是不可能的，甚至有些时候还会担心和彷徨，只是没跟他说罢了。

因为她看得出来，他时时刻刻都在努力让她安心，不想让她胡思乱想，甚至怕她无聊还陪她在岛上到处玩。

但她真的没想到他会连卫生巾都准备好了，真的是生怕她跟他在一起有一点委屈。

过了一会儿，季书怡整理好自己的情绪，怕他看到自己红了眼圈的样子多想，洗了把脸，恢复平静后才走出浴室。

可未承想，她才刚稳住的情绪，在打开浴室门听到江丞的那一句“肚子疼不疼？让人准备了红糖水马上送进来，我这儿还有暖宫贴，用不用？”后完全忍不住地就瞬间红了眼，甚至泛出了泪光。

红糖水、暖宫贴、卫生巾以及他很自然得好似为她做这一切都是理所当然的样子，一下子就让季书怡紧绷了数日的情绪崩溃了。

“怎么哭了？”江丞心尖一沉，慌得立马把人搂进怀里柔声问道，“是不是肚子疼？”

“不疼。”季书怡在他怀里摇摇头，小声哽咽着，“我不痛经。”

“那宝贝怎么了？”江丞低头给她擦掉眼泪，眉心紧皱着，心疼道，“可以跟我说说吗？”

季书怡没有立马回答，只靠在他怀里细弱地吸了吸鼻子，缓了缓神后才低喃着：“就是觉得你太好了……”

她说着，自己抬手抹掉了眼泪，眼泪汪汪地仰头看着满眼心疼的江丞说：“我其实不爱哭的，就是一时没忍住……”

小姑娘原来是被感动的。

江丞提着的一颗心瞬间放下了些，宠溺地看着面前泪汪汪的小姑娘，给她擦着眼泪，轻笑着哄道："爱哭也没事，有我哄着。"

但没想到这一句话就让季书怡又不争气地把脸埋进了他怀里。

时间飞快，又过了一周，小姑娘生理期结束，江丞还是没有收到季景航进行下一步的消息，无奈下便带季书怡先离开了小岛。

他怕再待在这儿，小姑娘真要着急了，虽然这岛上应有尽有，但时间久了，他怕她腻烦。

上了岸，坐进了车里季书怡才问道："我们去哪儿？"

江丞回她说："带宝贝去玩。"

"玩？"季书怡不放心地问，"那会不会打乱了哥哥的计划？"

"不会。"江丞对她说，"我都安排好了，宝贝放心玩。"

季书怡一脸崇拜地望着身边的男人，他真的就像一个无所不能的神明一样，让人安心。

还没到达安排好的第一站，江丞就收到了季景航的来电。

接通电话的江丞散漫不羁地说道："你可终于有进展了，我的大舅哥。"

季景航没理会江丞的调侃，直接说道："你们现在可以慢慢现身了，但要特别小心，我爸现在已经处在疯狂的边缘了，一切按照计划来，一定要保护好我妹妹。"

"行，明白。"江丞笃定道，"我这边不会有任何问题，你自己小心点。"

待江丞带着季书怡抵达第一个目的地时，当地已经是夜幕初降了。

季书怡看着眼前围满了人群的广场，热闹得像是过年似的，很多人更是欢天喜地地望着广场中央翘首以盼。

广场很大，一眼望不到边，中间用围栏围起了一个很大的圈，圈里有一炉铁汁，炉边围了几名手持工具的赤膊壮汉。

季书怡第一次见，正狐疑地仰头准备问江丞这是在干什么时，忽然听到人群中有人喊她。

“书怡！”

“知夏？”

季书怡惊喜又错愕地慌忙回头，竟真的看到了人群中激动地朝她跑来的陆知夏。

看着跑到面前的陆知夏，季书怡惊喜道：“你怎么在这儿呀？”

“是不是觉得很巧呀？”陆知夏卖关子地瞅了眼旁边的江丞，又看向季书怡贼兮兮地笑着说，“才不是巧合，是你家大魔王喊我来陪你的。”

“啊？”季书怡目光诧异地从陆知夏身上移到江丞身上，在得到江丞认可的弯唇轻笑后，更加诧异了，她甚至都不知道他是什么时候安排的。

她还有些担心地正要提醒什么时，就听到江丞率先安抚出声：“什么都不用担心，安排好的。”

接着季书怡又听到一个熟悉的声音喊她：“小书怡，还有我。”

季书怡歪头看了眼，竟然是陈星熠，只是还没等她开口，就听到自己男人醋意上头地睨着陈星熠冷声道：“舌头捋直了好好说话。”

陈星熠笑着立马改口道：“嫂子好。”

季书怡一脸八卦地凑近陆知夏问了句：“你跟陈星熠一起来的啊？”

“不然呢？”陆知夏故作生气地说道，“你这半个多月跟人间蒸发似的，我倒是想自己来找你呢。”

一想到这儿，陆知夏如今还很郁闷，刚放暑假就收到她一条消息说要出国一段时间，手机暂时关机，之后就消失得无影无踪。

若不是前两天江丞让陈星熠找到她，说答应可以帮她完成一件事，让她来陪季书怡玩几天，到现在她都还找不到这家伙呢。

季书怡被说得心虚，用手揉了揉鼻尖，歪头看了眼江丞，正要再开口，忽然听到围栏里的壮汉扬声喊道：“开炉喽！”

紧接着，现场响起一首大气磅礴的古风音乐，音乐响起的瞬间直接让人有种回到古代盛世的错觉。

现场人声鼎沸的欢乐中，黑夜陡然被照亮。

人群中，季书怡慌忙回头望去就看到满天火光闪耀，是打铁花的艺人将高温的铁汁击打成铁花漫天飞舞。

只见艺人舀出铁水，腾空那一瞬间，一挥板，一击打，阵阵铁屑瞬间变成光簇散落。星辰夜幕下星火璀璨四溅，如同火树银花落满整个世界，整个现场绝美而震撼。

季书怡痴看了许久，才满脸震撼地望向身边的江丞问："这是打铁花？"

"对。"江丞低头看着满眼震撼激动的小姑娘，轻笑着问，"好看吗？"

"好看。"季书怡激动地说，"我还是第一次看现场，真的比烟花还震撼。"

打铁花是一项非物质文化遗产，也被称作是民间传统的烟花，是属于国人独有的浪漫。

"宝贝喜欢就好。"江丞看着漫天焰火星光下欢喜兴奋得不得了的小姑娘，满意地弯了弯唇。

层层星光下，她看着焰火，而他的目光却从未从她身上移开过。

她笑起来时，眼睛弯弯的像一轮明月，好似可以治愈世界一切阴霾。

广场愈加热闹，人群越围越多，漫天星光焰火落幕后，又接着上演了一场精彩绝伦的川剧变脸。

当季书怡看到台上艺人变出一张齐天大圣的脸时，她激动地抱着江丞的胳膊，蹦跶着指给他看："快看快看，是大圣，好酷。"

江丞低头看着兴奋欢乐的季书怡，应着说："嗯，很酷。"

话音刚落，人群中忽然传出阵阵兴奋的尖叫声，是台上的川剧艺人在表演"耍牙"。

这些震撼人心又快要失传的非遗文化一经出现便吸引了人们前来围观，在人群中视线受阻的季书怡努力踮脚想要看得更清楚。

奈何人群拥挤，她身高受限，蹦了两下还是看不清，刚要放弃时，忽然整个人被举起。

季书怡惊呼一声，瞬间就被江丞单手抱到他肩上坐着，视线瞬间就毫无阻挡，且居高临下开阔得不得了。

季书怡低头看着江丞，彼此视线相交，人群嘈杂中都没有说话，默契地相视一笑。而周围的人看着这一对绝色佳偶，纷纷投来艳羡的目光。

…………

一连几天，江丞都没有带季书怡去逛商场、游乐场之类的游玩之地，都是去的一些平时少见又稀奇的地方和项目。

不仅季书怡玩得欢，陆知夏也是兴奋得不得了。

晚上，季书怡和陆知夏在一个房间睡，还处在亢奋中的陆知夏情不自禁地感慨道："你家大魔王真的很会，来的时候我想着他说陪你玩，还以为会是一些游乐场什么的，没想到带我来开眼了，真是没白来。"

正拿着毛巾擦头发的季书怡，满脸都是掩饰不住的幸福浅笑。

其实这个问题她也问过江丞，她问："你怎么会想起来带我来看这些的啊？"

当时江丞回她说："因为想着你从小锦衣玉食长大，平常那些玩的一定都看腻了，现在这种非遗文化本就越来越少，就想带你来看看。"

当时江丞还嘚瑟地冲她挑眉补充道："你男人喜欢有效约会。"

江丞真的从来都不会敷衍她任何事，哪怕只是一场游玩、一场约会……季书怡现在回想起他当时那嘚瑟的样子，还忍不住轻笑了声。

看到季书怡一脸甜蜜的样子，陆知夏顿时调侃道："你想什么呢？笑得一脸荡漾的。"

季书怡顿时脸颊微红地反驳了句："谁一脸荡漾了？"

“还不承认。”陆知夏看热闹不嫌事大地说，“你都脸红了，消失这么多天是不是都跟大魔王单独出去玩去了？”

“对，单独玩去了。”季书怡敷衍性地承认后，立马转移话题，问道，“我家江丞是怎么把你喊过来的？”

陆知夏意味深长地笑了，继续道：“他答应了我一个要求，我就来啦。”

季书怡立马好奇道：“什么要求呀？”

“我让他帮我揍陈星熠。你家江丞说行，然后我就来了。”

季书怡听完，睁大眼睛足足愣了好几秒，才大声笑起来：“陈星熠实在太惨了。”

陆知夏不以为意地撇撇嘴：“谁让他惹我生气！活该！”

过了几日，江丞和季书怡彻底暴露行踪是在进入一家娱乐场所时。

当时，陆知夏对这个娱乐场所很是好奇，听说装潢十分古代化，季书怡也忍不住好奇，征求了江丞的同意后，四人一起过来看看。

进入内部场馆后，被江丞紧紧牵着的季书怡忽然顿住脚步，仰头看着他笑着指着一个方向说：“那边有个齐天大圣玩偶，看到没？”

江丞再次顺着她手指的方向看过去，就看到一个玉雕的齐天大圣玩偶摆在一个透明的玻璃展示柜上，旁边还有关公和其他一些玉雕玩偶。

江丞当即望了眼四周，随手招了个场内的服务人员，只见他跟人低语了几句后，那人便客气地道了句：“您稍等。”

接着不到两分钟，季书怡就看到有人过来直接把他们带到一个玩游戏的地方。

江丞低头对她说：“来都来了，带宝贝玩一下。”

此时，工作人员开口看向江丞，笑着问道：“小客官，玩骰子游戏吗？”

江丞偏头看向那边的展示柜说道：“玩，赢了的话，我要那个齐天大圣玩偶。”

“好的，”庄家颇显礼貌自信地问道，“想怎么玩？你定。”

“那就最简单的比大小吧。”江丞看不出什么情绪地说，“点小为赢。”

工作人员客气地笑笑：“我先来吧。”

几人屏息凝神地看着工作人员摇起了骰盅，没多久就看到对方一脸嚣张自信地将骰盅按在了桌面上。

工作人员缓缓拿起骰盅揭晓结果：“两点。”

庄家把骰盅推给江丞：“该你了。”

江丞拿起骰盅随意地摇了几下，落定后玩味地看着季书怡开口说道：“小仙女赏口仙气呗。”

季书怡反应迟缓了一瞬，然后笑着配合，对骰盅随意地吹了口气。

江丞将骰盅放到桌面上后，打开揭晓结果：“一点。”

季书怡见状，激动得直接抱着江丞的脖子兴奋道：“赢了赢了，我们赢了。”

江丞得意地笑问了句：“厉不厉害？”

“厉害厉害！太帅了！”季书怡甚至激动地凑到他脸上，狠狠地亲了一口。

旁边的陆知夏十分震惊：“我的天，这也行？”

“有那么震惊吗？”陈星熠不屑地撇了撇嘴，“我也可以。”

陆知夏：“哦。”

陈星熠：“……”

拿到齐天大圣玩偶的季书怡兴奋地抱着江丞的胳膊不撒手，一直歪着脑袋问：“你怎么这么厉害啊？”

“亲爱的，你真的好厉害哦。”

“你刚才太帅了，你还有多少技能是我不知道的？”

…………

季书怡一句接着一句，夸得江丞简直要昏了头，心情美到要上天。

等快要离开时，这里的经理认出了江丞，急忙追上来恭敬地奉承了几句后，才小心翼翼地送人离开。

第十章 · Chapter 10

相守

帝京。

书房里，日渐沉郁的季云潇落寞地捏着眉心，快一个月了，儿子不肯见他，女儿更是一点儿消息都没有，这段时间好像他的整个世界都灰蒙蒙的。

压抑、无光，更无望。

正濒临绝望之际，忽然肖恩敲门而进，迫不及待地汇报："季总，有消息了，有大小姐消息了。"

季云潇立马抬头问："在哪儿？"

"在北城，已经派人追过去了。"肖恩急忙道，"相信大小姐很快就会被找回来的，消息汇报说大小姐很好，最近游玩了很多地方。"

"游玩了很多地方？"季云潇一时不知是该气还是该急，呵斥道，"他们这样到处玩，你们竟然还一点儿消息都查不到！"

肖恩诚惶诚恐地低着头急忙道："是我们没用，季总您消消气，您近日身体欠佳，千万别动气了，我们一定会尽快把大小姐带回来。"

近一个月来，肖恩明显发现曾经盛气凌人的季总陷入了一种彷徨和落寞里，就像是奋战了百年以为满载而归时，回头却发现身后一无所有，空空荡荡。

肖恩离开书房后，季云潇接到了儿子季景航打来的电话。

他一接通就听到儿子有些不耐烦的声音："打电话找我什么事？"

季云潇眉心微蹙，低沉地道了句：“有你妹妹的消息了。”

“我妹妹？”季景航轻哧了声，“怎么？书怡只是我妹妹不是你女儿？”

季景航冷笑着叹了口气，故意继续道：“那小妹真可怜，又要被您抓回来继续操控人生了，继续为您的宏图大业做牺牲。”

“其实您有没有想过，那么久以来江丞都没有让您收到一丁点儿关于他们的消息，现在却又突然有消息，难道您真的以为是您的人神通广大？您怎么不想想会不会是您的宝贝女儿终究舍不得让您难过，才闹着江丞现身给您消息的？

“虽然您没有亲情概念，但小妹却是个善良又重情的女孩，尤其对您。不管您做了什么，她还总当您是她爸爸，想维持住这份亲情。

“不过很可悲，她努力想维持住的亲情，并没有人跟她一样在意，所以我会立马通知她躲得远远的，永远别让您找到。”

“你敢！”季云潇陡然厉声喝止，却发现通话已经被挂断了。

他整个人顿时无力地仰靠在椅背上，有些心梗地干咳了两声，耳边还飘荡着那句“她努力想维持住的亲情，并没有人跟她一样在意”。

还有儿子曾经那句“您回头看看身边还剩多少亲人了”。

可他努力一生争权夺利，也是为了他们能有更好的生活啊，让他们从小锦衣玉食地长大，他有什么错？

倒是这近一个月来，却让他觉得江丞这小子是有点能耐在身上的，他对付过各种牛鬼蛇神，没想到竟栽到一个毛头小子的手里。

他一时间竟不知是该说自己老了，还是该说这江丞的手段太过缜密。

季景航结束了跟父亲的通话，转而便用另一个手机拨通了江丞的号码。

电话另一边的江丞听他说完，神色微怔地确认道：“你确定要这样？你家老爷子能承受得了吗？”

“你就按照我说的做。”季景航强调道，“我爸我多少还是了解一点的，他现在内心已经在动摇了。他这人就属不见棺材不掉泪的性格，就按我说的做，不会有问题。”

“那你跟书怡沟通过了吗？”江丞不放心地问。

季景航如实说道：“没有，也不用跟她说。”

“你果然不靠谱！”江丞无奈道，“我去跟她说，你等我电话。”

季景航故意急忙刺激道：“你怕不是害怕突然改变计划完成不了了，在拿我妹找借口吧？”

“你不必跟我用激将法，我不吃这套。”江丞坚定道，“我去跟她说，她同意我就照做。顺便让你见识见识什么叫无所不能。”

季景航轻笑一声：“我很期待。”

挂了电话，江丞跟季书怡明说的时候，果然看到他的宝贝惊恐又诧异地睁大了眼睛，有些抗拒。

江丞急忙撇清道：“是你哥出的主意。”

季书怡犹豫了一个晚上，才最终答应。

翌日，江丞让陈星熠带陆知夏先走。

陈星熠本想留下来帮他们，却被江丞拒绝道：“你把陆知夏带来的，现在让人家一个人回去，你也负点责任吧，怪不得人家要揍你。”

陈星熠：“……”

计划实施当天，烈日当头，阳光有些刺眼。

一辆黑色的吉普车上，江丞远远地就通过后视镜看到了跟踪的车辆，副驾的季书怡紧张地攥紧了手中江丞给她赢下的大圣玩偶。

江丞发觉到季书怡紧张的情绪，及时哄道：“宝贝别怕，没事的。”

说着，甚至故意放慢了车速让后方追踪的车辆追上来，又在一个卖糯米糕的摊位附近停下。

两人走下车，江丞紧紧牵着季书怡的手去给她买了喜欢吃的糯米糕。

刚付完钱，拿在手上准备吃一口尝尝，忽然身后有人喊了声：“大小姐。”

这一声吓得季书怡猝不及防地惊呼出声，下意识地往江丞怀里躲。

江丞及时将人搂进怀里护着，看向身后的人沉声问道：“你们是什么人？”

“与你无关。”黑衣男子直接看向季书怡说，“大小姐，季总一直在找——”

“我不要回去联姻！”没等黑衣男子说完季书怡便厉声打断，对江丞说，“我们快走。”

“好。”

搂着季书怡的江丞直接转身一脚踹飞黑衣男子，然后迅速带着季书怡冲回车里，启动车子飞速离开。

被踹飞的男子捂着胸口朝后面的黑车喊：“快追！”

黑车迅速冲过来，路过黑衣男子时迅速打开车门让人跳了进来，片刻不敢耽误地追了上去。

男子跳进车里后捂着胸口，忍着疼痛，虚弱提醒道：“千万不能再跟丢了，否则我们全都吃不了兜着走。”

“明白。”

江丞一路把车开到了郊外，而一片空旷的尽头是深不见底的悬崖。

他一路故意没把追踪的人甩得太远，就是怕他们追不上，只在最后快到悬崖时忽然将车速拉到极点，直接脱离了后车的视线。

后车的人见江丞的车忽然在一个上坡后消失，顿时急声道：“加速追！”

然而话音刚落，忽然一道极度绝望惊恐的尖叫声响彻山谷。

“是大小姐的声音！”

副驾上的人在看清前方状况的瞬间，顿时瞪大了眼睛，极度惊慌地喊道："快刹车！是悬崖！"

"大小姐！"

一瞬间，所有人眼睁睁地看到那辆黑色的吉普车冲下悬崖，甚至在冲下悬崖的刹那，驾驶位的车门打开，里面的人似乎想要紧急逃命，却根本来不及，而季书怡惊恐绝望的惨叫声回荡在山谷中，然后渐渐消散，而女孩手中一直攥着的大圣玩偶和还没吃完的糯米糕被甩出了车窗外……

另一边，肖恩冲进季云潇办公室的时候，整个人脸色惨白，双腿软得险些站不稳。

季云潇看着脸色惨白的肖恩，抬眼问过去："什么事慌成这样？"

肖恩隐隐发颤地看着季云潇，张了张嘴却又一时不知该如何说出口，直到季云潇再次急声道："有什么事快说。"

本就紧张慌乱的肖恩被这一声吓得双腿一软，他急忙扶住了手边的椅子，战战兢兢地汇报道："季、季总，刚收到消息，大、大小姐摔下悬崖了。"

"什么？！"

季云潇慌得陡然站起身，甚至大脑一嗡，整个人无力地瘫坐下去，他握着钢笔的手颤抖个不停，直到笔从手中脱落，整个人都还没从突然的噩耗中缓过来。

肖恩见状，只能硬着头皮把事发经过如实汇报。

大脑已然有些许晕的季云潇听完所有汇报后，耳边只不断地徘徊着女儿最后的那句"我不要回去联姻"。

我不要回去联姻……

是不是他在儿女的印象里只剩下逼迫，所以才会刚被找到就下意识地以为是要重新掌控她，是要拉她回来联姻。

季云潇强撑着站起来，声音无力落寞地开口："我女儿不会死的，我亲自去找！"

可他刚勉强站起身，忽然一个人冲进来，季云潇抬眼望去发现是许久未见的儿子季景航。

季景航直接悲怆地大声开口质问道："小妹怎么会掉下悬崖！你又逼她什么了？妻死儿女散，现在的局面就是你想要的吗？"

此时此刻，这句话对季云潇而言犹如五雷轰顶，醍醐灌顶。

这天之后，季云潇和季景航一起来到事发的悬崖底去寻找，派了一批又一批的人，近乎是地毯式的仔细搜寻。

奈何一周过去，只在崖底找到了一只季书怡事发当天穿的鞋子和破碎的衣衫布料，鞋子是在河边发现的，那辆黑色吉普车在河边的陆地上已经被烧得只剩个框架。

这几日，季云潇看上去憔悴了许多，胡子也没来得及打理，看上去很是落魄狼狈，而他手中一直拿着那个让人修复好的玉雕大圣模型，因为这是女儿最后攥在手里的东西。

季景航偏头看着父亲，低喃问道："你知道小妹为什么喜欢齐天大圣吗？"

他顿了一下，猜到父亲答不上来，便自语似的继续道："因为小时候她胆子小，妈妈离开后，胆子便更小了，自从她知道齐天大圣可以降妖除魔后，就天真地把一切情感都寄托在大圣身上。巧的是，自从房间摆了齐天大圣后，或许是心理作用她真的就不那么害怕了，然后就喜欢得一发不可收拾……"

季景航说着忽而冷漠地笑了声："你肯定不知道这些，因为您这一辈子只知道争权夺利，利用所有人，哪怕是自己的枕边人，自己的血亲骨肉。"

季云潇没有说话，只颤了颤眼睫，垂下目光，然后继续跟着搜寻的队伍寻找。

又过了两日，有关季书怡，季云潇依然没有一点线索，这时搜寻队中有人壮胆上前说："季总，根据现场状况来看，多半是冲进了大海，生还的概率太小了，您要做好最坏的心理准备。"

回到帝京后，季云潇每到深夜闭上眼时就会梦到女儿小时候，可能够回忆起来的画面又很少，似乎两个孩子是一下子就长大了。

他没再去过公司，白天就凭着记忆去到女儿小时候爱去的公园、游乐场，坐在她爱吃的那家甜品店里点了份女儿喜欢的甜甜圈。

就这样，季云潇像具被彻底抽走所有气焰的行尸走肉，浑浑噩噩地又过了几天，情绪也逐渐瓦解崩溃。

肖恩来询问公司的事，也被季云潇推给了儿子，仿若一时间，他对一切都失去了欲望。

甜品店马路对面的黑色劳斯莱斯里，坐在副驾的季书怡眼眶通红地看着坐在甜品店靠窗位置的父亲，几度忍不住想拉开车门跑过去，却被季景航极力阻拦道："现在不准去，不然全部功亏一篑。"

季书怡紧抿着唇没有说话，只眼眶逐渐泛起了泪光。

"听话，没事的，哥哥有分寸。"季景航伸手摸了摸她的发顶，安抚性地哄着说，"必须要这样，否则爸不会改变的。"

季书怡吸了吸鼻子，努力稳定情绪回道："好。"

几天后，两鬓已然发白的季云潇忽然把季景航喊到书房，嗓音低沉地对儿子说："我拟定了一份继承书，以后季氏你接手吧，爸要去找女儿，哪怕是具尸体，也得把她带回家。她胆子小，那荒山野岭的，肯定害怕，小时候我都没来得及护着……"

话没说完，季云潇有几分哽咽，然后把继承书推到了季景航面前，站起身说："你看看吧，我先回房休息了，明天就出发，什么时候找到我什么时候回来。"

季景航自始至终都没在意过什么继承，目光直接略过继承书看向已经离开的父亲的背影，只见季云潇手中拄着拐，低着头，看起来落寞孤寂，终是忍不住喊了声："爸。"

久违的一声"爸"听得季云潇缓缓回头冲儿子笑了笑说："看看继承书吧，早该给你了。"

翌日，季云潇去了季书怡小时候爱去的手工玩偶店。

他将定制好的齐天大圣毛绒玩偶放进包装袋中，然后拎着精致的包装袋，神情有些许恍惚地走出玩偶店。

就在他过马路时，忽而一连串刺耳急促的汽车鸣笛声在耳边炸开，情急中，他猛然抬头，只见一辆失控的轿车正极速冲过来。

生死攸关的瞬间，本就浑浑噩噩的季云潇顿时大脑发蒙，双脚像被定住了似的无法动弹。

下一秒，他恍惚间仿佛听到了女儿心急如焚的叫喊声："爸爸，快躲开！"

砰！

一声闷响传来，季云潇感觉自己好像被人推了一把，只见一道黑影从眼前被车撞开，紧接着他又听到了女儿撕心裂肺的叫喊声："江丞！"

季书怡就这样眼睁睁地看到疾速冲过去的江丞一把推开了季云潇，自己则被失控的轿车撞了出去。

江丞在推开季云潇的瞬间，经验使然他立刻做了紧急避险，但还是没完全躲过。

昏迷前，他看到冲过来的季书怡哭着喊他的名字，努力忍着痛，拼着最后一口气虚弱地哄着她说："宝贝别哭、别哭……没事……"

…………

医院，季书怡看着病床上已经从抢救室被推出来，却依然没醒的江丞，哭成了泪人。

江丞一动不动，胳膊上绑着纱布，打着吊瓶，明明他就在她眼前，但她却感觉江丞好像离她很遥远。

焦急不安的泪水在季书怡眼眶里来回打转，心脏像被一块大石头压着，疼得让人心跳都快要骤停了，就连呼吸都会撕扯着她，让她痛不欲生。

老天为什么要这样开玩笑？

季书怡坐在病床边，紧紧握着江丞的手，眼泪大颗大颗地往下落，积压了数日的情绪终于在这一刻彻底崩溃。

江丞，你醒来好不好？

病房里，季云潇呆怔地看着一言不发、只寸步不离地关注守在病床边的女儿，一时间情绪复杂，有些无法消化最近发生的事。

面前的季书怡完好无缺，而在床上躺着的那个、他曾一度看不上的男孩，却为了救他生死未卜。

他本以为这个江丞一定恨极了他，恨他阻拦他们的感情，恨他看不起他。

可却未承想在生死攸关之际，竟是江丞奋不顾身地挡在他面前。

在此之前，他从来都不知道这世间会有人在没有利益的牵扯、没有血缘的情况下，为另一个人可以付出生命。

季云潇有些不知所措，他张了张嘴，嗓音里尽显沧桑："爸正要去找你，你们到底遇到了什么事？"

季书怡闻言，抬手默默擦掉了眼泪，没有正面回答，而是哽咽道："爸爸，您有没有觉得这一幕很熟悉啊……"

她心脏骤疼一瞬，紧皱着眉心继续道："哥哥这样躺过两年，您的另一个儿子也这样躺过半年。"

她哭着扯出一抹笑，回头看着季云潇说："要不我们猜猜看，江丞会躺多久？是会像哥哥那样躺个几年，还是会稍微幸运点像您另一个儿子那样躺上几个月，又或者……"

她眼泪瞬间落得更凶："再也醒不过来了。"

"不会的。"季云潇急忙安慰着女儿说，"医生说了江丞不严重——"

"是不是做您的孩子都要有这么一劫？"季书怡打断父亲的话，哽咽道，"江丞是为我挡的灾，因为他说过会为我挡千灾万难，所以他推开了要冲过去的我，自己挡了上去……"

季书怡的情绪越来越激动，直到彻底说不出话，缓了好一会儿后才继续道："他总是对我说到做到，小到第二天几点来接我，大到对我说过的每一句诺言。"

她吸了吸鼻子，泣不成声：“而您、您总说江丞不好，可这个不好的男孩子却为了您躺在这冷冰冰的病床上。”

“您从来都没去了解过他，他对您的女儿很好，好得事无巨细。他一开始就知道您不喜欢他，但也没有说过您一句不是，只觉得是自己的问题，是自己的责任，所以那段时间他努力地去讨好您，想让您认可他，想让您对他改观。

“他那么骄傲的一个人，却为了我一遍遍地去讨好您。他从不让我委屈，他是全世界最好的，无人能及，而我会等他醒来，多久都等！所以您不要再阻拦了，我的江丞，他值得所有真心交付。”

季云潇看着痛不欲生的女儿，心疼且愧疚，一时也不知道该说什么，只低沉地道了句：“爸不会再想着掌控你们了。”

季云潇走出病房时，刚好在走廊上看到疾步走来的江聿怀，身后还跟了几个人，气场冷厉深沉，一经出现使得整个医院走廊的气压都瞬间低了好几个度，压迫感十足。

江聿怀看到季云潇的瞬间，直接抬手示意身后跟随的人止步，然后自己独自走到季云潇的面前，神色凝重冷沉，直接道：“季总有什么资格来刁难我的儿子，谁也别动我的人，尤其是我的孩子，否则我江聿怀也不是吃素的！”

正在开会的江聿怀收到儿子车祸昏迷的消息时，立马心急如焚地结束会议赶过来，当得知儿子还是为了季云潇挡灾时，便更加气愤。

那季云潇哪里值得让他的儿子以命相护！

病房里，江聿怀一进门就看到一动不动躺在病床上的江丞，瞬间眉头紧皱，握紧拳头。

“江叔叔。”季书怡不安地轻喊了声。

江聿怀看着面前哭红眼的小女孩，知道这个女孩子是儿子最喜欢的人，努力让语调有些温度地开口道：“我现在要把阿丞接回家做检查。”

季书怡急忙说道:“已经检查过了。”

“我不信任外面的医生。”

“那……”季书怡因为爸爸心里愧疚，红着眼祈求似的开口，“我能跟着去吗？”

“可以。”江聿怀直接说道，“他醒了会想看到你。”

江家有自己独特且精湛的医疗团队，而团队之首正是陈星熠的父亲陈国礼。

待所有检查报告的数据单出来，陈国礼就急忙拿着去找了江聿怀说明情况，而闻讯赶来的沈烟也在唐世卿的搀扶下心急不安地跑来找江聿怀询问情况。

唐世卿更是焦灼不安，因为他的宝贝肚子里还怀着宝宝，一路上，他都怕她悲伤过度，伤了身体，便一路安抚。

“爸爸，江丞怎么样？”沈烟着急地抓着江聿怀的手问道，“严重吗？”

“不严重，烟烟别慌。”江聿怀见女儿着急，急忙说，“你自己还怀着孩子，千万别动了胎气，伤了自己身子。”

他努力安抚着:“有爸爸在没事的，你不要着急，你弟弟他经历过很多，懂得在危险时紧急避险把伤害降到最低，不会有事的。”

最后，还是唐世卿把沈烟安抚好，寸步不离地守着，生怕她动了胎气。

入夜。

江聿怀再次走进江丞房间时，看到季书怡正拿着毛巾小心翼翼地给江丞擦脸，小姑娘动作轻柔，估计是没人的时候又哭了，眼睛发红，紧抿着唇，仿若多说一句话、一个字都能让她再次哭出来。

“阿丞他不严重。”江聿怀主动开口安慰道，“很快会醒的，不用担心。”

听到声音的季书怡回头喊了声:“江叔叔。”

话虽如此，只是她怎么能不担心，这是她第三次经历这样的场景，一次比一次刻骨铭心，每一次都是一场油锅炼狱般的煎熬。

且这一次还是她的江丞，是她唯一真爱过的男人。

他一刻不醒，她就一刻不敢有任何侥幸，甚至时间分分秒秒地走过，一颗心也愈加沉重到濒临窒息……

江聿怀看着小姑娘为了他儿子神情不安的样子，顿了顿，缓缓开口道："阿丞不是个坏孩子，他脖子上的伤是为我挨的，胸口的伤是替兄弟挡的，我的儿子他重情重义，是个果敢聪明、顶天立地的男子汉。他值得托付一生，也配得上任何人。"

"我知道……"季书怡捏着毛巾的手攥紧了些，低喃道，"我知道他有多好。"

江聿怀见季书怡闷沉得有些神情恍惚，对她说："你去休息吧，晚上有人守着。"

"我不困。"目光一直落在江丞身上的季书怡嗓音轻柔地说，"晚上我在这儿看着他吧，有情况我会及时喊医生。"

似乎怕江聿怀不同意，还急忙回头，哀求似的补充了句："我想在这儿守着，可以吗？"

"行，困了就睡会儿，可以随时喊人进来看着。"

"好。"

江聿怀走后，季书怡给哥哥发消息说今晚不回去了，又问了问爸爸的情况，顺便告诉他江丞的情况，不想他什么都不知道地干着急。

季家老宅，天台。

季景航斜倚在栏杆上看完了妹妹的消息，给她回复了条消息："我跟爸在一起，他没事，你安心看着江丞，其他的不用担心。"

发送后，他把手机装回裤兜，偏头看同样斜倚在栏杆上的父亲开口说道："肇事的司机已经查清楚，不是有人买凶，只是醉驾失控。

“另外，把小妹带走让她彻底消失在你的生活里是我的主意，让小妹诈死也是我的主意，您就不要把这些都怪在江丞的头上了。为了小妹，他真的是小心翼翼，做什么都谨慎得不得了。在这段时间里，他也把小妹照顾得很好，这是人家的真心。而让小妹诈死，是我让他配合我的私心。

“因为这段时间在撬动季家势力的日子里，我才发现这么多年爸您一直都在防着我，我承认您是个很优秀的商人，但这期间我看到的种种让我觉得十分寒心，更觉得挺没意思的，所以就想用小妹的死试一试。

“当时我就想，如果这样也不能让您所有动容，那我就会直接带着小妹离开，从此与季家再无瓜葛，我相信离开季家我一样可以把小妹养得很好，照顾得很好。”

季云潇听完，愧疚不已地垂下眼睫：“这么多年是爸对不起你们兄妹俩，忽视了你们的感受，只活在自己的想法里，可我好像也并没有亏待过你们啊。”

“您所谓的亏待是什么样的？不给物质条件？”季景航扯了扯笑说，“您还记得第一次甩我巴掌是为了什么吗？是我发现了您背着妈妈在外面有女人，您恼羞成怒，直接甩了我一巴掌。”

“您花心滥情，从不拿感情当回事，甚至影响到小妹，让她从小就特别讨厌男人。小妹觉得男人都跟您是一样的，所以当年妈妈跟您离婚的时候，她不哭不闹，是因为知道妈妈离开您是对的。

“您还特别喜欢操控别人的人生，小妹喜欢跳舞，您却非要让她去学什么管理，现在长大了又逼着她去跟不喜欢的人谈恋爱。也幸好她遇到的是江丞，但凡换个软弱的男人，小妹这一辈子的幸福也就没了。而我也因为想要逃离您给的专制人生而出了车祸，在医院躺了两年，所有这些在您眼里算什么？”

季景航偏头认真地看着父亲：“您是不是还觉得我们不孝？您总说江家上不了台面，可您不知道做江聿怀的孩子有多幸福，起码人家从未想过用自己的孩子、亲人来当垫脚石。”

季云潇被说得无言可对，几次欲言又止后，才缓缓道出一句：“可不管我做过什么，在我心里你们兄妹俩始终是我最重要的人。”

说话间，季云潇缓缓转过身，双手搭在栏杆上仰头望着漫天星辰，忽而感慨了句：“好久都没有这样看过天了，爸也累了一辈子了，以后不会再逼迫你们做任何事了。你守好家，照顾好小妹，爸想静下心来好好看看这世界。”

在这弱肉强食的世界里，争权夺利或许没错，可为了权势牺牲一切、抛弃一切，最后也终将一无所有，哪怕到了终点也只是孤身一人，高处不胜寒。

盛夏炎热，可天台的风依然沁着凉意，吹散了父子间的剑拔弩张。

父子俩一个背靠着栏杆，一个正面手扶着栏杆，夜风吹来，彼此偏头对望，片刻后，是季云潇先垂下了眼帘，代表着一种歉意的妥协，更是无地自容、无法弥补的亏欠。

最后，季云潇对季景航说道：“江丞真的很好，他刷新了我对这个世界的很多认知，我很惭愧。”

怪不得女儿那般喜欢他，他真诚热烈，永不退缩，喜欢了就会奋不顾身。

而他自始至终，不过是一个胆小鬼罢了。

江家。

江丞的房间里只亮着一盏稍暗的壁灯，季书怡怕他忽然醒来灯光会刺眼。

可是等到天色渐亮，床上的人还是没有醒来的迹象。

“江丞……”趴在床边眼眶红肿又满眼疲倦的季书怡轻握着江丞的手，嗓音沙哑地低喃着，“你都睡了好久了，起来好不好，我想跟你说话，我好想你……”

说到这儿，泪水完全控制不住地流了下来，滚烫的泪珠滴到他的手背上，一滴一滴在江丞的手背上晕开。

她低着头，独自在不安里沉浸着，过了会儿又迅速把自己的眼泪擦掉，吸了吸鼻子，努力自我缓解着情绪，强扯出一抹笑，看着床上的人说：“我相信你一定会醒来的，因为你说过会缠我一辈子的，说过要娶我的，你不会食言的。”

她指腹轻轻抚着他的手背，红着眼眶弯唇笑道：“我的江丞，从不对我食言的，我会守着你，等你慢慢醒来，我会一直等着你。”

她目光呆愣地顺着他的眉眼，鼻梁，唇瓣，最后缓缓落至江丞颈部那抢眼的荆棘蝴蝶文身上。

蝴蝶被荆棘穿透翅膀，依然在血腥里挣扎着要破茧重生。

季书怡看着这个文身，第一次有种强烈的心脏被刺痛的感觉，她忽然就想到以前，他是不是也经常这样受伤，经常这样处在生死关头，反复在生与死的边缘煎熬着。

而这一次他是为了她，因为她让他保证爸爸不会有生命危险，因为怕她没了爸爸会难过，所以江丞才奋不顾身……

可是，没了江丞，自己更会觉得恍如天塌。

季书怡深吸了一口气，努力让自己看起来状态很好，强扯着笑低喃着跟江丞说话，她不想他一睁眼就看到一个哭哭啼啼的她，让他担心心疼。

因为江丞总会无限放大她一丁点不好的情绪，只要她有一点小情绪都能让他心疼得不得了。

“江丞，天马上亮了，你要记得起床。”季书怡自言自语道，“千万不要贪睡好不好？”

她伸手去摸了摸他的脸，轻轻地笑道：“还记得那次你赛车比赛的时候，你说喜欢我喜欢得要命，其实，我才是喜欢你喜欢得要命，我还从未这样喜欢过一个男孩子。

“从第一眼见到你，我就觉得你这个人好帅呀，比我见过的任何人都好看，所以当我发现你是真的喜欢我的时候，我心里好开心。

“可是你好笨，一点都不会追女孩子，我都主动暗示过你好多次要明确跟我说喜欢，明确我们的关系，可你一点都看不懂，真的讨厌死了。可是你虽然迟迟没说喜欢，却一直做着喜欢我的事。

“你知道吗？我也特别特别喜欢你，喜欢你身上那股酷酷的劲，喜欢你永远一副胸有成竹的样子，喜欢你的聪明和临危不乱，喜欢你的见多识广，无所不能的让人安心得不得了……”

眼睛在自言自语中再次湿润了起来，季书怡缓缓起身凑到他面前，亲吻他闭着的眼睛，再度低喃道：“江丞，天亮了，你从不睡懒觉的，起来好不好？”

说着，她低头去吻他的唇，却忽而被人扣住了后脑勺。

季书怡整个人都僵住了，片刻后才回过神来，她大脑发蒙，只慌乱地眨巴着眼睛，生怕这一切只是自己臆想出来的幻境，一动也不敢动。

直到江丞看着她红肿的眼睛心疼地开口道：“不是让你别哭嘛，没事的，你男人命大着呢。”

随后，江丞在季书怡的额头上轻轻落下一吻，而季书怡耳边还萦绕着他的声音：“乖，宝贝不怕。”

他把人搂在怀里，柔声哄着：“我抱抱。”

季书怡这才如梦初醒，喜极而泣地崩溃道：“你醒了，你终于醒了，你真的吓死我了，我好怕你醒不过来……”

“宝贝不哭。”江丞眉头紧皱，大掌轻拍着在怀里啜泣的季书怡，心疼地哄着说，“我这不是没事嘛，乖，不哭。”

“好，我不哭。”季书怡不想他一醒来就担心她，便慌忙从他怀里直起身，努力控制着情绪急声道，“我去喊医生来。”

然而她刚起身要走，忽然手被江丞拉住，只听对方担心地问道：“你爸爸怎么样？”

季书怡闻言，心里更加感动了，都这个时候了，他醒来还会立马关心她的爸爸。

她季书怡何德何能，此生能遇到这样一个男人。

“我爸他没事，也正是因为你他才没事的。”季书怡如实对他说，“而且，他也不阻止我们了。”

江丞闻言松了口气：“没事就好。”

回想那一瞬间，他多怕自己慢了一步，因为他答应过她要保证她爸爸的生命安全的。

季书怡慌忙跑出去打开门，一直守着的医生快步走了进来，再次给江丞做了一番检查。

而听闻江丞醒来，第一时间赶来的江聿怀听到医生说：“没事了，接下来就好好休养一段日子就行了。”提着的一颗心这才终于放了下来。

此刻，房间里只有医生和江聿怀。

江聿怀有些生气地看着躺着的江丞，声音有些冷：“以后不准这么不惜命，听到没？”

江丞眉心微蹙地应了声：“听到了。”

可是为她，这不叫不惜命啊，因为她比命都重要。

自己的儿子自己了解，江聿怀最后只微叹了口气说：“书怡那姑娘从你出事就没合过眼，是让她在这儿休息还是安排人把她送回家，你俩自己看着办，我就不参与了，但是你在完全康复之前不准出门乱跑。”

“好。”江丞说，“我一会儿问问她。”

江聿怀走后，季书怡才回到江丞身边。

此时，房间里只剩下季书怡和江丞两人，季书怡絮絮叨叨地问江丞哪里痛，可江丞看着她小脸憔悴的模样，只觉得心疼。

“我没事了，哪儿都不疼。”江丞伸手摸了摸她的脸，微叹口气说，“就是看你这个样子心疼得要命，不用守着我了，你要好好休息。”

他柔声问：“你是想在这儿睡，还是想回家看看爸爸？”

他知道小姑娘一定很想爸爸，毕竟最近发生了太多事，刚要跟父亲见面，他又出了事，而她因为自己还一直守在这里。

“我照顾你洗漱好，吃完饭，我就回家看看爸爸。”季书怡对他说，“然后晚上我再来陪你，好不好？”

“好，宝贝回家去看爸爸吧，但是要让你哥陪着，不许一个人。”江丞看着她说，“倒不用这么来回跑，回家好好休息，我这儿不用照顾。”

他很想她一直陪在他身边，可她这憔悴的样子，哪里还舍得让她来回奔波，只想她好好睡一觉，好好休息。

可是季书怡却不放心地坚持着：“我想来陪着你嘛。”

江丞有些无奈地哄道：“真的不用宝贝照顾……”

然而话音未落，就看到季书怡委屈巴巴地撇了撇嘴，江丞只好妥协，立马改口说：“好好好，晚上宝贝再回来，别撇着嘴了，多让人心疼啊。”

季书怡这才安心地扶他起来去洗漱，又扶着他慢慢回到床上。

她扶着江丞的胳膊时，仰头望着他轻声问：“你昏迷的时候有听到我说话吗？”

小姑娘嘀咕道：“早知道亲你能醒，我早亲你了。”

“听到你说话了。”江丞低眸看她，倒是坦诚，“我早就醒了。”

“啊？”季书怡错愕地睁大眼睛，“什么时候醒的？”

江丞眼底隐匿着得意：“在你说喜欢我喜欢得要命的时候……”

那时，她的眼泪一滴滴落在他的手背上，灼热入心，让他隐隐恢复了些神志，完全清醒时听到她低喃地在说着喜欢他的话，也是他从未听过的话。

而这些话对他来说是这世间最好的止痛药，瞬间驱散了他身上所有的痛。

这让一时间本想睁开眼的他，情不自禁地就想要听她说完，直到她吻上来，才终于无法再忍下去。

季书怡顿时撇了撇嘴："那你为什么不睁开眼？"

"怕醒了就听不到你说了。"江丞低头看她，眸光深邃，"宝贝从来都没有跟我说过这些话。"

季书怡仰头，郁闷反问："我没说过喜欢你吗？"

"说过吗？"江丞死皮赖脸地弯了弯唇，"我怎么不记得了，要不宝贝再重复一遍提醒提醒我？"

"你就是故意的。"季书怡无奈娇声嘟囔了一句，把人扶到床上靠着，还是顺着他的意，也完全发自内心地认真看着他说，"我喜欢你，喜欢得要命，所以江丞，你一定要好好的。"

江丞感觉她好像又想哭了，立马心疼地打断道："好了，不说了，我抱抱。"

他伸手把她搂过去柔声哄着："别乱想了。"

重新靠在他怀里，每句话都能听到他的回应，这一刻季书怡才彻底确定眼前的一切不是她臆想的幻境——她爱的人真的醒了过来。

想到这儿，季书怡轻轻搂上江丞的腰，眼底含笑地继续对他说："江丞，我真的好喜欢好喜欢你，下辈子、下下辈子，每一世我都要喜欢你。"

这一句话，让从鬼门关走过一遭的江丞仿佛直接掉进了蜜罐里一样，眼角眉梢都溢满了笑，笑容都好似能酿出蜜糖来。

他的宝贝，好甜好暖，此后经年，生生世世，他都想要一个她，也只想要她。

又是一年春节，整个帝京一片喜庆热闹。

今年的春节是一月中旬，江丞算着日子，他的宝贝就快到二十岁生日了，他可以娶她了，便想让父亲带他去上门提亲，正式隆重地上门求娶他的宝贝。

可他担心父亲因为之前的事对季云潇有成见，不愿意去上门，所以一直十分踌躇。

“站这儿半天了怎么一句话也不说？”江聿怀看着面前一直没说话的江丞，郁闷道，“有什么话直说。”

“爸。”江丞这才看着父亲开口说道，“您能跟我去季家提亲吗？我要娶季书怡，哪一步流程都不能省，不想她以后回想起来觉得跟我的婚姻有遗憾。”

江聿怀不屑轻哧道：“去找他季云潇？”

江丞知道父亲不喜欢季云潇，略显为难地“嗯”了声。

江聿怀抵触地皱眉问：“不能直接结婚？我们给她办最盛大的婚礼。”

他就是不想去找那季云潇，他看不上对方！

可江丞却执意道：“不能简化流程，我不想她有遗憾。”

江聿怀无奈道：“不想你心上人有遗憾，就能让你老爸我拉下脸去找他季云潇。”

这一句话让江丞一时有些手足无措，他知道这样对父亲来说大概会很憋屈，可是他也不想委屈季书怡，他琢磨着实在不行他自己去提亲时，忽然听到江聿怀改口说：“罢了罢了，他季云潇狭隘，我不能跟着他狭隘不是，再让人耻笑了我们江家。行了，你挑好时间跟我说吧。”

江丞瞬间眸光闪烁：“谢谢爸，辛苦您了。”

…………

按照规矩习俗，江丞亲自准备好了提亲的一切。

提亲当天，他是有些担心父亲和季云潇不对付，引发一些不和谐的事情，好在一切顺利，季云潇对父亲也很客气。

两家成功定下婚约，只是顾及他们还在上学，婚礼要毕业之后再办，毕竟婚礼要办得很盛大，花费的时间也会很长，上学期间没有合适的时间假期去准备，倒是可以先领证。

那天的江丞开心得快疯了，离开季家前还把季书怡带到无人的地方捧着她的脸吻得难舍难分。

“江丞！”

季书怡紧紧贴着男人温热的胸膛，仰头承受他热烈的掠夺，呼吸已然乱得不成样子，整个人快要软进他怀里。

江丞及时揽住她的腰并将她紧紧搂在怀里，低头看着大口大口喘息的季书怡，一脸餍足，含笑道：“等宝贝生日当天我们就去领证，刚好那天也是情人节。”

季书怡娇怨地仰头看他：“你是不是想亲死我？哼！亲死了就没人跟你领证了。”

江丞看着怀里含羞带怯的小姑娘，笑着又低头在她唇上亲了一口说：“不想亲死你，想娶回家宠死你。”

季书怡被他粗糙却又满含宠溺的语言逗笑，眸光闪烁，笑容比这漫天星辰更加璀璨耀眼。

星辰月影下，难舍难分的两人，一个低头，一个仰头，对视中眼波流转出最热烈的情愫。

二月十四这天，江丞一大早就等在了季书怡家门口，等她睡醒、打扮好后就直接把人拉去了民政局领证，猴急的样子生怕会出现什么变数，导致娶不了她。

从民政局出来，两个红本本都在江丞一个人手里。

季书怡郁闷地嘟囔道：“你给我一本呀。”

江丞：“不给。”

“有一本是我的。”季书怡皱巴着小脸，“你凭什么不给我？”

“我怕你后悔，不给。”江丞紧紧牵着她的手内心欣喜若狂，表面却一本正经，“两本我都收着。”

仰头看着他的季书怡错愕了一瞬，然后“扑哧”笑出声来。

她觉得今天的江丞有点傻，像是高兴傻了，从早上见到她开始嘴角就一直挂着笑，而且他这么一个跳飞机都云淡风轻的男人，在民政局填表格的时候握笔的手竟然在隐隐发抖。

而当他眼睁睁看到工作人员在他们的红本本上盖章的时候，满眼都是掩饰不住的激动兴奋，眼底闪烁着潺潺流光。

拿到红本本的时候，还只给她看了一眼，夸了她一句：“宝贝真美。”然后就把两个本本收了起来，时至此刻，他的手心还在冒汗。

她甜腻地冲他笑着喊了声：“江丞，你手心好多汗哦。”

江丞牵着她的手忽然更紧了，他倒也不否认，笑着低头凑近她说：“太激动了。”

季书怡望着他笑弯了眼，而江丞则满足地笑着揉了揉她的发顶。

他等这一天等了好久，他不怕有情敌，不怕给不了她富足有爱的生活，不怕其他任何一切苦难，唯独怕她爸爸会成为他们二人之间的阻拦。

因为若是其他人，他可以毫无顾忌地去处理，而面对她爸爸他必须要小心翼翼。

但万幸的是，他终于如愿娶到了她。

季书怡今年的生日宴是在独属于她和江丞的庄园里举办，只邀请了亲朋挚友，虽然没有往年那样盛大隆重，却是她最轻松快乐的一场生日宴。

她不用再用假笑应付任何人，也不用踩着高跟鞋接受着别人并不真心的生日祝福，更不用时刻注意形象和表情管理，只有尽情地狂欢、与挚友的嬉闹、与家人的说笑。

此刻，整个夜幕被漫天烟花和排列队形的无人机照亮。

这是江丞为季书怡准备的专属礼物，五颜六色的烟花在夜空绽放，而无人机则排列组合出一句句话——

“我的书怡宝贝生日快乐！

“要永远平安喜乐。

“江丞永远爱你。

…………

璀璨耀眼，唯美而震撼，盛大得如梦如幻，就像他给她的宠爱，狂热强烈，明目张胆……

有些微醺的季书怡在漫天烟火下，靠在江丞的怀里痴痴地仰头望着他，许久后，她缓缓在他怀里转了个身，双手环上男人的脖子，眼神迷离痴醉地笑道："今年生日是我最开心的一次生日。"

"江丞，"她媚眼如丝地低喃道，"有你好幸福，好安心，我男人真的超厉害。"

江丞低头看着在自己怀里笑得如痴如醉的季书怡，脸颊染着红晕，媚眼如丝，说出的话更是让他的骨头都酥了。

"宝贝以后的每个生日都会更开心，一年比一年开心。"江丞忍不住低头在她唇上亲了一口，笑着诱哄着问，"你男人哪儿厉害啊？"

季书怡迷离地望着他，眨了眨眼，嗓音藏娇地笑道："哪儿都厉害。"

完全架不住她娇媚模样的江丞，猛然低头狂热地吻上季书怡的唇，肆意地侵略着每一丝甜美。

"唔……慢点……"

被抱回房间、后背抵在门上的季书怡，呼吸乱得不成样子，娇喘低吟着，这动情的声音让江丞浑身酥麻，抬起满是欲念的眼看着她，嗓音沙哑道："宝贝说什么慢点啊……"

季书怡双手搭在江丞的肩上，眯着眼睛，支支吾吾道："你这样我受不了。"

看着她迷醉的模样，江丞像只大灰狼一般不怀好意地诱惑着微醺的小白兔："那慢点，好不好？"

小姑娘鬼迷心窍地应着："好。"

江丞得意地笑了，而今夜注定无眠。

江丞大四这年，他没有考研，而是直接离开学校回公司为父亲分担工作。

而江聿怀听到江丞要去法务部的时候，直接把人喊到面前问道：“你去法务部？怎么？给你爸我当军师啊？多大出息。”

挺立而站的江丞表明心意道：“我从未想过把持江家家业，而且爸还年轻，我甘愿一直辅佐您。”

“你这说的什么话？不管你想没想过，这江家早晚都是你的，我就你一个儿子，你不继承谁继承？我所拥有的一切都是你和你姐姐的。”

江聿怀忽而皱眉问道：“还是这么多年来，你还忌讳于那一份血缘关系？从未把我当成你爸？或者是觉得你姐姐想独自霸占江家，对你有芥蒂？”

“我从未这么想过。”江丞急声表态道，“爸对我的好我时刻铭记在心，从您把我带到身边的那一天，我就一直被您视如己出。我也从未觉得我姐对我有任何芥蒂，她也一直把我当成亲弟弟对待。”

“那你还扭捏个什么劲？”江聿怀闻言，眉头皱得更紧了，“从小我就教过你，男子汉要不拘小节，要果敢坚韧，要顶天立地，现在怎么畏手畏脚了？”

听完父亲的话，江丞发誓这辈子一定会为父亲好好守着江家，他坚定地对父亲说：“我一定会守好江家，会让江家在我手里蒸蒸日上，永不衰退。”

江聿怀听完顿时笑了：“这才是我江聿怀的儿子。”

新生开学的这一天，已经大三的季书怡被拉来做了迎新志愿者。

她手里拿着棒球社的宣传单邀请路过的新生参加，自从江丞大四，回自家公司历练后，季书怡突然感觉校园生活好枯燥，还要时不时打发上前搭讪的新学弟。

前两年江丞还在学校的时候，大家都知道他们的关系，自然没人敢搭讪。

可是江丞昨天出了国，得明天才能回来，季书怡顿时就丧气地垂下了眼睫。

她好想他。

季书怡长了一张白净娇俏的初恋脸，这让还处在年少懵懂中的男孩子无法抗拒，偏偏这两年又被江丞宠溺得多了几分娇媚感，又纯又欲。

季书怡正百无聊赖中，忽然有男生走近，直接开口问道："学姐，可以加你个微信吗？我是大一——"

"不行！"

男生话未说完就陡然被一道强势冷妄的声音打断拒绝。

这声音？是她的亲亲老公？

季书怡惊喜着要回头确认，手却已经被人宣示主权般地牵住了。

回头看到江丞的瞬间，小姑娘欣喜中下意识就往他身上贴了过去，喜出望外道："你不是明天才能回来吗？"

江丞垂眸看着满面春风、笑颜动人的季书怡，满意地弯了弯唇，在公共场合他不敢对她有太亲密的动作，只噙着笑轻轻挑眉道："赶回来消灭你的烂桃花。"

他就猜到今天新生报到会有人打他家宝贝的主意，所以工作一结束就立马飞了回来。

一旁搭讪的男生看着自己一见钟情的女孩满眼甜蜜地望着忽然出现的男人，略显不甘心却又觉得这个男人不好惹，只结巴着问了句："你、你男朋友啊？"

然而他这个问题又被江丞抢答："我是她老公。"

男朋友多没分量的一个词，已经配不上他的身份了。

…………

为了宣示主权，也为了让这一届新生都知道季书怡已名花有主，从不参加学校迎新晚会的他破天荒地拉着季书怡报了个节目，二人共同演绎一首暧昧横生的《处处吻》。

这一年的迎新晚会异常热闹，甚至许多已经毕业工作的人得知江丞会回来唱歌，还是和季书怡，纷纷激动地偷溜了回来，想看看学校里的这两位风云人物的恋爱可以保鲜到什么程度。

迎新晚会上，人潮拥挤，声浪一波更比一波高，完全没有了往年的秩序感。

突然，舞台上所有灯光骤灭，一片漆黑中忽而响起了粤语版《处处吻》的前奏。

所有人都知道这是季书怡和江丞的节目，所以音乐声一响，台下瞬间沸腾尖叫了起来，尖叫声中，舞台上陡然亮起一束光，光芒下是对视而站的江丞和季书怡。

男孩低头单手轻揽在女孩的细腰上，女孩满眼流光溢彩地仰头单手搭在男孩的肩上。

这次，季书怡一改往日的甜美风，换上了一身摇滚风的黑色露腰短衣和黑色热裤。而江丞则是一件舞台感十足的银灰色衬衫，配上黑色裤子。

灯光下的两人还未开唱，现场已经沸腾起来。

当江丞的歌声响起时，不仅是台下，连台上的季书怡都差点失控地尖叫起来。

两人在偶尔的贴身热舞中眼神不断拉丝，尤其是江丞低头凑近季书怡的时候，气息暧昧，而现场的热浪也随着音乐彻底达到高潮，全场也齐声跟着唱起来。

最后在一片喧嚣热闹中，歌声收尾时，台下有人起哄呐喊道：“亲一个！”

江丞没想在公众场合让季书怡为难，刚准备直接下台时，未承想面前的季书怡竟一脸傲娇霸道地扯着他的衣衫，把他拽弯下腰凑到他唇上狠亲了一口。

江丞脊背一僵，看着面前笑得明媚的季书怡，忍住冲动，牵着季书怡便走下了舞台。

小姑娘情绪上头，但他不能也跟着上头，否则她冷静后想起来，肯定觉得社死又尴尬。

“大魔王搞什么？怎么不亲回去？”

“大魔王恋爱中这么害羞吗？”

“这就是传说中的反差萌吗？”

…………

那天之后，所有新生都知道大三那个纯欲美人名花有主，所以再也没人敢招惹她。但江丞还是不放心，尽可能地每天都来接送季书怡放学。

临近季书怡大三结束，一个周六的晚上，江丞牵着季书怡在樱花公园里看她喜欢的樱花，可是小姑娘一路都在低头看手机。

江丞郁闷地直接伸手抢了她的手机。

“唉？”季书怡慌忙抬头，就看到手机被江丞高高举起，顿时皱巴着小脸就踮脚伸手去夺，“还我手机……唔！”

不料，刚踮起脚的瞬间，江丞忽而趁机吻了下来，二人短暂地痴缠了一下，江丞不高兴地皱眉问道：“手机那么好看吗？”

季书怡看着一脸写着不高兴的某人，急忙解释说：“我是在看考研相关的东西。”

她平时跟他在一块很少玩手机的，最近就是因为考研拿不定主意。

季书怡主动抱上江丞的胳膊，仰着小脸很认真地问：“你说我要不要考研呀？”

原来是因为这事，江丞的心情瞬间平复了，却故意吊着眉眼漫不经心地问道：“宝贝问谁呢？”

“我问你呀。”

“我是谁啊？”

“你是我老公。”

江丞顿时就开心了，嘴角勾着笑，抬手轻勾了一下她的下巴：“这才乖。”

然后对于她的问题并没有回复，也没有鼓励她说“你考不考都行，怎样我都支持你”。这种话，他认为这种回答看似宠溺，实则是废话。因为她本就犹豫不定，开口问他是想让他给拿个主意，他那么回答只是把问题又踢给了她。

所以江丞便理性客观地回她说：“我认为不用考了，大部分考研的人是为了毕业后找到更好的工作，或者进入一个更好的平台对自己本专业的知识有更深入的探究，可这些对我们来说没必要，你学的经管，直接去公司实践我觉得更好。”

仰着小脸的季书怡认真地听他说完，心里觉得很舒服很轻松，因为这个问题她也问过知夏和哥哥，而他们的回答都是：“看你自己心情啊，你的决定我都支持。”

她懂哥哥和知夏的意思都是想她怎么开心怎么来，对她也是一种纵容。

可是江丞不一样，他永远都会为她解决问题，不管何时何地她向他抛出一个问题总能得到解决。

他有时也会无脑宠她，但有时也会像这样很理性地指引她往前走。

他的爱就像他这个人一样，永远让人安心。

所以，她也会什么都想主动跟他说，大到某个人生转折的决定，小到他们逛街时想要路边花摊的一朵玫瑰花，也会直接指着玫瑰花跟他说：“我想要玫瑰花。”

她不想让他猜心思，觉得那种相处模式会很累。

他平日本就很忙，猜来猜去只会浪费彼此相处的时间，她喜欢直白的爱情，明目张胆且明确。

被爱固然幸福，被猜中心思后的惊喜也固然暖心，可主动经营爱情会更加浪漫热烈。

江丞见抱着他胳膊的人看着他一脸发痴的样子，得意地勾了勾唇：“宝贝想什么呢？”

“想我怎么找了个这么优秀的老公，太让人喜欢了。”季书怡倒也不吝啬对他的夸奖，得意道，“我真是太有眼光了。”

江丞得意地笑，凑近她忽而不正经地说了句：“喜欢啊？那宝贝晚上多坚持一会儿，别总闹着说不行。”

小姑娘幽怨地瞪了他一眼，低声控诉了句：“讨厌！”

然后直接松开他的胳膊，自顾自往前走了。

江丞看着红着脸丢下他走开的小姑娘，低头轻笑，然后快步跟了上去，重新牵上她的手。

夜幕星辰下，满园樱花树在路灯的光晕下仿若披上了一层梦幻的唯美感。身穿水蓝色连衣裙的女孩和难得穿着白衬衫的男孩子，牵手走在满园樱花下，迎着月光漫步，俨然一幅最烂漫炙热的美好画卷。

季书怡毕业这年的暑假，江丞带她来到世界最大的粉色沙滩——哈勃岛海滩。

曾经年少春心萌动时，小姑娘幻想过未来她要嫁的男人，一定要在这里向她求婚。

但这件事她没告诉过任何人，甚至也没告诉过江丞，因为她现在幸福得完全忘了还需要他的求婚，可江丞竟在这里向她求了婚，还是一场很盛大的求婚仪式。

粉色的沙滩、满地的玫瑰，还有他为她打造的专属的明月星海，漫天的热气球，一幕幕全是她儿时幻想过的画面，现场唯美震撼，让人永生难忘。

他还陪她坐了一直想坐而不敢坐的热气球，在他怀里俯瞰天地，耳边传来他的浪漫情话：“你如星辰落入人间，是我猝不及防的心动，始料未及，陷得彻底。你好，我的江太太。”

热气球上，季书怡偏头看身边的男人，情难自控地眼眶微红，他会给她直白且明目张胆的宠爱，也会给她无数个惊喜，一次次让她感觉这个男人就是她命中注定的神灵。

她红着眼，冲他笑得满脸幸福地回道：“你好，我的江先生，很高兴成为你的妻子。”

季书怡亲昵地抱上江丞的腰，在他怀里仰头好奇地问他：“你为什么会在这里向我求婚呀？”

话落，意识到什么立马笑着补充一句：“我的亲亲老公！”

亲亲老公？

江丞嘴角抑制不住地疯狂上扬，开始一本正经地胡说八道：“因为我感应到宝贝一定会喜欢这里，想要我在这里跟你求婚。而我，想满足你所有心愿。不管是曾经的，还是现在的，抑或是未来的……我想我的宝贝可以永远得偿所愿。”

季书怡听得眸光猛怔地望着他，但心里却想他还能感应到她儿时幻想的事？

江丞见她目光呆怔地眨巴着眼在思索，直接就低头用吻打乱了她的思绪。

“唔……”

几许温柔缠绵，乱了她所有心事。

江丞才不会告诉这个傻姑娘，他是他们领证那天，趁她醉酒套出的话。

他一直在想她会喜欢怎样的求婚，怕自作主张给的惊喜会变成惊吓。

于是便趁醉酒时，循循善诱，而这个迷糊的小醉鬼窝在他怀里，支支吾吾地跟他描述儿时曾幻想过的求婚画面，她说一句他记一句，一字一字，放在心里，直到今日终于让她梦想成真。

他会对她绝对地坦诚，但也想给她意外的惊喜，想让她觉得他就是她冥冥之中的命中注定。

被求婚大抵是每个女孩子都曾幻想过的浪漫画面，而这份浪漫必须是有惊喜的，他或许爱得笨拙，但从不想他的宝贝和他在一起后有任何遗憾。

他曾经不知道怎么去爱一个人，但确定是她之后，就从未停止去学着如何更好地爱她。

季书怡本想在江丞生日当天，也就是十二月二十四号这天举办婚礼。

可江丞等不及，而且他的宝贝想穿婚纱，十二月太冷，她穿婚纱拍外景的时候会冻着，便在她毕业那年的九月十六日举办了婚礼。

婚礼在私人岛屿上举行，盛大奢华，唯美梦幻。

岛屿打造成了令人惊艳震撼的浪漫古堡，还有季书怡想要的冰蓝色花海，俨然一场公主与王子的盛世婚礼。

婚纱是耗时半年多重工定制的，圣洁隆重、洁白梦幻，长长的裙摆上刺绣着飞舞的蝴蝶，裙身上镶嵌着一颗颗恰到好处的钻石，在灯光的照耀下仿如星光洒满她的全身，纤薄的头纱与裙摆重合，犹如在她满身星光上披下一层淡淡的迷雾。

而妆容精致的季书怡，满身星光地站在冰蓝色的花海中，如仙女下凡，神灵降世，美得不可方物。

江丞眸光轻颤，攥紧掌心，隐隐有细汗在冒出。

一生无所畏惧的他，却因她两次手心冒汗，第一次是与她领证那天，眼下是终于看到她为他穿上婚纱成为他的妻子。

从此鸾凤和鸣，白首同心，护她一生周全，宠她万世无忧，只为她一人时刻破例。

四目交接中，她再次忍不住眼眶微红，冲他甜甜地笑。

从此琴瑟和鸣，白头偕老，生死不离。

“你好，季小姐，承蒙不弃，嫁我为妻，成为我的江太太。”

“你好，我无所不能的江先生，很荣幸成为你的挚爱，愿生生世世都能与你相守。”

你是猝不及防的心动，始料未及，陷得彻底。

Side Story

番外·

命运回礼

一
三生有幸

婚宴上，陈星熠和宋玉等一群平日里不敢灌江丞酒的人，抓住了这个大好日子，想方设法地要把江丞灌醉。

陈星熠还嘚瑟地叫嚣着："大婚之日，不准生气、不准记仇，不然不吉利，婚姻不幸哟。"

江丞今天心情大好，好脾气地陪着他们喝了很多酒。

陈星熠一副不把人灌醉不让走的架势，江丞着急回房看他的亲亲老婆，最后还是装醉才得以离开酒桌。

已经卸了妆换下礼裙的季书怡看着被陈星熠扶着送到门口的江丞，满身酒气好似都站不稳了，立马担心道："怎么醉成这样？"

陈星熠笑道："新郎官今晚太兴奋了，就喝多了点，辛苦嫂子多照顾了啊。"

季书怡急忙把人扶过来，让江丞的胳膊搭在她的肩上把人扶进房间，第一次见他这样，季书怡担心地嘟囔了句："你说喝这么多酒干吗。"

然而房门"砰"的一声关上的瞬间，前一秒还醉得都站不稳的男人陡然站直了身子，然后轻松地随手一捞就将臂弯下的女孩抱了起来，往床边走。

“哎！”

忽然被抱起的季书怡，慌不迭地抱紧他的脖子，惊慌道：“你都站不稳了还抱我，你别摔着了，放我下来。”

季书怡乖得不得了，一动不敢动，生怕让他摔倒了。

江丞直到把人抱到床边，放她在床沿坐下，才慵懒轻笑地看着一脸担心的季书怡说：“你男人没醉，不过是着急回来陪你，装醉给他们看罢了。”

季书怡仰头看着满身酒气的男人，不相信地细眉微皱，毕竟她喝醉的时候也从来不说自己喝醉了。

她望着他，满含流光的星眸眨了眨，微微偏头忽而伸出两根嫩白的手指举到江丞面前试探性地问：“这是几呀？”

江丞：“……”

这是真觉得他醉了啊。

无奈之下，故意胡说八道，笑着逗她：“一百。”

江丞看着季书怡一脸惊愕的样子，只觉得傻得可爱，笑着哄道：“真的没醉，你什么时候看到我喝醉过，而且新婚夜又怎么能让自己喝醉，你老公什么时候这样没分寸过？”

一直望着他的季书怡，见他的眼神好像真的挺清明的，不像是醉了，顿时放下心，顺着他的话嘟囔了句：“和我在一起就没分寸了。”

江丞听完忽而就不正经地哼笑着，慵懒不羁地轻舔了一下唇说：“今晚有分寸点。”

季书怡听着他意有所指的话，也没抗拒，毕竟今晚新婚夜，他不可能放过她的，只娇嗔地媚眼轻勾地瞪了他一眼。

看着她这默许的小模样，江丞笑着低头凑到她漂亮的脸蛋上亲了一口说：“我去洗澡。”

季书怡见他转身去了浴室，便下意识提醒了句：“你洗快点。”

听到她的催促声，江丞忽然停下脚步，意味深长地回头笑着挑眉：“嗯？”

季书怡立马反应过来对方一定是误会了她的意思，急忙解释说："你喝酒了，洗久了容易晕。"

江丞顿时没了笑意，兴致缺缺道："哦。"

季书怡看着瞬间变脸，丧气着继续走向浴室的男人，得意地偷笑，然后就坐在床边歪着脑袋看着他走进浴室，他好像真的一点醉意也没有，而且她也从来没看到他喝醉过。

江丞这人十分自律，平时也不爱喝酒，抽烟也是偶尔，他真的很有分寸。

季书怡有时会想，江丞如此优秀，不知是江父教育得好，还是他亲生父母留下的优良基因。她其实也一直想问有关他的身世的事，迟迟没开口，是怕揭开他内心那尘封已久的伤疤。

江丞洗完澡出来的时候，发现床上没人，转头一看，发现季书怡正趴在阳台的栏杆上吹着海风，面前是一片蔚蓝的大海。

眼下，她只穿了件粉色露背的短款冰丝吊带睡裙，后背整个露出，裙摆长度只遮住了臀，一双长腿雪白笔直，纤细却又不失肉感，柔顺的长发随着海风飘荡，整个人在皎洁月光的照耀下，美得不可方物。

"想什么呢？"

江丞走过去，双手搭在她面前的栏杆上，将人圈在他的胸膛和栏杆之间，满目痴恋地低头看着怀里的人。

"嗯？"季书怡恍然拉回思绪，在他怀里转了个身，迎面望着满目痴恋的男人。

江丞洗完澡后，身上的烟酒味道散了很多，带上了几缕淡淡的沐浴香气。她眨了眨眼，望了对方几秒，忽而主动抱上他的腰，踮脚亲了他一口。

江丞在她踮脚的瞬间，下意识弯腰，就听到小姑娘小心翼翼地开口问道："老公，我可以问问你的身世吗？"

似乎怕他不想提及，还急忙补充一句："如果你不想提也没事，就当我没说。”

“没什么不想提的。”江丞反手搂在她的细腰上，在她小心翼翼的眼神里坦然道，“宝贝想问什么？”

季书怡没有立马问，而是盯着他，确认他是真的没有抵触，才问出口：“就是你和江爸爸怎么遇见的啊，你知道你的亲生父母是谁吗？”

江丞闻言，一五一十、平静地告诉她：“小时候，我所在的孤儿院建在山脚下，有段时间夜里总能听到狼叫声，我就好奇野狼长什么样子。有一次，我趁老师不注意晚上偷偷跑了出去，可跑到山上后没看到野狼，却遇见了我现在的爸爸。

“他当时受了很严重的伤，告诉我一个手机号码，问我能不能帮他打个电话，我便又溜回孤儿院里偷偷用座机打了通电话，还拿了孤儿院里的急救医疗箱给他。

“后来我爸对我说当时只是想赌一把，因为那时我才四岁，我爸感觉我应该是记不住那个手机号码的。”

江丞说着一脸骄傲地捏了捏季书怡的脸蛋，继续笑着说道：“可是你男人从小就聪明，一字不差，记得很清楚。

“大概过了有半个月，我爸突然出现在孤儿院，问我愿不愿意跟他回家，说可以满足我所有愿望，我就跟他回家了。后来我才知道，我爸年轻的时候遭人算计，一直在找自己流落在外的孩子，看到我的时候觉得我很像小时候的他，就以为我是他的孩子，还带我去验了 DNA，但我们没有血缘关系，可我爸还是一直对我视如己出。

“我刚到江家的时候，江家还不是我爸掌管，那时候江家很动荡……”

怕季书怡心疼，江丞没再继续说下去，可一直认真听着的季书怡却目光沉沉地忍不住开口道：“所以你身上有很多伤。”

江丞没有多说，只云淡风轻地笑笑，哄她道：“你男人命大，阎王爷不敢收。”

他很庆幸熬过了最艰难的时候，又在最平静的日子里遇见她，可能她就是老天爷对他的恩赐和奖励吧。

虽然江丞没什么情绪地诉说着自己的过往，但他云淡风轻还笑着哄她的样子反而让季书怡十分心疼。

他总说江爸爸对他好，一直都在心里感念爸爸对他的恩情，可原来他也为江爸爸付出过很多，他却从来没有提及过这些，只一直在感念对方的恩情。

江丞总说自己是他发现的宝藏，可他自己本身也是一个宝藏啊。

季书怡无声地往他怀里贴紧了些，弯唇轻笑："我的阿丞会长命百岁的。"

她搂在他腰上的小手轻柔地摩挲着他的后背，好似在安抚他，过了一会儿，她又缓缓开口，问道："那你知道你的亲生父母是谁吗？"

"我亲生父母是搞化学研究的，死于实验室爆炸，他们离开我的时候我才一岁，什么都不知道。"江丞如实道，"这些都是后来我爸替我调查的，巧的是，我亲生父亲也姓江，是中国人，而我妈是英国人。我所在的孤儿院就是我亲生父亲长大的孤儿院。"

听到江丞的亲生父母已经不在了，季书怡没来由地眸光黯然了一瞬，下意识道了声："对不起啊。"

但早已内心坦然，对这些毫无波动的江丞没所谓地笑着说："宝贝不用跟我道歉。"看着她有些悲伤的模样，他抬起小姑娘的下巴，目光戏谑看着她，"而且不是跟宝贝说过，想道歉的时候不用说对不起，你就抱着我猛亲一通就好了。"

季书怡被他突如其来的戏谑模样惹得没脾气地轻皱了一下眉，无奈笑道："你这人真是什么时候都能不正经起来。"

江丞反倒委屈说道："新婚夜我正经什么？嘶！"

季书怡在他腰上狠掐了一下，嗔怪地瞪了他一眼，见他真的像是对身世完全释然了，才忍不住好奇地问："你那么小，大晚上偷偷跑上山不害怕吗？”

“那有什么好怕的？”

“你不怕被野狼吃了？”

“不怕。”江丞一本正经地说，“长这么大就没有我怕过的。”过了一会儿，他又立马改口说，“也就怕你了……”

然后他迫不及待地揽着季书怡的腰低头去吻她的唇，边吻边说：“怕你哭，小姑娘哭起来跟想要人命似的。”

“唔……你哪里怕我了？”季书怡被他亲得声音断断续续地娇声控诉，但声音却逐渐隐没在暧昧的氛围之中，不断沦陷。

他给了她一场终生难忘的盛世婚礼，也想给她一夜终生难忘的新婚夜。

沉迷中，季书怡被他从阳台上抱到了另一个房间。

房间布置得很特别，房顶成了满天星辰的夜，还挂着弯弯的明月，有飞鸟在夜空划过，时不时还有流星坠落，漫天星光景。

在这事上，江丞撩起人时让人无路可逃，让人心慌又让人有所期待，更让人渐渐忘记了时间，最后，季书怡在他怀中昏昏睡去。

江丞看着酣睡着的小姑娘，满目温柔地笑了。

虽然二人早已领证，但今日补上婚礼，他才好似完完全全地娶到了她。

从一开始她讨厌他，看到他就跑，到如今甘愿与他一起生活，与他许下山盟海誓，这一切仿如做梦一样。

他低头在她红润的脸上轻轻地亲了一下，对她许下最朴实的承诺：“我永远不会让你后悔嫁给我，会永远宠你，会永远爱你。”

此后，他对她的爱意，会藏在时时刻刻的点点滴滴里。

毕业后，季书怡没有跟着江丞在江氏工作，而是回家与哥哥季景航一起打理公司。

季云潇从江丞车祸后便查出得了慢性肾衰竭，这个病十分折磨人，但他没有告诉儿女自己的病情，最后在女儿婚礼后的一个月因病离世。

妈妈去世的时候，季书怡是一个人偷偷承受下来的。而父亲去世的时候，江丞则寸步不离地守着她，安抚她的情绪。

下葬的那天，季书怡哭着说道："我没有爸爸了。"

明明不擅长安慰人的江丞心疼地抱着她说："爸只是换了个地方，换了种方式陪着你，他没有离开宝贝。"

妈妈死的时候，哥哥处在昏迷中，她只身一人在国外十分难熬。

而父亲离世时，哥哥和江丞全都在照顾她的情绪，甚至江爸爸在她嫁给江丞之后也爱屋及乌，把她当成亲女儿一般对待，这也让她没那么难熬了。

她不幸，却又幸运。

后来，整个季氏在季景航的掌管下蒸蒸日上，而季书怡自己请愿去了策划部。

完成新项目策划的季书怡让季景航给自己放了几天假，陪着江丞去了马来西亚出差。

江丞在跟合作公司开会的时候，季书怡等得无聊，带着随行的人去了海边玩。

海滩上的人很多。穿着比基尼的季书怡将头发随意地扎了个丸子头，已经二十六岁的季书怡倒是一点没变模样，白嫩精致的小脸还有些婴儿肥的感觉，身材倒变得诱人了很多，长腿笔直白皙，腰肢依然很细，眼下身穿比基尼的她吸引了众人的目光，女人艳羡，男人贪恋。

季书怡玩了一会儿觉得没劲，准备上岸离开。

她一心只想着江丞，完全没注意到那些打量的目光，甚至有人见她要离开，已经准备跟过来，远远地跟她搭讪："美女要走了吗？"

还未来得及拒绝的季书怡，忽然眼前一黑，身后飞来一张薄毯直接将她整个人从头顶盖住了。

下一秒，她整个人直接陡然悬空，被人打横抱起来就走。

“你谁啊？放我下来！”

什么也看不到还莫名被人抱走的季书怡惊慌失措地胡乱扯着薄毯，挣扎着急声威胁道：“我老公马上就来了，要是让他知道你把我掳走，他一定狠狠教训你！”

抱着她的江丞，看着怀里胡乱扑腾的人嘴里嚷嚷着威胁人的话，好心情地笑着回了一句：“哟，那你老公挺厉害啊。”

这声音？

惊慌中的季书怡扯掉了薄毯，露出小脑袋，看清“掳”她的人后，瞬间惊喜地笑道：“是亲亲老公！”

江丞满心愉悦地笑出声，这几年她是越来越可爱了，让人愈加爱恋。

“不是我，谁还能近你身？”江丞看着她微微眯了眯眸子说，“倒是宝贝这样很容易招惹一些讨厌的人。”

季书怡这才想起来她身边一直有保镖跟着，刚才若不是他出现，保镖一定也会及时出现将搭讪的人拦住，可眼前一黑，她一紧张就给忘了。

反应过来后，便只笑着顺着他的话问：“那你怕吗？”

“不怕。”江丞不屑挑眉。

季书怡笑起来：“放心，我就要你一个。”说着还勾着男人的脖子凑上去，在他脸上亲了一口说，“就只喜欢江丞。”

两句话说得江丞得意地咧嘴笑，这小姑娘是懂怎么哄他开心的。

离开海滩、刚坐进车里的季书怡，忽然感觉一阵恶心，小脸紧皱起来，直想干呕。

“怎么了？”见她难受，江丞紧张地把人抱在腿上就问，“宝贝哪儿不舒服？”

“我想吐。”季书怡紧皱着眉，“你把车窗打开，难受。”

江丞立马把车窗打开，急声对司机说：“去医院，快点。”

“宝贝别慌。”江丞轻拍了拍她的背给她顺气，紧接着哄道，“我们现在去医院。”

医院。

化验结果出来后，医生笑着恭喜道：“恭喜江先生，您太太不是生病，是怀孕了，还是双胞胎。”

江丞微愣了一瞬，急忙问道：“那孕妇以及家人都有什么要注意的？”

之前小姑娘一直不想要孩子，上个月突然就想要孩子了，便没做措施。

医生一一把注意事项详细说给江丞听，江丞一字一句听得认真极了，生怕遗漏了哪点委屈到她。

离开医院，季书怡兴奋得一下子就跳到了江丞身上。

江丞吓得慌忙伸手托着抱紧，紧张地后怕道：“小祖宗，你现在怀孕了，不能再这么蹦蹦跳跳了。”

“一时兴奋了。”季书怡搂着江丞的脖子，做错事般地眨了眨眼，然后又忍不住笑起来，亲了男人一口保证道，“从现在起我一定注意自己的情况，保护我们的宝宝平安降世。”

被抱进车里后，季书怡满眼欢喜地抱着江丞的胳膊说：“老公，如果有女儿叫江诗意好不好？我喜欢这个名字。”

江丞也是满眼掩饰不住的喜悦：“好，都听宝贝的。”

他也喜欢这个名字，诗意，思怡。

接着季书怡又问：“那男孩就让江爸爸取名吧，好不好？”

她想着，江丞毕竟不是江爸爸的亲生儿子，让江爸爸取名会更亲切，也会让江爸爸心里有种慰藉感，毕竟江爸爸很好很好。

刚好江丞也有这个想法，开心地低头在女孩唇上亲了一口说：“我和宝贝真是心有灵犀。”

一年后，孩子出生，是龙凤胎。

女孩取名江诗意，男孩取名江肆。

江聿怀希望他可以一生肆意潇洒，不受任何羁绊，拥有肆意人生。

夕阳下，摇篮床上两个小宝宝睡得香甜。落地窗前，男人双手捧着女孩的脸低头吻得温暖绵延，这一瞬间，定格成人世间最唯美幸福的画卷。

故事的开头，是网吧的转角，无意的碰撞，嚣张冷妄的少年满眼不悦。

故事的结尾，是曾经的少年放下一身傲骨，如最虔诚的信徒，奉她为神灵，温柔供养。

是他热情美好的季小姐。

是她虔诚狂热的江先生。

生生世世，执子之手，与子偕老，共白头。

二
三个心跳

自打季书怡查出怀的是双胞胎后，本就对她呵护备至、宠溺无度的江丞更无微不至了。

不仅江丞，整个江家都把季书怡当成了一个“易碎的珍品”般伺候着。

季景航直接不准她再来公司工作，让她在家里好好休养。

江聿怀更是直接要给江丞放假，让他在家陪着季书怡，陪到她坐完月子再回公司。

可是，季书怡受不了这样的过分呵护。

好多地方不让去，好多食物也不让吃，甚至随行都有很多人跟着、守着。

一天，季书怡终于受不了了，坐在床上生闷气，看到洗完澡裹着浴袍朝她走过来的江丞，气得直接拿起枕头，凶巴巴地朝他砸过去撒气：“你们是联合起来软禁我吗？这也不准那也不准，去哪儿都一群人跟着。”

本就越来越娇气的姑娘，加上激素作祟，季书怡说话时都好似染了哭腔，眼圈微微湿润地瞪着江丞控诉：“我不喜欢现在这样！看你都讨厌了！”

江丞不闪不躲，任由她的枕头砸到他脸上，见她眼圈湿红、满脸怨气，尤其是那句“讨厌他”更是让他慌了神，心急地快步朝她走去，边走边急声哄着说：“我怎么可能会软禁宝贝，我哪里舍得。”

想着医生交代过，孕期会因为孕激素和孕反应导致孕妇有不同程度的心理与情绪问题——尤其是会因为一点小事就胡思乱想。

江丞看着季书怡此刻的样子心急如焚，不知是哪里做得不好，竟让她感觉自己被软禁了。

她那样一个随心肆意的姑娘，有这种感受，一定在心里早就憋坏了吧。

如果不是她说出来，他竟然都没有察觉到她已经那么不开心了。

一瞬间，无边无际的心疼与愧疚上涌，他在床边坐下后，立马就要把人抱进怀里哄。

可正生气的季书怡直接伸手把他推开，不让他抱。

怀中空空的江丞，此刻也不敢强行把人抱进怀里，看着面前委屈幽怨的姑娘，回味着她的话，顿时明白了她的心思，柔声解释着哄她：“是不是最近总管着你吃喝还有出行，让宝贝不开心了？”

季书怡虽然满心怨气和委屈，但是也不是个只顾生气、不愿解决问题的性子，见江丞发问，理所当然地回他：“当然，换作是你，你受得了吗？这不能吃那不能去的，恨不得上个厕所都让人守着我，这跟软禁有什么区别？我一点儿自由都没有了，现在的状态让我很不开心！”

江丞见她情绪有些缓和，小心翼翼地再次伸手把人抱进怀里，满目柔情地垂眸看着她，哄道：“让宝贝不开心是我不对，可是怀孕期间本就需要多加注意小心，更何况你怀的还是双胞胎，更要加倍注意。”

季书怡没再推开他，贴近他胸膛的瞬间，气焰消散了一大半，眨巴着眼，仰头看着他，只是嘴角还有些向下弯着，染着未散尽的委屈：“我只是怀孕了，又不是生了什么重病。而且现在才两个月，身子都看不出显怀，也不孕吐，又没哪里不舒服。”

江丞低头看着怀里的人，将她未散尽的委屈尽收眼底，心疼地抬手轻拂过她沾着泪珠的睫毛，俯身亲在她因委屈而下弯的唇上，继续哄道：“怀孕是大事，你身子这么纤瘦，要同时孕育两个孩子，风险很大。我怕没照顾好你，会让你有危险。

“所以，只要是有一丁点可能存在危险的地方，我就不想你去，对你和胎儿有影响的食物也不想你吃。医生说胎儿每天都在成长，对孕妇的影响也是每天都在改变的，我怕你身子突然不舒服，就忍不住多安排人陪着你。”

自从她怀孕后，他就开始翻阅各种有关产妇的养护书籍，以及产妇的风险科普。

尤其她怀的还是双胞胎，风险会更大。

怀孕的是她，每天焦躁担心的是他。

江丞抚摸着她的脸颊，眉心紧皱，看着她继续道：“你都不知道，得知你怀双胞胎的时候，我一点也开心不起来，太辛苦你了。如果可以，我真想这两个宝宝我来怀。”

原本还生气的季书怡听到他的话，愣了两秒，忍不住“扑哧”一声笑了起来，眉眼染笑地开口：“男人生宝宝啊？好像很不错。”

她仰脸，笑着看他：“那下一胎你怀。”

江丞见她笑了起来，心底默默松了口气，知道她在说玩笑话，便也顺着她的话笑着回道：“好，下一胎我怀。”

季书怡乐了，故意道：“那这次我怀两个，下一胎你得生一窝。”

江丞无奈地笑：“我是猪吗？还生一窝。”

季书怡调皮地笑弯了眼：“小狗不是都生一窝？”

江丞无奈，又好气又好笑地定睛看着怀里笑靥如花的姑娘，几秒后，意味深长地轻挑了下眉，低头轻咬她的耳垂，呼吸炙热的附耳低语：“小炸毛，想被按着兔尾巴揍是不是？”

季书怡被他温热的呼吸惹得身子一颤，特殊时期，她知道他就是吓唬她，顿时毫不退缩地仰着下巴驳回去：“我现在可是一个人三个魂，你打不过我。”

“我有分寸……”江丞被她孩子气的发言逗笑，直接扣着她的后颈，朝她的唇吻上去。

自从她怀孕后，江丞整个人都变得更温柔细致了，某些方面也很有分寸，任何对她和孩子可能造成危险的事，都不会抱着侥幸心理冒险。

这晚之后，说开了心思的季书怡回归了孕前的生活状态。

虽然还是被人管束着，但起码没有被“软禁”的感觉了，甚至还回到了季氏工作。

季景航顾及着妹妹的身体，本是不同意她回来工作的，可是季书怡非要回来，他拗不过，只好安排些轻松的工作给她。

看似来工作，实则在公司休养，季书怡的心情都变好了。

而江丞也回到了公司，继续工作。

直到季书怡怀孕五个月时，肚子明显大了，才彻底回到家里安心养胎。

整个孕期她都被精心地照顾着，孕早期很轻松，没有孕吐等任何孕反应。孕中期时除了身子渐渐变得笨重些，也没有其他身体和心理上的不适。

季书怡对此很开心，感觉肚子里的两个小宝宝就是来报恩的小天使，所以一点儿也舍不得折腾她。

可到了孕晚期，她慢慢就有了不适感，再加上怀的还是双胞胎，每天都感觉好辛苦。

怀孕七个月时，一天，正在公司开会的江丞忽然收到了季书怡的来电。

季书怡怀孕后，虽然江家和季家所有人都对她格外呵护，可她自己并没有“恃孕而娇”，即使现在在家安心养胎，也会顾及江丞的工作，很少会在他工作时找他。

所以眼下接到季书怡的来电，江丞整颗心都紧绷起来。

电话接通后，小姑娘也不说话，对面只传来细碎的哽咽声，听得江丞心都要急碎了。

他急匆匆地离开公司往家赶，边走边哄着：“宝贝哪儿不舒服吗？不哭不哭，我现在回家。”

因别墅里有医疗室，回家的路上，江丞先让医生赶过去看看季书怡。

等到家的时候，医生和用人都守在卧室门口等着江丞。

医生汇报说没什么病理性问题，但因为孕晚期胎儿每天成长造成一些生理现象，出现了剑骨疼和胸闷。

询问如何缓解后，江丞又听到用人汇报说："少夫人醒来到现在都没吃东西，一直说不想吃。"

江丞眉头紧锁着迅速开门，大步走进卧室。

可刚进门，就看到泪眼汪汪的季书怡朝他走来。

江丞快步迎过去，动作轻柔地伸手把人搂在怀里。

刚贴近他怀里的季书怡，难受地哭起来："骨头疼…我不要再怀孕了，我们就要这一胎。"

简短的三个字，听得江丞好似有一把把尖刀扎在他的心上，偏偏让她遭罪的这件事他还无能为力。

看着怀里难受到哭的宝贝，江丞眼底少有地染满了无能为力的挫败感。

"好，就要这一胎。让宝贝受苦了。"江丞满眼心疼，低头看着她，"哪里疼啊？饿不饿？"

"饿。"季书怡仰头，看着他扁了扁嘴，"但就是吃不下。"

江丞着急地皱眉，但声音依旧温柔得不像话："是不是家里厨师的手艺吃腻了？我们再请个厨师。"

季书怡望着他，眨了眨眼，几秒后开口说："想吃你做的。"

江丞微愣一下，他做饭可不好吃，从小到大也用不着他下厨，进厨房的次数可谓屈指可数。前不久他给她做了一顿，她还嚷嚷着有的咸、有的淡，不好吃来着。

可眼下，察觉到小姑娘或许不是真的想吃他做的饭，大抵是身体不舒服，情绪敏感，想他陪着，便立马回道："好，我做给宝贝吃。"

季书怡闻言，终于笑了。

之后，江丞每天都按照医生交代的方式为季书怡缓解身体的不适，更是承包了她的一日三餐。

为了陪伴季书怡，他把大部分工作挪到家中处理，甚至最后直接不去公司了。

因为季书怡每天都闷闷不乐的，吃也吃不好，睡也睡不好。

江丞看着心疼得不得了，一直在家寸步不离地陪着季书怡待产，倾尽全力地为她减轻身体的不适感。

可还没到预产期，季书怡就见了红。

那天晚上，季书怡又疼又怕，止不住地哭。

江丞心疼又焦躁地把所有人都骂了一通，整栋别墅都是凌乱急切的脚步声。

那天，也是江聿怀第一次见到自己向来冷静沉稳的儿子，那样暴躁焦急的模样。

好在江家的医疗团队都是顶尖的，季书怡只感觉是好好睡了一觉，两个宝宝就来到了世上。

再醒来时，她一睁眼就看到了守在床边的江丞。

见她终于醒了，江丞微微松了口气，担心地问她有没有哪里不舒服，又立马喊来医生检查。

确定一切无恙后，江丞才彻底安下心来。

所有医护人员散去后，季书怡看着为她担心的江丞，语气虚弱地笑道："我现在是不是很丑啊？"

"很漂亮。"江丞把她的一只手包裹在掌心中，一只手轻抚上她的脸颊，笑得温柔，"我家宝贝时时刻刻都绝美。"

季书怡听完轻轻笑起来，又问："我们的宝宝呢？我要看看。"

江丞立马让人把两个小孩子抱过来，只看了一眼的季书怡，心态有些崩："好丑啊。"

甚至还充满怀疑地撇撇嘴："这确定是我生的吗？"

江丞有些无奈地笑："刚出生都这样，长长就好看了，我们的宝宝怎么可能会丑。”

季书怡不甘心地又看了一眼，还是觉得不好看，小脸耷拉着对江丞说：“长得不好看你也要好好疼他们。”

江丞立马回道：“我肯定会好好疼他们啊，这是我们的孩子。”

季书怡：“那你也不许偏心，两个都要喜欢。”

江丞：“好，不偏心。”

季书怡又说：“你也不许像我爸爸那样，遇到任何事都把利益放在他们前面。”

江丞保证着：“我一定不会那样。”

闻言，季书怡总算安心地笑了起来。

正如江丞所说，小婴儿真是一天一个样。

几天后，季书怡觉得两个“丑宝宝”变得漂亮起来，从一开始的些许嫌弃变得满是喜欢，忍不住问江丞：“江丞，你喜欢这两个宝宝吗？”

“当然喜欢。”江丞看着她，眸光坚定而温柔，“他们是我们爱情的结晶，是你用生命孕育而成，是你历经千辛万苦才带到这个世界上的，我一定会像爱你一样爱着他们。像呵护你一样，呵护着他们。我会永远珍爱、守护着有关你的一切，有关我们的一切。

“而你，是我永远坚定不移放在首位的人。”

三
朝朝暮暮

这一年，江诗意和江肆已经五岁了，正是孩子最调皮的时候。

江肆小小年纪就看得出是个野性子，天不怕地不怕，简直像跟爸爸一个模子刻出来似的。

而妹妹江诗意虽然没哥哥那么野，但也很调皮，古灵精怪的，闹腾起来也让人很头疼。

而且，她一闯祸就会仰着一张漂亮到无可挑剔的小脸，撒娇卖萌求庇护。

先不说江丞和季书怡这对当父母的，单说爷爷江聿怀都特吃小孙女这一套，本就护短的性子，这护起孙女来，更是骄纵宠溺得那叫一个无法无天。

不只江聿怀宠，江丞也宠得不得了，尤其小姑娘跟妈妈长得特别像，以至于曾答应过季书怡不偏心的他，还是忍不住偏宠女儿一些。

这兄妹俩，一个野性，一个骄纵，别墅里每天都异常热闹，同时被教训的次数也多。

这天，江丞忙完工作回到家，远远地就看到在凉亭下被罚扎马步的江肆。

江丞也不心疼，知道肯定是又闯祸了才被罚的，而江肆看到爸爸回来，立马抓着爸爸的胳膊仰着脸说：“爸爸你去哄哄妈妈，让妈妈别生气了。”

江丞故作严肃：“你闯了祸，为什么要爸爸去哄？男子汉一人做事一人当。”

江肆扬着下巴：“那是你老婆，你不哄谁哄？别人哄了，你又吃醋……”

小江肆的声音在爸爸逐渐冷沉的神色下越来越小，甚至最后一个字都小得快要让人听不清了。

天不怕地不怕的江肆怕妈妈也怕爸爸，怕妈妈是因为不想看到妈妈生气，怕爸爸是因为爸爸真的会打他。

在爸爸的眼神下，小江肆顿时噤了声，心想，反正爸爸肯定会把妈妈哄好的。

因为在他的印象里，爸爸永远舍不得让妈妈生气，总是会哄妈妈。

刚好，他被罚的时间也到了，便跟着爸爸一起回到房间去找妈妈。

江丞看到季书怡后先哄了她几句，然后才问："儿子又闯什么祸惹你不高兴了？"

季书怡看了眼旁边的小江肆，还有些气，闷闷地对江丞说："你自己问你儿子。"

江丞："……"

行吧，这会儿是他儿子了，平时他要教训的时候，她就会护着说："你不许打我儿子。"

江丞看着她无奈地笑了下，再低头看向江肆时，已是一脸严肃："犯什么错了，自己交代。"

小江肆看看妈妈又看看爸爸，避重就轻地开口："我……我把院墙边的花踩死了。"

季书怡听着儿子避重就轻的话语，气不打一处来地对江丞脱口而出："好好的大门他不走，带着妹妹翻墙，若不是有守卫及时过去接着，妹妹差点从墙上摔下去。"

江丞顿时后怕地怒视着儿子教训道："你翻墙干什么？"

被教训的小江肆委屈地咬了咬牙，想说是妹妹想翻墙，他才陪着。但他不可以把妹妹供出来，直接把责任全揽在自己身上，回了句："大门走惯了，就想挑战一下翻墙。"

江丞听他这态度，气得立马就要把他的小屁股揍开花。

刚把人拎起来，就被跑进来的女儿奶声奶气地打断："爸爸……不要打哥哥……"

江诗意跑过来就抱住爸爸的腿，撒娇求情："别打哥哥……别打哥哥……"

江诗意也很有担当地主动承认道："是我好奇想翻墙，哥哥是陪我的，你要打就打我吧。"

季书怡听得云里雾里的，好奇想翻墙？这孩子什么兴趣爱好？

突然，她想起了什么，直接把火转移到了江丞身上："指定是随了你，你小时候翻墙出去看野狼，现在俩孩子也爱翻墙了，那多危险啊。"

江丞："……"

江诗意见自家妈妈还在生气，立马转过身去抱着妈妈撒娇，说了一大堆哄人的甜言蜜语。

最后甚至还抱着季书怡的脖子，在妈妈脸蛋上亲了好几口："妈妈不生气了，我跟哥哥以后不翻墙了，别生气了，生气就不漂亮了……"

说着还回头向爸爸求救："是不是呀爸爸？"

谁料江丞脱口一句："你妈妈怎样都漂亮。"

江诗意顿时鼓着脸："那爸爸是想妈妈一直生气吗？爸爸不爱妈妈了。"

江丞这才反应过来，立马开口解释："当然不是……"

话未说完，季书怡看着掉进女儿挖的坑里的江丞，再也忍不住，"扑哧"笑出声来。

她这一笑，让父子三人都松了口气。

最后，季书怡静下心来跟儿子讲道理，教育他就算再宠妹妹，也不可以身陷危险。

不然谁受伤了，爸爸妈妈都会很伤心、很担忧。

同时，也赞扬了他们兄妹情深，夸江肆有担当，夸江诗意有义气。

那晚，星辰耀眼，月光明亮。

饭后的一家四口在花园里玩，江诗意看到一只蝴蝶，非要抓住，跟江肆一起追着蝴蝶跑了一圈又一圈。

看着这一幕的季书怡暖心地笑起来，下一秒，笑起的脸蛋上落下一吻，她下意识仰头，江丞的吻就趁机落到了她的唇上。

季书怡没有闪躲，反而是笑着踮脚轻轻吻回去。

夜幕下，有孩童的欢声笑语，有花香荡漾，有神仙眷侣。

朝朝暮暮，万物更替，生生世世，只为你痴情。

（全文完）